문학과지성 소설 명작선

이 소설 총서는
초판 간행 이후 시간의 벽을 넘어 끊임없이
독자와 평자들의 애호와 평가를 끌어 열고 있는
말의 바른 의미에서의 '스테디 셀러'들을
충실한 원본 검증을 거쳐 다시 찍어낸,
새로운 감각의 판형과 새로운 깊이의 해설로
그 의미를 더욱 풍요롭게 만든,
우리 시대 명작 소설들이 펼치는
문학적 축제의 자리입니다.

◇ 문학과지성사에서 펴낸 지은이의 책

　토요일과 금요일 사이(소설집, 1980)

강

서정인

문학과지성사

1996

문학과지성 소설 명작선 3
강

초판   1쇄 발행__1976년 4월 10일
재판   1쇄 발행__1996년 9월 20일
재판 15쇄 발행__2024년 2월 6일

지 은 이__서정인
펴 낸 이__이광호
펴 낸 곳__㈜문학과지성사

등록번호__제1993-000098호
주　　소__04034 서울 마포구 잔다리로7길 18(서교동 377-20)
전　　화__02) 338-7224
팩　　스__02) 323-4180(편집) 02) 338-7221(영업)
전자우편__moonji@moonji.com
홈페이지__www.moonji.com

ⓒ 서정인, 1996. Printed in Seoul, Korea
ISBN 978-89-320-0006-9 03810

이 책의 판권은 지은이와 ㈜문학과지성사에 있습니다.
양측의 서면 동의 없는 무단 전재 및 복제를 금합니다.

강

후 송 9
물결이 높던 날 49
미 로 93
강 123
나주댁 145
가을비 169
우리 동네 192
산 212
벌 판 238
南門通 263
밤과 낮 283

◇ 작가 후기 • 302

초판 해설 • 세계 인식의 변모와 의미 • 김 현 305
신판 해설 • 소설은 어떻게 눈뜨는가 • 이광호 323

후 송

1

"성중위님, 참모장님이 부르십니다."

잘 닦아 번쩍이는 계급장을 단 상병이 삐걱거리는 판자 바닥 위로 몇 걸음 걸어오면서 말했다. 콧날이 뾰족하게 야윈 장교는 아무런 반응이 없이 그대로 앉아 있었다. 사병은 자기의 말소리가 분명히 상대방에게 들릴 만큼 컸었다는 사실을 상기하면서 장교의 눈 간 곳을 쳐다보았다. 거기에는 퀀셋의 열려진 녹색의 창문이 있었고, 그 너머로는 텅 빈 높게 개인 가을 하늘뿐이었다. 사병이 다시 성중위에게 시선을 돌렸을 때, 그는 천천히 업무 일지와 만년필을 집어들면서 일어서고 있었다. 전갈 온 상병은 자기의 말이 전달되었음을 알아채고 덧붙였다. "약간 저기압인 거 같아요." 그러고는 엄지손가락으로 뿔을 만들어보이며 하얀 이빨을 드러내면서 씩 웃어보였다. 성중위는 노여운 듯 상병의 호의에 별로 주의를 주지 않고 퀀셋을 빠져나갔다. 이해할 수 있지… 성중위는 하얗게 빛나는 지휘부 석축 막사로 다가가면서 생각하였다. 비번 참모들은 서울 외박을 나갔겠다, 업무량은 평상 근무 때보다 더 밀리겠다, 화나게도 됐지… 그는 지난해 추석 때 그가 어디 있었는가를 생각하면서 참모장실로 들어갔다.

"알았어."

대령은 수화기를 막 입에서 떼고 있었다. 참모 협조의 장소로서 시장처럼 붐비는 그 방은 비어 있었다. 참모장은 담배를 피워 물었다.

"성중위, 포병 테스트장에 나가게."

"지금 후송 수속을 밟고 있습니다."

"뭐? 어디가 아퍼서?"

"귀… 귀가 고장입니다."

"귀가 어쨌단 말야. 괜찮아, 아무렇지도 않은 걸 가지고…"

"수도육군병원에서 진찰을 받았습니다."

"그래서?"

"곧 후송 입원하라는 진단을 내렸습니다."

"왜 하필 바쁠 때 아프냔 말야."

한가할 때도 안 아픈 것이 좋을 텐데요… 성중위는 그러나 그것이 그의 책임인 듯 잠자코 서 있었다. 참모장은 잠시 담배만 빨고 있다가 말을 이었다.

"좋아. 우선 나가 있어. 곧 교대시켜줄 테니까."

그날 오후 포사(砲司)에서 떠난 주부식 보급차 이가 이분의 일 톤 차량에 편승하여 성중위는 사단 사령부에서 사십오 마일 떨어진 포사격장으로 나갔다. 낮이면 더웠고 밤이면 추웠다. 마른 풀을 깔고 천막 속에서 자기에는 밤공기가 싸늘하였다. 진지는 매일 이동되었다. 포들은 밤낮으로 불을 뿜으며 둔중한 폭음으로 빈 벌판을 울렸다.
 성중위가 후송을 마음먹은 것은 몇 달 전부터였다. 그러나 군의관은 매번 후송 불요라고 판정을 내렸다. 그때 그는 연대 관측소 수색 소대장으로 있었다.
"후송보내주십시오."
 성중위는 이마에 땀을 씻으며 말했다.
"어디가 아프시지요?"
 군의관은 사무적인 말투로 물었다.
"귀가 이상입니다."
"봅시다." 군의관은 확대 투시경으로 성중위가 내미는 왼쪽 귀를 들여다보았다. 그리고 말했다. "고막 중앙에 조그마한 구멍이 뚫려 있을 뿐 별 이상은 없습니다."
"………"
 성중위는 조용히 다음 말을 기다렸다.
"고막 천공으로는 후송이 안 됩니다. 머큐롬을 발라서 간단히 치료할 수 있으니까요."
"문제는," 성중위는 답답하다는 듯 이마를 좁히며 조급히 말했다. "그게 아닙니다. 그건 치료돼도 좋고 안 돼도 좋아요. 그것으로 해서 아프거나 청력에 장애가 있는 건 아니니까요."
"그래서요?"
 군의관은 성중위의 다음 말을 예측할 수 있다는 듯이 눈가에 미소를 약간 지어보이며 재촉했다.
"귀에서 소리가 나요."
"그렇지요. 소리가 난다는 건 드물지만 반대로 안 들린다는 경우는 많아요. 특히 사병들의 경우가 그렇습니다만. 그러나 성공한 예는 드물지요."

이 자식은…, 성중위는 생각하였다. 선입관을 갖고 진찰하고 있구나… 환자의 호소를 귀담아들으려 하지 않는다… 성중위는 군의관을 똑바로 쳐다보았다.

"물론," 군의관은 성중위의 시선을 피하며 부드럽게 그러나 자신있게 말했다. "소리가 날는지도 모르지요. 그러나 그건 자각 증상입니다. 자각 증상이 진단에 많은 도움을 주는 건 사실입니다만, 단을 내리는 것은 항상 의사 쪽입니다."

"그렇다면," 성중위는 참으면서 말하였다. "귓구멍이 뒤집히기 전에는 안 되겠군요."

"그건 그때 진찰해봐야지요."

성중위가 파견나간 지 일주일째 되는 날, 셋째번 포대가 시험을 마치고 최종 집결지에 집합했고 넷째번 포대가 시험을 받기 위해서 싱싱하게 하늘로 뻗친 긴 포신들을 꽁무니에 끌고 사격장에 도착하였다. 그러나 성중위를 교대해줄 사람은 나타나지 않았고, 나타나리라는 소식도 들려오지 않았다. 넓은 벌판 서쪽 가녘은 엷은 낙조로 물들었고 해는 크고 둥글어갔다. 하루 중 태양이 가장 의식되는 시각이었다. 말라가는 옥수수의 키 큰 그림자가 이랑을 가로질러 길게 굽이쳤다. 사흘 동안의 야영 훈련에 그을리고 지친 포병들이 부대로 돌아간다는 생각에 이른 저녁밥을 대강 해치우고 장비 점검을 하고 있었다. 성중위는 초조했다. 그리고 망설였다. 부대 이동 아이피 통과 시간이 다가오고 있었다. 성중위는 결심하고 포사령관 앞으로 다가갔다.

"사령관님, 부대에 좀 들어가겠습니다."

"왜? 파견 근무가 고달픈가?"

"그런 건 아닙니다만… 들어가서 교대하든가 다시 제가 나오든가 하겠습니다."

"응, 그렇게 해."

포사령관은 순순히 응낙했다.

잠시 후 선도차가 사이렌을 울렸다. 모든 차량은 발동을 걸었고 성급한 운전병은 경적을 울렸다. 성중위는 반쯤 닫힌 차창에 머리를 기대고 밖을 내다보았다. 시야를 막는 산은 없는데 시야는 어디쯤에선가 제한을 당했다. 어둠이 깔려오고 있었다. 크고 넓게, 그리고 조용하게 어둠은 벌판의 계곡으로 기어오고 있었다. 죽음의 손길처럼 천천히 그러나 정확하게 밤의 장막은 다가오고 있었다. 밤, 밤이. 그것은 죽음과 삶의 차이를 없애버린다. 보라, 저 허물어져가는 퇴색한 묘비도 사라져가고 새로이 진지를 편성하는 구릿빛 포병의 영구히 약동할 듯한 육신도 사라져가지 않는가… 삶이 영원한 죽음 속으로 사라져가고 있지 않은가…

군의관의 말은 그러나 그가 지휘하는 675고지 관측소에 와보면, 이상한 효력을 발생하였다. 적어도 의사가 건강하다고 보장을 했으니까 말이다. 나는 건강하다… 의사가 그렇다고 말하였다… 이런 식의 묘한 자신 속에서 얼마 동안은 실질적으로 편히 지낼 수가 있었다. 시효가 다해감에 따라서 약효도 떨어지면 그는 다시 멀리 의무중대를 찾아갔다. 그리고는 번번이 언어상의 처방만으로 헛되이 되돌아오곤 하였다. 그러다가 그가 사단 군수처로 전속이 되었다. 군수처에 있게 되자 기술참모인 의무참모와 접촉이 잦아지게 되었다. 개인적으로 얼마쯤 친숙하게 된 어느 날 오후, 정례 브리핑이 끝난 다음, 퇴근하던 성중위는 커다란 느티나무 아래 앉아 있는 의무참모를 발견하였다. 의무참모는 담배를 피우고 있었다.
"왜 안 가고 계세요?"
"차가 달아나버렸어."
"전화를," 성중위는 의무참모 곁으로 다가가며 말했다. "걸어보시지 그래요, 중대로."
"방금 출발시켰대."
의무참모는 줄이지 않은 품 넓은 작업복 상의의 커다란 호주머니에서 담배를 꺼내 권했다.
"킹 사이즈군요."
성중위는 담배에 불을 붙여 물고 풀 위에 주저앉았다.
"오피 하나 주세요, 참모님."
"뭐? 이 사람이… 수상하다? 큰일나요. 조심해야지 괜히."
"아이 참모님, 오바쎈습니다."
"아니야, 조심해야 돼요. 특히 총각 장교들."
"어련할라구요. 장화 신고 들어가는데."
"장화? 하하하. 그렇지, 그게 제일 안전해. 하하하."
"그건 그렇구요, 정말 부탁이 하나 있어요."
"또 무슨 부탁야?"
"후송해야 되겠어요."
"후송? 건 또 왜?"
"뭐라고 할까요, 꼭 죽을 거 같은 예감이 들어요."
"하하하, 난 또 무슨 얘기라고."
"어느 구석엔가," 성중위는 웃지 않고 계속했다. "죽음이 도사리고 앉아서 내 방비가 약한 틈을 타서 내게 달려들 것만 같아요. 그러니 나는 항상 주의를 게을리 할 수가 없지요. 무심히 지나다가도 문득 긴장합니다. 까닭 모를 긴장을요."

"노이로제군."

"무엇인가가 나를 노리고 있다는 육감에 첫째 잠을 이룰 수가 없어요. 어쩌면 잠을 못 이루기 때문에 더 그런 생각이 드는지도 모르지요. 땅을… 일정한 면적의 땅을 매일 파보라고 그러더군요. 땅은 안 파봤습니다만 아무리 피곤해도 잠이 안 와요. 이를테면 서울 외출 나가서 종일 돌아다니고 두어 시간 버스에 시달리면서 돌아와 자리에 누워도, 피곤하긴 솜처럼 피곤한데, 눈은 점점 더 말똥말똥해져요."

"혼자지요?"

"혼자 있습니다."

"성곽을 가지시오. 그래서 그 성주가 되어보시오."

"결혼 말씀이지요?"

"그렇지요. 월등히 나아질 수가 있어요. 달콤한 육체적 피곤을 줄 뿐만 아니라 정신적으로 관심을 집중케 할 테니까."

"그것도 생각을 해보았습니다. 그러나… 도움도 있겠지만 부담도… 더 복잡해질 것 같아요, 문제만. 왠지 자꾸 최악의 경우가 떠올라서요."

"그게 병이오. 너무 심각해지는 것이 탈이란 말요."

"남 보기에는 우스울는지 모르겠습니다만, 이를테면 편지에 우표를 붙이지 않습니까? 딱지에 침을 발라서 붙이면 잘 안 붙는 것 같아요. 사실은 잘 붙었는지도 모릅니다만. 그래서 풀을 칠해서 붙입니다. 그런데도 우체통에 넣고 돌아서서 몇 걸음 가면 우표가 붙지 않았을지도 모른다는 생각이 문득 떠오르며 가슴이 철렁해집니다. 어떤 때는 담배 꽁초를 내팽개치고도 귀중한 물건을 버린 듯한 착각에 후딱 놀라기도 합니다."

"좀 쉬어야 되겠소."

"산꼭대기에 있을 때는 좀 나았습니다. 거기선 제가 왕 아닙니까. 자고 싶을 때 자고, 일어나고 싶을 때 일어나고, 먹고 싶을 때 먹었지요. 애들 얼마 안 되는 거 말 잘 듣습니다. 봉급 때 월급 조금 떼어서 술 사면 참 잘 놉니다. 아무리 떠들어도 떠드는 사람 외에는 들을 사람 있습니까? 이튿날 일어나보면 손바닥이 부어 있어요. 박수 장단 치느라고요. 신경도 덜 쓰이고 긴장도 완화되는 거 같았어요. 무섭기야 산꼭대기가 더 무서울 거 아니겠어요? 간첩 남하 통로가 바로 그 산줄기 아닙니까? 처음엔 밤에 보초도 안 세웠어요. 이걸 연대 정보주임이 알고는 된통 쿠사리였지요. 무장 간첩이 능선을 지나다가 수류탄을 던져 막사 안의 우리들을 전멸시켜버린다―는 이야기였습니다만 그렇게 실감이 나지 않았어요. 이치를 따지자면야 사단 사령부 부근에 있으면서 죽음의 손길을 느낀다는 것보다 거기서 불안해한다는 것이 훨씬 더 있을 법하지 않습니까? 그러나 이치는 이치고 기분은 기분인데 어떡합니까?"

"그렇지, 그건. 어디 아픈 데는 없소?"

"아픈 데…는 없습니다만 신체상 이상은 있습니다." 성중위는 담뱃불을 비벼 껐다. 그리고 계속하였다. "귀에서 소리가 납니다."

"귀에서?"

"귀에서… 발성 기관도 아닌 귀에서 소리가 납니다."

"티나이투스 증상인데…"
 의무참모는 성중위를 쳐다보았다. 성중위는 시선을 돌렸다. 사단 사령부 측문으로 사분의 일 톤 차 한 대가 이쪽으로 다가오고 있었다.
"차가 옵니다."
 성중위가 말했다.
"심하오, 그게?"
 의무참모는 차 오는 쪽을 한번 쳐다보고 물었다.
"여럿이 있을 때는 종종 잊혀져요. 의식된다 하더라도 참을 만합니다. 문제는 혼자 있을 땝니다. 그때도 못 참는 바는 아니지만 자꾸 신경이 그리로 쏠려요. 라디오를 조그맣게 틀어놓고 책을 읽는 습관을 가지고 있습니다, 저는."
 차가 장교식당 앞을 맴돌아 방향을 바꾸어 느티나무 앞에서 멎었다. 운전병이 차에서 내려 차 사용자의 얼굴을 조심스레 살피면서 말했다.
"7호차로 들어가신 줄 알고 그냥…"
 의무참모는 일어서서 그의 운전병에게 고개를 까딱 해보이고 성중위에게 말했다.
"후송하시오. 후방 병원에 가서 좀 쉬어요."
 성중위도 일어섰다. 의무참모는 차에 올랐다. 운전병은 발동을 걸었다.
"잠깐." 의무참모는 뒤돌아보며 말했다. "내일 오피 한 병 갖다 줄게."
"감사합니다."
 성중위는 경례를 했다. 참모는 답례를 하고 몸을 의자등에 기댔다. 차가 미끄러져갔다. 향기로운 휘발유 냄새가 성중위의 코로 스며들었다. 차는 점점 더 빨리 작아져갔다.

자동차의 전조등은 상당히 밝아져 있었다. 어둠이 짙어가는 데 반비례해서 앞길을 비추는 불빛은 밝아갔다. 차의 행렬은 산길로 접어들고 있었다. 산골의 밤은 빨랐다. 굽이도는 산길 위로 시커먼 괴물들이 일정한 간격을 두고 불빛의 긴 깔때기를 밀며 나아갔다. 불빛은 촉수처럼 길을 더듬었다. 뒤차의 불빛에 쫓겨서 앞차에 끌려가는 포는 포신을 흔들며 달아났다. 성중위는 자세를 바꾸어 의자에 몸을 기댔다. 피곤했다. 높고 낮은 검은 나무들이 천천히 다가와서 빨리 사라져갔다. 그는 어디론가 먼 여행을 떠나고 있다고 느껴졌다. 앞은 어둠으로 가득차 있었다. 그는 어둠 속을 달리고 있었다. 전조등의 제한된 조명으로 길을 찾아나가고 있었다.

성중위는 의무참모와 이야기가 된 후 얼마쯤 지나서 틈을 내어 의무중대로 군의관을 찾아갔다.

"그렇다면," 그에게서 대강 이야기를 듣고 난 군의관은 무표정하게 말했다. "후송 수속을 밟으십시오."

후송 수속을 밟기 위해서 성중위는 그가 소속해 있는 사단 본부중대 의무지대로 지대장을 찾아갔다. 지대장은 성중위의 얘기를 듣고, 그리고 성중위의 왼쪽 귀를 진찰하고 나서 말했다.

"참모님이 그렇게 말씀하셨다면 후송 상신은 해드립니다." 군의관은 야전 의무표를 꺼내 책상 위에 펼쳐놓고 펜에 잉크를 묻힌 다음 잠시 망설이다가 말을 계속하였다. "그러나 안 하시는 게 좋을 겁니다. 물론 사단 의무중대는 벗어나실 겁니다만 야전병원을 빠져나가기는 어렵습니다. 설사 그곳을 빠져나간다 하더라도 후송병원은 더 까다롭습니다. 거기는 야전군 경계를 벗어나는 거니까요." 군의관은 잠시 성중위의 표정을 살피다가 계속했다. "여기서 후송은 많이 갑니다. 그러나 보통 군단병원에서 한 일주 묵다가 돌아와요. 그런 헛수고를 뭣 하러 합니까?"
"헛수고를 할 수는 없지요."
성중위는 가라앉은 목소리로 말했다. 잠시 침묵이 흘렀다. 퀀셋 칸막이 저쪽에서 위생병들이 장기 두는 소리가 들려왔다.
"어폐 있는 말씀 같습니다만," 군의관이 침묵을 깨뜨리고 부드러워진 목소리로 말했다. "정 귀에서 그런 증상이 있으시다면 시설이 좋은 육군병원에 가서 진단서를 끊어오시는 게 좋지 않을까요? 야전병원이나 후송병원에는 시설이나 설비가 불충분해서 군의관이 드러난 증상 이외에는 인정할 수가 없습니다."
"그게 좋겠습니다."
"가시겠다면 제가 편지를 적어드리지요. 수도육군병원에 동기생이 있습니다."
수도육군병원에 있는 지대장의 동기생은 안과 군의관이었다. 쪽지에 의하면 성중위와 지대장은 절친한 사이로 되어 있었다. 그래서 그런지는 몰라도 계집애처럼 예쁘장하게 생긴 그 안과 군의관은 치과의처럼 친절하였다.
"눈은 혹시 아프지 않으세요?"
"눈은…" 성중위는 웃어보이며 대답했다. "아직 쓸 만합니다."
"그럼 이비인후과로 가보실까요? 진찰권 안 끊으셨죠? 아래층 입퇴원과에 가시면 외래 진찰권이 있습니다."
이비인후과는 조용하고 한가한 안과와는 반대로 한창 붐비고 있었다. 입원 환자는 보이지 않았으나 외래 환자 서너 명이 좁은 치료실에 통로를 피하여 여기저기 우두커니 서서 차례를 기다리고 있었다. 치료대 위에는 나이 어린 소녀가 앉아서 두려움과 아픔을 얼굴로 표현하고 있었다. 아버지인 듯한 고급 장교가 옆에 서서 소녀의 어깨를 붙들고 있었다. 커다란 반사경을 머리에 들쳐맨 군의관은 혼자 바빠, 치료하다가도 하얀 가운 자락을 펄럭이면서 방안을 오락가락하였다. 의사가 치료대를 떠날 때마다 소녀의 얼굴에는 집행이 연기되었다는 표정이 떠올랐다. 안과 군의관이 틈을 붙잡아 이비인후과 군의관에게 몇 마디 말을 건넸다. 이비인후과 군의관은 잠시 한쪽에 서 있는 성중위를 바라보더니 그들을 데리고 옆엣방으로 들어갔다. 거기에는 군의관 소령이 앉아 있었다.

"과장님, 히어링 테스트 케이습니다."

소령은 성중위를 관찰하였다.

"오디오미터로 안내하시오."

성중위를 향해서, 그러나 자기 과 군의관에게 소령이 말했다. 성중위는 조그마한 방으로 안내되었다. 트럭의 운전대 절반쯤 되는 크기의 방이었다. 군의관은 밖에 남아 있었다. 방안은 온통 구멍 뚫린 흡음벽으로 둘러싸여 있었다. 작고 두꺼운 유리창을 통해서 환자와 의사는 연결되고 있었다. 성중위의 귀에는 리시버가 씌워졌다. 손에는 체크 스위치가 쥐어졌다. 성중위는 그때까지 가스실을 상상해본 적이 없었다. 방음 장치된 좁은 밀실은 답답하였다. 군의관들이 유리 저편에서 이쪽을 노려보고 있었다.

성중위는 좁은 운전대에서 뛰어내렸다. 다리가 휘청거렸다. 차량 이동이 알피에 도착했을 때는 밤이 적이 짙어 있었다. 그는 사단 사령부로 가는 사분의 일 톤 차에 다시 편승하여 그의 숙소로 돌아왔다. 그의 방은, 물론 텅 비어 있었다. 일 주일 전 아침에 그가 나가면서 한쪽으로 밀어 치워놓았던 이불이 그대로 그를 기다리고 있었다. 그는 갑자기 피곤하여졌다. 그는 아무렇게나 이불 위에 쓰러졌다. 추석 지난 달이 늦게 돋아올라 창문을 위로부터 비춰오고 있었다.

이튿날, 임무 교대를 마친 성중위는 의무대로 지대장을 찾아갔다.

"들어오셨군요, 외박 나가셨다더니."

"아, 예. 며칠 됐습니다. 그애한테 들러봤어요, 수도병원에 말입니다."

"그러셨어요? 도움을 많이 받았습니다."

"청력 검사를 받으셨다구요?"

"예, 그런데 지원부대가 아니라서 진단서는 발행할 수 없다고 하더군요. 그 대신 이 의견서를…"

성중위는 호주머니에서 십육절지 종이쪽을 꺼내 지대장에게 주었다.

"예, 들었습니다. 이거면 될 겁니다." 지대장은 종이를 펼쳤다.

"청력표군요."

"청력 검사를 하고 나서 그걸 사본해주더군요."

"여기 나타나 있습니다. 사천 사이클에서 청력이 저하되는군요. 여기 와서 곡선이 갑자기 급강하했지 않았어요? 그러니까 결국 뒤집어 말하면 4KC의 소리가 귀에서 난다는 거지요."

"예. 수도병원에서도 대강 그렇게 얘기해주더군요."

"입실하세요. 의무중대에서 한 일 주 누워계시면 특명이 날 겁니다. 이건 잘 간수하세요. 도움이 될 겁니다."

군의관은 종이쪽을 성중위에게 돌려주었다. 영어로 등사된 용지 위에 볼펜으로 도표가 그려졌고, 하단에 역시 영어로 비고란을 군의관의 날인된 의견이 메우고 있는 그 서류를 성중위는 다시 호주머니에 집어넣었다. 군의관은 야전 의무표를 작성하였다. 성중위는 군의관이 묻는 대로 그의 불평을 털어놓았다.
"그외에 또," 군의관이 말했다. "아픈 데는 없으세요? 에, 고막천공이 있었지요… 이를테면 귀를 심히 앓았다거나? 어렸을 때밖에는 없었다구요? 한 십 년 전이라 해둘까요. 있을 만한 것은 죄다 끌어다 붙여놓읍시다."
군의관은 길고 폭이 좁은 용지를 거의 영어로 메웠다. 영국에서는…, 성중위는 생각하였다. 의사들이 무슨 말로 쓸까… 나전어로 쓴다던가?

2

성중위가 사단 의무중대에 입실한 지 닷새째 되는 날 후송 특명이 났다. 입실하자 그는 갑자기 한가해졌다. 채광 안 된 헛간에서 퀴퀴한 냄새를 참아가며 필요한 물건을 찾다가 집어치우고 활짝 열린 햇볕 속으로 뛰쳐나왔을 때처럼 허전하도록 시원하였다. 우선 얽매여야 할 책임이 없어졌다. 참모의 턱이 움직이는 데 따라 종종걸음을 쳐야 할 필요가 없어졌다. 브리핑 시간의 임박도 없었고 우발적이며 불시에 들이닥치는 호출도 없었다. 아침밥을 먹고 나면 삐걱거리는 퀀셋 속으로 기어드는 대신에 거기서 빠져나와 천천히 늦가을의 다사로운 햇볕을 온몸에 받으며 중대 주변을 거닐었다. 중대는 산기슭에 자리잡고 있었다. 풀 위에 앉아 있으면 솜 같은 먼지를 일으키며 국도를 달리는 차들이 보였다. 달리는 차들은, 군용차는 군용차대로 버스는 버스대로, 성중위에게 향수를 느끼게 했다. 그것들은 그에게 멀고 가까운 여러 가지 장면들을 가져다주었다.

거닐다 지치면 퀀셋으로 돌아갔다. 칸을 막지 않은 넓은 병실에서 침대 위에 누워 그는 책을 읽었다. 방랑 끝에 짐차에 편승하여 '앨'이 고향으로 돌아가고 있었다. 그러다 보면 점심 시간이 되었고 다시 철조망 근처를 서성거리고 나면 짧아가는 해는 서쪽으로 비꼈다. 황혼이 오면 허전해졌다. 포기하고 돌아섰을 때 정작 포기한 것의 가능성이 등뒤에서 손짓하는 듯한 느낌이, 후회 비슷한 느낌이… 마음을 스쳤다. 사람은 패배를 인정하기를 좋아하지 않는 모양이었다. 변명은 항상 마련되어 있으니까. 변명이 고갈될 때 사람은 무너진다. 이 편리한 방패가 깨어지는 일은 드물지만.

위생병이 후송 특명 사본을 가져왔을 때 성중위는 병실에 누워 있었다. '앨'은 짐차 운전사와 헤어져서 오래 떠나 있었던 집을 향하여 다가가고 있었다. 후송 특명을 받은 성중위는 의무참모를 찾아갔다. 의무참모는 숙소에서 그 지방의 조류 분포도를 만들고 있었다. 널따란 탁자 위에는 반쯤 채색된 모조지가 전지로 펼쳐 있었고 구석에는 물감과 붓들이 흩어져 있었다. 그는 그의 출신 대학 동창회가 주최한 발표회에서 그의 동 보고가 관심을 끌었다는 점을 기쁘게 생각하고 있었다. 성중위도 단과 대학은 다르나 같은 대학교라는 사실을 발견한 참모는 환호성을 올렸다. 참모는 유쾌하였다. 자기의 세계를 가지고 있다는 것은 행복한 일이라고 성중위는 느꼈다.

 체구가 좋은 사람에게 흔히 있는 막히지 않은 웃음을 한바탕 웃고 난 다음 참모는 담배를 빼어 물었다.

 "그런데," 담배에 불을 붙여서 한 모금 빨고는 연기를 위아래로 내뿜으면서 그가 말했다. "특명은 났소? 결재는 어제… 그제 났는데."

 "예, 조금 전에 받았습니다. 그래서 인사를 드리려고 왔습니다. 배려해주신 덕분에…"

 "아, 그랬어요? 출발은… 언제지요?"

 "일변일이 오늘로 되어 있습니다."

 "아하 그래요? 바쁘시겠군요. 그런데… 저기 가면 일이 좀 더 딜 거야. 가만있자, 내가 편지를 하나 써드리지요, FH원장에게."

 그는 담배를 이빨 사이에 물고 연기를 피하기 위하여 한 눈을 가늘게 뜨고서 간단한 편지를 썼다. 쓰고 나서 그는 담배를 손가락 사이로 옮겨쥔 다음 두어 번 눈으로 읽어보고는 서명하여 성중위에게 주었다. 성중위는 그것을 받아넣었다. 그러나 그 편지는 수취인에게 전해지지는 않았다.

 성중위가 위생병과 함께 제50야전병원에 도착했을 때는 일과 끝 삼십 분 전이었다. 무슨 행사가 있었던 모양, 군의관들과 간호장교들이 기념 촬영을 끝내고 해산하고 있었다. 수다스런 작별이 이루어지고 딴 데서 온 사람들은 사분의 삼 톤 차들에 분승하여 병원을 떠났고 그 병원 사람들은 둘씩 셋씩 짝을 지어 단층의 퀸셋 병동으로 사라져갔다. 성중위는 병원에 와 있다는 인상을 강렬하게 받았다. 하얀 모자와 하얀 제복을 과시하면서 나이 어린 아가씨들이 명랑하게 지껄이며 지나갔다. 녹색의 작업복들로 가득찼었던 그의 눈에는 그들이 돋보였다. 하이힐 위로 쭉 곧은 두 다리들이 하얀 옷자락 아래서 생동하고 있다는 것은 놀라운 새 사실이었다. "한국에는," 외국에서 오랜 음악 활동을 하다 귀국한 어떤 지휘자의 말이 생각났다. "미인이 많소. 종로 네거리에 가서 십 분만 서 있으면 틀림없이 한 사람은 지나갈 것이오."

같은 간격에 같은 모양으로 늘어선 같은 크기의 둥근 퀀셋 병실 주위에는 푸른 옷을 입은 환자들이 흩어져 있었다. 창문으로 내다보는 사람도 있었다. 그들도 역시 구경하고 있었다. 더러는 손잡이가 긴 깡통 식기를 들고 식당으로 가기도 했다. 야전삽이라 불리는 강철제의 커다란 수저로 식기를 꽹과리로 만드는 사람도 있었다.

성중위는 그의 출현이 필요한 간단한 입원 수속을 마친 후 나머지는 사단 위생병에게 맡기고 장교 병실이라 일러주는 곳을 찾아갔다. 퀀셋의 삼분의 일이 칸막이로 막아져서 장교 병실을 만들고 있었다. 저쪽은 치과 병실이라고 했다. 침대가… 병상이 일곱 개 말끔히 정돈되어 있었다. 야전 침대와 포단과 담요, 그리고 하얀 홑이불이 남은 일은 들어가 눕는 것밖에 없는 훌륭한 병상을 제공하고 있었다. 위생병이 그의 모자와 작업복과 군화와… 를 빼앗아 조그마한 옷장에 넣고, 푸른 셔츠와 하얀 바지, 그리고 적십자가 박힌 하얀 고무신을 내주었다. 그는 갑자기 환자가 되었다.

"환자 장교님은 이제 세 분이 되었습니다."

위생병이 말했다. 위생병은 둘이었다. 성중위는 침대들을 두루 살폈다. 침상은 모두 새로운 파괴를 기다리고 있었다.

"외출 나가셨어요, 두 분 다. 오늘쯤 들어오실 것 같습니다만."
 성중위는 아무데나 걸터앉았다. 사단 위생병이 손수건으로 이마를 닦으며 들어왔다.
 "큰일났는데요." 그가 들어오며 말했다. "피복표를 안 받아줄려고 그래요. 지난번에 돈을 좀 빌린 것이 있는데… 지금 꼭 갚으라고 그러누만요. 삼백 환인데."
 그는 성중위를 살피면서 주전자에 물을 따라 목을 축였다. 이 녀석이… 그러나 성중위는 아무 말 없이 듣고 있었다.
 "말은 잘해놨습니다만."
 그는 잠시 머뭇거리다가 나가버렸다. 성중위는 담배를 피워물었다. 몇 모금 빨고 있을 때 위생병이 다시 들어왔다.
 "다 되었습니다." 그는 시원하다는 듯이 말했다. "그럼 전 가보겠습니다."
 "그래?"
 성중위는 호실 위생병에게 그의 작업복 윗주머니에서 오백환짜리를 꺼내오게 하였다. 그리고 그것을 사단 위생병에게 주었다.
 "버스비나 해."
 "아닙니다. 공용 완장이면 돼요."
 그는 까만 완장을 바지 뒷주머니에서 비죽이 내보이며 씩 웃었다.
 "지금 중대에 들어가면 저녁밥이 없지 않을까?"
 위생병은 머리를 두어 번 긁고 모자를 반듯이 고쳐 썼다. 그러고는 경례를 했다. 성중위는 답례를 했다. 그는 사단으로 돌아가는 위생병의 등을 향하여 나지막이 중얼거렸다. "잘 가라."

위생병은 어두워오는 밖으로 퀸셋을 빠져나갔다. 성중위는 고개를 숙이고 자기의 위아래를 살폈다. 푸른 상의에 하얀 바지, 실감이 나지 않았지만 그것은 자기 자신이었다.

병원의 첫날은 저물어가고 있었다. 그는 그의 가방에서 빨간 데에 하얀 띠가 둘려 있는 표지를 한 책 한 권과 트랜지스터 라디오를 꺼내 머리맡에 놓고 침대 위에 키대로 누워버렸다. 철물 퀸셋 안에서는 잡음이 많았다. 안테나를 길게 뽑았지만 효과가 별로 없었다. 그는 스위치를 꺼버렸다. 애들은…, 그는 관측소 시절을 생각하고 있었다. 라디오를 굉장히 좋아했었지… 특히 장병장은. 장병장은 그의 연락병이었다. 누쑤를 말씀드리겠습니다. 뉴욕에서 에이피… 그는 흉내도 곧잘 내었어… '다음'을 '돔'이라고 입술을 동글게 하여 흉내내고는 웃었지… "성중위님이 군수처로 내려가신 다음 전에 있던 윤중위님이 올라오셨어요. 연락병을 김일병으로 바꾸어놓았더니 저를 부르시어 그 동안에 마음이 변했나? 하시던데요." 케이 비 에스. 여기는…

그는 다시 스위치를 넣었다. 그러나 그의 마음은 들려오는 라디오 소리로 쏠리지 않았다.

외출 나갔던 환자 중의 한 사람이 들어온 것은 밤이 깊어서였다. 위생병들은 잠자고 있었다. 익숙하게 자기 자리로 찾아가서 환자는 옷을 갈아입고 삐걱 소리를 내면서 담요 사이로 기어들어가더니 이윽고 잠이 들어버렸다. 성중위는 돌아누웠다. 침대에서 삐걱 소리가 났다. 누워 있는 사람의 조그마한 움직임도 침대는 놓치지 않았다. 밤이 깊어갈수록 낡은 야전 침대는 민감해져갔다.

이튿날 날이 밝자 제50야전병원에 대한 성중위의 첫인상은 수정되었다. 그것은 그가 보았던 것과는 다른 딴것으로 나타나 있었다. 무거운 쇠줄을 늘어뜨리고 정문을 지키고 있는 집총한 위병과 그들의 위병소, 부대를 둘러싸고 있는 높은 철조망, 그 철조망 밖으로는 아스팔트 깔린 국도가 연변의 점점 작아지는 가로수들과 함께 멀리까지 뻗쳐 있었고, 안으로는 쓰레기 무덤과 푸른 옷을 입은 창백한… 창백한, 머리 깎은 사나이들, 그리고 단조로운 단층의 암갈색 막사들이 떠오르는 태양 광선 속에서 깨어나고 있었다. 성중위의 머리에는 그것에 대한 잔인한 그러나 적절한 표현이 떠올랐으나 그는 굳이 그것을 소리내어 입 밖으로 발설하려 하지 않았다. 그 자신도 푸른 옷을 입고 있었으니까. 푸른 옷들 틈에 섞인 녹색의 작업복은 그 단정하게 죄어맨 목 높은 군화와 더불어 우선 씩씩하게 보였다. 그것은 다시 말해서 독선적이기도 하였다. 복장의 분류는 사람의 분류를, 따라서 사람의 통솔을, 도와주고 있었다. 그가 그의 병실로 돌아왔을 때, 양동이로 날라온 아침밥이 분배되어 있었다. 늦게 들어온 환자는 아직 자고 있었다. 위생병들이 그를 깨웠다. 그는 대위였다. 대위가 늦게 시작한 그의 아침밥을 끝낸 다음 담배를 피워물고 침대 위에 비스듬히 누워 있을 때 호실 담당 간호장교가 들어왔다. 성중위는 시계를 보았다. 여덟시 십분이었다. 참모 조회를 하고 있겠구나… 벌써 끝났을까? EE-8 전화기는 열을 올리기 시작하겠지…

"간수장님, 돌아왔습니다, 약속대로 어젯밤에."

대위가 말했다. 간수장이라 불린 간호장교는 노여워하지 않고 웃어보였다. 소매 짧은 하얀 제복을 입은 그녀는 가을날 아침 공기가 몸에 차가운 듯 어깨를 움츠렸다. 역시 하얀 모자가 나비처럼 뒤통수에 붙어 있었다. 그녀는 중위였다.

"어마, 새로 오셨군요. 어디서 오셨죠?"

중위가 중위에게 물었다.

성중위는 그의 전 소속과 군번 계급 성명을 대었다. 총명하게 생긴 삼각형의 얼굴을 한 문중위는 간호 일지를 작성하였다.

그날은 침대 위에 누워서 성중위는 책을 보며 지냈다. 집에 돌아온 '앨'이 두들겨맞춘 커다란 짐차 위에 가구와 가족을 싣고 캘리포니아에의 먼 여행을 떠나고 있었다. 그가 초진을 받은 것은 그 이튿날, 그러니까 그가 입원한 지 사흘째 되는 날이었다. 야전병원에는 이비인후과가 없었다. 그는 외과부장 군의관 대위 앞에 불려갔다.

"십 년 전에 중이염을 앓으셨군요." 그는 야전 의무표를 보면서 말했다. "지금까지 어떻게 근무하셨지요?"

"중이염인지 뭔지 모르나 하여튼 옛날에 앓은 적이 있었지요. 그러나 그건 그때 다 치료됐었습니다."

"그럼 어디가 아프세요? 어디 봅시다."

그는 성중위의 왼쪽 귀를 들여다보았다.

"이쪽은 이상이 없고… 저쪽을 봅시다."

"오른쪽은 더 이상이 없을 겁니다."

"그래요? 그런데 귀에서 소리가 난다는 말씀이죠?"

"그렇습니다."

"후송하라고 소리가 납니까?"

"농담할 기분이 아닌데요."

"그러시겠지요. 농담은 그만둡시다. 진찰도 끝났습니다. 이상 없습니다. 퇴원하십시오."

"퇴원은," 성중위는 군의관을 똑바로 쳐다보면서 말했다. "다 나은 사람이 하는 거겠지요."
"나을 것이 없어요, 장교님은."
"그럼 제가 여기까지 놀러 왔단 말씀입니까? 그리고 나을지 안 나을지를 치료도 안 해보고 단언할 수 있습니까?"
"치료할 것이 없다는 말씀입니다. 적어도 내가 보기에는요."
"그 단서가 중요합니다. 여기서 발견되지 않았다고 해서 반드시 병이 없다는 것 아니겠지요? 혹시 도움이 될지 모르겠습니다만, 여기…" 성중위는 호주머니에서 청력표를 꺼냈다. "전문의의 진단 결과가 있습니다."
"군의관이 괜찮다고 하는데 왜 자꾸 그러시지요?"
그는 청력표를 받아서 펴보며 말했다.
"그러나 아픈 것은 군의관이 아니니까요."
성중위는 군의관을 주시했다. 군의관은 청력 도표를 대강 훑어보았다. 그의 시선은 그 아래에 있는 영문으로 날인된 군의관의 의견란에서 멎었다. 잠시 침묵이 흘렀다. 성중위는 눈을 돌려 창밖을 내다보았다. 백양나무의 잎들이 하얗게 펄럭이면서 떨어지고 있었다.
"알았습니다." 군의관이 고개를 들면서 말했다. "가 계세요. 그리고 이건 병상 일지에 첨부하는 것이 좋겠습니다."
성중위는 의자에서 일어섰다. 군의관은 성중위를 데리고 온 호실 위생병을 불렀다.
"김상병, 문중위더러 이 장교님 후송 상신하라고 그래."
성중위가 제17후송병원으로 후송되어 떠난 것은 그로부터 나흘 뒤 오후였다. 장교 병실에서는 그와 그 대위에게 후송 특명이 났었다. 특명 사본을 받아들자 대위는 즉시 행동을 개시하였다.
"여보 성중위, 지금 떠납시다."
성중위는 팔깍지를 해서 베고 침대 위에 누워 있었다.
"네시가 다 되었는데요? 내일 갑시다. 날짜도 있는데…"
"세시 사십… 칠분인데 뭘 그루? 여기 나가서 버스 타면 삼십 분밖에 안 걸려요." 그는 벌써 군화끈을 매고 있었다. "아이 난 진저리가 나서… 당신은 참 빨리 난 셈이오. 일 주일밖에 안 됐지요? 나는 이 주일 이상을 썩었더니… 저긴 참 좋습니다."
"좋긴 뭐가 좋다고 그러세요?" 성중위 대신 위생병이 받았다. "새로 짓는 중이어서 엉성합니다. 기간 사병들은 매일 사역이래요, 일과만 끝나면요."
"새로 지었으니 좋지이? 이 콘세또에 비해? 야야 그건 그래봬도 영구 건물이다. 장교 병실두요, 부룩크 막사 한 채를 다 차지하고 있어요. 침대 수는 많은데 내가 갔을 땐, 그젠가 갔는데, 있는 장교는 십여 명밖에 안 돼요. 갑시다. 여기 있음 뭘 해요?"
"사람이 많아서요, 물건만 잘 없어진대요. 여기서 간 이중위님 가던 날로 시계 잃어버리지 않았어요?"
"어머 그랬대요?"
책상에 엎드려 글을 쓰고 있던 간호장교가 참견하였다.
"그야 자기가 부주의한 탓이지 뭐."
대위는 구두끈을 다 매고 일어서서 바지를 털었다.
"미리 가면 뭘 합니까? 천천히 갑시다."
누운 채 성중위가 말했다.
"혼자 어떻게 가요? 같이 갑시다. 아직 시간은 충분해요."
"어…, 그럼 그럭합시다."

성중위는 일어나 침대에 걸터앉았다.
"성중위님은 여기에 정이 드셨나봐, 그 동안."
위생병이 말했다.
"그래?"
성중위는 자기 소지품을 가방에 챙겨넣었다. 그랬는지도 모르지… 그는 담배를 피워물었다.
"내 작업복과 군화를 다오."
이윽고 출발 준비가 다 되었다.
"간수장님, 그 동안 폐 많이 끼쳤습니다."
대위가 말했다.
"그 동안 규칙을 잘 지켜주셔서 감사합니다."
간호장교는 웃어보였다.
"자, 그럼 안녕히들 계세요."
성중위는 대위를 따라 밖으로 나갔다.
"라디오를," 남아 있는 사람이 가는 사람을 떠나보냈다. "잘 간수하세요."

3

제17후송병원이라 쓴 부대 간판은 국도에서 이백 미터쯤 떨어져 있었다. 정문을 들어서자 소꿉장난 같은 자그마한 동산이 꾸며져 있었고 그 한쪽에는 각 부서를 가리키는 화살표들이 초행자를 돕고 있었다. 성중위는 입퇴원과를 찾아갔다. 대위는 수속은 내일 밟는다면서 병실 쪽으로 사라졌다.

"이비인후과시군요." 성중위가 내준 병상 일지를 한 장씩 넘기면서 입퇴원과장이 말했다. 그러고는 귀를 보자고 했다. 보고 나서 그는 계속했다. "입원이 안 될 것 같은데요."

또 절벽이구나… 성중위는 생각하였다. 이 녀석에겐 어떻게 귀를 뚫어준다?

"이비과 군의관에게 가봅시다."

입퇴원과장은 성중위를 데리고 옆방으로 갔다. 후송병원에는 안과와 이비인후과가 합쳐져 있었다. 안 이비인후과장은 성중위의 귀를 진찰하였다.

"디스차지? 어드밋숑?" 입퇴원과장이 이비과 군의관에게 속삭였다.

"디스차지!" 이비인후과장이 대답했다.

입퇴원과장은 성중위를 돌아보았다.

"입원이 안 되겠답니다."

"50야전에서 여기까지 오는 사이에 병이 다 나은 모양이군요."

성중위는 놀라지 않고 대답했다.

"거기에는 이비인후과 없어요."

이비인후과장이 말했다.

"50야전에서 여기까진," 성중위는 이비인후과장의 참견에는 관계없이 입퇴원과장에게 계속했다. "삼십 분밖에 안 걸리는데 말입니다. 그렇다면 다행입니다만."

"거기에는 이비인후과 전공 군의관이 없단 말씀예요."

이비인후과장이 소리를 질렀다.

"거기서 작성된 병상 일지를 보셨습니까?"

성중위가 드디어 이비인후과장을 정면으로 바라보고 말했다.

"보나마나예요."

"경솔하시군요." 성중위가 말했다. "거기에는 특수 시설을 사용한 전문의의 진단 결과가 첨부되어 있는데."

"특수 시설요?"

이비인후과장은 입퇴원과장에게 눈짓을 했다. 입퇴원과장은 밖으로 나갔다.

"방음 장치된 조그마한 밀실입니다. 수도육군병원에서…"

"오디오미터군. 알고 있어요."

이비인후과장은 성중위의 말이 끝나기도 전에 말했다.

"아시겠지만, 거기서 수신기를 둘러쓰고 청력 검사를 받았습니다. 군의관은 밖에서…"

"글쎄 알고 있대두요."

이비인후과장은 다시 성중위의 말을 방해했다. 입퇴원과장이 성중위의 병상 일지를 가지고 왔다. 이비인후과장은 단번에 청력표를 찾아서 펼쳤다.

"사천 사이클에서 청력이… 잘 아시겠지만."

성중위가 말했다. 이비인후과장은 성중위를 노려보았다.

"나는 전공이 달라서," 입퇴원과장이 막연히 말했다. "보았자 눈이 발바닥이야."

그러고는 성중위를 향해서 설명하였다.

"이분은 수도병원에서 일루 오신 지 얼마 안 됩니다. 거기 이비인후과에 오래 계셨지요."

"이중위가 테스트했군."

이비인후과장이 병상 일지를 덮으면서 말했다. 그는 그것을 입퇴원과장에게 돌려주었다. 그리고 결론을 내렸다.

"어드밋숑."

입원 수속을 마친 성중위는 장교 병실로 향했다. 병원은 시설을 확장중에 있었다. 새로 지은 블록 독립 건물들 중 하나가 장교 병실이었다. 새 건물들은 모두 같은 크기에 같은 모양이었고 서로의 간격도 일정하였다. 한편에는 기초 공사가 진행중에 있었다. 파헤쳐진 구덩이의 크기는 같은 건물이 세워질 것을 예상케 했다. 난민 정착용 집단 주택들 중의 임의의 하나에 들어가는 듯한 기분으로 성중위는 장교 병실에 들어섰다. 건물 한 채가 방 하나를 만들고 있었다. 들어선 문 저쪽 끝에는 같은 모양의 문이 또 있었고 양쪽에는 낮고 큰 창문이 대칭을 이루면서 나 있었다. 그 아래 야전 침대의 병상들이 두 줄로 가운데에 복도를 만들면서 배열되어 있었다. 우선 그를 당혹케 한 것은 많은 사람들이었다. 조용히 누워 있는 대신에 군데군데 바둑과 장기판을 벌이고 거기에 요란한 훈수까지 곁들여 있었다. 더욱 요란하게 보인 것은 사람들이 일정한 환자복을 입지 않고 각기 제멋대로의 가지각색 잠옷을 입고 있었기 때문이었는지도 몰랐다. 성중위는 피로를 느꼈다. 위생병은 보이지 않았다. 그는 방안을 살폈다. 한쪽 끝에서 같이 온 대위가 그를 손짓해 불렀다. 그는 성중위를 위해서 자리를 잡아놓고 기다리고 있었다.

"입원은 되었수?"

"예. 수속 다 마쳤습니다."

성중위는 대강 자리를 정리한 다음 구두도 벗지 않고 침대 위에 누워버렸다. 그의 사십여 일간의 후송병원 생활이 시작된 것이었다.

입원한 지 며칠 후 그는 초진을 받기 위해서 다시 이비인후과장 앞에 섰다. 군의관 옆에는 책상을 나란히하여 가냘프게 생긴 간호장교가 앉아서 백지에 싼 소설을 책상 서랍에 감추어 읽고 있었다. 군의관은 병상 일지를 기록하였다.
"그런 증상이 언제부터 시작되었지요?"
"한 이 년 되는 거 같습니다."
"좀더 정확히 말할 수 없소?"
"그때가 중동부전선에 있었을 때니까… 이십 개월쯤 됩니다."
"이십 개월. 어떻게 시작되었지요?"
"총을 쏜 다음부터 시작되었습니다. 구경 .45권총 말입니다. 세 박스를, 그러니까 백오십 발을 선 자리에서 다 쏘아 없앴지요. 총열의 과열도 생각지 않고 그냥 쏘아댔습니다. 무엇이 있었냐구요? 아무것도 없었습니다. 먹고 버린 빈 깡통이 하나 뒹굴고 있었지요. 그리고 주위에는 아무도 없었습니다, 나밖에는."

빈 깡통을 본 순간, 그는 그것을 없애버리고 싶었었다. 버려져서 뒹구는 빈 깡통이었다. 그는 그것을 향해서 연방 탄창을 갈아 끼우며 방아쇠를 당겼었다. 탄환이 떨어지고 어깨가 무거워지며 피로가 온몸을 습격해왔었다. 그러나 그의 마음은 후련해져 있었다.

"그때부터 계속해서 소리가 났습니까?"

격발 반동은 쾌감을 주었다. 충격이 어깨에 전해질 때마다 쾌감이 전신으로 퍼져나갔다. 상쾌한 고통이 폭음과 더불어 짜릿하게 전신을 파고들었다. 격발할 때마다 총구와 깡통은 동시에 튀어올랐다. 격발은 반복되었다. 쾌감도 따라 올랐다. 탄환이 떨어지자 격발은 그쳤다. 갑자기 피로하여졌다. 빈 깡통은 보기 흉하게 이지러져 있었다.

"그때부터 소리가 계속해서 났느냔 말이에요."
 군의관이 소리를 높여 재차 물었다.
"그렇습니다." 성중위는 자기의 시선이 상대방에게가 아니라 그 너머 약장 위에 있었음을 깨달았다. 그러나 그는 약장 위의 약병들을 보고 있었던 것도 아니었다. "그때부터 죽… 처음에 귀가 먹먹하도록 소리가 났습니다만 사격 뒤에 으레 있는 것으로 생각하여 대수롭잖게 여겼습니다. 그러나 소리는 이삼 일 사이에 훨씬 작아졌지만 그치지는 않았어요. 그것이 지금까지 계속되고 있습니다."
"일종의 신경외상입니다. 포병장교에게 많지요." 군의관은 병상 일지를 덮었다. 그리고 계속하였다. "적당한 치료법이 없어요. 약물도 별로 없고… 오디날이란 약이 시장에 나와 있긴 한데 별루 신통하질 못해요."
"수도병원에서 진찰이 끝난 다음, 간단한 치료를 받았습니다만."
"어떻게 해줍디까?"
"귀로 바람을 넣어서 코로 빼는…"
"통풍 치료요? 그것도 자신 있는 방법이 아닙니다."
"별 도리가 없으면 그거라도 받아보는 것이 좋지 않겠어요? 한 이삼 개월 계속하면 나아질는지도 모른다고 말씀하시던데, 거기서."
"그야 그렇지요. 안 받는 거보다 받는 게 낫지요. 뿐만 아니라 수도병원이 시설이 젤 나아요. 청력기도 부속병원과 수도병원에 밖에 없습니다."
"그리로 후송보내주셨으면 감사하겠습니다."

"글쎄, 이 청력표 의견란에도," 군의관은 병상 일지에 첨부된 청력 도표를 펼쳤다. "특별 치료를 위해서 수도육군병원에 후송 입원하라고 되어 있는데… 이 의견과 여기서의 후송 방향과는 별 문젭니다."

"수도병원으로 입원해서 특별 치료를 꼭 받아보라고 말씀하시던데."

"여기서 수도로 못 갑니다. 응급 환자 외에는. 위궤양으로 위가 터진 환자 같으면 야전병원에서도 수도로 헬리콥터 후송을 합니다만."

"그럼 어느 병원이 그 담으로 시설이 좋습니까?"

"그외엔 다 비슷비슷하지요. 대구가 좀 낫다고 그러지만."

"그러면… 어느 병원으로 가야 수도로 후송이 될 수 있습니까?"

"여기를 벗어나면 수도로 가기는 더욱 어렵지요. 수도가 이비인후과 시설이 좋다는 이야기지 일반적으로 보면 명칭은 육군병원이지만 후송병원 비슷해요. 거기서도 후방 육군병원으로 많이 후송보내고 있습니다. 거기는 병상 수가 적어서 항상 환자가 넘치니까요. 그런데 후방 육군병원에서 그리로 후송이 되겠어요?"

"갈려면 여기서 가야 되겠군요."

"그렇지요. 그런데 여기선 그리로 보내드릴 수 없다 그 말씀이에요."

"……"

"그리고 어디로 후송가느냐 하는 문제보다 후송이 되느냐 하는 것부터 생각해봐야죠."

"후송이 되느냐, 라뇨? 입원 환자에게 적당한 치료 방책이 없으면 후송시키는 거 아닙니까?"
"입원은 내가 시켰지만 후송은 내가 안 시켜요. 후송심사위원회라는 것이 있어요. 군사령부 의무참모부에서도 나오지요. 그리고 개인 후송도 없어요. 다 집단 후송입니다."
"그렇지만 담당 군의관의 의견이 중요하지 않겠어요? 거의 결정적일 텐데요?"
"물론 그렇지요. 그러나 보장은 못 한다 그 말씀예요." 군의관은 성중위의 병상 일지를 서랍 속에 집어넣었다. 그리고 딴 환자들의 것을 한 묶음 책상 위에 내놓으며 덧붙였다. "자, 이걸 언제 다 본다!"
성중위는 병실로 돌아갔다. 병실은 이미 낯설지 않았다. 빈 벌판에 천막을 치고 풀을 깔아 그 위에서 지내는 야영도 며칠 밤을 자고 나면 아늑한 곳이 되지 않았던가. 아무리 허술해도 성곽은 성곽이었다. 대위는 작업복을 입은 채 침대 위에 비스듬하게 누워서 라디오를 틀어놓고 야구 중계를 듣고 있었다. 그는 성중위의 노여운 낯빛을 살피면서 초진 결과를 물었다 성중위는 대강 이야기해주었다. 듣고 나서 대위는 충고했다.
"약을 써요, 약을. 나도 50야전에서 일로 넘어올 때 바이스로이 한 보루 썼지 않았수?"
"그래요? 환자가 되려 의사에게 약을 쓴단 말씀이지요?"
성중위는 생각하였다. 그럴 수도 있겠지… 의사라고 다 건강한 건 아닐 테니까…
"써봐요. 생각했던 것보다 빠를 테니까, 효과가."
"그럴 기분이 안 나요. 까짓 거 내버려두면 어때요. 지 알아서 하겠지요."

성중위는 내뱉듯 말하고 침대 위에 길게 누워버렸다.

대위는—— 50에서 성중위와 같이 온 장대위는 곧잘 서울에 나갔다. 밤에 나가서 며칠씩 묵어 오곤 하였다. 성중위는 라디오를 자꾸 틀었다. 기대를 가지고, 그러나 실망을 거의 예감하면서 스위치를 넣곤 하였다. 그의 예감은 대개 들어맞았다. 아나운서는 말을 좋아하였다. 뒤늦은 유행가 하나를 들려주고는 문학소녀 같은 넋두리를 늘어놓곤 하였다. 가슴에 맺힌 것을 풀어헤치면서 육박해오는 놀라운 관현악이 들려오면, 반드시 그에 값하는 군소리가 뒤따랐다. 대화가 번거로워지고 말마저 귀찮아져서 생각조차 하기 싫어질 때 돌부처가 되지 않는 방법은 음악에 있었다. 음악은 강요함이 없이 언어 이상의 것을 말하여주었다. 직관은, 불완전하고 오해의 가능성이 많았으나 그만큼 신경의 소모가 적었고 편리하였다. 음악을 들으면서 제멋대로의 상상을 하고 있을 때, 한정된 영상을 강요하며 참섭해오는 언어는 질색이었다. 그럴 때면 그는 라디오를 발길로 차버리고 싶은 충동을 억누르면서 스위치를 꺼버리곤 하였다. 차라리 침묵을 택하자는 것이었다. 침묵은 금은 아니었으나 언어보다 즐겼다. 그는 침대 위에 번듯이 누워서 천장에 배열된 합판을 헤아렸다. 왼쪽에서 오른쪽으로, 오른쪽에서 왼쪽으로, 또는 하나씩 또는 둘씩, 가능한 여러 가지 방법으로 합판의 수를 헤아렸다. 헤아리다 지치면 책을 읽었다. '앨'은 그의 가족과 함께 '오키'가 되어 캘리포니아의 거리를 헤매고 있었다.

한국의 유명한 가을 하늘이 높고 맑게 개인 어느 날 오후 드디어 '앨'은 죽었다. 성중위는 책을 덮어 가방 속에 집어넣고 침대에 걸터앉아 창밖을 내다보았다. 마주서 있는 저쪽 병실도, 어슬렁거리는 푸른 옷의 환자도, 경쾌한 하얀 옷의 간호부도, 그의 눈에는 들어오지 않았다. 그는 먼 산을 바라보고 있었다. 그날도 백운대는 멀리서 빨갛게 타오르고 있었다. 활엽수 넓은 잎에 고착된 태양 광선이 찬란하게 작렬하고 있었다. 얼마 동안을 그렇게 앉아 있었을까. 그는 '앨'만을 생각하고 있는 것은 아니었다. 그저 그렇게 앉아 있었다. 마음이 무거웠다. 무엇인가가 그를 눌러오고 있었다. 그는 일어섰다. 새삼스럽게 생각이 난 듯 담배를 피워물었다. 그리고 군화끈을 매었다. 한 칸씩 한 칸씩 정확하게 매어나갔다.

국도 건너편 멀지 않은 곳에 도봉산으로 들어가는 길이 있었다. 성중위는 거기를 향해서 걸었다. 지프차가 달려오고 그 뒤에 숨어서 새까맣고 납작한 고급 승용차가 소리없이 다가왔다. 군용 트럭은 소리를 내면서 질주해갔다. 선명한 색채로 채색된 버스가 머리를 내밀면서 나타나서 거대한 차체를 끌고 둔중하게 달렸다. 성중위는 도봉산 입구께로 접어들었다. 차량은 계속해서 달려오고 달려갔다. 그 중에서 그의 주의를 끈 것은 버스를 앞질러서 전속력으로 달려오는 드리쿼터 한 대였다. 그것은 역학적 균형이 잘 잡힌 중심이 낮은 신형 미군 사분의 삼 톤 차였다. 성중위 옆을 지날 때 운전대 옆에 앉은 흑인 병사가 손을 창 밖으로 내어 흔들면서 하얀 이빨을 드러내놓고 웃었다. 차는 빨리 작아져갔다. 성중위는 움직이지 않고 선 자리에 서서 사라져가는 차의 꽁무니를 바라보고 있었다. 차는 마침내 나지막한 언덕 너머로 자지러져갔다.

성중위는 17번 도로의 험한 내리막길을 내려오고 있었다. 풀이 무성하게 자라나는 첫여름이었다. 등뒤에서 내리막을 달리는 가벼운 엔진 소리가 멀리서 들려왔다. 그는 길가에 비켜서서 차를 기다렸다. 편승해가자는 심산에서였다. 차가 산모퉁이를 돌자 엔진 소리는 갑자기 커졌다. 차는 드리쿼터였다. 그것은 속력껏 달려오고 있었다. 성중위는 손을 쳐들었다. 그러나 차는 속력을 조금도 늦추지 않았다. 운전대 옆에 앉은 중위가 손을 가로저어 거절했다. 차는 바람 소리를 내며 성중위를 지나쳤다. 그때 성중위는 무엇을 생각했을까. 그때부터 내리막이 끝나고 급굽이가 있는 산모퉁이로 차가 자취를 감출 때까지는 기껏 십 초 이내였다. 그 동안 성중위가 마음속으로 무엇이라 말하였을까. 그것은 성중위 자신도 정확히 알 수 없었다. 차가 굽이를 돌아서 사라진 것과 거의 동시에 하얀 먼지가 둥글게 푹 솟아올랐을 때는 성중위는 십 초와 십 분의 구별도 할 수 없었다. 전신에 긴장을 느끼면서 그는 모퉁이를 돌아섰다. 그리고 보았다. 그 속력에 그 정지를. 차는 네 다리를 하늘로 뻗고 있었다. 자동차의 네 바퀴가 허공에 떠 있는 것은 충격적인 풍경이었다. 어디선가 신음 소리가 났다. 우거진 풀숲 속에서였다. 부상한 사병이 신음하는 중위를 업고 기어나왔다. 누워 있는 차가 가리키는 방향에서 미군의 드리쿼터가 달려왔다. 성중위는 그 살아 있는 차를 세웠다. 미군은 사태를 간파하고 즉시 차를 돌렸다. 그리고는 그들을 싣고 오던 길로 되돌아갔다. 맨 처음 적십자가 눈에 띈 집 속으로 그들은 운반되었다. 운전대 옆에 앉아 있었던 중위가 제일 중태였다. 민간인 의사는 중위의 작업복 소맷자락을 어깨에까지 가위로 베었다. 중위는 소리쳐 아픔을 호소했다. 성중위는 그것을 보고, 아니 듣고 있었다. "아아 아 아."

그 소리는 성중위가 연대본부에 가는 도중에도 그치지 않았다. 성중위는 그것을 강력히 부인했다. 그는 소리없이 외쳤다. 그때 나는 그것을 생각하지 않았었다… 더구나 그것을 바라지는 더욱 아니하였다… 절대, 절대 바라지는 않았었다… 다만 내리막에서 저렇게 속력을 내다간 위험하지 않을까, 라고만 생각하였었다… 다만 위험하다고 생각했었을 뿐이다… 위험하다고만… 사실 위험했었으니까 말이다… 그렇게 달리고서 사고가 안 날 수 있었겠는가… 사고가… 사고가 말이다… 그는 열심히 주장하였다. 주장하고 보니 설복된 듯도 하였다. 그러나 마음 한구석에 자리잡은 허전함은 어쩔 수 없었다. 그 허전함이 정통으로 찔리었다. 연대 작전과에 돌아와서 그가 그 사고 얘기를 대강 했을 때, 옆에서 듣고 있던 사병이 무심코 지껄인 한마디는 그의 아픈 데를 바로 때렸다.

"성중위님을 안 태워줘서 그랬어요, 그 새끼들."

사병은 웃으며 말했다.

그러나 성중위는 웃지 않았다. 그는 많은 사고의 현장을 목격해왔었다. 폭발 사고는 교통 사고보다 더 참혹했었다. 그러나 그가 보아온 어떤 사고도 이번 것만큼 충격적인 것은 없었다. 그는 그 이유를 어렴풋이 느낄 수 있었다. 그 중에는 속도와 정지의 결정적 대조도 있었고, 그 차에 편승했을 경우를 상상하는 데서 오는 사고자들과의 동일시 의식도 있었다. 마치 죽음이 그를 스치고 지나간 듯한 느낌이었다. 그러나 이례적인 충격의 원인이 그뿐이었을까? 그는 그들을 저주하였었는지도 몰랐다. "자식들, 꼬라박아버려라!" 그렇다면 그의 저주는 너무 빨리, 너무 선명히, 그리고 너무 비참히 실현된 셈이었다. 그는 어렸을 때 살쾡이를 돌로 맞혀 죽인 일이 있었다. 돌을 던진 것은 맞히기 위해서였지만 그의 돌에 날쌘 살쾡이가 맞아서 더구나 죽으리라고는 거의 기대하지 않았었다. 그러나 살쾡이는 거짓말처럼 픽 쓰러졌다. 그리고 네 다리를 뻗었다. 어린 그는 놀랐었다. 두 손을 가슴 위에 웅크리고 선 자리에서 무서움에 떨었다. 그는 그곳을 도망쳐 엄마에게로 달려갔다. 엄마는 그를 꾸짖었다. 그는 울었다. 엄마는 그의 등을 쓰다듬어주었다. 꾸지람을 듣고 나자 그의 무서움은 적이 풀렸었다. 그러나 이번 경우에는 그를 꾸짖어줄 사람이 없었다. 그는 그와 그 사고 사이에 더 밀접한 관계가 있는 것처럼 느껴졌다. 그것은 그러나 분명치 않았다. 분명한 것은 다만 귀에 박힌, 소리치는 신음 소리뿐이었다. "아아 아 아——" 죽음이 그를 스쳐갔다… 스쳐서 어디로 갔단 말인가… 그를 향해서 쏜 화살이 엉뚱하게도 무고한 사람의 가슴… 가슴 위에… 아 아 아——

도봉산 산보에서 돌아왔을 때 성중위는 술에 젖어 있었다. 날은 이미 저문 다음이었다. 그는 웃고 있었다. "넌 어떻게 마실수록 얼굴이 창백해져? 얼굴빛 가지고는 네가 취했는지 안 취했는지 알 수가 없단 말야. 그러나 난 금방 알아낼 수가 있지. 취하기만 하면 넌 곧잘 히죽히죽 웃으니까 말야."

'코페르니쿠스'는 지금 뭘 하고 있을까… 녀석은 첫 잔에 얼굴이 빨개졌지… 코부터 말야… 정말 그 녀석은 코뻬르니쿠스였어… 그는 웃었다. 병원은 어둠에 싸여 있었다. 어두운 밤하늘을 배경으로 시커먼 건물들의 윤곽이 뚜렷이 드러났다. 모든 풍경은 새로워 보였다. 거울을 통해서 거꾸로 볼 때처럼 같은 세계가 또 하나의 다른 세계로 나타났다. 그의 수정체는 채색되어 있었다. 그것은 편리한 채색이었다. 각도를 달리해서 볼 때완 또 다른 무엇이 있었다. 보이는 대로 보는 대신에 보고 싶은 대로 볼 수 있었다. 보았던 것을 안 볼 수도 있었고, 안 보았던 것을 볼 수도 있었다. 그러나 어느 풍경화가 더 진실에 가까웠는지 말하기 어려웠다. 이쪽 수정체가 술에 젖어 있다면 저쪽 수정체는 습관에 물들어 있었으니까. 하나의 풍경에 두 개의 풍경화… 성중위는 드문 풍경화를 보고 있었다. 하늘이 기울고 지평선도 따라서 기울었다. 확실히 지구는 움직이고 있었다. …네 나이 몇 살이냐, 대답해요, 사알짝 대답해요… 아이 답답해 답답해 저엉말 답답해… 도라 도라지, 도라 도라지, 도라도라 도라지 산도라지가… 나는 나는 조오아요오… 그는 흥얼거리며 병실로 들어갔다. 병실에는 불이 저쪽 끝에 하나만 켜져 있었다. 긴 병실, 불빛이 희미해진 곳에 그는 서서 병실 안을 관망하였다. 그것은 선실이었다. 하루의 긴 항해가 끝나고 피곤한 선원들이 그들의 그물 침대 속에 혹은 엎드려 고향에 편지를 쓰고, 혹은 누워 아내의 사진을 꺼내 보고 있었다. 성중위는 그의 병상 위에 걸쳐 앉았다. 반은 밝았고 반은 어두웠다. '앨'이 들어 있는 그의 가방이 침대와 침대 사이에서 희끄무레하게 빛나고 있었다. 가방에 붙은 하얀 쇠붙이는 차갑게 반짝였다. 그것은 관 모서리에 달린 백동 장식이었다. 그리고 그 관 속에는 '앨'이 잠들고 있었다. 그는 여전히 웃고 있었다.

4

성중위가 후송된 것은 그로부터 이 주일 후였다. 후송되기 전날까지도 그는 그것을 모르고 있었다. 장대위에게서 후송 심사가 있다는 귀띔을 받고 그는 그의 담당 군의관을 찾아갔다. 이비인후과장은 모른다고 잡아뗴었다.

"언제쯤 있을지도 모르시겠어요?"

"글쎄 잘 모르겠단 말씀예요."

"당분간 없다면 휴가나 좀 갔다 왔으면 합니다만."

성중위는 유도 작전을 썼다.

"휴가요? 건 알아서 하세요. 그러나 난 책임 못 져요. 언제 후송 심사가 있을지 모르니까요."

성중위는 더 할말을 찾지 못하고 물러나와버렸다. 후송 심사는 그때 진행되고 있었다. 성중위는 불려가지 않았다. 그러나 후송자 명단이 발표되었을 때 거기에는 그의 이름도 끼어 있었다. 그는 서류 심사로 통과된 모양이었다. 포화 상태에 이른 환자들은 후방 각지의 육군병원으로 분산되어 특명이 났다. 성중위는 부산으로 났다.

환자들은 십칠시 이전에 저녁을 먹어치우고 각자의 소지품을 가지각색으로 꾸렸다. 지구 적십자 지사에서 나와 크고 맛없는 빵이 셋씩 들어 있는 봉지를 일일이 나누어주었다. 사분의 삼 톤 구급차들과 이가 이분의 일 톤 트럭들이 연병장에 집결하였다. 열 대 미만의 차량들은 환자들로 채워졌다. 그들은 십팔시에 병원을 출발하였다. 낙엽이 소리를 내며 떨어지고 있었다. 성중위는 비좁은 구급차에 쭈그리고 앉아서 뒤로 사라져가는 계절의 잔해들을 바라보고 있었다. 저물어가는 계절의 저물어가는 날이 포도 위로 깔려오고 있었다.

차량 이동 십 분에 그들은 기차역까지 이르렀다. 기차는 이십시에 도착 예정이었다. 그러나 그것은 정기 열차가 아니었다. 각 후송병원을 거치면서 열차 후송 환자들을 주워싣고 후방 육군병원을 순방하는 후송 열차였다. 17병원은 그 기차가 방문하는 마지막 후송병원이었다. 한적한 시골의 간이역은 때아닌 인구 증가로 붐비었다. 환자들은 삼삼오오 떼를 지어 양지를 찾아서 기차를 기다렸다. 그들을 싣고 왔던 차량들의 마지막 차가 먼지를 뒤로 남기고 사라져갔다. 해는 서산에 떨어지고 있었다. 허술한 역사 안에서 전화통이 울었다. 기차가 ××역을 방금 출발했다는 전달이 왔다. 그리고 도착이 예정보다 늦으리라는 결론도 나왔다. 성중위는 딴 보행 환자들과 함께 역 앞 대폿집으로 갔다.

날은 어두워갔고 또 쌀쌀해져갔다. 탁한 술기운이 뱃속을 뜨뜻이하면서 얼굴로 퍼져올랐다. 성중위는 자신의 뺨을 의식할 수 있었다. 마치 뺨의 피부가 자기와는 분리되어 있는 것처럼 느껴졌다. 얼굴을 스치는 찬 공기가 상쾌하였다. 그는 낮은 판자 울타리에 비스듬히 기대 서서 올 것을 기다리고 있었다. 그는 웃고 있었다.

길고긴 병원 열차가 도착한 것은 이십일시 이십분이였다. 옆구리에 적십자를 한 하얀 열차였다. 그러나 성중위는 타고 나서 실망하였다. 침대칸은 만원이었고 남은 것은 딱딱한 의자칸뿐이었다. 환자들은 쌀쌀한 밤공기에 난방 장치를 아쉬워하였다. 그러나 그들은 한 의자에 같이 앉으려 하지 않았다. 대개가 의자 하나에 한 사람씩 앉아서 어두운 창밖을 내다보았다. 차칸은 텅 빈 듯하였다. 위생병과 수송 하사관이 오락가락할 뿐, 차 안은 조용하였다. 조용히 그들은 차가 떠나기를 기다리고 있었다.

이십이시가 되자 기차는 출발하였다. 서로 다른 많은 환자들을 싣고 기차는 새로운, 그러나 단순한 또 하나의 다른 세계를 향하여 캄캄한 간이역을 떠나 어둠 속을 달렸다.

〔『사상계』, 1962. 문예 증간호〕

물결이 높던 날

　—달이 차면 영향력이 커져서 바다의 마음은 그리로 쏠린다. 바다의 중심이 그리로 쏠리면 육지의 마음은 바다로 쏠려서 그 빈 곳을 메운다. 그리하여 육지에는 광기가 가득차게 된다.

　그날은 화요일이었다. 현수는 송도 해변을 걷고 있었다. 바다에는 수평선이 없었다. 거대한 파도들이 깊은 물이랑을 뒤로 끌면서 말 위에 높이 앉듯 흉흉하게 솟구치고 있었다. 하얀 포말들이 말갈기처럼 그 위에서 부서졌다. 바다는 참을 수 없다는 듯이 방파제를 넘보면서 사납게 출렁거렸다. 바람이 세찼다. 하늘은 낮고 무거웠다. 하늘과 바다의 심한 요철과의 사이에는 농축된 대기가 가득차 있었다. 공기는 투명체가 아니었다. 탁한 그 젖빛 공기를 뚫고 용솟음친 물결은 문득 정지하여 정상을 이루면서 적을 찾다가 밑이 무너지는 바람에 못다 한 미련을 가슴속에 간직한 채 내부로부터 붕괴되어 소리를 내면서 허물어졌다. 두 개가 서로 만나면 소낙비 같은 물방울을 하얗게 내뿜으며 맞붙어 싸웠다. 그러다가 잦아지면 흔적도 남기지 않았다. 방파제를 보면 그들은 치열하였다. 움직이지 않는 양회 벽은 생리부터가 그들과는 상극이었다. 하나가 후려치면 다음 것이 뒤따라 후려쳤다. 때로는 미처 앞엣것이 스러지기도 전에 뒤엣것이 그 위로 덮쳐 내리쳤다. 인내심 많고 말없는 검붉은 방파제를 따라 길게 파도는 백열전을 그치지 않았다. 미처 날뛰는 파도는 그칠 줄 몰랐다. 노한 용왕은 송두리째 꿈틀거리고 있었다 수심이 얕아짐에 따라 물결도 얕아졌다. 파도가 백사장에 도착했을 때는 이미 그 놀라운 힘을 잃은 다음이었다. 그것은 다만 커다란 혓바닥을 내밀어 모래 위를 핥았다. 사람들의 발자국은 지워지고 모래는 다시금 태고의 모래밭으로 되돌아갔다. 더럽혀지지 않은 물기 스민 모래 위에 새로운 그러나 곧 다시 지워질 발자국을 남기면서 현수는 걸었다. 그는 석호의 집을 찾아가는 중이었다. 적어도 명자와 헤어질 때의 마음은 그러했었다. 그리고 그가 걷고 있는 방향으로 쭉 가면 석호의 집이—석호의 숙소가 있었다. 그러나 거기에 들를 마음은 거의 없어져버렸다. 그는 사실 석호를 좋아하지 않았다. 그렇다고 찾아갈 땐 친구가 없어서 이리로 향한 것은 아니었다. 석호에게는 무엇인가 사람을 끄는 힘이 있었다. 그것은 그의 강한 성격 탓이었을까? 그랬을는지도 몰랐다. 남의 생각보다는 자기의 생각을 믿고 남의 의견을 좇아서 성공하는 것보다는 자기의 의견대로 하다가 실패하는 것을 당연한 것으로 여기는 완강한 성격—바보 같은 생리가 그에게는 있었다. 그에게 후회가 없는 것은 아니었으나 그의 후회는 현수의 것과는 성질이 달랐다. 그의 후회는 그의 다음 행동에 조금도 방해가 되지 않았다. 그리고 그의 실패에는 항상 훌륭한 변명이 준비되어 있었다. 변명이 훌륭하다 함은 그 변명의 딴사람에 대한 설득력이 그만이라는 이야기다. 그는 실패하고 후회한다. 그러나 그 실패는 누가 그 일을 했어도 실패할 수밖에 없는 그런 실패가 된다. 따라서 그의 후회는 인간의 생래의 불완전성에 대한 것이지 자기 자신의 결함에 대한 것은 아니다. 같은 일을 같은 조건 아래에서 두번 다시 할 수 없다는 인간의 조건이 석호의 변명을 사실로 만들어버린다. 그런데 중요한 것은 석호의 의견대로 하다가 실패했을 경우 그 결과가 당연한 것으로 느껴질 뿐만 아니라 그 과정도 과히 서운하거나 불쾌하지 않다는 점이다. 반대로 현수의 의견대로 했다가 일이 글렀을 경우 거기에는 성공할 수도 있었던 확률이 얼마든지 나타나게 마련이며, 만일 성공했다면 그것은 지극히 당연한 일이 되어버린다. 바로 이러한 이유 때문에 현수는 또한 석호를 싫어했는지도 몰랐다. 그뿐만이 아니었다. 현수에게는 아무리 중요한 일이라 할지라도, 설사 그것이 치명적인 것이라 하더라도, 석호 앞에 내어놓으면 시시한 일이 되어버렸다. 그러나 석호의 이야기면, 가령 그것이 통술집 '삼학정' 주인 아주머니의 손가락 끝에 칠한 손톱 화장의 빛깔에 관한 것이라 할지라도 더없이 중요한 것으로 나타났다. 현수에게까지도.

  그는 외투 깃을 곤추세웠다. 세찬 바람이 목덜미에 차가웠다. 몇시쯤 되었을까… 그는 반사적으로 왼손을 호주머니에서 뽑았다. 그러나 팔목을 들여다보지는 않았다. 그의 시계는 남포동 입구에 있었다. 그는 바람에 날려 흩어진 그의 머리카락을 한번 쓰다듬고는 빼낸 손을 다시 호주머니 깊숙이 쑤셔박아버렸다. 송도 끝 혈청소로 가는 오르막 언덕길이 저편에서 바다를 따라 뿌옇게 도사리고 있었다. 가난한 주택들의 번식이 시작된 곳에서 부터 길은 자취를 감추어버렸다. 그 경계선 어름에 자그마하나 아담한 일본식 집이 주위의 집들로부터 격리되어 독립 가옥으로서 있었고 거기에 석호의 숙소가 있었다. 집들은 그 언저리에서부터 시작되어 산허리를 덮고 모래밭에게까지 잠식하고 있었다. 모래밭 끝에는 검은 바위들이 있었다. 물결이 거기에 하얗게 부서지며 비말을 날리는 것을 멀리서도 볼 수 있었다. 현수는 턱을 가슴에 묻고 어깨를 웅크렸다. 바위 있는 데서 오른편으로 접어들면 길이 있을 것이고 길은 답답한 집들 사이를 뚫고 왼편으로 굽어 돌 것이다. 인가가 끝날 무렵이면 길은 꽤 높아 있을 것이고 석호네 집에 들어서면 출렁이는 바다를 한눈에 내려다볼 수 있을 것이다. 석호는 어두운 방구석에서 중고품 휴대용 축음기 위에 김근자를 걸어놓고 무릎 장단을 치고 있다가, 입술을 한쪽에서부터 부수면서 반겨줄 것이다. 그러면 현수는 그의 아가씨에 관해서 얘기를 시작할 것이고 석호는 조용히 들어줄 것이다. 그러나 화제는 어느 틈에 바뀌어져서 석호의 '메듀싸'가 맹렬히 비난받고 있게 될 것이다. 그러다가 결국에는 '메듀싸'가 얼마나 타기할 만한 동물인가에 대해서 그들은 합의를 본 다음 옷자락을 털면서 일어설 것이다. 그들이 어디로 갈 것인가는 빤하지 않은가. 밤 열시가 되어 그들이 취해서 헤어질 때에는 현수는 '메듀싸'에 대한 저주와 공포를 선명히 느끼고 있을 것이다. 그리고는 남포동 골목을 빠져나와 광복동 가로등 밑을 혼자서 터벅터벅 걷고 있을 것이다, 그의 아가씨에 대한 상념을 되살리면서…

 그 무렵 현수는 '공작' 다방의 한 아가씨에게 정신을 잃고 있었다. 그가 제대한 후, 휴양삼아 부산에 온 것은 한 달 전이었다. 심심하면 그는 그가 묵고 있는 그의 형네 집에서 멀지 않은 한 다방엘 찾아갔다. 두번짼가 세번째 들렀을 때, 그는 명자를 발견하였다. 드골! 그는 속으로 소리쳤다. 얼마나 멋있는 코냐… 양미간에서부터 부풀기 시작한 코는 길게 코끝까지 쭉 곧았고 끝은 끝대로 곱게 둥글게 맺어져 있었다. 드골을 생각한 것은 코가 인상적이기 때문이었지 결코 너무 컸기 때문은 아니었다. 물론 작지는 않았지만 그렇다고 얼굴의 손잡이가 될 만큼 크지도 않았다. 간단히 말해서 그것은 비너스의 코였다. 그로부터 매일 그의 모습은 '공작'에 나타났다. 코 아가씨는 친절하고 상냥하였다. 항상 하얗게 웃으면서 찻잔을 살포시 내려놓았다.
"이름을 좀 알 수 없을까요?"
"왜요, 이름은?"
코 아가씨는 생글거리며 대담하게 현수를 쳐다보았다.
"내 이름은 현순데요, 내 건 내 건데 남이 많이 사용하지요. 이름이란 원래 그런 거니까."
"어머."
"좀 알으켜줄 수 없어요?"
"밝은 아들."
코 아가씨는 말하고 나서 손가락 끝으로 코를 가리며 웃었다.
"오호! 밝은 딸이 아니구. 그럼, 광… 명자양인가요?"
명자는 대답 대신 머리를 까딱 해보였다. 그리고는 덧붙였다.
"너무 많이 사용하지 마세요, 닳아지지 않는다고 해서."
"아니죠." 현수는 웃음을 갚으면서 말했다. "세상에는 쓸수록 좋아지는 게 있어요. 이름도 그 중의 하나죠."

"어머, 못 하는 말씀이 없으셔."

명자는 얼굴을 붉히며, 그러나 미소를 잃지 않고, 달아나버렸다. 그날부터 현수는 사실상 밤에 잠을 포기하지 않을 수 없었다.

현수는 모래밭을 빠져나갔다. 모래밭에는 인적이 끊어졌다. 파도만이 출렁거리고 있었다. 잊어야지… 잊을 것은 잊어버려야지… 그는 그가 걸어온 물가를 한번 돌아다보고 길로 접어들었다. 그가 명자를 만나면 만날수록 명자의 얼굴은 희미해졌다. 얼굴의 윤곽을 붙잡을 수가 없었다. 그것은 황홀한 신비 속에 파묻혀갔다. 상냥한 웃음, 하얀 이를 드러내면서 웃는 눈부신 웃음이 그 얼굴 전체를 덮어버렸다. 심지어는 그 코까지도… 사실 그는 명자를 똑바로 쳐다볼 수조차 없을 지경이었다. 그녀와 결혼하겠다거나 그렇지 않으면 그저 지나는 길에 장난삼아 스쳐보겠다거나 하는 구체적인 결심이 서 있는 것이 아니라 그저 좋았다. 괜히 두 다리를 꼬고 병신 같은 몸짓을 해야 시원할 만큼 때로는 안절부절못하기도 했다. 이러한 그의 형편을 석호에게 이야기하였다. 다방 아가씨라는 것은 살짝 빼버리고. 석호의 대답은 간단하였다.

"자식, 어린애같이. 하여튼 좋아. 그럼 말야, 우선 같이 차를 마셔라. 될 수 있는 대로 으슥한 다방이 좋다. 그리고는 같이 점심을 먹어. 저녁두 좋구. 물론 중국집으로 가야지. 그 다음에 영화나 하나 보면 된다. 그럼 다 되는 거야, 이 녀석아."

"간단하군."

"물론 차를 안 마시겠다구 하면 할 수 없지. 저녁은 더욱 안 먹으려 할 테니까. 그렇다면 까짓 거 내버려. 여자는 많다."

"여자는 많아두…"
"여자는 많아두 어떻단 말야? 임마 열병이야, 열병. 유행성 감기가 지난 다음에 아스피린이나 코테인이 거들떠나 보여지던? 여자가 많다는 것을 알게 된단 말야, 지내고 보면. 그런데 도대체 누구야? 어떤 여자야?"
"많은 여자들 중의 하나지. 지금 가볼까?"
"지금? 좋다."
 그들은 송도를 빠져나와 버스를 탔다. 사람들은 구석구석에 웅크리고 앉아 허공들을 응시하였다. 날씨 탓이었을까. 창밖으로는 잎 잃은 나뭇가지들이 먼 바다를 배경으로 앙상하게 얽히면서 뻗쳐 있었다. 버스는 포장된 내리막길을 기분 좋게 달렸다.
"나두 연애나 했으면 좋겠다." 창밖을 통해서 멀리 바다를 바라보고 있던 현수에게 석호가 말했다. "아줌마는 정말 참을 수 없단 말야."
"또 그 얘기야?"
"또 그 얘기가 아냐. 나올 때 못 봤니? 방문을 쾅 하고 닫던 거 말야. 내가 자기더러 뭘 달랬난 말야. 밥을 달랬어? 옷을 달랬어? 왜 날 못 봐서 야단야? 정 분해서 못살갔단 말야. 내 벌어서 내 먹는데. 지금은 그남둥 못 하지만."
"방을 옮겨버리면 될 거 아냐?"
"옮길 줄 몰라서 안 옮기나? 그나마 두 달 후면 방세도 다 된단 말야."
 현수는 입을 다물어버렸다. 그건 현수도 알고 있는 이야기였다. 석호는 남자다운 사내였다. 열 달 사글세로 얻은 셋방이 두 달 후면 기한이 차게 되고 석호에게는 달리 돈 생길 데가 없었

물결이 높던 날

다. 생기더라도 우선 먹고 살기에 바빴다. 그러나 그는 걱정하지 않았다. 이유는 간단하였다. 그것은 두 달 후의 일이었으니까. 석호가 참을 수 없어하는 것은 주인 아주머니의 태도였다. '메듀싸'는 석호를 노골적으로 미워하였다. 석호가 축음기를 틀어놓고 있을 때였다. 조용히 김근자의 갈색 목소리를 감상하고 있는데 갑자기 안방에서 전축이 음량껏 터져나왔다. 석호는 깜짝 놀랐다. 그리고 분노가 치밀었다. 그의 두 눈은 증오로 타올랐다. 그는 사운드 박스를 집어치우고 판을 뽑아들었다. 그리고 방문을 활짝 열어젖혔다. 안방 방문을 향해서 축음기판을 내팽개칠 작정이었다. 그때 문득 전축이 소리를 죽였다. 주위는 갑자기 조용해졌다. 석호는 던지려던 자세 그대로 멈칫했다. 안방에서는 아무런 기척이 없었다. 침묵이 흘렀다. 석호는 호흡을 몰아쉬며 기다렸다. 안방은 끝내 입을 다물고 있었다. 석호는 물결이 스러지듯 힘없이 주저앉아버렸다. 그리고는 문을 닫았다. 그의 눈에서는 여전히 분노와 증오가 타오르고 있었다.

아줌마는 얼굴이 추한 여인이 아니었다. 오히려 예쁜 편이었다. 현수의 눈에도 그렇게 비쳤었다. 그는 석호의 아줌마에 대한 증오심을 얼른 이해할 수 없었다. 그래서 그는 한마디 했다.

"증오와 사랑은 같은 거다. 다만 나타나는 방향이 반대일 뿐이지."

이 말에 석호는 발끈했다. 그는 주먹을 쥐고 현수에게 달려들었다. 현수는 피하지 않았다. 피하면 주먹이 날아올 것을 그는 잘 알고 있었다. 현수가 웃으면서 꿈쩍하지 않고 앉아 있자 석호의 주먹은 풀리면서 현수의 어깨를 붙잡았다.

"가자. 가서 대포나 하자." 현수를 잡아 일으키면서 그가 말했다.
"우라질 년 같으니." 그는 술잔을 앞에 놓고 계속했다. "억울해서 나 같은 놈 세상 살겠네 어데. 자기 시동생이 민망해할 지경이란 말야. 하루는 다방으로 조용히 불러냈지. 할말이 있다구서 말야. 그리군 따졌어요. 왜 나를 못 봐서 야단이시우? 도대체 뭐가 잘못돼서 그러시우? 내가 당신 욕을 하고 다닙디까? 영업을 방해합디까? 왜 그러시우? 말을 해요. 왜 사람을 못 잡아먹어 야단이시우? 조상 때려잡은 원수도 아닐 텐데."
"그랬더니 뭐래?"
"그랬더니 날 빤히 쳐다보면서 한다는 소리가 그저 싫다는 거야. 보기만 해도 밥맛이 떨어진다나? 이런 우라질 년 같으니. 그래 왜 싫은가고 대들었지. 나와 자기와 무슨 상관이 있길래 싫고 좋고가 있는가고 말야. 내가 담배를 외상으로 피우든, 술을 고주망태가 되도록 마시든, 오입을 하든, 무슨 상관이 있는가고 말야. 심지어는 내가 이발을 자주 하지 않는 것까지 말썽이야, 그년은. 사사건건 시비란 말야, 나하군. 한번은 양복을 새로 지어 입었더니 돈이 아깝다나? 빤히 쳐다보고 있는 낯바닥에 주먹을 한 대 안겨놓고 싶은 것을 간신히 참았지."
그럴싸해서 그런지 그뒤로 아줌마를 몇 번 관찰했을 때 현수는 그 얼굴에서 어떤 노기 같은 것을 발견할 수 있었다. 그렇다고 보자 거기에는 분명히 노기가 서려 있었다. 푸른빛이 도는 듯하여 살벌한 기분마저 느낄 수 있었다. 그래서 그는, 더구나 아줌마가 머리를 감고 나서 말리는 것을 한번 본 후, 마담을 '메듀싸'라고 불렀다. 석호는 딱 알맞는 별명이라고 손뼉을 쳤다.
"만일 하나님이 나에게 한 사람만 죽여도 좋다고 허락한다면,

갈 데 있나, 그년, 그 손톱에 빨간 칠을 한 그… 뭐? 메듯싸?"
 버스가 종점에서 멎었다. 그들은 내려서 시청 쪽으로 걸었다. 비릿한 바닷바람이 코로 스며들었다. 더러운 거리 위에는 진창물이 녹아 흘렀다. 많은 사람들이 그 위로 발자국을 남기면서 바쁘게 오고 갔다.
 "우리 이따 '삼학'에 들를까?"
 현수가 불쑥 말했다.
 "'삼학'? 좋다." 석호는 즉시 응낙했다. "그러나 그전에 이쯤 올라 있어야 돼." 그는 손으로 이마께를 어름해보이며 덧붙였다.
 "맹숭맹숭한 정신으론 못 들어간단 말씀인가?" 현수가 악의 없는 조롱조로 웃어보이며 말했다.
 "못 들어간다는 말씀이 아니구 안 들어간다는 말씀이지. 취한 김에 들어가서 그놈의 집구석 확 때려부숴버린단 말씀야."
 "술잔이 날아갈는지, 의자가 날아갈는지, 두고 봐야겠구나."
 현수가 석호를 데리고 '공작'에 들어섰을 때, 오전이라서 그런지 다방은 한가하였다. 현수의 시선은 재빨리 명자를 찾아냈다. 명자는 계산대에 비스듬히 기대서서 현수의 출현을 알아보고 웃고 있었다. 역시 하얀 털실옷에 통 넓은 치마를 입고 있었다.
 "이 근처야?" 석호가 의자에 앉으면서 말했다.
 "기다려, 잠자코." 현수도 따라 앉았다. 명자가 와서 주문을 받아갔다.
 "이쁜데, 고 기집애." 석호가 코끝으로 명자의 뒤통수를 가리키며 말했다.
 현수는 눈가에 엷은 미소를 띠고 말없이 석호를 바라보았다.

저 녀석에게서 그 이상의 칭찬을 기대할 수야 없지. 현수는 만족스러웠다. 메듀싸가 어떻단 말인가. '삼학정'이 어떻단 말인가. 아니 이 세상이 어떻단 말인가. 그대 위해 바칠 세상 없어도, 세상 위해 그대…

"뭘 그렇게 멍하게 생각하구 있어? 바보같이. 담배나 태지 않구."

 석호가 담배 한 개비를 현수에게 던졌다. 현수는 담배를 피워 물었다. 석호는 현수의 마음 간 곳을 짐작할 수 있다는 듯이 빙그레 웃었다. 내버려. 까짓 거 내버려. 세상 위해 그대… 내버려. 내버려. 현수는 담배 연기를 길게 내뿜었다.

 명자가 차를 날라왔다. 현수는 안면 근육에 엷은 긴장을 느꼈다. 명자의 얼굴은 찻잔을 똑바로 향해 있었다. 그러나 그 눈동자는 현수를 의식하고 있음에 틀림없었다. 앞으로 약간 몸을 굽히고 차를 따르는 그 옆얼굴에서 현수는 눈동자를 볼 수 있었다. 그것은 물에 젖은 듯 유난히도 영롱해 보였다. 명자는 입을 벌려서 웃음을 숨기고 있었다. 그러나 그녀의 눈 언저리는 주인의 내심을 감추지 못했다. 현수는 명자를 처음으로 바라보고 있는 듯한 착각을 느꼈다. 사실 그는 명자를 그렇게 자세히 제정신을 가지고 바라본 적이 없었다. '공작'에 들어서면 언제나 그는 긴장과 흥분을 느꼈고 문제의 인물이 접근해올 때면 그는 전신이 굳어져오는 것을, 그리고 가슴의 동계를, 의식하지 않을 수 없었으니까. 석호의 '다만 거기 있음'은 참으로 커다란 역할을 하였다. 명자로부터 발산되는 수많은 입자들을 감당하기에는 이미 너무 무력해져버린 현수의 세계가 석호의 파동권내에 있음을 기화로 약간의 평정을 회복할 수 있었다. 그는 명자의 옆얼굴을 똑바로 관찰하였다. 그리고 탄복했다. 아── 그때였다. 명자의 얼굴에서 미소가 싹 가셨다. 그녀의 얼굴은 차갑게 굳어져갔다. 현수에게는 심장의 고동이 멈춘 듯한 한 순간이 지나갔다. 그의 눈은 점점 크게 떠졌다. 손이…, 한 손이 명자의 엉덩이를, 통 넓은 검정 치마 밖으로 부푼 둥근 윤곽을 쓰다듬고 있었다. 현수는 눈을 감아버렸다. 안 보았어. 난 안 보았어.

명자는 끝까지 차분히 차를 따랐다. 그리고 조용히 사라졌다. 마치 아무것도 중요한 일은 일어나지 않았던 것처럼. 또는 중요한 일이 일어날 만한 것은 아무것도 없었던 것처럼. 명자가 그렇게 사라져가자 현수의 닫힌 눈앞에는 차차 현실들이 기록되기 시작하였다. 새카만 어둠 속을 어지럽게 떠돌던 노란 환들이 정돈되면서 현수를 다시 사실 속으로 끌고 나왔다. 우선 그가 기대고 있는 의자등이 푹신하다는 것을 그는 알았다. 그리고 그때 마침, 마치 그때를 위해서 십 년 전부터 준비되기라도 했던 것처럼, 아리아의 애절한 가락이 들려왔다. 별이 어떻다든가 하는 그… 석호가 뭐라고 중얼거렸다. 현수는 그 말을 한 손으로 받아서 살펴본 다음 살며시 탁자 밑으로 내버렸다. 어디로? 자식, 병신 같은 자식 같으니… 치한. 하필 여기서.

"뭐 하고 있어? 바보같이. 음악 감상하니?"

"……"

"일루 오기로 했니?"

"……"

"여기서 만나기로 했어?"

"그래."

"몇 시에?"

"지났다. 조금 늦었어."
"병신. 몇 신데, 약속이? 뭐 그래, 기다리지도 않고. 집으로 가 보자."
"닥쳐, 이 자식아."
"뿔났구나, 너? 하하하, 괜히 애매한 사람에게 화풀이하지 마. 내 탓에 일이 글른 것은 아닐 텐데, 설마. 하하하."
"닥치란 말야, 이 자식아."
 현수는 의자에서 발딱 일어섰다.
"어? 너 이상하다. 너 정말 먹을 걸 못 먹었구나. 못 먹을 걸 먹었든지."
 석호는 빙글빙글 웃었다. 현수는 잠시 그를 노려보다가 계산대 쪽으로 뚜벅뚜벅 걸어갔다. 그가 셈을 하는 동안 명자는 계산대 한쪽 끝에 새침히 기대서서 외면을 하고 있었다. 명자가 웃지 않는다는 것은 가슴 아픈 일이었다. 현수는 종말——결별을 느꼈다. 전축은 아리아를 마치고 시끄러운 유행가를 떠들고 있었다.
"가자."
 현수가 앞장서서 다방을 나왔다.
"고 기집애 엉덩짝 팽팽도 하더라, 제길."
 석호가 뒤따라나오며 중얼거렸다. 현수는 아무 말도 하지 않았다. 그날 밤 그들은 밤늦게까지 술을 마셨다. 석호의 말대로 눈에까지 술이 젖어오르도록 그들은 잔을 기울였다. 그러나 삼학정에 의자가 나는 소동은 벌어지지 않았다.
 현수는 남포동 골목을 걷고 있었다. 제대를 축하한다면서 그의 형이 맞추어준 새 양복에 어울릴 만한 넥타이를 찾고 있었다. 몇 군데 양품점엘 들러보았으나 마음에 맞는 것이 없었다. 까만 바탕에 빨간 무늬가 있었으면 좋겠는데…
"이거 어떻십니꺼? 기누라서예 오래 매실 껍니더. 값이 좀 비싸서 흠이지만예, 젤 낫십니더."
"물론 바다 건너서겠지요?"
"안 그런 거 어딨입니꺼? 이거 한번 매보이소. 어울릴 낍니더. 요새 이거 많이 맵니더."
"기지요, 색깔요?"
"색깔도 안 좋십니꺼? 젊은 분들 회색 많이 맵니더."
그래요? 환갑 때나 와서 하나 갈아드리죠. 그는 양품점을 빠져나와 골목을 어슬렁어슬렁 걸어올라갔다. 길은 좁았고 사람은 많았다. 다방과 술집과 축음기판상과… 음악은 그치지 않았다. 이어지고 중복되고 반복되면서 이 집에서 저 집으로 계속되었다. 넥타이 노점이 눈에 띄었다. 현수는 행여나 하고 걸음을 멈췄다. 넥타이와 넥타이 사이가 갈라지면서 얼굴이 하나 나타났다.
"현수!"
현수는 놀라 그 얼굴을 쳐다보았다. 석호였다.
"야! 너, 너두 제대했구나."
"너두 제대했네? 난 휴가 나온 줄 알았디. 야, 참 오래간만이구나, 몇 년 만이디 이거?" 석호는 그의 상품을 주섬주섬 꾸리기 시작했다.
"너 벌써 치우면 어떡허니?"
"아냐, 시마이하려던 탐이었디."
"고향 말투가 많이 살아났구나."
"동업자들이 동향인이라서, 하하하. 넌 언제 옷 벗었네야."

"지난 팔월달야. 넌 언제 했었어? 난, 년 제대 안 할 줄 알았는데?"
"일 년 남아 됐디. 하구파서 했갔네야, 벗기니끼 벗었디."
 잠시 후 그들은 대폿집에서 마주앉아 있었다. 현수는 석호가 나이보다 성숙해 보인다고 생각하였다.
"영업은 잘되니?"
"처음엔 재미 좀 봤다. 요즘엔 시들해졌다. 집어칠까 생각코 있디. 사일구 때 넌 어딨었니?"
"서울에 있었다. 휴가중이었지. 거짓말 같았어. 도무지 믿어지질 않았으니까. 그럴 리가 있나 했지, 눈으로 보면서두 말야. 감격했어, 그땐 정말."
"이 녀석아, 너만 감격했니, 난두 감격했다. 울었단 말야. 넥타이 장사 못 해먹게 될 줄 알았더라면 더 크게 울었을 텐데 말야, 하하하."
 제대를 하자 석호는 부산으로 왔다. 그가 기지창에서 근무할 때 거래가 있었던 상인들에게 기대를 걸고서였다. 거리는 추워지고 있었다. 그가 찾아간 사람들은 대개 비슷한 말을 했다. 돈이 돌지 않는다는 얘기였다. 모나사이트 공장도 쉬고 있었고 나일론 공장도 쉬고 있었다. 양초 공장도, 비닐 지갑 공장도, 유지 공장도, 잉크 지우개 공장도, 다들 쉬고 있었다. 적어도 쉬고 있었다고들 말했다. 활발한 것은 해상 무역뿐이었다, 주로 어두운. 거리는 침울한 겨울철로 접어들고 있었다. 거리에서 한 발자국 안에 있는 인간의 건물들은 석호를 들어오는 것으로부터 막았다. 그들은 석호의 참여를 쉽게 허락하려 하지 않았다. 겨울은 닫힌 계절이었다. 석호는 취직을 포기하였다. 동향인들의 권고를 따라 그는 국제시장의 한 점포에서 묵으며 일을 거들었다. 날씨가 풀렸다. 그의 형편도 차차 풀려갔다. 남포동 골목에 독립 점포를 차렸다. 비록 넥타이 노점이었으나 수입은 좋았다. 그 무렵이었다. 그가 그 근처 그의 동업자들과 함께 밤 열시경이면 점포를 거두고 매일 찾아가는 통술집 삼학정에서 그 아줌마를 처음 본 것은.

삼학정은 그들 사이에서 돼지 갈비집으로 통했다. 질기지 않고 양념이 알맞고 또 잘 구워주는 것이 그 집 돼지 갈비의 특색이었다. 구워주는 자리에서 갈비를 뜯으며 불타는 술들을 한 잔씩 비우면 하루의 일과가 끝났다. 그들도 삼학정에 대해서 특색을 가지고 있었다. 그들은 같은 시간에 매일 같은 얼굴들로 나타나서 같은 안주에 같은 양의 술을 없애주는 단골이었다. 어느 날 밤 그들이 거기에 들어섰을 때, 계산대에 차가운 미소를 가진 낯모를 여인이 앉아 있었다. 그들은 자리를 잡았다. 그리고 그 여인의 쌀쌀한 태도를 불평했다.

"인사도 안 하누만."
"영업 안 할 생각인가?"
"이빨이 아픈 게디."
"아줌마는 어디 간?" 우선 술부터 내온 작부에게 한 사람이 물었다.
"갈렸어요." 흘끗 계산대 쪽을 눈짓하며 여자가 대답했다. 그 젊은 여인은 그 집의 새로운 아줌마였다.

아줌마를 들어서면서 처음 본 순간, 석호는 멈칫했다. 무엇인가 가슴에 와서 부딪히는 것이 있었다. 물론 그와 아줌마가 만난 것은 이 세상에 도착한 이래 처음이었다. 그러나 아무렇지도 않은 그냥 그대로의 태양 광선에 문득 놀라워지듯 가슴이 섬뜩해지며 맹렬한 반감이 환기되는 것을 어쩔 수 없었다. 아줌마는 화를 내고 있는 것은 아니었다. 그녀는 웃고 있었다. 그들은 조용히 그들의 술잔을 기울였다. 누구도 더 이상 그녀를 말하지 않았다. 석호는 그러나 등뒤로 그녀의 존재를 잊어버릴 수 없었다.

"그뒤로도 우린 쭉 그 집엘 다녔다. 아줌마는 곧 우리를 알아보게 되었다. 고향 사람들은 이따금 나의 결혼을 걱정해주었다. 탐한 색실 골라 당가를 가야디, 자네두. 그러나 나에겐 결혼보다 숙소 문제가 더 급했다. 그때까지두 난 국제시장 한 모퉁이에서 쭈그리고 잤으니까. 이러한 나의 사정을 알게 된 아줌마가 자기 집에 방이 하나 비어 있다고 했다. 동향인들은 반대하였으나 나는 그리로 옮겼다. 나는 그녀를 좋아하지 않았다. 그러나 호오간에 내가 마음속으로 그녀를 범하고 있었다는 것은 사실인 거 같다. 내가 빈 방만을 찾아서 하필이면 송도 구석에까지 이사를 했다면 너두 웃을 테니까. 세상에 여자를 싫어하는 남자가 어딨겠니. 저걸 그냥 콱… 이런 생각을 했다. 너두 짐작을 하겠지만. 그러나 내 기분에는 좀 이상한 데가 있었다. 보통 우리가 여자를 보고 이불 밑을 생각할 땐 솔직하고 대담하고 단순하지 않니? 그런데 저 아줌마의 경우, 뭔가 좀 다른 데가 있었다. 유리로 만든 꽃이 있다면 그것을 곱게 만지작거리며 놀고 싶은 대신에 그걸 확 짓부숴버리고 싶은, 그것도 잔인하게 말이다, 그런 뭐가 있었다. 그녀가 날 좋아했다는 건 아니다. 그러나 싫어하지두 않았다. 그녀는 물론 임자가 있는 여자였다. 남편은 선원이었다. 한 달이면 하루이틀 집에서 묵는다고 했다. 나는 아직 그의 얼굴도 모른다. 때로는 몇 달씩 바다 위에 떠 있기도 했다. 동남아를 다닌다던가? 그들이 조그마한 식모애와 함께 안방에서 거처했고 그 옆방엔 그녀의 시동생이 묵고 있었다. ㄷ대학에 다니는 얌전한 청년이었다. 그 건넌방이 비어 있었다. 처음 며칠 동안 나는 마음이 들떠 있었다. 환경이 갑자기 바뀌어진 탓만은 아니었던 거 같다. 방이 너무 넓었다. 한 칸도 채 못 되는 작은 방이었으나 혼자 자기에는 너무 넓었다. 도떼기시장 가겟방에서 틈에 끼여 잠을 잤던 내가 아닌가. 아직 방이 덜 찼는데… 들어올 사람이 아직 밖에 남아 있는데… 이런 생각이 들었다. 불을 끄고 자리에 누우면 어떤 기대와 가능성을 쉽게 떨쳐버릴 수 없었다. 그러나 그러한 흥분은 미구에 가라앉았다. 나는 나대로 나의 생업에 얽매여 있었으니까. 아침 일곱시에 눈을 비비면서 나가면 밤 열한시가 지나서야 피곤한 다리를 끌고 집으로 돌아왔다. 세 끼 밥은 남포동에서 먹었다. 일요일두 없었고 물론 휴일두 없었다. 돈이 붙는 것이 대견스러울 뿐이었다. 그녀는 나보다 늦게 나가서 늦게 들어오는 것 같았다. 내가 나갈 땐 그녀가 자고 있었고 그녀가 들어올 땐 내가 자고 있었다. 한번 생활에 틀이 잡히자 그런대로 별일 없이 시간은 잘 흘렀다. 말하자면 철길이 정거장 안에서는 서로 곧잘 엇갈리지만 일단 방향을 잡아 그곳에서 벗어나면 두 개의 철길은 서로 부딪힘이 없이, 서로 바라만 보면서, 멀리까지 마치 영구히 그러할 것처럼, 나란히 잘도 달리는 거와 같았다. 그녀는 그러나 먹고 살기 위해서 영업을 하는 것 같지는 않았다. 그녀는 종종 집에서 쉬어버리곤 하였다. 그런 건 아무려나 좋았다. 내가 일에 쫓기면서 먹고 살거나 그녀가 심심풀이로 일을 하거나 아무튼 서로가 자기 발 위에 떳떳이 서 있는 것만은 사실이었으니까. 그런데 언제부터인지 그녀가 나를 싫어한다는 것을 알아채기 시작하였다. 그런 기미를 알아채게 되자 내 뱃속 깊은 곳에 가라앉아 있었던 그녀에 대한 반감이, 분노 같은 것이, 꼬리를 흔들며 되살아나기 시작했다. 그녀가 나를 경멸하고 있다고는 생각하기 싫었다. 무시당한다는 것은 참을 수 없는 일이니까. 그런데 놀랍게도 그녀가 나를 멸시하고 있다는 증거가 차차 나타나기 시작하였다, 사람 미치게도 말야."

그들은 공작에서 나와 끼니를 거르면서 대폿집을 역방하였다. 술이 오르자 석호는 말이 많아졌다. 술이 들어가서 말을 쫓아내고 있었다. 그들은 서로 다른 사연들을 가슴에 품고 술을 들이켜고 있었다.

"그랬는데 말야, 이 우라질 년이 말야, 넌 모를 거다. 네가 알 수 있네야. 넌 행복한 녀석이야. 사람을 사랑한다는 게 얼마나 멋있나 말야. 좋아서 넌 지금 온몸이 후끈 달아 있지? 난 이렇게 가슴이 활활 타오르는데. 타올라서 불길이 솟구치는데. 현수, 알갔니, 못 참갔어, 정 못 참갔어. 난 세상에서… 넌 알지, 나만큼 고생해본 눔도 없을 거야. 난두 꽤 참을 줄 아는 눔야. 꽤는 많이도 견디어왔단 말야. 단신 월남해서 고생도 할 만큼은 해보았구… 고생이라면 지금도 무섭지 않다. 살아갈 자신은 있단 말야. 그러나 업신여기는 것만은, 그것만은 못 참아. 이렇게 가슴이 끓어오르는데 어떻게 참겐."

"증오다, 증오. 사랑이 너가 말하는 것처럼 그렇게 멋있는 것은 아니듯이, 증오도 또한 너가 생각하는 것처럼 그렇게 멋없는 건 아냐. 진짜 멋없는 것은 둘 다 갖지 못했을 때란 말야. 미워할 사람조차 없을 때를 생각해봐라. 그때야말로 참으로 맛대가리가 없는 세상이 될 거다. 견딜 수 없는 건 그때란 말야. 하하하 아하하."

 현수는 자학적이었다. 일은 글렀다. 그러나 누구의 잘못도 아니다. 분명히 잘못된 데가 있었는데 잘못한 사람은 아무도 없었다. 누구를 나무랄 것인가. 명자를 욕할 것인가? 죄없는 명자를? 석호를 욕할 것인가? 그는 다방 아가씨에게는 곧잘 야비한 장난을 거는 녀석이 아니던가. 자기 자신을 나무랄 것인가? 왜? 뭘 못 해서? 그렇다면 누구를 탓할 것인가? 다방 잘못인가? 명자가 다방에 있었다는 게 잘못인가? 명자의 전생애가 잘못이란 말인가? 누구의 탓도 아닌 그러나 너무도 분명한 잘못—그것은 무서운 공백이었다. 아직은 현수의 가슴속에 명자를 향한 자세가 물러서면서 무너지면서 도사리고 있었다. 그러나 그것이 가고 나면 무엇이 올 것인가.
 "그럴까? 정말 증오에두 멋이 있을까? 이 부글부글 끓어오르는 것에두? 글쎄. 그러나 설마 경멸에두 멋이 있다는 건 아니겠지, 더구나 받는 입장에서고 보면? 장사랍시구 할 때는 그래두 그런대로 괜찮았다. 우선 아줌마와 맞부딪칠 기회가 별루 없었으니까. 그눔의 갈비집엔 발길을 끊어버렸었다. 그랬는데 그남둥 장사를 집어쳤으니 어떻게 되었겠니. 내 보기에두 내가 초라해지는덴… 하여튼 자기 수중에 돈 없다는 건 비참한 일이야. 그러나 그런 건 다 좋아. 그쯤에서 물러설 나라면 진즉 죽어버렸을 거다. 누가 아니, 때가 오면 또 한몫 단단히 쥐게 될는지? 나라구 그러지 말란 법은 없을 테니까. 당장은 옹색하다. 담밸 다 외상으로 피구. 그러나 욕을 했으면 담뱃가게에서 했지 왜 지가 하느냔 말야. 내가 자기더러 뭘 달랬나? 그거래두 달라고 그랬나?"
 그들이 삼학정에 들어섰을 때 그들은 취할 만큼 취해 있었다.

삼학정은 그렇게 큰 술집은 아니었다. 석호는 가쁜 숨을 몰아쉬면서 그러나 놀랄 만큼 정확한 발걸음으로 곧장 계산대를 향해서 다가갔다.
"어서 오이소. 왜 그렇게 통 안 보입니꺼? 오래간만입니더."
"비켜. 아줌마는 어디 간?"
"으짜꼬, 인사나 좀 받으이소야. 아줌마만 사람입니꺼? 아줌마 오늘 안 나왔십니더."
"뭐, 안 나왔어?"
아줌마는 그날 집에서 쉬고 있었다. 석호는 긴장이 갑자기 풀리는 것을 느꼈다. 맥이 쑥 빠졌다. 그는 그 자리에서 녹아떨어져버렸다.
현수는 어깨를 더욱 움츠렸다. 지대가 높아질수록 바닷바람은 점점 더 세차갔다. 바다는 차차 넓어져갔다. 파도 소리도 따라서 커졌다. 석호의 숙소가 가까워지고 있었다. 그가 석호와 마지막 헤어진 것은 육 일 전, 그러니까 술에 취한 채 삼학정에서였다. 그날 밤은 그도 꽤 취해 있었다. 석호와 헤어져서 홀로되어 걸으며 그는 생각했었다. 잊자. 잊어버리자. 부산에 안 내려온 셈치면 될 것 아닌가. 또 설사 백보를 양하여 내려왔다 치더라도 형님 집 근처에 있는 다방이 공작이 아니고 칠면조였다고 생각하면 될 게 아닌가. 아니, 그것이 공작이었다구 하자. 그렇더라도 거기에는 일찍이 명자라는 여인이 있은 적이 없다고 하면 될 거 아닌가. 자, 모두 다 떨쳐버리자. 잊고 서울로 올라가자. 시간이 지나면 다 잊어지겠지. 시간은 잔인하지만 확실하니까. 통일호 출발이 네시였지?
그러나 이튿날 술과 잠에서 깨어났을 때 그의 편리한 논리는 설득력을 상실해버렸다. 그는 역시 부산에 있었고 당구장 모퉁이를 돌아서 중국집을 지나자 나타난 다방은 틀림없이 공작이었다. 명자는 역시 거기 있었고 그가 들어서자 웃으면서 다가왔다. 그러나 그 웃음은 전과 같은 저 눈부신 웃음이 아니었다. 그녀는 쓸쓸한 웃음을 웃고 있었다. 그렇지만…, 현수는 다가오는 명자를 조용히 지켜보았다. 이대로 헤어져버릴 수야 없지 않은가. 적어도 미안하다는 말 한마디쯤은…

"차는 뭘루?"

"어젠 정말 실례 많았습니다."

"어머, 무슨 차를 드시겠냐구 물었는데… 홍차루?"

현수는 고개를 까딱 해보였다. 명자는 약간 더 웃어보이고는 조용히 되돌아갔다. 통제된 웃음… 누구더라, '나무로 만든 웃음'이라고 말한 시인은? 표정이 없는 웃음, 피가 돌지 않는, 그리하여 온기도 색깔도 없는 웃음… 스테레오 스피커에서는 서양 육자배기가 청승맞게 흘러나오고 있었다. 쿠쿠르 쿠크 쿠쿠르 쿠크… 그것이 그때처럼 그의 가슴을 파고든 적은 없었다. 아이 아이 아이 아이 아—이, 아이 아이 아이 아이 아—이. 명자를 설사 잊어버린 후라 할지라도 벨라폰테의 그 자지러지는 목소리만은 결코 잊어버릴 수 없을 것 같은 생각이 들었다. 명자가 차를 날라왔다.

"어제 건 용서해주시죠?"

"또 그 이야기세요? 벌써 잊고 있었는데."

"아무래도 꺼림칙해서… 그앤 모르구 그런 거니까 너무…"

"어머, 그것이 여자 엉덩이였다는 것두 몰랐단 말씀이세요?"

"아, 아니, 그런 뜻이 아니구요. 내가 말하는 건 그러니까, 결국…"
 현수는 적당한 말을 얼른 찾아낼 수 없었다. 너무하다, 이건. 사람을 이렇게 궁지에 몰아넣다니.
 "계속하세요." 명자는 현수를 빤히 바라보면서 재촉했다.
 "그러니까, 결국 말하자면…, 누 건지를 몰랐단 이야기지요. 무엇인지를 몰랐을 리야 있겠어요? 잘 알았으니까 그랬을 텐데."
 "어머, 누 거라뇨?"
 명자는 실소했다. 그리고 그것을 감추기 위해서 얼른 돌아섰다. 그리고는 가볍게 달아나버렸다.
 "누 거긴? 내 거지."
 현수는 소리내어 중얼거렸다. 가슴이 뿌듯해옴을 느낄 수 있었다. 그는 기다렸다. 명자는 계산대에서 아줌마와 명랑하게 지껄이고 있었다. 현수는 찻잔을 들여다보았다. 불그스레한, 김 오르는, 표면 밑으로 자신의 얼굴이 비쳤다. 그는 그 표면 위에 살며시 담배 연기를 내뿜었다. 얼굴의 그림자가 하얀 연기 속에 숨어버렸다. 연기는 김과 함께 찻잔 위에 깔리면서 천천히 피어올랐다. 현수는 그것을 물끄러미 바라보고 있었다.
 "뭘 그렇게 열심히 생각하세요?"
 명자가 다시 나타났다. 찻잔도 비우지 않았는데 엽차를 가지고서였다. 내가 뭘 생각하고 있었더라?
 "다방과 휴일에 대해서… 하하. 언제쯤 쉬는 날 없으세요?"
 "왜요?"
 "그날 같이 지내구 싶어서요." 차와 점심과 영화와… 점심은 중국집…
 "오는 화요일…, 그러니까 닷새 후 제가 쉬어요."

월요일 밤 라디오에서는 폭풍 경보를 발하고 있었다. "남해안 일대에서는 폭풍이 불고 물결이 높겠으니 대소 선박은 주의를 요합니다."

  이튿날 날이 밝았을 때 동광동의 한 청과 상인은 시민관의 커다란 영화 입간판이 길 건너 파출소 앞에 떨어져 있는 것을 발견하고 혀를 내둘렀다. 바람은 넓은 포도 위를 휩쓸며 광복동 입구로 휘몰아쳤다. 목욕탕의 높은 굴뚝에서는 연기가 나오기가 무섭게 흩어져 달아났다. 마치 굴뚝이 속력껏 달리고 있는 것 같았다. 연기는 위아래로 난폭하게 굽이치면서 흩어지다가 갑자기 자취를 감추어버렸다. 바람은 보이지 않았으나 바람이 하는 짓은 도처에서 눈에 보였다. 바람은 한 방향으로만 불고 있는 것은 아니었다. 그것은 기분 내키는 대로 방향을 바꾸었다. 그들 변덕의 완충 지역은 무풍 지대를 만들었고 거기에서는 회오리바람이 하늘로 소용돌이쳐올랐다. 더러운 휴지들과 오물들이 바람을 타고 수직으로 치솟았다. 하늘에 오른 휴지쪽들은 갑자기 방향을 잃고 망설이면서 살피면서 다시금 땅 위로 천천히 끌려 내려왔다. 바람은 변덕스럽고 방자하였다. 현수는 약속대로 아홉시 삼십분에 '수정' 다방으로 나갔다. 명자는 삼십 분 늦게 나타났다. 그러나 그들은 삼 분 이상 그곳에 머물러 있지 않았다.

  석호의 숙소가 —— 아줌마의 집이 코앞에 나타났다. 바다가 한눈에 내려다보였다. 바람은 집을 날려버리려는 듯이 험악한 기세로 몰아쳤다. 파도 소리가 길게 여운을 끌면서 저 아래에서부터 육중하게 들려왔다. 석호가 집에 있지 않을 것 같은 기분이 들었다. 그날은 만사가 뒤틀리는 날이었다. 현수는 명자를 생각하였다. 가봐야 돼요. 아니에요. 꼭 가봐야 해요. 그렇다면 뭣 하러 나왔단 말인가, 삼십 분이나 늦게. 삼십 분까지만 기다리자고 한 것이 잘못이었다. 십 분만 기다리는 건데, 십 분만. 현수는 문께로 다가갔다.
"석호."
집 안은 잠잠했다. 파도 소리가 더욱 높아졌다.
"석호!"
집 안은 역시 죽은 듯 조용하였다. 바람이 소리를 내면서 처마 밑으로 지나갔다. 석호가 집에 있지 않다는 것이 분명해졌다. 현수는 바다를 굽어보았다. 거대한 두 마리의 해룡이 맞붙어 싸우는 듯한 바다를.
"빈집에다 대고 감지르면 뭐 합니꺼?"
등뒤에서 소리가 났다. 현수는 돌아보았다. 식모애가 고무신 짝을 끌면서 종종걸음으로 다가오고 있었다. "아무도 안 계십니더. 건너방 아자씬예 아침 일찍예 나갔입니더."
"그래?"
현수는 그가 걸어왔던 방향으로 돌아섰다. 초라한 집과 집들이 바다의 위세에 눌린 듯 침울한 공기 속에서 언덕을 덮으며 스산하게 움츠리고들 있었다. 어디 갔을까, 이 험악한 날씨에.
"가실랍니꺼?"
"응. 건너방 아저씨 들어오시믄 내가 다녀갔구나 전해라. 어쩌믄 오늘 오후에나 내일 서울 간다더라구."
"예, 그라지예. 그런데예, 건너방 아저씬예 안 옮기신답니꺼?"
"뭐?" 현수는 돌아섰다. "오늘 아침에 뭐 있었니?"
"아, 아니예. 아무것도 아닙니더. 어서 가보이소. 바람이 마 맵쌀시럽습니더. 내사 들어갈랍니더."

식모애는 문소리를 내며 집 안으로 사라졌다. 현수는 어깨를 움츠렸다. 그리고는 오던 길로 터벅터벅 되돌아 걷기 시작했다.

석호는 그때 그 근처에 있었다. 석호의 숙소를 지나서 오르막길을 더 올라가면 길이 고비를 이룬 곳이 있었다. 바다가 멀리까지 보이고 고구마 같은 부산의 중심가가 용두산 밑으로 한눈에 내려다보이는 지점이었다. 길 한편은 언덕이었고 다른 한편은 바다에의 낭떠러지였다. 거기 석호가 있었다. 보통 날씨에도 인적이 드문 그곳에 석호가, 그리고 또 한 사람이 서 있었다. 마구 휘몰아치는 바닷바람에 머리칼을 흩날리면서 삼학정의 주인 아주머니가 싸늘하게 침착하게 석호가 노려보는 곳에 마주서 있었다.

석호는 그날 아침 아홉시경에 눈을 떴다. 간밤에 마신 술이 그대로 살아 있었다. 몸을 일으키려 하자 숙취의 골치가 쑤셔왔다. 입천장이 말라붙어 있었고 진저리가 처졌다. 그는 다시 이불을 뒤집어쓰고 누워버렸다. 목이 말랐다. 안방에서 아침을 먹는 소리가 들려왔다. 바람이 집을 흔들며 지나갔다. 석호는 귀를 기울였다. 파도 소리가 높았다. 안방에서 말소리가 들려왔다.

"바람 억세게도 세네예. 아자씬 어디 기실까예?"

"글쎄? 얼마 전에 대만을 떠나면서 편지하군 소식 없으니 나두 모른단다."

"큰 바다는 바람도 셀 기라예?"

"그 대신 배두 크지 않니?"

식모애가 그 뒤를 이었으나 바람 소리가 그 위로 덮쳐버렸다. 석호는 굳이 알아들으려 하지 않았다. 그러나 밥그릇에 부딪치는 숟가락 소리에 섞여서 잠시 후 다시 말소리가 살아났다.

"…밖으로 나가 대문을 열었는데예 아무도 없지 않아예. 그래예, 저번 날 밤처럼 도랑에 넘어지신 줄 알고예 문밖으로 나가봤지예. 그랬더니예, 호호, 전봇대 안 있입니꺼, 그기다 대고 오줌을 누고 있는 기라예. 전봇대에다 이마를 기대고예. 사람이 나온 줄도 모르잖아예. 방으로 들어와서 한참을 기다렸지예. 그래도 소식이 없잖아예. 그래서예, 방문을 조금 열고 내다봤지예. 그랬더니예, 호호호, 마 대문이 잠긴 줄 알았던가바예. 뭣이 쿵 카더니예 마당 한가운데 툭 떨어지는 기라예. 호호호. 우스워서 어젯밤 혼났입니더. 아, 아니예, 아주머니 왜, 왜 그러십니꺼?"
"아, 아니다. 아무것두 아니다. 어서 밥이나 먹어라. 작은아저씬 오늘두 안 들어오실 모양이지?"
"아주머니 국이 식지 않십니꺼?"
"응, 너나 어서 먹어."
　석호가 기침을 했다. 안방은 조용해졌다. 석호는 목이 말랐다. 그는 누운 채 소리쳤다.
"자야, 물 좀 다고."
"그래도 용케 일어났지예. 기다—"
"내버려둬요."
　아줌마의 제지하는 목소리가 뚜렷이 들려왔다.
"물 좀 달라카는데예."
"내버려두라구." 아줌마의 목소리는 완강하였다. "그리고 너 딴 심부름두 하지 말어. 담배 외상 같은 거 말야."
　석호는 이불을 박차고 벌떡 일어섰다. 머리가 아찔했다. 방문을 힘껏 열어젖혔다. 쿵.
"방문이 무슨 죄졌나?" 밥 먹는 소리까지 그친 안방에서 아줌마의 목소리가 더욱 뚜렷했다.
"뭐?"
 석호는 대번에 댓돌로 내려섰다. 두 다리가 휘청거렸다. 그는 구두를 한 짝 집어들었다. 안방은 조용하였다. 그는 구두짝을 하늘로 쳐들었다. 그리고는 안방을 향하여 비틀거렸다. 안방은, 아니, 집 전체는 조용히 기다렸다. 바람 소리만 세찼다. 참으로, 하다못해 아줌마의 시동생만이라도 집에 있었던들 구두짝은 목적지를 향하여 날아갔을 것이다. 숨을 죽인 채 문을 닫고 기다리는 아녀자들에게 구두짝은 결국 날아가지 못했다. 석호는 비틀거리며 돌아섰다. 그리고는 댓돌 위에다 구두짝을 힘껏 내리쳤다. 그렇다고 댓돌에 죄가 있는 것은 물론 아니었다.
"옮기면 되지, 내가 옮겨버리면 돼."
 석호는 휘청거리며 방으로 들어갔다. 그는 속옷 바람이었다. 방 한쪽에 축음기가 뚜껑이 열린 채 놓여 있었다. 그는 축음기판을 뽑아들었다. 그리고 그것을 마당 한가운데다 힘껏 내팽개쳤다.
"옮기면 된단 말야, 우라질."
 그는 바지와 잠바를 끌어당겼다. 바짓가랑이를 꿸 때 그는 몸의 중심을 잃고 비틀거리다가 벽에 부딪쳐 소리를 내면서 넘어졌다. 넘어진 채 그는 옷을 주워 입었다. 그가 대문을 박차고 나갈 때까지 안방은 끝내 입을 다물고 있었다. 석호의 옆구리에는 축음기가 끼여 있었다. 그는 비틀거려지는 걸음을 바로잡으면서 언덕길을 내려갔다. 몰아치는 바람을 피하려고 그는 머리를 푹 숙였다. 축음기는 무거웠다. 어깨가 그쪽으로 기울었다.
 축음기를 팔았다. 예상보다 적었으나 돈이 생겼다. 술을 들이

켰다. 해갈에 해장을 겸해서 아침 삼아 독한 소주를 연거푸 들이켰다. 속이 확 틔었다. 술기운이 창자를 덥히면서 전신으로 퍼져 나갔다.
"날씨가 추워서예, 거래가 뜸하지예. 겨울철엔 항상 안 그렇십니꺼."
일 년 전 그는 비슷한 말을 들었다.
"날씨가 추워서예, 라디오나 축음기 듣는 사람이 많지예. 겨울철엔 항상 안 그렇십니꺼."
석호는 두 팔로 머리를 괴고 탁자 위에 엎드렸다. 자식들, 하하하. 뜨거운 열기가 창자를 짜릿하게 자극하면서 얼굴 위로 퍼져올랐다. 아침나절의 술집은 조용하였다. 하하하 하하하. 석호는 머리를 받치고 있던 두 팔을 무너뜨려버렸다. 지주를 잃은 머리통이 탁자 위로 떨어졌다. 우후후. 가슴이 울컥했다. 뜨거운 것이 뱃속에서 위로 치솟았다. 그리고 그것은 목구멍에서 걸렸다. 날씨 탓인가. <u>흐흐흐 으흐흐</u>. 지나간 날들이 무질서하게 그의 머리를 스쳤다. 여자는 많아두… 그는 고개를 들었다. 엎드린 채 머리만을 쳐들었다. 어머니의 얼굴이 눈앞에 나타났다. 본 적도 없는 어머니의 얼굴이 눈앞에 커다랗게 확대되어왔다. 그는 울고 있었다.
석호가 월남한 것은 풀이 무성한 유월이였다. 그의 두 형들은 매일 밤 월남을 모의하였다. 그는 엿들었다. 어머니와 형들은 석호를 데리고 가지 않는다는 것에 의견의 일치를 보고 있었다. 그러나 정작 월남한 것은 형들이 아니라 석호였다. 그는 그의 어머니의 얼굴도 몰랐다. 그는 어머니의 젖을 빨아본 적이 없었다. 그는 태어나자 즉시 아버지의 집으로 운반되어졌다. 아버지는 일 년이면 반이나 그 이상을 서울에서 지냈다. 아버지에 관한 추억으로는 선물을 많이 사준다는 것뿐이었다. 그 아버지를 서울에 두고 삼팔선이 굳어졌다. 그의 진짜 어머니는 그를 낳고 곧 죽어버렸다. 그러나 석호는 그것을 믿지 않았다. 그는 그의 어머니가 서울에 있을지도 모른다고 생각하였다. 서울은 가기 어려운 곳이었으니까. 고랑포에서 임진강을 건너 파주에 도착했을 때는 첫여름의 이른 먼동이 멀리 트고 있었다. 그를 데리고 온, 이라기보다, 그가 따라온, 같은 마을의 아저씨는 나이 어린 석호를 앞에 세워놓고 말하였다.

"자, 어쨌든 여기까지 왔구나. 네가 날 따라온다는 것을 느티나무 늦께서만 알았더라도 널 집으로 돌려보냈을 것이다. 아무튼 넌 운수가 좋은 눔이다. 이젠 여기까지 왔으니 설마 날더러 서울까지 널 데려다달라고는 하지 않을 테지?"

그리고는 석호를 빤히 들여다보았다. 석호는 고개를 까딱 해보였다. 그리고 저고리 안 호주머니에 손을 집어넣었다. 있을 것이 없었다. 바깥 호주머니를 찾았다. 역시 없었다. 그는 울상이 되어 온몸을 샅샅이 뒤져보았으나 나와야 할 아버지의 주소를 적은 쪽지는 나오질 않았다.

서울까지 가는 것은 그러나 어려운 일이 아니었다. 어려운 일은 서울서부터였다. 그는 야간 중학교 이학년에 편입을 했다. 밤이면 학교에 나가고 낮이면 닥치는 대로 일을 했다. 돈을 버는 일이든지 굶는 일이든지 둘 중의 하나를. 그러는 한편 끊임없이 아버지의 행방을 찾았다. 그러나 그가 삼학년이 되도록 아버지의 소식은 묘연했다. 사학년부터만은 밤에 다니고 싶지 않았다. 태양이 빛날 때 다니고 싶었다. 그늘은 싫었다. 밤도 싫었다. 그러던 중 그는 드디어 아버지의 거처를 알게 되었다. 어느 날 우연히 동대문 전차 차고 옆 시장 입구에서 같이 월남한 동네 아저씨를 만났다. 그가 석호에게 그의 아버지의 주소를 가르쳐주었다. 그의 아버지도 그를 찾고 있다고 했다.

 영천의 독립문은 석호가 결코 잊을 수 없는 것 중의 하나다. 그의 아버지 집은 냉천동에 있었다. 하얀 양회의 높은 담벽 앞에 섰을 때 그의 가슴은 얼마나 두근거렸던가. 철조망이나 유리 조각들로 무장되지 않은 그 담벽을 그는 어디선가 꼭 본 것만 같았다. 푸르스름한 대문 상단에 초인종의 단추가 있었다. 조그마한 뜰을 격하여 작지만 깨끗한 이층 양옥이 다사로운 햇볕 속에서 하얗게 빛나고 있는 것이 문틈으로 들여다보였다. 초인종이 울리자 안에서 퉁탕거리는 발자국 소리가 들려오고 신발 끄는 소리가 그 뒤를 이었다. 대문의 한 부분이 안으로 패어 들어가고 그리로 제복의 소녀가 머리를 내밀었다.

"엄머, 누 찾으시죠?"

"여기가, 저…"

 석호는 갑자기 말더듬이가 된 자신에 화가 났다. 소녀는 의아스럽다는 듯이 석호의 위아래를 살펴보고는 문을 닫고 들어가버렸다.

"엄마, 밖에 누구."

 목소리는 안으로 사라지면서 들려왔다. 잠시 후 다시 문이 열리며 한 아름다운 부인의 얼굴이 나타났다.

"어디서? 오라, 어서 들어와요. 기다리고 있었지 않아요?"

 부인은 안으로 비켜섰다. 석호가 들어섰다. 소녀가 부인의 등 뒤에서 내다보고 있었다.

"자 들어가요. 아버지가 이층에서 기다리고 계시네요."

부인은 석호의 등을 밀었다. 석호가 조심스럽게 부인의 얼굴을 살폈다. 그의 어머니는 그렇게 생기지는 않았을 것이라는 생각이 들었다. 그는 약간 울먹해진 기분으로 앞장서서 현관을 들어섰다.

"엄마 그?"

소녀가 나지막한 목소리로 부인에게 속삭였다. 부인은 대답하지 않았다. 석호의 아버지는 이층에서 신문을 읽고 있었다.

"오, 이눔. 많이 컸구나. 형들은 못 넘어왔다구?"

"……"

"그래, 그 동안 어떻게 지냈니. 고생이 많았겠구나."

"……"

"이리 와 앉아라. 이제 석호도 어른이 다 됐구나."

"아버지. 나 백만 원만 줘요. 혼자 살아갈 테니까요."

"뭐? 이 녀석이. 하하하. 목욕을 해라. 그러면 정신이 새로워질 거다."

뜨뜻한 물 속에 들어가서 사지를 쭉 뻗자 석호는 기분이 유쾌해졌다. 그는 하얀 양회 담벽 앞에 서 있었던 이래 몇 년이 지나가버린 것 같았다. 목욕탕 안은 우선 방심할 수 있어서 좋았다. 돈 달라고 할 생각은 조금도 없었는데… 이상한 일이지, 어디서 그 말이 튀어나왔을까. 더구나 액수까지… 백만 삼백 원쯤 달라고 했더라면 좋았을걸. 한 끼 밥값까지 끼어서 말야. 하하하. 그는 아버지의 웃음을 흉내내어보았다.

"엄마, 이 옷 좀 보아."

"쉿."

석호는 문득 제정신으로 돌아왔다. 그는 그가 있는 곳이 어디라는 것을 새삼스레 깨달았다. 그는 탕에서 튀어나와 아무것도 듣지 않았다는 듯이 물소리를 내면서 얼굴을 씻었다. 그러다가 잠시 멈추고 귀를 기울였다. 아무 기척도 없었다. 그는 다시 천천히 몸을 씻기 시작했다.

 목욕을 끝낸 다음 문을 빠끔히 열고 한 손을 내밀어 벗어놓은 그의 옷을 찾았을 때, 손바닥에 와 닿는 감촉이 아무래도 달랐다. 그는 문을 조금 더 열고 목을 내밀어 밖을 내다보았다. 떨어지고 후줄근한 그의 옷은 간 곳이 없고 그 자리에 산뜻하고 깨끗한 새옷이 차곡차곡 포개져 있었다. 와…, 석호의 두 눈은 둥그래졌다. 얼마나 좋은 옷이냐. 지금 내 옷만큼 입어서 떨어진 후라 할지라도 이것들은 지금 내 옷보다 백 갑절은 더 훌륭하겠다… 주위에는 아무도 없었다. 석호의 입은 그러나 엉뚱한 말을 지껄였다.

 "내 옷 달라우요."

 그의 목소리는 열려진 목욕탕 바깥문을 나가서 좁고 긴 복도 위에 의외로 크게 울렸다.

 "내 옷 달라우요."

 그는 다시 소리쳤다. 늙은 식모가 나타나서 산뜻한 그 새옷의 주인이 석호라는 것을 말해주었다. 그러나 석호는 그 말을 들으려고도 하지 않고 그의 처음 주장을 완강하게 내세웠다. 식모는 할 수 없다는 듯이 가버렸다. 부인이 나타났다. 그러나 부인의 우아하고 권위 있는 설복도 석호의 초지를 굽히지 못했다. 부인은 잠시 석호를 바라보다가 조용히 목욕탕 바깥문을 들어서서 한 구석에 비스듬히 기대세워진 세탁판을 비켜세웠다. 석호의 헌옷이 나타났다. 부인은 말없이 나가버렸다.

　석호는 옷을 다 입고, 고스란히 정돈되어 놓여 있는 새옷을 빨리듯 바라보면서 그리고 열심히 그것으로부터 피하면서 목욕탕 바깥문을 빠져나갔다. 미련을 가지고 목욕탕 문을 돌아다보면서 복도 모퉁이를 돌아섰을 때 거기 부인이 조용히 서 있었다. 석호는 부인을 조심스럽게 살피면서 그 앞을 지나갔다. 부인도 그를 지켜보고 있었다. 석호는 고개를 뒤로 돌려 부인에게 시선을 고착시킨 채, 한 손으로 벽을 더듬어 방향을 잡고 앞으로 나아갔다.

　"어머, 깜짝야."

　이층에서 내려오던 소녀가 그의 앞에서 오뚝 멈춰서면서 눈을 크게 떴다. 석호는 멈칫했으나 소녀를 비켜서 그대로 나아갔다. 소녀와 부인을 뒤로 번갈아 바라보면서. 계단이 나타났다. 조금 전에 그가 그의 아버지와 백만 원을 담판했던 그 이층에의 계단이. 석호는 잠시 망설이는 듯했으나 그 계단으로 올라서는 대신에 재빨리 현관으로 내려섰다. 그리고는 신발을 찾아 신자마자 대문을 향해서 뛰어나갔다.

　"이봐요, 거기 있어요."

　부인이 뒤쫓아 나오면서 소리쳤다.

　"이봐요, 이것 봐요. 거기 좀 있어요. 이봐요, 이 봐 요."

　석호는 벌써 하얀 양회 담벽을 돌아서 달리고 있었다. 주간 중학교에 갈 생각만 버린다면 발걸음을 늦출 필요가 없었다.

　석호는 야간부 사학년에 진학했다. 주간에의 미련을, 유혹을, 쉽사리 떨쳐버릴 수 없었다. 그는 드디어 야간부를 그만두었다. 주간부로 옮긴 것은 아니었다. 그는 육군에 입대했다. 징병관은 그가 나이를 속이고 있다는 것을 알아내려고 하지 않았다. 그는 조숙해 있었다. 그가 부대에 가까스로 배치되었을 때 삼팔선이 터졌다. 그의 부대는 진주까지 후퇴했다. 북진할 때 그는 그의 부대가 서부전선으로 진격하기를 바랐다. 그러나 그는 두만강 쪽으로 달리고 있었다. 또다시 후퇴 명령이 내렸다. 서울을 지날 때 영천엘 들러보았다. 하얀 양회 담벽은 반쯤 무너진 채 시커멓게 그슬려 있었다. 집은 간 곳이 없었다. 그뒤로 석호는 그 집에 살던 누구도 다시는 만나지 못했다. 휴전이 성립되고 그가 장교가 되고 그리고 그가 군복을 벗은 뒤에까지도.

술집을 나오자 차가운 바람이 얼굴을 후려쳤다. 가슴속에 뭉클했던 것이 싸늘하게 식어갔다. 그리고 분노가 되살아났다. 그것은 얼마 전의 타오르는 분노가 아니라 차디찬 분노였다. 슬픔이 가라앉으면서 깊은 곳에 뿌리박은 분노의 분비선을 자극한 모양이었다. 그의 두 눈은 차가운 미소로 빛났다. 그는 고개를 숙이고 걷고 있었다. 땅을 보는 것은 아니었다. 땅은 무수한 줄들이 되어 뒤로 달릴 뿐 눈에 들어오지 않았다. 그가 보고 있는 것은 땅 위의 허공에 뜬 움직이는 한 지점이었다. 그것은 그가 걷는 속도로 그와는 일정한 간격을 두고 앞서 달렸다. 지금의 그의 기분에는 세상이란 쓰라리지도 달갑지도 않았다. 열망과 기대도 없었고, 애착과 회한도 없었다. 수많은 간판들과 그 뒤로 숨은 초라한 건물들, 웅크리고 서 있는 옷 많이 입은 늙은 노점상들, 구루마와 광주리와 사과 궤짝과 금세라도 찌그러들 듯한 허술한 판매대들, 값싼 사탕과 더럽혀진 과자들, 먼지 낀 치약들과 소복이 쌓여 있는 탐스러운 귤들, 그리고 그 앞으로 종종걸음 치는 화사한 다리들, 빗줄기처럼 소리내며 엇갈리는 수많은 다리들, 발들, 구두들… 그 모든 것들이 석호와는 관계없이 거기 있었다. 십 년 전에 있었던 것처럼, 또는 십 년 후에 있을 것처럼, 그것들은 다만 거기 있었다. 깡패 같은, 거지 같은 버스 차장의 우악스런 근무도 그에게는 아무런 감동을 주지 못했다. 세상의 모든 경치들이 바람과 함께 뒤로 달아났다.

 버스의 창문을 통해서 보이는 경치가 세상의 전부는 아니라고 우길 셈인가? 실재하는 부분들을 실재하지 않는 전체 때문에 무시할 셈인가? 이것들이 아니라면 그것이 어디 있으며, 그것이 있다 해도 이것들이 없다면 우리가 어떻게 그것에 접할 수 있단 말인가. 우리가 어디를 가거나 어디에 있거나 우리 앞에 나타나는 것은 이 부분들, 손으로 만질 수 있고 역력히 들고 볼 수 있는 이 부분들이 아닌가. 전체는 우리 모두의 것, 따라서 내 것도 네 것도 아닌, 우리 누구의 것도 아닌, 다만 종이 위에나 머릿속에 있는 것이 아니던가. 주어진 것이, 그것이 아무리 협착한 세계라 할지라도, 아무리 보잘것없는 부분이라 할지라도, 무너져버릴 때, 전우주와 전역사가 무슨 소용이란 말인가. 전체가 아무리 위대하고 찬란해도 그것이 어떻단 말인가. 그것이 어디 있단 말인가. 잡초 우거진 옛 성터는 전역사보다 더 역사적이고, 밤의 네모난 조그마한 창에 와서 박히는 몇 낱의 별들은 전우주보다 더 우주적이다. 우리가 붙들고 안간힘을 쓰는 것은 광년이 아니다. 영원하고 무궁한 시공(時空)이 우리에게 나타나는 것은, 그리고 주어지는 것은, 순간과 지점으로서이다. 세 치 남짓한 넓이의 땅이 우리의 발밑에서 무너져버린다면 그것은 전우주가 붕괴되는 것과 무엇이 다를 것인가. 한 지어미의 가슴속에서 팔딱거리고 있는 조그마한 심장이 아니라면 대기에 미만해 있는 사랑이 무슨 소용이란 말인가. 세계는 저기 있었고 석호는 여기 있었다. 외면하고 달아나는 그의 전부를 석호는 원망하지도 갈구하지도 않았다. 그는 그것을 다만 차창 밖으로 차갑게 응시하고 있을 뿐이었다.

 석호가 집 앞에 이르렀을 때 아줌마는 출근차 대문을 나서고 있었다. 붉은 줄무늬가 드문드문 있는 하얀 토끼털 목도리 밖으로 머리카락이 바람에 난폭하게 흐트러지고 있었다. 두 사람은 시선이 마주치자 서로를 멈추게 하면서 똑같이 발걸음을 멈춰버렸다. 그들은 서로 노려보았다. 누구도 화를 내고 있는 것은 아니었다. 화를 내고 있는 것은 바람이었다. 만일 둘 중의 하나가 다른 하나를 먼저 발견했더라면 상대방의 출현이 주는 충격을 즉시 소화해버리고 다시 발걸음을 옮겼을 것이며, 늦게 발견한 쪽은 상대방이 초연히 발길을 옮기고 있는 것에 감화되어 무사히 발걸음을 계속할 수 있었을 것이다. 그들은 지나치면서 서로 잠깐 흘겨보았을 것이고 그들의 시선은 방금 웃고 인사라도 할 것처럼 차분하고 조용했을 것이다. 그랬을 것인데 한번 발걸음을 멈춰버리자 그것들은 그만 땅 위에 얼어붙어버렸다. 바람은 그녀를 뒤로부터 몰아쳐서 앞으로 밀어내렸고 석호에게 정면으로 부딪쳐서 뒤로 밀쳐내렸다. 그녀는 뒤로 버티고 석호는 앞으로 몸을 굽혔다. 그들은 잠시 그대로 서 있었다. 그들의 시선은 서로를 붙잡고 있었다. 하나는 위에서, 하나는 아래에서. 한 줄기 거센 바람이 고빗길에서 시작되어 내리막길을 휩쓸고 집들 사이로 흩어져 백사장께로 사라질 때까지 그들은 그렇게 서로 마주보고 있었다. 그녀의 새까만 양단 두루마기 앞자락이 소리를 내면서 펄럭거렸다. 바람에게 떼밀린 반동으로 석호가 드디어 움직이기 시작했다. 그녀의 시선도 따라 움직였다.
"같이 저기까지 갑시다. 할말이 있소."
 석호가 그녀 앞을 지나면서 말했다. 그리고는 뒤돌아보지 않고 앞으로 걸어나갔다. 그녀는 돌아섰다. 석호는 단호하게 바람을 뚫고 비탈길을 걸어올라갔다. 바람 소리는 그치지 않았고 파도 소리는 높았으나 석호는 등뒤로 그녀의 발소리를 느낄 수 있었다. 오르막이 끝나고 등성이가 나타났다. 그는 걸음을 멈췄다. 그리고 돌아섰다. 그녀는 정면으로 바람을 받아 요철을 드러내면서 다가오고 있었다. 그는 낭떠러지를 등지고 비켜섰다. 그녀는 언덕을 등지고 마주섰다. 바람은 그들의 옆으로 몰아쳤다. 아줌마의 새카만 두루마기 자락은 한 옆으로 휩쓸렸다. 그 밑으로 대담한 꽃무늬가 있는 분홍 양단 치맛자락이 펄럭이면서 하얀 버선목을 드러냈다. 아줌마는 석호를 빤히 쳐다보았다. 마치 네가 '도' 소리를 내면 나도 '도' 소리를 낼 수 있고, 네가 한 음정 높여서 '도' 소리를 내면 나도 또한 그렇게 해서 '도' 소리를 낼 수 있다는 듯이. 아니, 네가 '도'를 치면 '도' 소리가 날 것이고 한 음정 높여서 '도'를 치면 한 음정 높아진 '도' 소리가 날 것이라고 말하기라도 하는 듯이. 석호는 이상하게도 창자가 싸늘해지며 마음이 깊숙이 가라앉는 것을 느꼈다.
 현수는 조금 전과는 반대 방향으로 모래밭 위를 걷고 있었다. 바람은 여전하였다. 노한 파도들이 뚫고 치솟는 탁한 젖빛 대기 속에는 태고로부터 내려오는 무시간의 가능성이 잉태되어 있었다. 물결이 높으면 공기가 얕았고 공기가 깊으면 물결이 낮았다. 그들은 서로를 떼밀면서 빨아들이고 있었다. 변덕스러운 바람에 어느 파도는 그 바람 못지않게 또한 바람둥이였다. 잦아지면 어디로 용솟음칠는지, 용솟음치면 또 어디로 잦아질는지, 아무도 예측할 수 없었다.
"오래 기다리셨어요?"
"뭐 별루…"
"화나셨어요?"
"아니, 별루…"
"그렇지만 이제부터 화나게 되실 거예요. 그러나 제 탓은 아닌걸요. 전 현수씨와 약속할 땐 정말 몰랐어요. 그앤 편지두 안 해 주었으니까요. 원래 그런 애예요, 그앤. 전보두 없이 오늘 아침에 갑자기 나타났지 뭐예요. 지금 저쪽 과자집에서 기다리고 있어요. 정말 미안해요. 기다리실까봐서 잠깐 다녀온다구 하고 간신히 빠져나왔어요. 곧 가봐야 돼요."
"그래요? 바쁘시군요."
"그렇지만 모처럼 찾아온 옛 친구를 버려둘 순 없잖아요. 서울서 여기까지 나 하날 보구 왔는데."
그들은 다방을 나와 나란히 골목을 걸었다.
"그럼 인제 가보세요. 너무 나쁘게 생각지 마세요."
"저두 이쪽으로 갑니다."
"어머, 댁으루 안 가세요?"
"아뇨, 송도… 송도 친구 집엘 가볼 일이 있어서요."
"오늘이나 내일쯤 상경하신다구 했죠? 편지하세요. 한 석 달쯤 후에요."
"석 달? 그때쯤이면 설마 공작이 문닫진 않겠지만."
"물론 제가 없을는지도 모르죠. 그렇지만 누가 알아요, 그때까지두 있을는지? 그럼 안녕히 가세요. 전 이쪽으루… 정말 미안

해요. 그렇지만 어쩔 수 없는걸요. 잘 가세요. 네, 잘…"
편지를 하지. 삼 년 후, 삼십 년 후에 편지를 하지… 삼십 년 후, 환갑 잔치 때 와주십사 하고 편지를 해주지… 현수는 두 눈을 껌벅거렸다. 티가 들어간 탓이었을까? 바람이 몹시 불고 있으니까.
석호는 낮은, 그러나 저력 있는 목소리로 말을 꺼냈다.
"그 동안 폐가 많았소, 밥맛을 떨어지게 해서. 오늘 옮기겠소."
"기껏 그 소리요?"
"그럼 내가 당신에게 무슨 할말이 있겠소, 옮긴다는 거 외에."
"옮기면 옮기는 거지 무슨 말이 많아요?"
"말이 많다구? 아직 할말은 정작 한마디두 안 했는데?"
"당신이 나하구 무슨 상관이 있길래 사사건건 시빈가 하는 그 말씀요?"
"그렇소. 숙이가 내 심부름 좀 하는 게 뭐가 그리 안 된단 말요?"
"내 집 아이더러 내가 이래라 저래라 하는 게 안 될 건 또 뭐란 말예요?"
"그래? 남의 집 식모애더런 물 한 모금 달래지 못한단 말이지? 말 다 했소?"
"다 하지 않구요?"
"좋소. 가시오. 나두 다 했소. 가요. 내 눈앞에서 썩 꺼져버려."
"병신 같은 자식."
"뭐?" 그는 튀듯 그녀 앞으로 다가섰다. 그리고 그녀의 두 어깨를 쥐어짜듯 움켜잡았다. "뭐라구? 다시 한번 말해봐."
"병신 같은 자식이라구 했다."

"뭣이? 이, 이 갈보년이."

 석호의 호흡은 급격히 거칠어졌다. 그녀의 두 어깨가 마구 흔들렸다. 목도리가 땅에 떨어졌다. 머리카락은 얼굴을 덮고 바람에 난무했다.

"그래, 갈보년이다. 그래서 도도한 너는 날 거들떠보지도 않았구나?"

"이걸, 이걸 그냥…"

 그녀의 어깨를 붙들고 흔드는 석호의 두 팔이 부르르 떨었다. 그녀의 머리통은 어깨가 흔들려짐에 따라서 앞뒤로 난폭하게 끄덕거려졌다. 그러다가 고개가 뒤로 젖혀졌을 때 얼굴을 덮고 있던 한 움큼의 머리카락이 양쪽으로 흩어져서 아래로 흘러내렸다. 시선은 똑바로 석호에게 향해져 있었다. 거기에는 저주와 비난과 멸시와 분노와 증오와 조소가… 가득차 있었다. 머리카락이 바람에 날려서 다시 얼굴을 가렸다. 석호의 두 눈은 분노로 타오르고 있었다. 다른 감정에 앞서서 분노만이 타고 있었다. 이걸 이대로 두고 돌이 되란 말이냐. 이대로 붙들고만 서서 동사하란 말이냐. 석호는 그녀를 움켜잡은 채 한 걸음 낭떠러지를 향하여 뒷걸음질쳤다. 그녀는 버티지 않았다. 파도 소리가 높아졌다. 바람 소리 위로 파도 소리가 거칠게 귓전을 때리면서 덮쳐왔다. 파도는 낭떠러지 밑에서 하얗게 부서지고 있었다. 돌아서자. 돌아서서 이걸…

"놔요!" 그녀가 소리쳤다. "퉤. 이 병신 같은 자식!"

 그녀의 입술이 파르르 떨었다. 석호는 무감각했다. 이렇게 꼭 붙들고 돌아서서 힘껏… 철썩—

 그녀가 석호의 뺨을 후려쳤다. 석호는 순간 발끈했으나 이내 쌀쌀해졌다. 힘껏 떠밀면… 떠밀어 팽개치면… 아—악. 마담이 눈을 흡뜬다. 펼쳐지지 않은 낙하산. 펼쳐지지 않은… 그녀가 뒤로 버틴다. 어깨를 꿈틀거린다. 석호는 그녀의 한 어깨를 놓아주었다. 그리고 그 빈손으로 바람에 흩날리는 머리채를 휘어잡았다. 휘어잡고 뒤로 나꿔챘다. 머리가 위로 제껴졌다. 새하얀 얼굴 위에 두 눈만 커다랗게 확대되어 있었다. 가슴이 두루마기 위로 물결처럼 부풀었다. 그녀는 가슴으로 숨을 쉬고 있었다. 마주보는 여자의 눈동자, 그 점막 위로 물기가 스며들었다. 물기가 맺혀서 아랫눈썹을 적시며 방울지려 할 때 그녀는 두 팔을 벌리고 석호의 가슴에 얼굴을 묻어버렸다. 그녀의 부푼 가슴이 물결 자지러지듯 스러졌다. 석호는 순간 초인종의 단추가 눌린 듯 가슴속이 찌르르했다. 누가 찾아왔는가. 그리고 안에서는 누가 대답할 것인가. 그녀는 두 손으로 석호의 등을 부여안았다. 석호는 그대로 한 손은 그녀의 어깨 위에, 또 한 손은 그 머리채 위에 두고 있었다. 누가 나올 것인가. 제복의 소녀? 그는 죽었을 테지. 부인은 아름다웠다. 그러나 어머닌 아니었어. 어머닌 죽은 모양이야. 나를 낳자마자 죽었어. 틀림없이. 석호의 한 손이 그녀의 머리채에서 풀렸다. 풀린 손이 내려오면서 머리칼을 쓰다듬었다. 목덜미 언저리까지 흘러내려와선 그녀의 어깨를 붙잡고 있는 그의 왼손 위로 겹쳐졌다. 그는 마주친 그의 두 손을 꼭 붙잡았다. 숨진 어머니의 가슴 위에 나는 매달려 있었을까. 박하사는 엎드려 있었지. 개인호 흉벽을 두 손으로 안은 채. 이마를 오른손 팔목 위에 얹고. 시계만이 살아 있었어. 왼손 팔목에 감긴 시계만이. 초침은 분명히 소리를 내고 있었으니까. 짤각짤각. 조용두 했지. 석호는 자신의 숨소리를 들을 수 있었다. 그의 숨소리에 겹쳐서 그녀의 숨소리도 들려왔고, 그 가슴의 동계도 전달되어왔다. 자식, 그렇게도 시계를 자랑하더니. 어머닌 어떻게 눈을 감았을까. 내가 시계를 풀어서 군화발루 밟아버렸을 때 소대장은 날 노려보았지. 난 정말 그렇게밖에는 할 수 없었는데. 시계가 미웠으니까. 시계가. 살아 있는 시계가. 소대장은 내가 슬퍼서 우는 줄 알았을 거야. 시계를 두고 간 박하사가 가련했을 뿐이었는데. 석호는 그의 두 팔에 힘을 주었다. 츳, 츳, 네 에민 참 불쌍한 사람이었단다. 핏덩이가 켕겨서 어떻게 눈을 감았노. 아버진 노려보고 있었을까? 누구를? 둘 다 아무것도 몰랐을 텐데. 알 만한 사람은 죽어 있었구 살아 있는 사람은 너무 어렸을 테니까. 그는 그녀를 꼭 껴안았다. 그의 빈 가슴속을 상대방의 그것으로 메우려는 듯이. 그녀는 그의 속으로 파고들었다. 여자의 두 손은 그의 등을 놀라운 힘으로 끌어당겼다. 펼쳐지지 않은 낙하산. 기습은 항상 따발총으로 시작되었어. 저 진저리나는 오륙 발 점사. 개천둑만 열심히 지켜보고 있었는데. 화집점두 그 근처에 있었구. 엉뚱하게두 버드나무 곁에서. 사자는 슬프지 않았다. 죽어버렸으니까. 슬픈 건 사자에서 예상되는 자기 자신의 죽음이었어. 그것이 자기가 아니라는 것을 강조하면서 오히려 다행스러워했지. 그리고는 미안해하면서 불쌍타고 했지. 츳, 츳, 우물갓집 할머니의 깊은 주름살에는 슬픈 빛이 가득했으나 그것은 자기 자신의 임박한 죽음에 대한 것이었어. 불쌍타고 하면서 딴걸 슬퍼하고 있었지. 바람이 몹시 부는구나. 파도가 돌담처럼 무너진다. 머리칼이 날린다. 풀잎처럼 뺨을 간질인다. 석호는 한 손으로 그녀의 머리카락을 쓰다듬었다. 그리고 또 한 손으로 그녀의 어깨를 밀었다. 그녀는 고개를 들었다. 그녀는 울고 있었다. 석호는 갑자기 할 일이 없어져버렸다. 정오를 알리는 고동 소리가 멀리서 들려왔다.

　오포를 들으면서 현수는 송도 백사장을 빠져나가고 있었다. 그는 걸으면서 생각하였다. 끝났다. 편지를 쓰자. 삼십 년 후가 아니라 지금 당장. 없었던 정사의 간단한 종말이라고. 삶에는 꼭 들어맞는 톱니바퀴가 없었다. 어디엔가 반드시 맞지 않는 데가 있어서 불협화음이 있었다. 톱니바퀴를 둘 다 완전히 알지 못하는 이상 고장이 어디쯤인가를 누가 알 것인가. 엇갈리다 어느 한 편이 짓부숴진대도 어쩔 수 없는 일이었다. 짓부숴지면서 만들어지는 것이 톱니바퀴였으니까. 현수는 어금니 사이로 바람을 들이켰다. 슭슭. 시계를 찾자. 시계는 잠자고 있을 거다. 태엽을 감아주지 않았으니까. 벌써 며칠쨴가. 슭슭. 고동 소리가 바람 소리 속에 엷게 파묻혀갔다. 화요일의 구름 낀 정오가 꿈틀거리는 바다 위로 스러져가고 있었다. 현수는 돌층계 위에 올라서서 뒤를 돌아보았다. 모래밭이 거기 홀로 있었고 오르막길은 뿌옇게 언덕을 돌고 있었다. 그리고 젖빛 대기로 뒤덮인 바다에는 물결이 높았다.　　　　　　　　　　　〔『사상계』, 1963. 8〕

미 로

1

어느 날 나는 정거장에서 기차를 기다리고 있었는데, 그 기차가 결코 오지 않을 것이라는 생각이 들었다. 그러나 딴사람들도 있고 해서 그냥 그대로 있었다. 그때 한 사람이 나에게로 다가오더니 기차를 어디서 타느냐고 물었다. 나는 공포에 사로잡혔다. 사실 나는 기차를 어디서 타는지 몰랐고, 또 뿐만 아니라, 하필이면 하고많은 사람들 중에서 왜 나에게 묻는지도 알 수 없었다. 일은 어차피 받아놓은 밥상이었다. 나는 아첨하기 위해서 얼굴에 웃음을 띠고 그를 쳐다보았다. 그리고 제발 나의 표정이 무사히 전달되기를 바라면서 조심스럽게 머리를 가로저어보였다. 조심이 지나쳤기 때문에 그 신호가 무엇을 나타내는 것인지 나 자신부터도 알 수 없게 되어버렸다. 그는 나를 향한 두 눈을 더 크게 떠보였다. 그의 얼굴 위에는 웃음이 떠오르지 않았다. 상대방의 웃음을 끌어내는 데 실패한 나의 웃음은 조금씩 굳어져갔다.

나는 내가 표정을 잘못 선택했다는 것을 깨달았고, 그리고 새로운 표정을 내어걸 절실한 필요를 느끼고 있었지만, 그에게서 쉽사리 얼굴을 돌려버릴 수 없었다. 그를 쳐다보는 것은 나의 자유였지만, 그를 안 쳐다보는 것은 그의 자유였다. 그의 조그마한 기침이 우리들의 얽힌 시선들을 조금 움직이게 했으므로, 나는 그 순간을 이용해서 나의 시선을 그의 것으로부터 풀어헤쳐가지고 얼른 고개를 돌렸다. 그리고 새로운 것이 결정될 때까지 될 수 있는 대로 애매한 표정을 유지해야겠다고 생각하면서 주위를 살폈다. 역원은 아무데에도 보이지 않았다. 날은 밤이나 흐린 날씨가 아니었는데도 사물들에는 그림자가 없었다. 공간은 끈적끈적한 중간색으로 채색되어 있었고 물건의 모서리들은 그 중간색 속으로 조금씩 녹아들어가 있어서 윤곽이 뚜렷하지 않았다. 그리고 그 윤곽을 이루는 선은 울퉁불퉁했었는데, 그것은 대기 속으로 빨려들어간 정도가 곳에 따라서 조금씩 달랐기 때문이었다. 아마 바람 탓이었을 것이다. 하늘에는 구름도 없었고 별도 (그리고 물론 태양도) 없었지만, 찐득찐득한 그 중간색 위로 바람이 지나간 자국은 있었다. 사람들도 역시 그들을 둘러싸고 있는 공간 속으로 조금씩 퍼져 있었…든지, 그렇지 않으면, 공기가 사람들의 윤곽 속으로 배어들어와 있었든지 했다. 하여튼 사람들은 움직이지 않고, 대개 흐물흐물한 상태로 있었는데, 더러 움직이는 사람을 보면, 그는 그가 움직이는 방향으로 미리 가 있는 자신의 부분 속으로 단순히 합류해감으로써 움직이고 있었다. 그래서 사람이 움직이는 것은 보이지 않았지만 그가 멀어져가는 것을 보아서 움직이고 있다는 것을 알 수 있었다. 한 쌍의 남녀가 나로부터 멀어져가고 있었다. 나는 그들을 잘 알고 있었지만 누구인지는 알 수 없었다. 그들은 고개를 돌려 어깨 너머로 나를 쳐다보고 있었다. 그 얼굴들은 중간색의 공기에 싸여서 잘 보이지 않았지만 나는 그들을 금방 알아보았다. 그들의 얼굴 위에 있는 눈 밑의 잔주름까지도 지적할 수 있을 것 같았다. 그들은 언제든지 우리 옆에 있는 바로 그 사람들이었다. 그들은 때로는 비쩍 마른 목에 스무 번쯤 세탁한 와이셔츠의 누르스름한 깃을 훌렁하게 두르고 유난히도 불거진 갑상연골 아래로 축 처진 넥타이를 길게 맨 채 수염이 쭈뼛쭈뼛 자라기 시작한 턱을 내밀며 다방 문을 열고 쑥 들어옴으로써 우리 앞에 나타나기도 하고, 또 때로는 육십오 원의 이익을 얻기 위해서 비린내가 코를 찌르는 생선 광주리를 차장의 가랑이 밑으로 간신히 버스에 싣고 안에 아무것도 걸치지 않은 자신의 앞가슴의 끝이 비죽이 앞섶을 밀치며 나오는 것도 모르고 안도의 한숨을 내쉬면서 차에 올라 뒷좌석 쪽을 돌아보았을 때 우연히 거기 앉아 있었던 우리와 시선이 마주치기도 하는, 또 어떤 때는 해가 서산으로 비꼈을 때 서향으로 난 구멍가게에서 한 손바닥으로 따가운 해를 가리려고 애쓰면서 지금은 잊어버린 어떤 물건을 사고 있는 우리 옆으로 난데없이 나타나서 커다란 콧구멍을 벌름거리며 성냥 한 갑을 사가지고 달아나버리는 그 사람들이었다. 언제나 우리의 시선이 닿는 곳에 있지만 결코 누구인지 알아버릴 수는 없는 그 사람들… 그들이 나로부터 멀어져가고 있었다. 나는 그들을 열심히 바라보았다. 그러자 문득 그들은 제자리에 서버리고, 내가 그들이 사라져가던 속도로 뒤로 물러나기 시작했다. 공간 속을 등으로 뚫으면서 몸뚱이 크기의 긴 통로를 남기며, 물 속으로 가라앉듯 사지를 움직이지 않은 채 뒤로 자지러져 들어갔다. 사라져가는 그들을 가물가물 멀리 바라보면서 점점 속도를 더해갔으므로 오금이 저려오기 시작했다. 그래서 만일 그때 내 바로 옆에서 내 귀에 깔때기라도 댄 듯이 나에게만 들리는 커다란 소리로 누가 나를 깨우지 않았더라면 나는 그들이 내 시야 안에 있으면서 내 눈의 인식 능력 밖으로 사라지는 순간 지구의 한쪽 끝에 마침내 부딪쳐버렸을 것이다. 나는 깜짝 놀라 그를 쳐다보았다. 그리고 엉겁결에 모든 것이 해결되어버렸음을 알았다. 그는 내가 모른다는 것을 알아차렸음에 틀림없었다. 그의 표정에는 별로 변화가 없었지만 나는 그것을 알 수 있었다. 나는 남의 마음을 알아채는 데는 소질이 있었다. 나의 마음을 남에게 알리는 데에는 땀을 뺐지만. 그는 걷기 시작했다. 나는 뒤따랐다. 그의 성큼 내어딛는 첫발은 따라오라는 신호였고, 나는 몇 년 전부터 그렇게 하기로 되어 있는 듯했다. 그가 뭐라고 말했다. 정확한 문장은 알 수 없었지만 그가 말할 때 공간 속에 뚫렸던 구멍들의 모습으로 미루어보아 그는 삼천 년을 살다가 죽은 그의 할머니 제사에 가는 길인데 거기서 무엇을 먹게 될 것인가를 묻고 있음에 틀림없었다. 나는 다시는 그의 말을 놓치지 않기 위해서 바싹 그의 곁으로 다가채었다. 그리고 좀 이상한 생각이 들었으므로 혹시 삼천 년을 살다 죽은 것은 삼천 년 전에 살다 죽은 것의 잘못(그의 잘못이건 나의 잘못이건간에)이 아닌가고 조심스럽게 물어보았다. 그러자 그는 문득 걸음을 멈추고 마치 자기의 이름이 남에 의해서 정정되기라도 한 것처럼 나를 물끄러미 쳐다보았다. 나는 가슴이 철렁 내려앉았다. 그리고 이번만 용서받는다면 앞으로는 참으로 조심해야겠다고 속으로 맹세했다. 그때 저편으로부터 한 떼의 군인들이 자유 대형으로 몰려왔으므로 그의 관심은 즉시 나에게서 떠났다. 나는 십분 고맙게 생각하면서 그를 따라 다시 걷기 시작했다. 군인들은 단독 군장을 하고 있었다. 혹시 내 몸의 어느 한 부분이 그들을 다칠까봐서 미리부터 겁이 났다. 나는 잔뜩 두 어깨를 웅크리고 자칫 실수를 하더라도 동정을 받을 수 있도록 공손하게 걸어갔다. (걸음을 멈추고 그들로 하여금 부딪쳐오게 했으면 좋으련만!) 나는 슬며시 그의 표정을 살펴보았다. 그리고 놀랐다. 그는 겁을 내기는커녕 오히려 빼기고 있었다. 군인들이 다가오는데 놀라지 않다니! 그러나 놀라운 일은 그것으로 그치지 않았다. 군인들이 그에게 조심스럽게 경의를 표해왔다. 그러느라고 그들은 나에게 주의를 줄 겨를이 없었다. 그의 어깨에서 별들의 그림자를 발견했을 때는 나는 차츰 군인들 속으로 파묻혀 들어가고 있었다.

2

"어서 오십시오."

군인들의 긴 행렬로부터 벗어나서 정신을 차렸을 때, 나는 이와 같은 소리를 들었고, 그때 나는 어느 학교 건물의 측면 입구에 서 있었다. 낯익은 얼굴은 상냥하게 나를 맞아주었다. 우리들은 한참 동안 손을 붙잡고 흔들었다. 둘 중의 누구도 먼저 상대방의 손을 놓아주려고 하지 않았다. 우리들은 거의 동시에 서로 고개를 갸우뚱해보인 다음 가까스로 상대방의 손으로부터 제 것을 찾아왔다. 우리들은 기뻤다. 그래서 마음놓고 이야기하기로 했다.

교실에는 학생들이 절반쯤 차 있었는데, 책상을 들여다보는 사람도 있었고 아무것도 씌어 있지 않은 빈 칠판을 바라보는 사람도 있었으며 손을 뒤로 해서 의자를 붙잡고 천장을 쳐다보는 사람도 있어서 가지각색이었지만 한 가지 공통된 것은 조용하다는 점이었다. 교사는 보이지 않았다.
"졸업반이군요." 내가 물었다.
"네? 무슨 말씀이신지! 그런 건 없습니다. 저건 단순히 교실입니다. 저러고 있다고 합격이 되면 그와 동시에 졸업이 되는 거죠. 그러지 못하면 지쳐서 중퇴할 때까지 저러고 있죠. 그야 그렇다면 애초에 직업 학교를 갔어야 할 일이지요. 전문 학교에선 이보다 짧은 시일에 이보다 훌륭한 면허장을 주고 있으니까요."
"그럼 어떤 교육책이라도…?"
"고육책이라구요! 하아, 그렇군요. 정말 그래요. 저건 일종의 고육책(苦肉策)이죠. 그러나 정확한 의미의 것은 물론 아니죠. 왜냐면 우리는 달리 속일 사람을 갖고 있는 것은 아니…니까요. 글쎄 우린 그저, 뭐라고 할까요, 우리 자신을 가지고 있을 뿐이죠. 왜, 저, 사자(死者)로 사자를 묻어라… 그러나 물론 방임은 아니죠. 이렇게 지켜보고 있으니까요."
"이 학교에선 미끄럼타기 운동을 권장하고 있는 모양이군요."
"아니에요. 저건 미끄럼틀이 아니고 복도입니다."
복도는 경사가 져 있었고 그 위로 두터운 얼음이 덮여 있었는데 그리로 학생들이 미끄러져 내려왔다. 우리들은 난간을 붙잡고 조심스럽게 그 경사를 걸어 올라갔다. 꼭대기에 오르자 다음은 내리막이었다. 조심을 했지만 나는 두 번이나 넘어져서 머리를 다쳤다. 그가 대단히 이해심 깊은 동정을 보여주었으므로 나는 또 한 번 넘어지고 싶은 충동을 느꼈다. 그리고 복도란 원래부터 거대한 낙타 등처럼 생긴 거라고 생각해버리게 되었다. 지금까지 내가 보아온 수많은 복도들의 평면성도 지금의 이 생각에 별로 방해가 되지 않았다.

그 낙타 등을 세 번 넘자 우리들은 건물의 중앙에 다다랐다. 오른편에 현관이 있었고 왼편으로 직원실이 있었다. 직원실 창문은 아래 절반이 반투명 유리로 되어 있었으므로 나는 발돋움을 하여 안을 들여다보았다. 사람들은 지쳐 있었다. 구두를 신은 채 두 발을 길게 책상 위로 내뻗고 의자 위에 비스듬히 기대 앉아서 그들은 높은 천장을 향하여 담배 연기를 뿜고 있었다. 니코틴이 폐에 미치는 영향이라도 시험하고 있는 듯한 그들의 태도가 하도 진지했기 때문에 하마터면 나는 뺨을 책상 위에 꼭 대고 엎드려 열심히 손바닥을 들여다보고 있는 몇 사람들의 모습을 놓칠 뻔했다. 그들에게서는 입으로부터가 아니라 또 하나의 손의 손가락들 사이로부터 담배 연기가 피어올랐다. 그 연기들은 호박 속에 묻힌 무늬와도 같이 전혀 움직이지 않았다. 만일 담배의 타들어가는 끝이 조금 움직인다면 그 운동이 그대로 피어오르는 연기의 맨 끝에까지 동시에 전달될 것만 같았다. 그런데도 그것들은 어쩌면 그렇게도 그것다웠을까! 나의 두 눈 앞에 전개되었던 그 광경은 말하자면 연장된 한 순간이었다. 임의의 어떤 한 순간에 시간이 멎어버린다면 그 순간에 있었던 모든 동작에는 순간과 영원이 동시에 나타나 있을 것이다. 그들은 마치 영원히 그럴 것처럼 그렇게들 하고 있었다. 나는 황망히 창문으로부터 물러서서 하마터면 돌이 될 뻔했던 두 다리를, 두 다리의 발목들을 이리저리 움직여보았다.

나와 함께 왔던 사람은 현관 밖으로 한 발자국 나가서서 멀리 운동장 쪽을 바라보고 있었다. 나는 그에게로 다가갔다. 현관을 나서자 바람처럼 갑자기 멀리서 웅성거리는 소리가 들려왔다. 나는 그쪽으로부터 그에게로 시선을 돌렸다. 그도 그쪽을 바라보고 있었다. 그가 그쪽에서 시선을 떼지 않은 채 말했다.
"축제입니다."
나는 직원실 안에 있는 사람들의 모습이 눈에 밟혔으므로 이렇게 묻지 않을 수 없었다.
"저 사람들과는 관계가 없습니까?"
"관계가 없느냐구요! 차라리 그랬더라면 저 사람들은 가서 구경이라도 할 수 있었을 텐데요. 유감스럽게도 사실은," 그는 직원실 쪽을 흘끗 바라보았다. 그리고 계속했다. "그 정반대랍니다."
"그러면…"
"그렇죠. 바로 상상하신 대로입니다. 아, 아니죠. 무엇을 상상했는가는 상관이 없습니다. 저 사람들과 이 사람들과의 관계는 우리들이 그럴 거라고 상상하는 대로 되어버립니다."
"그건 좀 이상하군요."
"아니죠. 그게 왜 이상해요? 가령, 저 사람들은 이 사람들을 대신해서, 또는 위해서 저렇게 소리를 내고 있다고 상상했거나, 또는 이 사람들을 배반해서 저러고 있다――고 상상했거나 아무런 차이가 없습니다. 둘 다 해당된다는 얘기죠. 사실 그렇습니다. 원래 사실이란 그러리라고 생각한 대로 되어버리는 법입니다. 그러지 않았다간 큰일이지요. 그러는 일은 별로 없습니다만. 물론 전혀 없다는 말씀은 아니지요. 예컨대 혁명이라든가 지진이라든가… 어쨌든 중요한 것은 우리가 상상하는 데에 있습니다."
"난 저 사람들은 이 사람들이 나오기를 기다리고 있다——고 생각했었는데요."
"그래요? 그럼, 그게 맞습니다. 저 사람들은 이 사람들을 기다리고 있습니다. 물론 이 사람들은 결코 나가지 않을 것입니다. 저 사람들은 그걸 잘 알고 있습니다. 그러기 때문에 기다리고 있습니다. 만일 이 사람들이 나간다면 저 사람들은 즉시 기다리지 않아버릴 것입니다. 이 사람들이 나오지 않을 것이 확실한 동안 ——그것은 언제나 그럴 것입니다만—— 저 사람들은 저렇게 북을 치면서 이 사람들을 불러내기 위해 소란을 피울 것입니다. 그것은 언제나 그러했습니다."
"가보고 싶군요."
"그러실 겁니다. 가서 보십쇼. 별건 없을 겁니다만 많은 것을 구경하시게 될 겁니다, 아마."
"대단히 감사합니다. 그런데, 한 가지… 맨 처음에 해결했어야 할 것을 조금 실례가 될 것 같아서 미루었더니 오히려…"
"아, 그만. 그만. 말씀 안 하셔도 잘 알겠습니다. 사실은 저도 그렇게 생각했습니다. 그러니 실례될 것이 없겠습니다. 왜, 저 피차일반이라는 말이 있지 않습니까? 참 다행입니다."
"그럼…?"
"바로 그렇습니다. 우린 전에 만난 적이 없습니다. 저도 방금 깨달았습니다만."
그는 말을 마치고 나를 정중하게 전송했다.

3

 북소리가 멎자 구경꾼들은 일제히 일어서서 삶은 돼지의 상반신을 향하여 달려들 자세를 취했다. 그러나 그때 그것을 지키고 있던 살찐 남자가 머리를 좌우로 흔들었으므로 그들은 잠시 엉거주춤하다가 얼굴 가득히 실망의 빛을 나타내면서 주저앉아버렸다. 그들은 굽은 등을 더욱 웅크리고 남루한 옷의 허리춤에서 땟물에 절어 새카매진 원래는 하얬을 자루를 꺼내더니 긴 손톱 밑으로 때가 낀 비쩍 마른 더러운 손의 손가락들로 끈을 풀어서 먹을 것을 꺼내가지고 생기 없는 눈으로 그것을 지켜보고 있던 눈썹과 입술 위에까지 먼지가 소복이 쌓인 누렇게 찌든 어린애들에게 하나씩 차례로 쥐어준 다음 마지막으로 한 덩어리씩을 자기들 입으로 가져갔다. 그들은 다시는 돼지 대가리를 쳐다보지 않았다. 살찐 사나이는 물끄러미 그들을 내려다보았다. 그들은 고개를 숙이고 열심히 입들을 흐물거렸다.
 그들이 열심히 입을 놀렸던 데에는 이유가 있었다. 한 패의 사람들이 나타나서 구역을 분담하더니 잠자리채를 코밑으로 들이대면서 그들 사이를 돌아다녔다. 그들은 더러운 자루 속으로 더러운 손을 깊숙이 집어넣어서 먹을 것을 조금 꺼내가지고 그들을 거들떠보지도 않은 채 기계적으로 그것을 그물 속에다 내어던졌다. 대개 한 번이면 잠자리채는 다음으로 옮겨갔지만 더러는 던져진 음식물의 충격감이 정도에 미달했음인지 그 자리에 움직이지 않고 그대로 있기도 했다. 그러면 그들은 그것의 공정성에 탄복하면서 처음 동작을 되풀이했다. 세 번까지 그러는 일은 거의 없었다. 가끔 아예 처음부터 그것을 무시해버리는 사람들이 있었는데 그들은 단순히 무딘 철사 테의 일격을 코밑에 받음으로써 즉시 교육되어져버렸다. 다만 수업료가 조금 비쌌다는 것을 나타내기 위해서 그들의 입시울이 약간 썰룩거렸을 뿐이었다. 잠자리채들은 이내 배가 불러서 되돌아갔다.

그러자 다시 북소리가 들려오기 시작했다. 그러나 그들은 조금도 그런 것에 아랑곳하지 않았다. 그들은 이미 그것의 끝장이 어떻게 될지를 알고 있었다. 북소리는 차츰 커져갔다. 주문이라도 외우듯이 고개를 숙이고 있던 그들은 아, 역시 북소리에 약했다. 그들은 하나둘씩 소리나는 쪽을 향하여 머리들을 쳐들기 시작했다. 그것은 일종의 배반이었다. 배반은 물결처럼 사람들의 머리 위로 번져갔다. 과반수가 넘자 그것은 정의가 되어버렸다. 그들은 다시 한번 북소리가 시키는 대로 돼지 대가리를 향하여 침을 흘리기 시작했다. 북소리는 절정을 향해서 고조되어갔다. 그것은 약속이었다. 그리고 약속이란 항상 믿어볼 만한 가치가 있었다. 마침내 그들은 엉덩이를 들고 엉거주춤 일어서서 뛰어나갈 차비를 했다. 북소리는 절정에 도달하고 있었다. 그들은 그것을 알았다. 언제든지 뛰어나갈 수 있도록 그들은 몸을 앞으로 굽혔다. 그런데 그때 북소리 나는 곳 가까이에 있던 사람들의 일부가 팔과 다리를 번갈아 들어올리면서 엉덩이를 흔들기 시작했다. 그 동작은 권유가 되어 차츰 옆엣사람에서 옆엣사람으로 그들 사이에 번져갈 기세를 보였다. 그러나 유감스럽게도 북소리는 이미 절정에 도달해 있었다. 그것은 그 이상 그들을 끌어올릴 여세를 가지고 있지 않았다. 그것은 그들의 엉덩이를 들어올리는 데 성공했고 그들은 들어올린 그들의 엉덩이를 처치할 새로운 계기를 기다리고 있었다. 마침내 북소리가 멎었다. 그것은 하나의 계기였다. 그들은 이제 돼지 대가리를 향하여 힘차게 뛰어갈 판이었다.

그러나 이번에도 살찐 사나이는 머리를 좌우로 흔들었다. 욱──하고 앞으로 쏠렸던 군중은 비명과 같은, 신음과 같은, 탄식의 소리를 내면서 주춤주춤 뒤로 물러섰다. 나는 분노를 느꼈다. 참으로 남루한 옷을 입은 한 사람이 나의 옆구리를 슬쩍 쳐서 주의를 끈 다음 나의 눈을 정면으로 들여다보려고는 하지 못하고 괜히 여기저기로 시선을 흩으면서 그러나 꽤 자신 있게 나지막한 목소리로 "안 되죠, 안 된다니까요."라고 말했다.

"뭐가 안 된단 말이오?" 내가 소리쳤다.

"예? 예?" 그는 대번에 울상이 되었다. 꽁무니를 빼면서 그가 말했다. "그저 이번에 우리가 고기를 먹게 안 된다고 말했을 뿐이죠. 예. 그랬을 뿐이에요."

"이 전번에도 그랬지 않아요!"

"그랬죠. 그랬구말구요. 이 전번뿐인가요. 항상 그렇죠. 예. 항상 그렇다니까요."

말을 마치자 그는 사람들 사이로 비실비실 몸을 감추어버렸다. 문득 나는 용감해질 필요를 느꼈다. 나는 그렇게 되기로 결심했다. 고개들을 숙이고 다시 때묻은 자루를 뒤지기 시작하는 그들을 헤치고 나는 살찐 사나이 곁으로 다가갔다.

그는 얼굴을 찡그리고 있었다. 그러나 반드시 화가 나 있는 것 같지는 않았다. 그는 그런 얼굴을 하고 웃을 그런 종류의 사람이었다. 양 볼과 턱밑으로 살이 꾸역꾸역 밀려나오고 있었다. 그는 누가 다가오는 것 따위는 거들떠보지도 않았다.

"귀하께서는," 나는 그의 귀밑에다 대고 대뜸 말했다. "둘 중의 한 가지를 그만두셔야겠습니다."

"그 둘 중의 둘이란 무엇인가?" 그는 귀찮다는 듯이 몸을 조금 나에게로 돌리면서 이마의 주름을 더욱 깊게 하고 물었다.

"북소리와 머리를 내젓는 일입니다. 북을 울리셨거든 머리를 내어젓지 마시든지, 머리를 내어저으셨으면 북을 울리지 마시든지, 둘 중의 하나는 그만두셔야 되겠습니다."

"그래? 유감이다. 난 둘 다 그만둘 수 없다."

"그건…, 그건 왜 그렇습니까?"

"너는 도대체 누구냐? 참으로 어리석구나! 내 말을 알아듣지 못할 만큼 바보이지는 않기를 바란다마는."

"나두 그렇습니다마는."

"그래? 다행이다. 그럼 말하지. 나는 머리를 젓기 위해서 북을 치고, 북을 치기 위해서 머리를 젓는다."

"호오!"

그때 누가 나의 옷자락을 잡아끌지 않았더라면, 나는 바보가 될 뻔했다. 그것은 다섯 사람들로 된 고수들 중의 한 사람이었다. 그는 나를 장막 뒤로 끌고 갔다. 나는 주먹이 한 대쯤 날아올 것을 각오했고, 다만 그것이 언제쯤일까에 대해서만 궁금히 여겼다. 그리고 이런 때라면 한 대쯤 맞아서 그렇게 나쁠 것도 없다고 생각했다. 그러나 그는 포장의 한끝을 들치고서 그 안을 가리킬 뿐 주먹을 내어던지려고 하지 않았다. 나는 그 안으로 머리를 밀어넣고 들여다보았다. 바로 코밑에 제삿상이 있었다. 돼지 대가리를 보았을 때 나는 깜짝 놀랐다. 그것은 모형이었다.

"이젠 알았겠지, 고개를 젓는 이유가 무엇인가를."

내가 채 포장에서 머리를 뽑기도 전에 등뒤에서 그가 말했다. 나는 머리를 다시 고개 위에 얹어놓고 돌아서서 혹시 이것도 모형이 아닌가 하고 그의 얼굴을 자세히 들여다보았다. 그는 바싹 다가선 내 얼굴을 피하려고 하지 않고 그대로 버티고 서서 틀림없이 보통보다 더 자주 두 눈을 깜박거렸다. 그는 모형은 아니었다.

"그렇다면 왜 북을 울리는가?" 내가 물었다.

"북을 울리지 않으면 우리들은 저 사람들을 여기에 붙들어둘 수 없다. 저 사람들이 여기에 머물러 있지 않으면 우리들은 거두어들일 수 없다. 거두어들이지 않으면 우리들은 분배를 약속할 수 없다."

"저 박제가 된 돼지 말인가? 사기와 배임과 배반의 저 돼지 대가리 말인가?"

"머리를 좌우로 내어젓는 한, 저것은 사기도 배임도 배반도 아니다. 충분히 거두어들일 수 있게 될 때 모형은 현품으로 바뀌어질 것이고 머리는 위아래로 움직이게 될 것이다."

"그것이 언젠가?"

"아무도 모른다."

그는 나의 귀를 잡아당겼다. 그리고 거기에다 입을 대고 소리를 죽여 계속했다.

"그러나 아마 기다리지 않는 것이 좋을 거다. 그보단 차라리," 그는 더욱 소리를 죽였다. "이편에 가담하는 것이 더 현명하다. 그렇게 되면 모형이 언제까지나 그대로 있기를 바라게 될 것이고, 사실 모형이란 언제까지나 모형임에 변함이 없을 것이다. 어떤가?"

그는 말을 마치자 나의 대답은 들을 필요도 없다는 듯이 뚜벅뚜벅 걸어가버렸다. 나는 안도의 한숨을 내쉬었다. 그의 입에서 나는 지독한 악취로부터의 해방이 기뻤던 것이다.
 살찐 제주는 벌린 두 발 위에 우뚝 버티고 서서, 앞으로 튀어나온 둥글고 커다란 복부의 팽만한 가죽을 편 손바닥의 손끝으로 툭툭 치면서 찡그린 얼굴로 원근을 훑어보았다. 그것은 인상적인 장면이었다. 그의 웅장한 체구와 오뇌에 가득찬 표정은 무엇이든지 중대한 것을 결정하기에 충분했다. 북채를 쥔 다섯 사람의 고수들은 숨들을 죽이고 그의 다음 동작을 기다렸다. 나는 그와 그들을 그렇게 두어둔 채 제단을 물러났다. 얼마쯤 물러나자 거기에 모여 있던 모든 사람들이 한눈에 들어왔다. 그들 모두는 점점 더 작아져갔다. 그때 멀리 그들로부터 북소리가 들려오기 시작했다. 아마 그 사나이가 배를 만지고 있던 그의 한 손을 번쩍 쳐든 모양이었다.

4

 얼마쯤 지났을까? 나는 어디서나 흔히 볼 수 있는 어떤 거리를 걷고 있었다. 포장이 되고, 꽤 길이 널찍하고, 그 양편으로는 가다가 이삼층도 더러 서 있고… 그러나 창문은 모두 닫혀 있었다. 사람들은 가게 안에 웅크리고 앉아서 손님을 맞을 생각도 하지 않고 지나가는 행인을 바라봄도 없이 길거리 한복판을 물끄러미 들여다보고 있었다. 딴은 그들을 방해할 손님도 없었다. 그들은 그렇게 앉아 있기 위해서 가게를 낸 것 같았다. 그들이 하도 집요하게 길 양편에서 서로 시선을 교차시킨 채 꼼짝하지 않고 있었으므로 나는 하마터면 얽힌 그 시선들에 걸려서 넘어질 뻔했다. 누가 혹시 말이라도 걸어주는가 해서 살피는 것처럼 변명삼아 나는 주위를 두리번거렸다. 그들의 시선은 내 앞 정강이에 부딪쳤음에도 불구하고 단 일 센티도 후퇴하지 않았다. 나는 엷은 공포를 느꼈다. 쳐다보았으면 감탄을 하든지, 감탄을 하지 않으려거든 쳐다보지를 말든지…

그때, 저쪽에서 한 부인이 역시 시선들이 발길에 채였음인지 당혹한 걸음걸이로 다가왔다. 그 부인은 바로 내 앞에서 걸음을 멈추더니, 천국으로 가려면 어디서 버스를 타느냐고 물었다. 나는 나의 어깨 너머로 내가 걸어온 쪽을 향해서 손가락을 가리켰다. 나는 천국이 어느 쪽에 있는지는 몰랐지만, 어느 쪽에 있지 않은지는 알고 있었다. 그것은 적어도 내가 걸어온 쪽에는 있지 않다고 말할 작정이었다. 그러나 그 부인은 나의 설명도 듣지 않고 그리로 총총히 걸어갔다. 나는 돌아서서 부인을 말리지 않았다. 부인은 기세 좋게 그쪽으로 걸어가고 있었다. 하도 기세가 당당했으므로 나는 문득 그 부인이 옳을지도 모른다고 생각했다. 어쩌면 천국은 거기에 있었는지도 몰랐다.

부인과 헤어져서 한참을 걸어가자 도시의 다른 한쪽 외곽이 나타났다. 멀리 산이 보였고, 들판과 개울과 철길이 보였다. 철길 위로 기차가 달려오고 있었는데, 기차를 보자 문득 잊었던 어떤 생각이 떠올랐다. 나는 잠시 그대로 서 있었다. 기차는 다가와서 내 앞을 지나갔다. 기차가 가버리자 나는 내가 가고 있던 방향에 대해서 의심하기 시작했다. 기차는 하늘에 움직이지 않는 연기를 남긴 채 자취를 감추었다. 나는 그곳을 한참 동안 바라보았다. 그러다가 드디어 그곳으로 방향을 바꾸어 뚜벅뚜벅 걷기 시작했다.

  산 모퉁이를 돌아서자 기차가 멀리 멈추어 있는 것이 보였다. 그 기차로부터 사람들이 내려서 꾸역꾸역 밀려나오고 있었는데, 그 중의 일부는 이쪽을 향해서 걸어오고 있었다. 멀리 그들의 모습을 언뜻 바라보았을 때 그들의 복장이 나의 기대를 배반할지도 모른다는 육감이 들었다. 그것은 그들과의 거리가 좁혀짐에 따라서 차츰 믿을 만한 것이 되어갔다. 나는 마지막 한 가닥의 희망이 조금씩 잠식당하는 것을 참을 수 없었으므로, 고개를 숙이고 그들과 부딪칠 때까지는 그들을 쳐다보지 않기로 했다. 그들의 선두와 마주쳤을 때, 그것은 한꺼번에 산산조각이 났다. 그들의 복장은 말이 아니었다. 떨어지고 비틀어진, 발굽 뒤로 구름 같은 먼지를 일으키며 끌려오는 무거운 군화가 아니라, 산뜻하고 가벼운 운동화를 신고 있었고, 복사뼈 아래에까지 내려오는 먼지가 부옇게 앉은 후줄근하고 긴 바지가 아니라, 짧고 빳빳한 바지를 입고 있었다. 엉덩이께에까지 내려오는 커다란 배낭 대신에 허리 언저리에서 달랑거리는 자그마한 물통을 한쪽 어깨에 걸치고 있었고 손에는 현대식의 산뜻한 지팡이를 거꾸로 쥐고 있었다. 나는 그들 중의 맨 앞 사람 앞에 오똑 멈춰서 있었는데, 그의 복장을 대강 살피고 나자 갑자기 내가 그에게 무슨 볼일이 있는가가 생각나지 않아서 잠시 망설였지만 그는 친절하게도 기다려주었으므로 나는 용기를 내서 정신을 가다듬고 내가 기차를 보았을 때 문득 무슨 생각을 했었는데 그것이 무엇인지 혹시 알고 있느냐고 물었더니 그는 그거야 어려운 일이 아니라고 전제한 다음 많은 가능성들 중에서 하나를 꺼낸다는 듯이 대수롭지 않은 어조로 말했다.

"혹 기차를 타려고 했던 건 아니오?"

"하!"

나는 대단히 감탄한 나머지 한걸음 더 내디뎌볼 용기를 얻었다.

"이왕 맞춰주셨으니 하나만 더 묻겠는데, 내가 왜 기차를 타려고 했었는지 모르시겠소?"

"그걸 모를 리가 있소! 당신은 박사를 만나러 가기 위해서 기차를 타려고 했었음에 틀림없소."

"그래요! 하, 그래요!" 나는 기쁨에 넘쳐 소리쳤다. "나는 옳은 대답에는 항상 새로운 질문으로 대답하는 버릇이 있는데, 어떻소, 그 박사라는 사람을 어디서 만날 수 있을지 가르쳐줄 수 없소?"

"그, 그건 어려운 일인데… 아주 어려운 일이오. 요즘 박사들이란 통 믿을 수가 없어서… 그들은 도대체 거처 부정이란 말이오. 아마 이것은 틀림없이 틀릴 것이오만," 그는 거꾸로 쥔 현대식 지팡이의 좁은 끝으로 돌멩이를 치는 자세를 취해보이면서 말했다. "박사의 집은 여기 있을 것이오."

그는 지팡이의 끝으로 약도를 그리기 시작했다.

5

틀릴 것이 틀림없을 박사의 집을 찾아가는 도중에 나는 심포지엄을 벌이고 있는 한 떼의 사람들을 만났다. 제목은 너무 크게 씌어 있어서 알아볼 수 없었다. 아마 너무 바짝 다가 있었던 모양이었다. 사람들은 모두 누운 듯이 의자에 비스듬히 기대앉아서 허공들을 응시하고 있었다. 어디서 소리가 들려왔다. 아마 그들 속에 연사가 끼여 있었던 모양이었다. 그 소리는 바로 내 옆에서 속삭이는 것처럼 들려왔다. 나는 그쪽으로 고개를 돌렸다. 그러자 옆에 앉아 있던 사람이 "염치 없는 놈"이라고 말하고 싶다는 듯이 반대편으로 외면해버렸다. 그 소리는 모든 사람의 바로 옆에서 들려오고 있다는 것을 알았다. 그 소리가 말했다.
"나는 단연 인생이란 자살이라고 주장한다. 인생만큼 연역법의 적용을 거부하는 것도 별로 없다. 따라서 내 말은 전제가 아니라 많은 표본들로부터 추출된 하나의 결론이다. 이 세상에서 가장 관대한 사람이라 할지라도 내가 갖고 있는 사례들의 절반을 채 듣기 전에 인내의 한계점에 도달하고 말 것이다. 나는 여러분의 인내력을 시험할 생각은 없다. 나는 지극히 대표적인 몇 개의 표본들만을 여러분 앞에 제공하겠다. 다음에 말하는 것은 속해 있는 사례들의 많은 것부터이다."

그에 의하면 사람들은 참으로 많은 방법들을 사용해서 제 목숨을 끊고 있음을 알 수 있었다. 높은 건물이나 험악한 바위산, 또는 방송탑이나 높은 기념탑 따위의 꼭대기를 빌려서 위치 에너지를 사용하는 수도 있었고, 직경이 기껏해야 영점 오 인치 이내인 구리 덩어리의 다만 속도를 빌려서, 또는 시간 맞추어 철로 위에 드러눕거나 뛰어듦으로써 운동 에너지를 사용하는 수도 있었으며, 특히 어떤 전시 효과를 노릴 때에는 점화력이 강한 가연성 액체를 몸에 끼얹어서 열 에너지를 사용하는 수도 있었다. 이와는 반대로 물의 힘을 빌리는 경우도 적지 않았다. 그리고 물리적인 방법뿐만 아니라 화학적인 방법도 못지않게 애용되고 있음이 놀랄 만하였다. 각종의 가스와 독약, 그리고 분량이 결정권을 갖는 극약…, 등등.

"그런데 중요한 것은 사람들이란 죽어버리고 싶은 충동을 종종 느끼고 있으며 적어도 생애에 몇 번쯤은 일 보 전에까지 가게 된다는 점이다. 그런 경우 다만 불행히도 타이밍이 좋지 않았을 뿐이지 사실상 성공한 경우와 비교해볼 때 그 차이점이란 성공하고 못 한 것 외에는 거의 없을 정도다. 물론 밖으로 나타난 형태야 여러 가지겠지만 심리적인 요인을 고려에 넣는다면——그런데 심리적 요인이란 항상 중요시해도 별로 나쁘지 않다——자살의 범위는 훨씬 넓어질 것이다. 사형에 관해서 말하자면 만일 그 죄수가 그 짓이 그 벌에 해당되는 범죄인 줄 알고서 그 짓을 했었다면 그는 이미 자살 행위를 했던 거라고 말할 수 있다. (모르고서 했었다면 문제가 달라지지 않는가!) 미연에 방지될 수 없는 사고란 있을 수 없다고 말하는 사람이 더러 있는데 나는 그 의견에 전혀 찬성한다. 모든 사고에는 반드시 원인이 있고 그 원인에는 인위적인 부분과 자연적인 부분이 있다. 자연적인 요소도 사람이 알아서 조처했어야 옳았었다는 점에서 사람이 책임을 져야 하고 따라서 그 사고로 인하여 인명 피해가 있었다면 그것은 자살 행위였다고 말할 수도 있다. 인위적인 요소는 물론 사람이 책임을 져야 하고 원했건 원치 않았건간에 사고가 일어날 수도 있었다는 것을 알았었다는 점에서 의식적으로, 실수였다면 무의식적으로(그런데 이 무의식은 상당히 중요하다), 자살 행위를 했었다고 할 수밖에 없다. 전쟁에는 대량 살상이 있는데 전쟁을 인류의 자살 행위라고 본다면 인류의 한 구성 분자인 각 개인에게도 그만한 책임이 돌아갈 것이고 전쟁에서 피살된 사람도 인류의 한 구성 분자임에 틀림없다. 안방에서 잠을 자고 있는데 예고 없이 합승이 달려들어서 죽음을 당했다면 하필 그때 거기서 잠을 자고 있었다는 사실에 중요성을 줄 수는 없을까? 그는 그때 거기에 있지 않을 수도 있었다. 이것은 좀 신비스런 이야기지만 나는 신비를 아주 좋아한다는 점을 고백해둔다. 아, 병사가 아직 남아 있구나. 그러나 병이란 대개 정신력에 좌우된다는 것을 생각할 때 역시 조금 무리이긴 하지만 자살 행위라고 말하지 않을 수 없다. 따라서 나는 모든 죽음이란 산아 제한을 제외하고서는 거의가 다 자살이라고 말하지 않을 수 없다."

그 소리가 채 그치기도 전에 딴소리가 분연히 그 소리에 덮쳐서 들려왔다.

"무리를 인정하니 다행이다. 나도 자살이 많다는 것은 인정한다. 그러나 그것은 사람의 수가 많기 때문에 그런 거지 결코 자살의 딴 죽음에 대한 상대적인 수가 많아서 그런 건 아니다. 수가 많기로는 아무리 고집을 한대도 자살이 타살을 따라갈 수야 없다. 인생이란 아무래도 이 타살이 아닌가 하는 것이 나의 생각이다. 인류 최대의 적인 전쟁과 질병과 기아에 대해서 생각해보자. 매년 그것들로 인해서 수많은 사람들이 죽어가고 있다. 그러나 인류의 어리석음과, 무지와, 게으름에 대해서 통절히 책임을 느끼고, 비 오듯 쏟아지는 적탄 속을 가슴을 펴고 오똑 서서 걸어갔거나, 몸 속에서 조직의 일부가 부패하여 독이 전신으로 퍼져나가고 있는데도 의사의 말을 듣지 않았거나, 삼십 일 동안을 물만 마셔온 뱃속에 음식물을 들여보내는 것을 완강히 거부하지 않았던 이상, 그것들은 결코 어떤 의미에서도 자살이라고 말하여질 수는 없다. 전쟁은 물론 인류의 자살 행위이다. 그러나 그렇다고 해서 포화로 무너진 집 더미 속에서 한쪽 다리를 잃고 기어나오는 어린 아이에게 잃어버린 다리에 대한 책임의 일부가 바로 그에게 있다고야 말할 수 있겠는가. 어찌 어린 아이뿐이랴. 거대한 기구에 대해서 책임을 지기 힘들다는 점에서는 어른도 어린 아이와 참으로 다를 것이 없다. 기계 장치는 그렇게도 거창해져버렸기 때문에 그것의 중심 부위에서 멀리 떨어져 있는 사람들은 누구나 그것을 단 한치라도 움직여볼 엄두를 낼 수 없다. 어떤 개인도 그것의 어느 한 군데에 난 고장에 대해서 책임을 질 수 있을 만큼 유능하지 못하다. (딴은, 고장을 내기에 충분하리만큼 유능할 수는 있지만. 그것은 단지 우연히 그 중심 부위에 가까이 있었다는 행운만 잡으면 된다.) 사람이란 책임을 져야 한다고 해서 항상 책임을 질 수 있는 건 아니다. 사람은 사람들이 흔히 생각하는 것처럼 그렇게 잘 만들어진 항아리는 아니다. 또 책임을 진다 하더라도 그것이 인류 전체의 잘못으로 인한 공동책임이라면 결국 어떤 사람은 자기의 죽음에 대해서 삼십억 분의 일만 책임을 지면 된다는 이론이 선다. 따라서 그는 그의 죽음 중에서 삼십억 분의 일만 자살을 한 셈이다. 이런 의미에서의 자살이라면 나는 구태여 항의하지 않겠다.

 생애에 적어도 몇 번쯤은 자살에의 강력한 유혹을 느낀다고 했는데, 자기 자신을 죽여버리고 싶은 생각이 열두 번 났다고 하면, 남을 죽여버리고 싶은 생각은 백 번 이상 난다고 하지 않을 수 없을 것이다. 다만 사람은 영장이기 때문에 그런 생각을 곧잘 소화해버릴 뿐이다. 그렇다고 그것이 아주 없어지는 것은 아니다. 그것은 신체의 구석구석에 스며들어가 있다가 여러 가지 형태로 조금씩 나타나게 된다. 우선 사람이란 남의 불행에 대해서 참으로 관대하다. 용서하고 동정하고 추모하기 위해서 사람들은 남이 죽기를 기다린다. 더러는 자살해주기를 기다리는 수도 있다. 그렇다, 사람들은 그것을 자살이라고 부른다. 그리고 그것을 크게 써서 펼쳐들고 떠든다. 그들은 그것을 기다리고 있었다. 그들이야말로 바로 그 죽음에 대한 진범이 아닌가. 자살에의 길만을 남겨놓고 딴 모든 길을 막아버렸던 것은 바로 그들이 아닌가. 그러나 항상 주범은 간데없고 하수인만 붙잡히니 그것을 이름하여 자살이라 하는구나. 아—편리함이여, 죽은 자에게 주장이 없음이로다.

모든 사고는 미연에 방지될 수 있다. 그러나 모든 사고가 항상 미연에 방지되는 것은 아니다. 미연에 방지될 수 있는 것을 미연에 방지할 수 없는 것이 사람이기 때문이다. 책임을 질 수 있다는 말과 책임을 진다는 말은 전혀 별개의 것이다. 하물며 남의 과실로 인해서 빚어진 자기의 죽음까지 단지 그 과실의 가해 반경 속에 우연히 들어 있었다는 단 하나의 이유만으로써 책임을 져야 한다면, 그것은 확실히 신비의 도움을 빌려오지 않을 수 없을 것이다. 신비라는 것은 그럴 경우 퍽 편리한 연막이다.

이야기가 길어졌다. 방법론적 분류는 조금 전에 들을 기회가 있었으므로 나는 생략하겠다. 결론을 말하라면, 나는 죽음이란, 산아 제한까지를 포함해서 거의 모두가 타살이라고 거듭 주장하지 않을 수 없다."

셋째번 목소리가 들려오기를 기다리고 있는 동안 나의 머릿속에는 내 앞에 죽어갔던, 그리고 지금도 죽어가고 있는, 수많은 사람들의 죽음들이 떠올랐다. 그것들은 도대체 자살이냐 타살이냐.

"귀하는 혹시 할말이 없는가? 그럴 리야 없겠지만."

사람들의 시선이 나에게로 쏠렸다. "그럴 리야 없겠지만"이라는 말이 나에게 할말이 있다는 것인지 없다는 것인지 알 수 없었지만, 그 시선들은 나에게 한마디쯤 하지 않아서는 안 될 것 같은 기분을 느끼게 했다. 나는 양옆을 번갈아 쳐다보면서 그들의 표정에는 상관없이 머리를 까딱 해보이고 입을 열었다.

"이야기를 듣고 있는 동안 나는 논쟁의 쌍방은 대개 언제나 정당화될 수 있다는 사실을 다시 한번 느꼈소. 결국 잘못은 술어에 가 있었소. 하나의 말이 누구에게나 같은 뜻을 지니고 있었더라면 이와 같은 일은 일어나지 않았을 것이오. 그래서 나는 여러분에게 해결책으로 술어의 추방을 추천하는 바이오."

"뭐라고! 술어를 추방하라고! 더구나 해결책으로!" 나의 발언을 종용했던 사회의 목소리가 노기등등하게 들려왔다. "그러면 우리들에게 할 일이 없어지는데! 우리들은 '죽음이란 죽음이다'고만 말할 수야 없다."

"그 점은 안심을 해도 좋소. 나는 그 대신 쌍방이 다 만족할 수 있는 새로운 술어를 소개하겠소. 자연사. 어떻소, 결국 자연사가 아니겠소? 죽음이란 그것이 자살이라고 주장된 자살이건 타살이라고 주장된 자살이건, 또는 자살이라고 주장된 타살이건 타살이라고 주장된 타살이건간에 죽어버렸다는 점에서는 자연사임에 틀림없소. 세상에 어떠한 일도 일어나버린 다음에까지 부자연한 것은 없소. 자연은 그 속에 옹할 수 없을 만큼 부자연한 것을 가지고 있지 않소. 자연스러운 것인지 부자연한 것인지 알 수 없을 때에는 부자연한 것이 있을 수 있지만, 일단 둘 중의 어느 한편으로 결정되어버린 다음에는 부자연은 있을 수 없소. 가령 부자연한 것이라고 단정되었다 하더라도, 단정되기 전까지는 부자연할지도 모른다는 점에서 부자연이 있을 수 있었지만, 부자연하다고 단정되는 순간 그것은 자연이 되어버리기 때문에 단정된 다음에는 부자연이 있을 수 없소. 죽기 전에 자연스러운 죽음도 없지만, 죽은 다음에 부자연한 죽음도 없소. 그런데 죽음이라는 것은 죽은 다음의 죽음을 죽음이라고 하는 것이 아니겠소? 모든 죽음이란 자연스러운 것이오. 거기에는 자살도 없고 타살도 없소. 물론 삼십억 분지 일의 책임이 있고 없음도 없소. 이것은 사실이오. 나는 죽음의 자연설을 여러 가지 의미에서 추천하지 않을 수 없소."

"그것이 사실인지 아닌지 나는 알 수 없다. 그러나 그런 건 내가 알 바 아니다. 나는 다만 그것이 문제를 완전히 해결하지 않는다는 보장만 받으면 된다."

"그래요? 그래요? 그건 참으로 다행한 일이오. 사실 나는 그 점을 은근히 걱정하고 있었소. 고백하거니와, 나의 제안은 문제를 해결하지 못했소. 묵은 문제가 해결된 대신에 새로운 문제가 생겼고, 이 새로운 것이 유감스럽게도 전번 것보다 더 복잡하다는 것을 인정하지 않을 수 없게 되었소. 전에는 자살인지 타살인지만 따지면 되었던 것을 이제는 그것이 자살 출신의 자연사인지 타살 출신의 자연사인지, 자살 출신이라면 도대체 어느 정도의 순수한 자살성을 포함한 자살 출신인지, 또 어느 정도의 자살성까지를 자살 출신이라고 간주할 것인지, 그리고 자살성이란 도대체 무엇을 기준으로 해서 정할 것인지, 의도론인가 방법론인가 시기론인가, 의도론이라면 그것이 발생했을 때의 의도인가 계획했을 때의 의도인가, 발생했을 때의 의도라면 그것이 발생했는데 그때 도대체 의도라는 것이 있을 수 있는가 없는가, 계획되었을 때의 의도라면 그 후로 쭉 그 상태가 계속되어야 하는가 도중에 변심을 해도 괜찮은가…"

"잠깐, 잠깐. 도대체 지금 무엇을 말하고 있는가? 자살이라도 할 셈이란 말인가?"

"아니, 도대체 지금 무엇을 듣고 있었소? 문제 하나가 해결된 대신에 그것의 네 곱절의 열 배쯤 되는 새로운 문제들이 생겼다는 이야기를 했소. 그리고 일이 그렇게 된 것을 참으로 참괴하게 생각했었는데, 그렇게 되기를 기다렸다는, 그렇게 된다는 보장을 원했다는 말을 듣고 기뻐해야 할지 부끄러워해야 할지 알 수 없다고 말하려 했소."

"기뻐할 필요도 부끄러워할 필요도 없다. 우리들이 그 보장을 받는다는 것은 지극히 당연한 일이다. 우리들은 삼천 년래 그러해왔다."

나는 문득 나의 참여가 무의미했음을 깨달았다. 그가 말한 시간은 내가 그런 생각을 하기에 충분하리만큼 긴 세월이었다.

6

박사를 만나지 못할 것 같은 기분이 들었지만, 이왕 내친 걸음에 한번 가보자는 생각으로, 나는 약도의 집을 향하여 발걸음을 계속했다. 지금까지 걸어온 것의 반쯤만 더 가면 도달할 듯했다. 멀리 두고 온 도시가 연무에 묻혀 있는 것이 보였다. 나는 그것의 외곽을 끼고 돌 듯이 걷고 있었지만 이미 멀리 떨어져 있었기 때문에 근처에는 도시의 흔적이 아무데에도 없었다. 그런데 문득 이상한 생각이 들었다. 나는 벌써 삼십 분이나 아무도 만나지 못한 채 걷고 있었다는 것을 깨달았다. 이 정도로 정비된 도로를 가지고 있는 지역에서 그만한 시간 동안을 아무의 눈에도 뜨이지 않고 걸었다는 사실은 앞으로도 박사를 만나게 될 때까지는 아무도 내 앞에 나타나지 않을 것이고, 따라서 내가 만날 최초의 사람은 박사이거나 적어도 그의 연고자일 것이라는 생각이 들게 했다. 박사를 만나지 못하게 될 것 같은 기분과 박사를 만날 때까지는 아무도 내 앞에 나타나지 않을 것 같은 기분은 참으로 훌륭하게 조화가 되어서 나의 마음을 사로잡았다. 잠시 후 나는 약도에 표시되어 있는 지점에 도달했다. 두 사람이 나타났지만 그들 중의 누구도 박사는 아니었다.

내가 찾고 있는 집이 있어야 할 곳에는 아주 낡은 집 한 채가 서 있었다. 지붕에는 풀이 나 있었고 기왓장과 기둥은 오랜 세월의 흐름에 씻겨서 허옇게 산화되어 있었다. 도대체 얼마나 오래 되었을까. 물과 불의 힘을 빌리지 않고 공기의 잠식만으로 한 채의 집이 고스란히 내려앉기 위해서는 얼마나 오랜 시간이 걸리는가를 실험해보기 위하여 아마 삼천 년쯤 전에 세워졌던 것이 틀림없었다. 나이테가 만드는 긴 줄무늬들을 앙상하게 드러낸 채 기둥들은 깊숙이 침식당해 있었다. 아마도 시간이 그 위를 밟고 지나갔을 것이다. 처마 밑 풍경의 붕어는 녹으로 되어 있었고 서까래 끝에 매여 있는 새끼줄의 한끝은 손으로 붙잡자 가루가 되어 흩어졌다. 마루 위에 그 집과 어울릴 만큼 늙은 두 사람이 앉아 있었다. 근처에 쌓인 먼지와 구석구석에 끼인 거미줄은 그들이 별로 움직이지 않았음을 보여주었다.

나는 그들 앞으로 바싹 다가갔다. 그때 마침 기침이 나오려 했으므로 그것을 나오게 해주고 그들의 시력과 청력을 충분히 고려해주면서 그들이 나를 거들떠보기를 기다렸다. 그러나 그들은 좀처럼 그럴 기색을 보여주지 않았다. 나는 마침내 큰 소리로 외쳤다.

"혹시 박사가 어디 계신지 아십니까?"

그들은 나를 거들떠볼 생각은 하지 않고 각각 딴 방향으로부터 시선들을 불러들이더니 서로 마주보고 두 눈을 크게 떴다.

"박사가 어디 있는지 아느냐구 묻는구려, 글쎄에!"

여자가 말했다. 나는 그 할머니의 이가 모두 빠져 있는 것을 보았다. 낱말들을 뱉아낼 때마다 줄진 입술이 잇몸 위로 말려들어가고 있었다.

"아, 혹시 아시는가 해서요."

"저것 봐요. 혹시 아시는가 해서 물었다는구려, 글쎄에."

"아뇨, 저, 모르시면 뭐…"

"저것 좀 봐요. 모르면 관두라는구려, 글쎄에."

"아, 이건 괜히 물어가지고… 그냥 괜찮습니다."

"그냥 괜찮다구?" 눈만 깜박거리고 있던 둘 중의 나머지인 남자가 입을 열었다. "도대체 당신은 무엇을 원하고 있소?"

"아, 뭐…, 원하고 원치 않고가 아니고요, 그저 혹시, 어— 가만있자, 그러니까 계신가 해서요. 여기가 박사 집임에는 틀림이 없나요?"

"틀림이 없느냐구? 모를 소린데. 도대체 나는 당신이 지금 내 앞에서 무엇을 하고 있는지 알 수가 없단 말이야."

"그야 당연하지요. 저를 처음 보셨지요? 그런데 어떻게 제가 하고 있는 것을 죄다 알 수 있겠어요? 전 처음부터 보아왔지만 아직 잘 모르겠는걸요. 그건 무리죠. 네, 무리고말고요."

"무리라! 당신과 이야기하는 것은 확실히 무린데. 무리란 말이야."

"둘이선 지금 무슨 이야기를 하구 있어요, 글쎄에? 난 도무지 알 수가 없구려."

"나두 모르겠어, 우리가 뭘 하구 있는지."

"왜 한번 물어보려구 하지 않아요, 글쎄에?"

"한번 물어볼까? 당신 지금 여기서 무얼 하구 있소?"

"뭐 별로 하는 거 없습니다."

"당신은 박사를 만나고 싶소?"

"그럼은요. 제가 말하는 것을 처음부터 안 듣고 있었군요. 그건…"

"아, 가만, 가만. 그걸 따지자면 이야기는 또 딴 데로 흘러가오. 그런데 왜 박사를 만나려 하오?"

"첫째, 내가 박사에게 무엇을 물어보았으면 좋겠는지 물어보기 위해서. 둘째, 내가 도대체 여기서 무얼 하고 있는지 알아보기 위해서. 셋째, 혹시 나에게 박사가 되고 싶은 생각이 있는지 없는지 물어보기 위해서."

노인은 머리를 끄덕거렸다. 할머니는 심상치 않다는 듯이 조심스럽게 우리들의 눈치를 살폈다. 나는 갑자기 중요해짐을 느꼈다. 나는 말을 계속했다.

"그런데 나는 그 중의 하나를 방금 깨달았습니다. 내가 지금 여기서 무엇을 하고 있는가 하는 것 말입니다. 나는 지금 여기서 박사를 만나려 하고 있습니다."

"나두 하나 생각난 것이 있소. 당신의 말에 말려들어가서 잊었던 것인데 박사는 죽었소. 벌써 오래 전의 일이오. 너무 오래되었기 때문에 오래되었다는 말까지가 오래되어버렸을 정도요. 그렇지만 만나보고 싶다면 이 뒤로 돌아가보시오. 아마 있을 거요. 요즘엔 통 나가지 않고 집에만 틀어박혀 있다오."

말을 마치자 그는 여자 쪽으로 고개를 돌렸다. 그들은 마주보고 서로 머리를 까딱해 보였다. 나는 그들을 그렇게 두어두고 그가 가리켰던 대로 집 뒤로 갔다.

집 뒤는 빈 벌판이었다. 그 벌판에는 아주 퇴락한 고총이 하나 있을 뿐 아무것도 보이지 않았다. 그러나 나는 별로 당혹하지 않았다. 둘째 문제는 이미 해결이 되었었고 첫째 문제도 어느 사이에 해결이 되어 있었다. 즉 나는 박사에게 아무것도 묻지 않는 것이 좋았다. 남은 것은 셋째 문제뿐이었는데 셋째 문제라면 나의 생각에 관한 것이었고 사실 내 자신의 생각에 관한 일이라면 내가 박사보다 더 잘 아는지도 모를 일이었다.

〔『창작과비평』, 1967. 봄〕

강

"눈이 내리는군요."

버스 안. 창 쪽으로 앉은 사나이는 얼굴빛이 창백하다. 실팍한 검정 외투 속에 고개를 웅크리고 있다. 긴 머리칼이 귀 뒤로 고개 위로 덩굴 줄기처럼 달라붙었는데 가마 부근에서는 몇 낱이 하늘을 향해 꼿꼿이 섰다.

"예. 진눈깨빈데요."

그의 머리칼 위에 얹힌 큼직큼직한 비듬들을 바라보고 있던 옆엣사람이 역시 창밖으로 시선을 던진다. 목소리가 굵다. 그는 멋내는 것을 좋아하는 모양이다. 하얀 목도리가 밤색 잠바 속으로 그의 목을 감싸넣어주고 있다. 귀 앞 머리 끝에는 면도 자국이 신선하다. 그는 눈발 빗발 섞여내리는 창밖에 차츰 관심을 모으기 시작한다. 버스는 이미 떠날 시간이 지났는데도 태연하기만 하다.

"뭐? 아, 진눈깨비! 참 그렇군."

그들 등뒤에는 털실로 짠 감색 고깔모자를 귀밑에까지 푹 눌러쓴 대단히 실용적인 사람이 창문 쪽에 앉은 살찐 젊은 여자에게 몸을 기댄다. 그녀는 검은 얼굴에 분을 허옇게 바르고 있다. 그는 창문 유리에 이마라도 대야 되겠다는 듯이 목을 쭉 뽑고 창밖을 내다본다. 여자는 가슴이 답답하다. 남자의 왼쪽 어깻죽지가 그녀의 앞가슴께를 짓누르고 있다. 그러나 남자는 별로 불편한 기색이 없다. 여자도 잘 참는다. 그녀는 머리를 의자 뒤에 기대버린다. 윤이 나는 탐스러운 머리채가 의자의 밋밋한 비닐 위로 나신처럼 곡선을 그린다. 잠바를 입은 앞자리의 사내가 뒤를 돌아본다. 그는 그의 행운이 부럽다. 그러나 뒤에 앉은 사내는 "정말이지 이건 진눈깨빈데!"라고 중얼거리면서 열심히 창밖을 내다볼 뿐, 누가 뒤를 돌아보는 것 따위에는 흥미가 없다. "정말이지 진눈깨비야."

"형은 어디서 입대허셨소?"

외투 속에 웅크리고 있는 사람은 진눈깨비에 원한이 있다. 그는 신용산에서 입대했었는데 그때도 이렇게 진눈깨비가 내리고 있었다. 진눈깨비가 내리는데도 '입대'를 생각하지 못하는 것은 이해할 수 없는 일이다. 염색한 헌 작업복을 입고, 헌 구두를 신고, 손에는 비닐로 만든 회색 세면 가방을 들고. 그리고 여자 친구란 이럴 때 써먹기 위해서 있는 것이 아니냐고 생각하면서, 단아한 여자가 슬픔을 머금고 저만치 서 있는 것을 그려보면서… 그러나 물론 그런 건 없었다. 그 대신 어디나 역 근처에는 흔히 있는 매춘부들 중의 하나가 형클어진 머리를 하고 역전 광장에 있는 더러운 공중 변소에서 나와 게처럼 엉금엉금 걸어서 판잣집들 사이로 사라져갔었다. 입대할 사람들은 약 이십 명이었다. 환송 나온 사람은 하나도 없었다. 악대도, 단 한 장의 태극기도 없었다. 진눈깨비만이 내리고 있었다. 역 청사 저쪽에서 누런 석탄 연기가 뭉클뭉클 솟아오르는 허공으로 기적 소리가 길게 울려퍼질 때마다 그는 "아, 이제는 서울을 떠나는구나!"라고 탄식하면서 조금 전에 병든 창부가 사라졌던 판잣집 쪽을 돌아보곤 했었다. 미구에 날이 저물고 미련이나 아쉬움 같은 화사한 감정들이 지루함 속으로 파묻혀버렸을 때 병사구 사령부에서 상사가 하나 나와 그들을 인솔하고 논산으로 갔었다.

"나는 시골에서 입대를 했었단 말이오."

 잠바를 입은 사람은 조금 볼멘소리다. 그는 뒤돌아보던 자세 그대로 고개만 약간 돌려서 옆엣사람을 쳐다본다. 그는 불만인 모양이다. 그러나 진눈깨비가 내린다고 해서 옛날 입대하던 때의 이야기를 하지 말라는 법은 없다. 그는 훨씬 누그러진 목소리로 계속한다.

"술을 엉망으로 마시고 뭐가 어떻게 된지도 모르게 입대를 했었지요. 누구하고나 악수를 하고 같은 사람과 두 번도 좋고 세 번도 좋고, 그저 아무 손목이나 잡히는 대로 무릎에서 이마께까지 마구 흔들면서 고함을 지르고, 탄식을 하고, 머리를 끄떡거리고, 상대방이 누구인지 그가 무슨 말을 하는지 아랑곳없이 벌써 백 번도 더 말했을 작별 인사를 하고, 노래를 하고, 그러다가 차를 탄 다음에는 발을 구르고… 그리고는 얼마 후에 정신을 차려보니 글쎄 그게 화물칸이지 뭡니까!"

 고깔모자의 사나이는 기분이 언짢다. 그는 기피자다. 도대체 논산이라든가 입대라든가 하는 말만 들으면 그는 어떤 콤플렉스에 사로잡힌다. 그는 창문 쪽으로 기울였던 몸의 중심을 다시 꼬리뼈께로 옮겨서 반듯이 앉는다. 여자는 그의 비스듬한 몸무게로부터 해방되어, 뒤로 기댔던 머리를 들고 몸을 추스른 다음 창밖을 내다본다. 논산 이야기가 나쁘다는 것은 아니다. 다만 그것을 그는 너무 많이 들어왔다. 도대체 만나는 놈마다 논산 이야기다. 일등병에게 군화발로 차여서 어떻게 머리로 문짝을 들이받았다든가, 훈련장에서 화랑 담배 한 개비씩을 걷어 상납했더니 사격 자세가 어떻게 갑자기 편안해졌다든가, 모두가 중대 향도 아니면 기타 간부가 되어서 동료 훈련병들로부터 갹출한 성금을 어떻게 배임 횡령하여 재미를 보았다든가, '조교'와 '기간사병'들의 음담패설이 어떻게 노골적이었다든가… 그는 그곳에 관해서 거기에 갔다 온 사람보다 더 잘 알고 있음에 틀림이 없는데도 불구하고 도대체 논산이라면 손에 잡히는 것이 없다. 이것은 대단히 불유쾌한 노릇이다.

"어디까지 가세요?"

불쾌한 일을 오래 천착할 필요는 없다. 홧김에 서방질한다는 속담이 있다.

"군하리까지 가요."

여자는 의외에도 부끄럼을 타는 눈치다. 제법 이마를 붉히기까지 한다. 실핏줄이 가느다랗게 두드러진다.

"미스타 김은 어디서 입대를 하셨소?"

잠바를 입은 사나이는 옆엣사람이 무감동하게 창밖만 내다보고 있는 것이 마음에 꺼림칙하다. 그가 질문을 한 것은 이쪽의 대답을 듣고 싶어서가 아니라 자기 자신의 논산판(版)—또는 입대판—을 내어놓기 위해서였는지도 모른다.

"나? 아, 나! 나, 난…"

그는, 외투 속에 웅크리고 있는 사람 김씨는 입대하던 날의 광경을, 그것이 조금 전에 문득 떠올랐을 때완 달리, 말하고 싶은 생각이 없어졌다.
"그래요? 그건 참 재미있게 되었는데! 우리도 거기까지 가거든요."
 모자를 쓴 사람이 모자 밑으로 손가락을 집어넣어 머리를 긁적거리면서 여자 쪽으로 조금 다가앉는다. 여자는 행복한 표정이다. 그 여자는 바라는 것이 지극히 작음에 틀림없다. 아마 그 여자를 행복하게 해주는 일은 쉬울 것이다.
"아, 이놈의 버스는 떠날 줄을 모르나!"
 잠바를 입은 사나이는 울적하다. 그는 승강구 쪽을 흘겨본다. 차장은 아마 점심이라도 먹고 있는 모양이다.
"이 차, 어디로 가나?"
 검은 색안경을 쓴 사람이 고개를 뒤로 발딱 젖히고 차 안을 두리번거린다. 그러나 아무도 대답해주는 사람이 없다. 그는 제풀에 이상하다는 듯이 고개를 갸우뚱해보이고 차의 문이 만들어주는 좁은 시야 밖으로 사라져버린다. 잠바를 입은 사나이는 적이 마음이 풀린다. 색안경은 사치품일까, 필수품일까. 대부분의 경우, 필수품은 아닐 것이다. 그런데도 뻔뻔스럽게 길거리에서 파는 백 원짜리로 사치를 하려고 하다니! 그는 이천 원짜리를 사려다가 너무 비싸서 천 원을 주고 중고를 산 바 있다. 그것은 지금 그의 호주머니 속에 들어 있다. 눈만 하얗게 쌓인다면 언제든지 꺼내서 코 위에 걸칠 수 있다.
 김씨는 색안경을 낀 사람을 보면 장님을 생각한다. 그는 한때 자기가 검은 안경을 쓰고 장님이 되어 안마장이 노릇을 하는 상상에 사로잡힌 적이 있다. 전투에서 눈을 부상당한다. 육군병원에 입원한다. 눈에는 붕대가 감겨져 있다. 애인이 찾아온다. 그러나 지극히 작은 차이로 인해서 만나지 못한다. 장님이 되어 색안경을 낀다. 지팡이로 밤의 아스팔트 위를 더듬으며 퉁소를 분다. 창문 여는 소리가 들려온다. 여자가 그를 부른다. 귀에 익은 목소리다.

"집이 거기쇼?"

고깔모자를 쓴 사람은 색안경이라면 질색이다. 그에겐 색안경을 쓴 사람은 형사다. 그리고 형사는 기피자를 단속한다. 그는 직장에서 쫓겨났을 때까지 매달 월급날이면 정기적으로 형사의 '예방'을 받은 적이 있다.

"예? 예. 선생님은요."

"나요? 난 거긴 배꼽 따고 처음이오."

"호 호 호."

여자의 웃음 소리는 김씨의 상상을 망쳐버린다. 그는 장님이 되는 생각을 비장한 마음 없이는 하지 못한다. 그런데 그 생각이 바야흐로 절정에 도달하고 있을 때 갑자기 킬킬거리는 여자의 웃음 소리가 들려온다. 살찐 여자. 그리고 그는 안마장이. 그러나 그는 별로 서운치 않다. 포동포동한 여인을 안마한다는 생각도 그렇게 나쁘진 않다. 원래는 이렇게 되어 있다. 그를 부르는 여자는 그의 애인이고 킬킬거리며 웃는 사람은 그녀의 남편이다. 그는 그녀의 남편을 안마한다. 그녀는 바로 곁에서 시중들고 있지만 안경을 낀 그를 알아보지 못한다. 그는 안마를 끝마친다. 그녀는 그에게 몇 푼의 돈을 쥐여준다. 그는 그것을 받아넣고 다시 길거리로 나온다. 그리고 퉁소를 꺼내 불기 시작한다.

"아, 인제 떠날래나?"

창문인 줄만 알았던 앞쪽의 유리창 일부가 밑에까지 움푹 패이면서 열리자 장갑 낀 손이 쑥 들어오더니 턱과 뺨 위로 수염이 검실검실 돋은 운전사의 머리를 차 안으로 끌어들인다. 머리가 들어오자 잠바가 따라 들어오고 그 뒤로 호주머니께가 허옇게 닳은 낡은 코르덴 바지가 딸려 들어온다. 운전사는 자리에 앉자 한 손으로 운전륜을 잡고 고개를 돌려 뒤를 돌아본다. 손님 머릿수가 적은 것이 눈에 안 차는 모양이다. 끙 하고 돌아앉아서 한쪽 어깨를 기울이고 스위치를 넣더니 부르릉 발동을 건다. 삼십 분 동안이나 기다린 손님들이 오히려 미안해해야 할 모양이다. 우리들은 왜 이렇게 수가 작은가! 정원 사십팔 명에 한 백 명쯤 타가지고 숨도 못 쉬고 북적거리고 있었더라면 운전사가 조금은 미안해했을는지도 모를 텐데.

"얘, 이제 슬슬 떠나보련?"

잠바를 입은 사나이는 엉덩이부터 차에 오르고 있는 여차장을 쳐다보고 있다.

"네, 곧 가요."

차장은 질문한 사람이 누구인지를 알아볼 생각이 전혀 없다.

"아직 안 가?"

"곧 가요."

"여기가 중국집인 줄 아니?"

"왜 내가 중국집에 있어요?"

차장은 비로소 뒤를 돌아본다.

"너, 곰이로구나?"

"내가 왜 곰이어요? 아저씬 뭔데요?"

"나? 난 네 할배다."

차가 달리기 시작하자 고깔모자는 자연스럽게 좌우로 움직일 수 있다. 특히 왼쪽으로. 여자는 그럴 때마다 창문 쪽으로 피하는 척한다. 그리고 미안한 생각에서 그를 쳐다보아준다.
"군하리엔 뭣 하러 가세요?"
"놀러요."
"일행이세요?"
"예." 그는 목소리를 낮춘다. "저 사람은 늙은 대학생 김씨. 이쪽은 세무서 직원 이씨. 그리고 난 얼마 전까진 국민학교 선생. 성은 박씨. 대개 이렇소."
"정말 묘하게 어울리셨어요. 친구분들이세요?"
"우린 한집에 살고 있지요."
"어머, 그러세요?"
"그럼은요. 우리집에 저 두 사람이 하숙하고 있지요."
 김씨는 차창 유리에 이마를 댄다. 차체의 진동이 그대로 전달되어온다. 그는 이마를 뗀다.
"이 차도 달릴 줄 아는군. 난 세워두려고 만든 줄 알았더니."
"그게 다 우리 차장이 '오라이' 한 덕분이지. 얘, 안 그래?"
 잠바를 입은 이씨는 나일론 천의 윤이 나는 검은빛 바지를 입은 여차장의 엉덩이가 크다고 생각한다. 차장은 아직 화가 나 있다. 이씨는 잠바 호주머니에서 껌을 한 통 꺼낸다. 김씨는 창밖을 내다보고 있다. 달리는 버스는 유쾌하다. 속이 훅 트이는 것이 만사가 술술 풀릴 것 같다.
"너 이거 먹을 줄 아니?"
 이씨가 껌을 하나 쑥 뽑아서 차장의 등뒤로 들이민다. 차장은 뒤를 돌아보고 피식 웃는다.
"곰이 어떻게 껌을 먹어요?"
"뭐? 하 하. 제법이구나. 됐어. 곰은 원래 재주를 잘 부리지. 먹어둬. 손해될 거 있니?"
차장은 껌을 받는다. 이씨는 옆에 있는 김씨에게 그리고 뒤에 앉은 박씨와 그 옆의 여자에게까지 고루 껌을 하나씩 권한다. 그리고 남은 하나를 끄집어내서 껍질을 벗긴다.
박씨는 여자와 급속도로 친해지고 있다.
"집이 원래 군하리요?"
"아뇨, 인천예요."
"아, 이사허셨군."
"아뇨. 그냥 거기서 살아요. 엄마하고 언니하고… 그렇게 그냥 셋이 살아요."
"인천서요?"
"아뇨. 군하리서요."
"인천엔 아무도 없구요?"
"아뇨. 거기두… 아이, 뭘 그렇게 꼬치꼬치 물으세요?"
"참, 그렇군."
참 그렇다니. 김씨는 실소한다. 그는 창밖을 내다보고 있지만 등뒤에서 하는 이야기를 죄다 듣고 있다. 그는 항상 시치미를 뚝 떼고 있기를 좋아한다. 알고도 모른 척, 모르고도 모른 척. 그것은 대단히 즐거운 일이다. "당신 아무래도 수상한데?" 뭐가? "어제 두시에서 다섯시까지 사이에 어디에 있었수?" 건 왜 물우? "안 되지. 난 못 속이우. 박형은 속여두 난 못 속인단 말이우." 허 허 허 허.

그는 슬쩍 이씨를 옆눈질해본다. 제 비록 약다 하나 이쪽에서 가가대소만 하고 있는 한 어떻게 결론을 내릴 수 있으리오.
"앉어, 응? 서 있으면 몸에 해롭지."
"괜찮아요."
"아, 지금에야 괜찮지. 이 댐에 커서 시집갈 때 해롭단 이야기야."

차장은 얼굴을 붉히고 중간쯤에 있는 빈자리에 가서 앉는다. 이씨는 빙그레 웃는다. 실속이 없는 줄 알면서도 여자와 이야기를 나누면 그는 기분이 좋다. 그는 잠바 목 속에서 하얀 목도리를 조금 꺼내올려 귓부리를 포근히 감싸주고 의자에 등을 기대면서 담배를 뽑아 문다. 불을 붙일 생각을 하지 않고 창밖을 내다본다. 뿌듯이 흐린 하늘에는 눈발이 이따금씩 희끗거리고 있다. 두 사람은 말없이 생각 속으로 빠져들어간다. 뒤에 앉은 박씨만이 낮은 목소리로 여자와 소근거린다. 멋쩍은 몇 낱의 웃음 소리만 가끔 엔진 소리 위로 솟아오를 뿐, 대체로 무슨 이야긴지 알아들을 수가 없다.

차가 군하리에서 멎는다. 세시가 겨웠다. 그들은, 그리고 또 몇 사람들이, 차에서 내린다. 촉촉이 젖은 황톳길은 얼마든지 더 계속되는 모양이다. 차는 이내 떠난다.
"왜 저 사람들은 여기서 안 내릴까?"
"여기에 볼일이 없는 모양이지."
"그게 아니고 다음 정거장에 볼일이 있는 모양이지."
"그렇겠군. 우리가 율평인가 밤평인가에 볼일이 없었던 것처럼."

김씨는 나머지 두 사람의 지혜에 감탄한다. 조금 전까진 내리는 사람들이 낯설어 보였는데 이젠 내리지 않는 사람들이 이상해 보인다. 아마도 이씨와 박씨의 추리가 옳을 것이다.

그 여자가 저만치 달아나고 있다. 박씨가 쫓아간다. 둘 다 키가 작다. '농협이 잘되어야 농민이 잘살 수 있다'가 하얗게 그들의 배경에 깔린다. 여자는 킬킬거리면서 길가로 비켜선다. 그들은 잠시 말을 주고받는다. 그러다가 여자는 게처럼 옆걸음질을 해서 거기서부터 열 걸음밖에 떨어져 있지 않은 길갓집의 대문 속으로 사라져버린다. 그들은 박씨와 함께 거기까지 가본다. '서울집'이라는 옥호가 엷은 송판에 아무렇게나 씌어져서 걸려 있다. 길 위에는 사람들이 별로 보이지 않는다. 아마 그들은 집 안에서 닷새마다 한 번씩 돌아오는 장날을 기다리고 있는 모양이다. 농협 지소는 창고 같다. 면사무소와 경찰관 파출소는 사이좋게 붙어 있다. 납작한 이발소 안에서 틀림없이 한 달 전에 제대를 했을 촌스럽게 생긴 젊은이가 고개를 쑥 뽑고 내다본다. 약포도 있고 미장원도 있다. 신부 화장도 하는 모양이다. 격에 맞지 않게 널찍한 구멍가게에서는 트랜지스터가 연속 방송극을 재탕해주고 있다. 그 옆은 빈터이고 그 뒤로 창고 같은 건물이 있는데 아마도 공회당인 모양이다. 두어 장단에 한 번씩 삼천리 방방곡곡을 돌다 돌다 갈 데가 없어진 필름이 들어오면 원근의 사람들이 이리로 모여들 것이다.

세 사람은 그 건물 모퉁이로 돌아간다. 적당한 간격을 두고 나란히 서더니 일제히 오줌을 누기 시작한다. 오랫동안 참았던지라 줄기가 사뭇 세차다. 물론 그곳이 그들에 의해서 처음으로 그렇게 사용된 것 같지는 않다. 맨 가에 서 있던 김씨가 갑자기 허

허허허 하고 웃는다. 나머지 두 사람은 골마리를 훔치고 김씨 곁으로 다가선다. 그리고 김씨의 시선을 따라 건물의 벽을 본다. 가위가 하나 그려져 있다.

　세 사람은 다시 길 위로 나온다. 마침 그 부근 일대에서 일어난 일이면 무엇이나 모를 것이 없을 듯싶은 중년 남자 하나가 마주오고 있다. 박씨가 나선다.
　"아씨, 혹시 이 근처 혼사 치르는 집 모르세요, 성씨가 김씬데?"
　"헹, 돌촌 김자방이 말이로군."
　"예, 예. 맞습니다. 석촌이라든가 뭐 그럽디다."
　"글쎄, 그렇다니까. 이리로 곧장 내려가슈. 반 마장도 못 가서 왼편으로 오십여 호 부락이 있수다. 그게 바로 석촌이오."
　남자는 말을 마치자 걸음을 떼어놓으면서 엄지손가락 단 하나로 보기 좋게 이쪽저쪽 코를 푼다. 그들은 그것을 바라보고 있다가 문득 그가 가리켜준 대로 걷기 시작한다. 본정통은 열 걸음도 못 가서 갑자기 끝나버린다.

　그날 밤 열시께.
　그들은 술에 크게 취해서 돌마을을 빠져나오고 있다.
　"아, 신부가 안 이쁘더라."
　"그렇지만 육덕은 있겠더라."
　"그런 건 걱정 안 해도 좋다더라."
　그들은 각자 하늘을 쳐다보고 고함을 지른다. 두 발과 두 손들이 제멋대로 놀고 있다. 이씨, 박씨, 김씨의 순서다. 걷는다기보다 발들을 아무렇게나 움직이고 있다. 소리를 지르는 것도 그 순서다. 버스가 다니는 큰길로 나오자 그들의 걸음걸이는 한결 더 자유로워진다. 좌우 진폭이 자못 심하다.
"아, 우리는 인제 어떻게 할 것이냐?"
"서울 집으로 가자."
"버스가 끊어졌다."
"서울집은 군하리에도 있다."
"그건 나두 안다."
"그럼 그리로 가자."
"돈이 없다."
"아까 받은 것은 쇠붙이냐?"
"나두 보았다."
"보았으니 어떻단 말이냐? 여비조로 천 원 받았다."
"잘했다. 그놈 가지고 마시자."
"세무서 주사는 공술 좋아하기냐?"
"선생보다 덜 좋아한다."
"학생도 술 마시기냐?"
"마시기 시작하면 선생보다 더 잘 마신다."
"좋다. 가자."

그들은 두 걸음 나아가고 한 걸음 물러서면서 서울집으로 향한다. 서울집은 그날따라 조용하다. 술 마실 사람들이 아마도 딴곳으로 몰린 모양이다. 대문을 활짝 열어놓고 맞아주지 않는 것이 그들에게는 불만이다. 전깃불이 들어오지 않는 촌락의 밤은 한결 더 어둡다. 그들은 고함을 지르면서 주먹으로 문짝을 친다.
"술 파시오."

"돈 버시오."
"손님이오."
그러자 대문짝 비슷하게 생긴 여러 개의 문짝들 중에서 맨 가엣것이 삐걱 소리를 내면서 열리더니 사람의 머리가 하나 쑥 나타난다.
"웬 사람들이슈?"
"돈 주께 술 파시오."
"하하, 여기선 술을 안 파는데요. 이 다음 집에 가보슈."
"여기선 뭘 파우?"
"여긴 여인숙이오."
"정말 그렇군. 간판이 없는데, 낮에 본 간판 말야."
"여인숙 간판은 있을 거 아냐?"
"아, 간판 없이 손님을 받죠."
"그럼 대문이라도 따놔야지."
"아홉시 막 버스가 지나가면 손님이 없습죠."
"우린 손님 아니우?"
"우린 이 집 손님이 아니지. 이 다음 집 손님 아냐."
"난 이 집 손님이 됐으면 좋겠어. 한숨 자고 싶은데."
김씨는 벌써 집 안으로 들어가고 있다. 두 사람은 어이가 없는 모양이다.
"학생, 하, 학생."
그러나 그는 뒤도 돌아보지 않는다. 마당이 어둠 속에서 희끄무레하게 빛나고 있다. 그리고 그 저편에 시커먼 마루가 있고 불빛이 비친 방문이 있다. 그 방문이 열리고 남폿불이 쑥 나온다. 그는 그리로 성큼성큼 다가가서 마루에 걸터앉는다. 소년이 남포를 기둥에 걸고 방을 치운다.
"들어가두 괜찮으니?"

그는 대답을 기다리지 않고 마루 위로 오른다. 걷기보다는 몸을 위로 올리기가 더 힘들다. 바깥이 조용해진다. 아마 주사와 선생은 술집으로 간 모양이다. 소년이 책 나부랭이를 챙겨가지고 나온다. 부러진 연필 토막이 희미한 남포 불빛을 받아 눈에 띈다. 그는 비틀거리면서 허리를 굽히고 방안으로 들어선다. 어둡고 냄새가 고약하다. 소년이 불을 가지고 방으로 들어와 벽 중간께에 있는 못에다가 건다. 호야가 양철에 부딪치면서 소리를 낸다. 소년이 나간다. 그는 불 건너편 벽에 기대앉아서 담배를 피워 문다. 연기를 내뿜는다. 불꽃이 한참 있다가 흔들린다.

소년이 침구를 안고 다시 들어온다. 그리고 그것을 편다. 일어설 때 보니 가슴에 훈장이 달려 있다. 그는 그를 가까이 불러서 그 훈장을 들여다본다. 둥근 바탕에 가로로 5년 2반이라 씌어 있고 그것을 가로질러서 세로로 반장이라 씌어 있다. 조잡한 비닐 제품이다.
"너 공부 잘하는구나."
"예. 접때두 일등했어요."

아, 이건 뻔뻔스럽구나. 못생기고 남루한 옷을 입은 주제에.
"여기가 너희 집이니?"
"아녜요. 여긴 이모부댁이에요. 저이 집은요, 월출리예요. 여기서 삼십 리나 들어가요."

가난한 대학생. 덜커덩거리는 밤의 전차. 피곤한 승객들. 목쉰 경적 소리. 종점에 닿으면 전차는 앞뒤 아가리를 벌리고 사람들을 뱉아낸다. 사람들은 어둠 속으로 빠져들어간다. 초라한 길가

강 137

상점들의 희미한 불빛들이 그들을 건져낸다. 그들은 고개들을 가슴에 묻고 조금씩 다시 어둠 속으로 사라져간다. 그리고 은밀히 하나씩 둘씩 골목들 속으로 자취를 감춘다. 가난한 대학생 앞에 대문이 나타난다. 그는 그 앞에 선다. 뒤를 돌아본다. 그리고 망설인다. 아, 이럴 때 쾅쾅 두드릴 수 있는 대문이 있다면 얼마나 좋으랴! 그는 주먹을 편다. 편 손바닥으로 대문을 어루만지듯 흔든다. 또 흔든다. 고무신짝 끄는 소리가 들려온다. 식모의 고무신짝은 겸손하게 소리를 낸다. 그는 안심한다. 안심이 뱃속으로 쑥 가라앉는다.

"학교 여기서 다니니?"

그는 눈을 게슴츠레하게 뜬다. 심지를 줄인 남폿불이 눈앞에서 가물거리고 있을 뿐 소년은 보이지 않는다. 방바닥이 뜨뜻하다. 술이 점점 더 취해오른다. 그는 옷을 입은 채 허리를 굽히고 손발을 이부자리 밑으로 쑤셔넣는다. 넥타이를 풀어야지. 그러면서 그는 눈을 감는다.

"일등을 했다구? 좋은 일이다. 열심히 공부해라. 기회는 얼마든지 있다. 미국, 영국, 불란서 어디든지 갈 수 있다. 내 돈 한푼 안 들이고 나랏돈이나 남의 돈으로 얼마든지 공부할 수 있다. 돈 없는 건 걱정할 필요가 없다. 흔한 것이 장학금이다. 머리와 노력만 있으면 된다. 부지런히 공부해라, 부지런히. 자신을 가지고."

그러나 그의 말을 듣고 있는 사람은 아무도 없다. 또 알아들을 수도 없다. 그는 입을 다물고 홍얼거렸다. 그 말이 끝나자 그의 머릿속에는 몽롱한 가운데에 하나의 천재가 열등생으로 변모해가는 과정들이 하나씩 떠오른다. 너는 아마도 너희 학교의 천재일 테지. 중학교에 가선 수재가 되고, 고등학교에 가선 우등생이 된다. 대학에 가선 보통이다가 차츰 열등생이 되어서 세상으로 나온다. 결국 이 열등생이 되기 위해서 꾸준히 고생해온 셈이다. 차라리 천재이었을 때 삼십 리 산골짝으로 들어가서 땔나무꾼이 되었던 것이 훨씬 더 나았다. 천재라고 하는 화려한 단어가 결국 촌놈들의 무식한 소견에서 나온 허사였음이 드러나는 것을 보는 것은 결코 즐거운 일이 못 된다. 그들은 천재가 가난과 끈질긴 싸움을 하다가 어느 날 문득 열등생이 되어버린다는 사실을 몰랐다. 누구나가 다 템스강에 불을 처지를 수야 없는 일이다. 허옇게 색이 바랜 짧은 바지를 입고 읍내까지 몇십 리를 걸어서 통학하는 중학생. 많은 동정과 약간의 찬탄. 이모 집이나 고모 집이 아니면 삼촌이나 사촌네 집을 전전하면서 고픈 배를 졸라매고 낡고 무거운 구식의 커다란 가죽 가방을 옆구리에다 끼고 다가오는 학기의 등록금을 골똘히 생각하며 밤늦게 도서관으로부터 돌아오는 핏기 없는 대학생. 그러다 보면 천재는 간 곳이 없고, 비굴하고 피곤하고 오만한 낙오자가 남는다. 그는 출세할 일이라면 무엇이든지 할 준비가 되어 있다. 어떠한 것도 주임 교수의 인정을 받는 일보다 더 중요하지 않다. 외국에 가는 기회는 단 하나도 그의 시도를 받지 않고 지나치는 법이 없다. 따라서 그가 성공할 확률은 대단히 높다. 많은 것들 중에서 어느 하나만 적중하면 된다. 그런데 문제는 적중하느냐 않느냐가 아니라 적중하건 안 하건간에 아무런 차이가 없다는 데에 있다. 적중하건 안 하건간에 그는 그가 처음 출발할 때에 도달하게 되리라고 생각했던 것으로부터 사뭇 멀리 떨어져 있는 곳에 와 있음을 깨닫는다. 아—, 되찾을 수 없는 것의 상실임이여!

그는 꿈틀인다. 눈을 감은 채 일어나 앉더니 외투와 저고리로

부터 동시에 빠져나온다. 아까보단 편한 자세로 다시 눕는다. 그리고 잠속으로 빠져들어간다. 이내 코를 골기 시작한다.

"네가 잘나 일색이냐."
"내가 못나 박색이냐."
"돈이 좋아 일색이고, 돈이 없어 박색이지."
"옳고!"
 술상을 가운데 두고, 선생은 누워 있고 주사는 앉아 있다. 여자는 그 사이에 있다. 선생이 천장을 향해서 소릴 지른다. 옳고!
 여자가 하품을 한다. 주사가 여자의 손목을 잡아끈다. 여자가 킬킬거린다. 주사는 힘이 세다.
"아까 올 땐 박씨와 재밀 봤으니 이젠 나허구 재미 좀 보자."
 이씨가 여자를 끌어안는다. 여자가 허둥대면서 남자의 품으로부터 빠져나온다. 남자가 여자의 허벅지를 꼬집는다. 여자가 소리를 지르면서 치마를 걷어올리고 허연 허벅지를 들여다본다. 심지를 돋운 남폿불이 벽에서 펄럭인다.
 박씨는 누워서 말똥말똥 천장을 쳐다보고 있다. 그는 주사가 밉다. 주사는 멋쟁이이고 또 춤을 잘 춘다. 언젠가 그가 그의 아내에게 춤을 가르쳐주겠다고 팔을 내밀며 허리를 붙잡았을 때 옆에 있던 그는 그녀가 발끈 화를 낼 것을 기대했었지만 그녀는 킬킬거리면서 방 밖으로 달아났을 뿐 결코 노여워하지 않은 적이 있다. 슬쩍 떠보느라고 "이주사는 정말 재미있는 사람이야,"라고 그가 말했을 때, 그녀가 "정말 그래요,"라고 대답했으므로 그는 대단히 실망을 했다. 늙은 대학생 김씨라면 그는 안심한다. 우선 그는 몸치장을 할 줄 모르고 사람 사귀기를 좋아하지 않고 말수가 적다. 하루종일 방구석에서 뒹굴 수 있는 것은 그들 셋 중에서 대학생뿐이다. 가만 놔두면 그는 하룬커녕 일주일이라도 엎치락뒤치락하면서 혼자 지낸다.
"학생은 진짜 잠자는 모양이지?"
박씨가 술상 너머로 넌지시 이씨를 건너다본다. 이씨는 스웨터 밑으로 여자의 가슴을 더듬는 중이다.
"정말! 또 한 분은 어딜 가셨어요?"
정말 이씨는 뻔뻔스럽다. 자기가 아주 잘났다고 생각하는 것까지는 좋은데 그것을 거침없이 남에게 드러낸다. 여자만 보면 그는 매력적이라고 생각되어지는 미소를 자신만만하게 띄운다. 그것이 여자에게는 매력적일지 몰라도 옆에 있는 남자에게는 구역질나고 그렇게 천격일 수가 없다. 이것은 질투와는 다른 감정이다. 그는 잠자는 시간을 제외하면 한시도 집에 붙어 있지 않는다. 오후에는 느지막하게 퇴근을 하는데 대개 "아, 한 큐 잡았더니 몸이 가뿐하다,"라든가 "오늘은 장씨 부인을 만나서 한바탕 돌았지,"와 같은 말들과 함께 들어온다. 유부녀를 껴안고 빙빙 도는 것이 그에게는 자랑인 모양이다. 그러면 김씨는 눈을 껌벅거리면서 벽이나 천장만 바라보고 있다. 남의 행동의 옳고 그름을 따지고 싶은 생각이 그에게는 없다. 그들은 그를 법 없이도 살 사람이라고 부른다. 그는 그를 좋아한다. 아무도 그를 싫어할 수 없다.
"너 가서 대학생 데리고 온."
"어머, 대학생!"
"아까 버스에서 나허구 나란히 앉아 있던 양반 말야. 창밖만 내다보구 있었지만 속은 엉큼하다. 옆집에 있는데 지금쯤 늘어지게 한숨 잤겠지. 가서 깨워도 싫어하지 않을 거다. 오늘밤 밤샘 한번 해보자."

여자는 주의 깊게 듣는다. 박씨도 듣고만 있다. 박씨는 눈꺼풀이 무겁다. 여자가 살며시 일어서자 기대고 있던 이씨는 비스듬히 모로 쓰러져서 방바닥에 녹아떨어진다. 여자가 조용히 방문을 여닫고 밖으로 나간다. 남폿불이 펄럭인다.

밖으로 나온 여자는 놀란다. 그녀는 신발을 끌고 마당 가운데로 나선다. 눈이 하얗게 쌓였고 또 소리없이 내리고 있다. 고개를 뒤로 잦히고 하늘을 쳐다본다. 점점이 검게 눈송이들이 하늘에 꽉 차 있다. 얼굴 위에 와서 닿는 그것들의 감촉은 상쾌하다. 그녀는 입을 떡 벌린다.

"아, 신부는 좋겠네. 첫날밤에 눈이 쌓이면 부자가 된다는데. 복두 많지."

그녀는 두 눈을 껌벅인다. 수많은 눈송이들이 눈앞에서 명멸한다. 그녀는 신부의 얼굴을 모른다. 그러나 모든 신부들은 똑같은 하나의 얼굴을 가지고 있을 것 같다. 그것은 행복, 기대, 불안. 또는 그 전부… 그녀는 고개를 떨어뜨린다. 무릎을 굽히지 않고 다리를 쭉 편 채 신발을 질질 끌어서 쌓인 눈 위에 두 갈래 길을 낸다. 그녀는 그렇게 마당을 빙빙 돈다. 눈송이가 금세금세 머리 위에 얹힌다. 그녀는 문득 신발 끄는 일을 그만둔다. 문간으로 간다. 그리고 고양이처럼 소리없이 대문을 비집고 밖으로 나간다.

눈은 길 위에도 쌓이고 있다. 쌓인 눈 위에 떨어지는 제 발끝을 내려다보면서 마치 백 리라도 걸을 듯이 그녀는 걷는다. 방금 쌓인 눈은 밟혀도 소리를 내지 않는다. 세상은 참으로 조용하다.

그녀는 옆집 여인숙의 샛문께로 간다. 비사리 사이로 손을 비집어넣어 손쉽게 사립문을 연다. 솜 같은 눈덩이들이 부슬부슬 떨어진다. 그녀는 집 안으로 들어선다. 손님을 받는 방은 둘인데 그 중의 하나에 불이 켜져 있다. 그녀는 잠시 망설이다가 그리로 간다. 마루 위로 기어올라가서 뚫어진 창호지 틈으로 방안을 들여다본다. 한 사내가 희미한 불 밑에 웅크리고 누워 있다. 그녀는 흠칫 뒤로 물러난다. 그리고 불이 꺼진 그 옆방 앞으로 간다. 문에다가 입을 댄다.

"꼬마야, 꼬마야."

아무 대답이 없다. 문을 흔들어본다. 역시 반응이 없다. 그녀는 다시 불 켜진 방 앞으로 간다. 그리고 방문을 연다.

김씨는 네 다리를 이불 밑에 쑤셔넣은 채 새우처럼 등을 굽히고 옆으로 누워 곤히 자고 있다. 여자는 그 얼굴을 들여다본다. 낮에 본 사람이 분명하다. 대학생! 그녀는 살포시 김씨의 어깨를 밀어서 바로 눕힌다. 넥타이가 목에 켕기는지 턱을 좌우로 흔든다. 츳, 츳, 옷두 벗지 않구. 가엾어라. 그녀는 누나가 되고 어머니가 된다. 넥타이를 풀고, 이불을 젖혀서 바지를 벗기고, 와이셔츠를 벗기고, 요를 바로 펴고… 김씨가 꿈틀하더니 일어날 듯하다가 다시 요 밑으로 파고든다. 여자는 화가 난다. 그의 팔다리를 요 밑에서 빼어내고 그를 안아서 간신히 요 위에 눕힌다. 그리고 이불을 끌어다가 덮어준다. 베개를 바로 베주고 그대로 엎드려서 그 얼굴을 들여다본다. 대학생!

남폿불이 피시식 소리를 낸다. 그녀는 일어나서 방바닥에 널려 있는 옷들을 주섬주섬 벽에다 건다. 남포는 호야가 시커멓다. 그녀는 고개를 숙이고 위에서부터 남포 호야 속으로 살며시 바람을 불어넣는다.

　밖에서는 눈이 소복소복 쌓이고 있다. 그녀가 남겨논 발자국을 하얗게 지우면서.　　　　〔『창작과비평』, 1968. 봄〕

나주댁

애국을 전문으로 하는 사람들은 서울에만 몰려 있는 것이 아니라, 종종 벼랑에 핀 꽃처럼 대단한 벽지에서도 산견되는 수가 있다. 그들은 그 희소가치로 인해서 더욱 빛이 찬연하고 기세가 대단하다. 아무도 그들의 우국충정을 폄할 수 없다. 그들은 갈수록 창궐하는 매국적 부정부패와 민족 정기의 망국적 타락에 대한 끊임없는 경고이고 제동 장치이다. 비록 모든 사회악과 도덕적 타락이 불치의 암처럼 뿌리깊은 고질이 되어버렸지만 그들은 그들의 제동 능력의 효율에 대해서는 전혀 관심이 없다. 그들은 그들이 자임하고 나선 임무가 엄청나게도 중대하다는 사실만으로 만족한다. 그들은 없으면 별것이 아니지만, 있으면 없어서는 안 되겠다는 생각이 들게 되는 그런 종류의 사람들이다. 그들은 대개 다음과 같은 세 가지 것들에 의해서 특징지어진다. 첫째, 정열적이고, 둘째, 배타적이며, 셋째, 비생산적이다. 그들을 만나보기가 점점 더 어려워져가고 있지만 그렇다고 아직 절망적인 단계는 아니다.

대단한 벽지라고 말했지만, 사실은 그렇지도 않다. 인구 삼만이면 전라남도에서 십대 도시에 든다. 사방이 산으로 둘러싸여 봄이 늦는 이 분지 도시에는 여섯 개의 교육 기관과 한 개의 극장, 다섯 개의 약방, 세 개의 병원이 있다. 지금 이 지방 최고급 교육 기관인 종합고등학교의 교무실에서 이례적으로 직원 종례가 열리고 있다. 교장은 격앙된 목소리로 말한다.

"생각해보시오. 나로서는 도저히 이해할 수가 없소. 읍사무소의 사환아이까지 동원되어 나무를 심고 있는데, 바로 그 시각에, 대낮부터, 옴팍집에 들어박혀 술타령을 하다니, 이게 도대체 용인될 수 있는 일이오? 길을 막고 물어보시오. 학생들이 동원되면 당연히 교사가 따라가야 한다는 교육자적 양심은 잠시 차치하고라도, 국가적 대행사에 불참하는 것이 우선 국민 된 도리로서 되었소? 그리고도 당신들은 이 지방의 최고 지성인을 자처할 작정이오? 그래, 지성인의 눈과 귀에는 매년 비가 오면 홍수요, 안 오면 한해가 되는, 이 민족적인 비극적 현실이 안 들어온단 말이오? 지성인들에게 국가적 대사업에 앞장설 의무는 있어도 그것을 뒤에서 우롱할 권리는 없을 것이오. 국가 없는 지성인이 무슨 소용이 있으며 민족 없는 교육자가 무슨 필요가 있겠소. 통탄할 일이오."

교장의 비분강개에 감동하는 사람은 아무도 없다. 아무도 얼굴 표정을 바꾸지 않는다. 그들은 교장이 가령 청소년 축구대회가 국민 체위에 미치는 영향에 대해서 얘기했더라도 역시 같은 표정들을 했을 것이다. 교감은 교장의 연설이 자기의 영향력에 끼칠 득실을 따져보면서 탁상용 달력의 지난날치 이면에다가 이따금씩 비망록을 적어넣는 척했고, 서울사대를 나온 영어 선생은 창문으로 들어오는 광선에다가 안경알을 하얗게 번득이면서 논리의 일방 통행이 갖는 횡포성에 관해서 생각했고, ㅈ대학을 나온 국어 선생은 혹시 거기서 어떤 시적 영감이 나오지 않을까 해서 책상 위에 묻은 잉크 얼룩을 열심히 바라보았다. 눈을 깜박이는 사람, 코를 후비는 사람, 천장을 쳐다보면서 바지 호주머니에 들어 있어야 할 십원짜리 행방을 찾는 사람, 모두가 직원 회의 때마다의 습관 그대로였다. 교장은 그것이 원망스럽다. 그가 파놓은 감정의 웅덩이에 아무도 빠져주지 않는다. 빠지기는커녕 오히려 파놓은 사람 자신이 그 속으로 빠져들어가는 것을 재미있게 지켜보고 있다. 항상 말하는 바이지만, 정서적 정의감의 고갈이다. 그러나 교장은 더 말하지 않고 거기서 그치기로 한다. 조금 짧았지만 그 대신 내용이 중후했으므로, 그가 한 이야기는 그날치 애국의 하루 몫으로 충분하다고 생각된 때문이다. 그는 얼굴이 상기되어 밖으로 나간다. 그의 연설에 가장 감동된 사람은 바로 교장 자신이다. 그는 오랜만의 시원스런 배설로 가슴이 후련하다.

　서무실을 거쳐 교장실로 돌아온 그는 조금 울적한 기분이 된다. 언제나 한바탕의 애국을 하고 나면 그는 그런 기분이 된다. 고군분투라고나 할까. 그는 적적하다. 그럴 때면 그는 얼마나 지기(知己)가 아쉬워지는지 모른다. 그는 담배를 피워 물고 창밖을 내다본다. 밖은 완연히 봄이다. 불과 며칠 전까지만 해도 비봉에는 철 늦게 질척질척 내린 눈이 하얗게 덮여 있었고 학교 뒤 개천에는, 물 위에는 살얼음이 깔렸었고 양쪽 기슭에는 얼음 기둥들이 들고 일어서 있었고 밟고 지나가자 바삭바삭 무너지는 소리들을 냈었는데, 어느새 봄은 그 입김을 살며시 불어서 언 것들을 녹여버렸다. 먼 산에 눈이 녹자 개천물은 부쩍 늘어나서 겨우내 앙상하게 드러나 있었던 징검돌들 위로 소리를 내며 흘렀고, 얼음 기둥들이 있었던 양쪽 기슭으로 넘쳐서 버실버실 무너지는 논둑의 흙벼랑 속으로 촉촉이 번져갔다. 대지의 표면에까지 번져간 물기는 이태리 포플러와 수양버들과 오리나무의 뿌리를 통해 줄기를 타고 가장 가는 가지의 끝에까지 기어올라갔다.

교장은 어제 비선암 골짜기에다 다섯 그루의 리기다소나무를 심었다. 그리고는 한시가 되자 학생들을 해산시키고 버슬버슬한 흙을 밟으며 암자로 올라가서 술을 마셨다. 술은 읍사무소에서 마련한 막걸리였는데, 두 개의 커다란 술통 속에 들어 있었다. 읍장은 나오지 않았다. 커다란 동이에 부어놓은 술을 기관장들이 시음삼아, 말하자면 테이프를 끊는 셈으로 한 사발씩 들이켜고 났을 때, 부읍장이 넌지시 그를 끌고 한쪽으로 가더니 읍장은 지난번에 터진 비료 대금 사건 관계로 급히 광주에 올라갔다고 심각한 표정으로 귀띔해주었다. 그는 머리를 끄덕거리면서 역시 심각한 표정을 해보였다. 그러나 그들 중의 누구도 불행한 것 같지는 않았다. 더러 남의 불행은 우리들을 기쁘게 해주는 수가 있다.

교장은 권에 못 이겨 두 사발의 술을 더 마셨다. 시장하던 터였으므로 술기운이 즉시 온몸으로 퍼졌다. 그는 알맞게 취한 기분으로 교감과 함께 네 명의 교사들에 의해서 옹위되어 산을 내려갔다. 깨끗하게 비질되어 있는 흙계단 밑에서부터 달구지 하나는 좋이 지나갈 수 있는 등외 도로가 파란 보리밭 사이로 길게 나 있었다. 그들은 그 자리에 없는 사람들의 흉을 보면서 싱그러운 사월의 들판 한가운데를 걸어갔다. 일 킬로미터쯤 가자 그들이 올 때 걸어왔던 큰길이 나타났고 다시 일 킬로미터를 더 가자 읍내가 되었다.

시간은 두시가 겨워 있었다. 술기운으로 잠시 잊었던 배고픔이 되살아왔다. 그들은 동일옥으로 갔다. 그러나 교사들 중의 두 사람은 머리가 아프다고 비단결보다 더 부드러운 사월의 태양을 불평하면서 각자 마누라들한테로 돌아갔다. 사실 햇볕에 쬐인 것을 이겨내지 못한 것은 나이에 의해서 저항력이 약해진 교장의 머리였다. 그는 방으로 들어가서 자리를 잡고 앉자, 먼저 심부름하는 애를 불러서 뇌신을 사오게 했다.

"제일약방으로 가거라. 어딘지 알지야?"

제일약방은 한 갑에 십오 원씩 하는 뇌신을 백 원에 열 갑씩이나 주는 인심 좋은 약방이다. 교장은 뇌신을 잘 먹는다. 거의 규칙적으로 일 주일에 한 갑씩 먹을 정도이다.

약을 기다리고 있는데 그 집 주인이 들어왔다. 그 읍에서 일급으로 꼽히는 요릿집 동일옥의 주인은 그들의 학교의 기성회 부회장이었다.

"교장 선생님 오셨습니꺄! 교감 선생님도 오시고! 두루 평안들 허셨습니꺄!"

키가 작고 살이 찐 주인은 크고 둥글고 불그스레한 얼굴에 웃음을 가득 띠우고 네 사람의 교육자들에게 일일이 인사를 했다. 그는 그들보다 훨씬 더 신수가 훤해 보였지만, 대단히 친절했기 때문에 그들 중의 누구도 기분을 상할 필요는 없었다. 그런데 그는 그날이 사월 오일이라는 것은 알고 있었지만, 사월 오일이 식목일이라는 것은 깜빡 모르고 있었다. 그래서 그들은 입을 모아 그의 무지를 깨우쳐주었다. 그들은 그들끼리만 있었을 때는 교대로 십 분에 한 번씩 정도밖에 할말이 없었는데, 그가 뛰어들어오자, 아연 활기를 띠었다. 그는 그들에게 말할 재료들을 한없이 많이 만들어주었다. 무엇이든지 그가 끄집어내는 이야기는 재미있는 화제가 되었다. 심부름하는 애가 약을 사왔을 때, 그는 그 소년을 자세히 쳐다보지도 않고 손을 내저으면서, "뭐이냐. 니는 나가 있거라."라고 말함으로써 교장에게 "이왕 사온 약이니 그냥 먹어둡시다"라고 말하여 좌중에 폭소를 일으킬 기회를 만들어주었다. 그 약이 교장의 습관성 두통을 치료하기 위한 것임이 분명해지자, 그는 돼지의 골을 열 마리만 빼어 먹으면 절대로 두통이 나지 않는다고 말했다. 그래서 나머지 네 사람은 한 오 분 동안 그들의 돼지에 관한 지식을 총동원하지 않을 수 없었다. 교장은 팔의 굽힘 하나에까지 중대한 의미를 부여하면서 약 한 봉지를 입 안에 털어넣고 물을 마셔서 꿀꺽 삼켰다.

"교장 선생님은 어쩔라고 갈수록 더 이뻐지십니꺄?" 동일옥 주인이 불쑥 말했다. "젊으셨을 적엔 각시들헌티 인기가 좋으셨겄습니다."

그러자 나머지 세 사람들은 일제히 돼지 같은 건 까맣게 잊어버렸다. 그들은 열심히 교장의 얼굴을 바라보았다. 허연 살갗, 얄팍하지만 붉은 입술, 날카로운 콧날, 짙은 눈썹, 늙어서 주름이 잡혀 쌍꺼풀이 된 눈, 단아한 이마, 숱이 작지만 기름을 발라 곱게 양쪽으로 빗어넘긴 머리, 그들은 교장이 미남이라고 항상 생각해왔다. 그러나 교장 앞에서 그런 말을 한 적은 한번도 없다. 그리고 들은 적도 없다. 교장은 소년처럼 얼굴을 붉혔다. 과히 기분 나쁜 표정은 아니었다. 그러나 밥상이 들어오자, 다소 구원을 받은 듯한 눈치였다.

밥은 비빔밥이었다. 교감은 그의 항문의 늘옴치근이 싫어한다고 고추장을 젓가락으로 상 위에 덜어놓았다. 주인도 합석을 했다. 그에게는 조금 이른 점심인 모양이었다. 그러나 네 사람의 교육자들에게는 "찬은 없지만…"이라는 말을 거의 할 필요가 없었다. 식목은 식욕을 돋우어주었다. 우아한 옥색 한복으로 차려입은 배구 선수같이 몸집이 좋은 짧은 머리의 작부가 '스탱' 쟁반에 술 주전자와 잔들을 받쳐들고 들어왔을 때는 이미 두서너 번째의 숟가락들이 그들의 입 속으로 들어가고 있는 중이었다.
"자, 교장 선생님, 반주로 한잔 드십시오."
채 밥도 다 비비지 못하고 있던 주인이 작부에게 교장 곁에 앉도록 눈짓하면서 말했다.
"아까 산에서 막걸리를 마셨는데, 섞어서 괜찮을랑가 모르겄소?"
교장이 작부로부터 건네받은 유리 술잔을 들여다보면서 말했다.
"막걸리를 자셨습니꺄? 하 하! 그래서 머리가 아프시그만이라. 요새 도게 탁배기가 뒷이 안 좋습넨다. 그게 보나마나 종만이 짐샌네 신월도게에서 나왔을 텐디, 요새 그 집 술, 말이 많습넨다."
"정말, 큰일이올시다." 교감이 주인의 말을 받았다. "막걸리라면 농준데, 정말이지 농민들의 위생에 커다란 적신호가 아닐 수 없어요."
교감은 그 학교에서 가장 표준말을 잘 쓰는 사람으로 꼽히고 있다. 중학교를 동란 전에 서울서 나온 그는 전라남도 '교육계에 투신' 하기 전에 서울에서 잠시 교편을 잡은 적이 있고 그것을 꿩장히 자랑으로 알고 있다.

"그렁께 촌에 가면 집집마다 밀주 없는 집이 없심다."

 젊은 교사가 숟가락질을 잠시 멈추고 얼른 한마디 했다. 그러자 옆에 앉아 있던 나이 좀 든 그의 동료가 아마도 그 이야기가 그들 둘 사이에 공통되는 지식이었던지, 이렇게 받았다.

"양조장에서는 아예 단속해서 고발할 생각을 안 헙니다. 그 대신 각 부락에다가 매달 한 통이면 한 통, 두 통이면 두 통을 강제로 떠맡깁니다. 그러면 부락에서는 못 이기는 체하고 그것을 받습니다. 그 대신, 인자 책임량을 소모했응께 그 다음날부터는 얼마든지 밀주를 마셔도 상관허지 말라는 그런 툽니다."

"하, 그래요?"

"그렁께, 술 도가에서 농민들허고 협상을 허는 셈이그만. 한 달에 도가 술 암만을 마셔라, 그러고 나서는 밀주를 얼마든지 마셔도 좋다, 이거로구만."

 교장은 그 이야기에 초면이 아닌 모양이었다. 작부가 따라준 정종을 옆에서 보기에도 시원스럽게 쫙 들이켠 다음에 입맛을 쩝쩝 다시면서 그 이야기의 진수를 듣는 사람들이 행여 놓쳐서야 되겠냐는 듯이 부연했다.

"양조장에서 배당을 많이 하면 어떻게 해요?"

 교감은 걱정이 되는 모양이었다. 교장이 건네주는 술잔을 냉큼 받아들면서 그가 말했다.

"하 하 하. 그러면 그만큼 더 마시면 되겠지라우. 하 하."

 주인이 웃자 나머지 사람들도 따라 웃었다. 교감도. 그러나 그는 조금 무안했던지 얼굴을 살짝 붉히고 여자가 따라주는 술을 홀짝 마셨다. 그리고는 머리를 한번 털고 술맛을 감상하는 척했다.

"나주떡은 어디 갔소?"

교장이 말했다.

"아, 나주떡 말입니꺄?"

주인은 입맛을 쩝쩝 다셨다. 나주댁이라면 아마 할말이 조금 있는 모양이었다. 그는 나이든 교사를 통해서 그에게 건너온 술잔을 받아들고, 그러나 그것을 여자에게 내밀 생각은 하지 않고, 머리를 끄덕거리면서 말을 계속했다. 화술이란 별것이 아니었다. 천천히 말하는 것이 비결이었다. 느리게. 될 수 있는 대로 느리게. 단 발언권을 뺏기지 않을 범위 안에서. 지금 주인이 그 좋은 본보기였다.

"이놈의 장시도 옴팍집 때문에 못 해묵겄십니다. 생겼다 허면 옴팍집이지 뭡니꺄? 그런디, 어떻게 된 놈의 세상이, 이놈의 옴팍집은 간판도 없이, 옴팍허니 들어앉거서, 알 국물만 쪽, 쪽 빨아묵고 있음시롱도, 세금 한푼 안 내니, 어디 해보겄십니꺄. 말이 좋아서 옴팍집이제 각시가 셋 있으면 작은 축에 든다니, 요정 빰치고도 남지 않겄십니꺄. 그런디 술 먹는 사람들은 여기 와서 쪼끔 비싸면, 바가지 썼다고 생각험시롱, 그놈의 옴팍집에서는 아무리 포옥 뒤집어써도 본전 생각이 안 나는 모양이니, 사람 환장헐 노릇 아닙니꺄."

작부는 술을 따르고 싶어서 견딜 수 없는 모양이었다. 잔을 든 손이 움직일 때마다 주전자가 들먹거렸다. 그녀는 틀림없이 신참이었다. 남자들의 이야기에는 전혀 관심이 없이 오직 술을 부을 기회만을 노리고 있었다. 그는 잔을 내밂으로써 그녀에게 은혜를 베풀었다.

"요 앞에 네거리 말씸입니다, 교장 선생님." 그는 오래 비어 있었던 잔에 술이 채워지자 단숨에 홀짝 마시고 나서 옆에 앉은 젊은 교사에게 두 손으로 공손히 잔을 돌린 다음, 말을 계속했다. 젊은 선생은 작부를 오래 기다리게 하지 않았다. "요 앞에 네거리에 가면 새로 옴팍집 하나 생긴 것이 있습니다. 칠성이가 문방구 허던 자린디, 겟돈 백만 원 띠묵고 야반도주 안 했십니꺄. 그 집에 가면 나주떡이 있을 거이그만이라. 왜, 저, 며칠 전에 쑈가 안 들어왔십니꺄. 그걸 보고 오길래, 한 자리 뭐라고 했더니, 가타부타 말 한마디 없이 보따리를 쌈시롱, 나도 순정이 있어요, 이러지 않습니꺄. 하도 얼척이 없어서, 어, 잘헌다, 잘해, 허고 보고만 있었십니다."

주인은 말을 마치자 웃지도 않고 밥을 한 숟갈 가득히 퍼서 입 안에 집어넣었다. 아마 위 안에 밥알을 받아들이기에 충분할 만큼 소화액이 분비된 모양이었다.

"나도 순정이 있어요, 그래요? 하 하 하."

교감이 말했다. 그의 콧등에는 땀방울이 송울송울 맺혀 있었다. 그는 그가 조금 전에 처했던 웃음의 대상 자리에 딴사람을 앉힐 최초의 기회를 놓칠 수 없었다. 그는 소리높여 웃었다. 그래서 옆엣사람들은 할 수 없이 조금씩 부조를 했다.

"장사장이 순정을 못 갖게 헌 것 아니오?"

"아이고, 교장 선생님도, 원. 허 허 허."

"하 하 하."

모두들 잠시 숟가락질할 것을 잊고 머리들을 뒤로 잦히면서 크게 웃었다. 다만 작부만이 남자들의 밥그릇들 옆, 손 가까운 곳에 놓여 있는 술잔들 중에 혹시 빈 것이 있지나 않는가 두루 살펴보느라고 미처 웃을 기회를 가지지 못했을 뿐이었다.

 교장은 의자에서 벌떡 일어선다. 담뱃불을 왕관 맥주 재떨이에다 비벼 끄고, 열두 개의 우승컵과 우승패가 진열되어 있는 소나무 책장 앞을 지나 교기가 받침대에 꽂혀 축 늘어져 있는 창가로 가서 밖을 내다본다. 봄, 애국, 여자… 군데군데 웅덩이가 패인 운동장과 가위질은 잘되어 있지만 한쪽 구석에 구멍이 뚫린 탱자나무 가시 울타리의 일직선 위로 먼 산이 한눈에 들어온다. 식목, 순정, 막걸리… 그의 머릿속에서는 그의 눈이 보는 것과는 별로 관계없는 낱말들이 춤을 춘다. 그러다가 '쑈'라는 낱말이, 맹렬히 발운동을 하면서 나팔을 휘두르는 악사들과 흔들며 악을 쓰는 가수, 그리고 조명을 받아 온통 극장 안에 빛의 조각들을 뿌리는 가구가락 깡통에서 오려낸 양철 조각과 함께 나타나자, 일제히 그 속으로 그 낱말들은 빨려 들어가버리고, 한 순간 그의 머릿속은 찡— 하는 소리가 나도록 텅 빈다.

 그때, 문에서 두드리는 소리가 난다. 그리고 이쪽 승낙도 없이 그것이 열린다. 머리가 훌렁 벗어진 서무주사가 결재판을 들고 들어와서 빈 교장 의자 곁으로 간다. 그리고는 마치 교장이 거기 앉아 있기라도 한 것처럼 결재판을 펼쳐서 그 앞에 놓고 공손히 서서 두 손을 마주잡는다.

 교장이 가서 안경을 코 위에 걸치고 들여다보니, 학생 입퇴학에 관한 학교장의 전권을 행사하라는 이야기다. 매년 이맘때면 그런 건이 서너 건씩은 생긴다. 그것은 다시 말하면, 그 지방 '유지'의 아들로서 서울 또는 광주에 있는 고등학교 입학 시험에 세 번쯤 떨어진 애들이 서넛 된다는 뜻이기도 하다. 교장은 두말없이 도장을 찍는다. 대머리씨는 보기보단 민첩하게 서류를 넘기면서 도장이 찍혀야 할 자리를 손가락들을 가지런히해서 가리킨다. 일이 끝나자 결재판을 덮으면서 그가 말한다.

"아까 장사장헌티서 저녁에 교장 선생님 틈 있으시면 놀러 나오시라고 전화 왔었습니다."

교장은 우선 "흠!" 하고 헛기침을 하면서 머리를 끄덕거려준다. 그러나 속으로는 조금 놀란다. 그는 전날 그와 헤어졌을 때를 생각해본다. 대머리 주사는 거의 교장의 생각을 방해함이 없이 방을 빠져나간다.

그들이 그 전날 동일옥에서 헤어진 것은 거의 네시가 돼서였다. 비빔밥과 정종으로 배를 불린 네 명의 교육자들은 유쾌하게 주인과 작별을 했다. 주인은 특히 틈을 붙잡아 교장에게 살짝 "미처 몰랐습니다. 며칠 사이에 조용히 한번 모실랍니다."라고 말했다. 그는 그 말이 정확히 무엇을 뜻하는 것인지 얼른 알아차릴 수 없었다. 물론 마음에 언뜻 짚이는 것이 있긴 했지만, 그것이 그것이라고 대뜸 단정을 내리기에는 아무래도 조금 부끄러웠다. 그러나 그는 한층 더 기분이 우쭐해졌기 때문에 교감과 단둘이 되어 네거리에 이르렀을 때는 문득 생각난 것처럼 "우리 여기 들어가서 한잔 더 하고 갈까요?"라고 말할 준비가 다 되어 있었다. 그런데, 교감은 서울말을 잘하는 데 비하면 이런 데에는 너무 쑥이었다. 이쪽에서 뭐라고 하기 전에 먼저 "아, 저게 바로 그 옴팍집이그만요. 교장 선생님, 한번 들어가보시죠?"라고 말해주면 오죽 좋으랴만, 그는 도통 이쪽 기분과는 거리가 멀다.

"아, 포식했더니 졸린데요. 교장 선생님은 피곤하지 않으세요?"

그들은 네거리를 지나가고 있었다. 과연, 공책과 시험지를 잔뜩 쌓아놓고, 목이 없이 바로 어깨에 머리가 붙은 사내가 쭈그리고 앉아서 문방구점을 보고 있던 자리에, '대중식사'라고 유리창 한 칸에 한 자씩 써붙인 음식집이 나 있었다. 교장은 창문 안으로 벌젛게 익은 낙지가 통째로 걸려 있는 것을 보았다.

결국 그들은 나주댁 집을 그대로 지나쳤다. 교감은 피곤하다면서도 의무감에선지 여러 가지 학교 일들을 의논해왔다. 그는 배수로를 확장하기 전에 봄장마가 찾아올까봐서 걱정이었고, 체육 선생이 체육 시간에 애들을 시켜서 운동장 패인 곳을 메우지 않는 것이 불만이었다. 고급 학년으로 갈수록 학년초부터 장결생이 생기는 것이 큰일이었고, 그 대신 저학년으로 가면 교과서를 갖추지 않은 학생들이 많은 것이 탈이었다. 교장은 연방 머리만 끄덕거렸다. 그러면서 이따금씩 좌우를 살피는 척하며 뒤를 돌아보았다.

세번짼가 뒤를 돌아보았을 때, 나주댁 집에서 한 패의 술꾼들이 나오는 것이 보였다. 교장은 대수롭지 않게 생각하고 고개를 다시 앞으로 돌리려다 말고 발걸음을 멈추었다. 그의 학교의 선생들이었는데 모두 해서 세 사람이었다. 교감도 두어 걸음 중얼거리며 혼자 더 나아가다가 멈춰서서 뒤를 돌아보았다.

"아니, 저게 김선생 아니에요? 어이구, 박선생두. 어? 윤선생두 나왔네, 산에는 안 나온 냥반이."

그외에 또 한 사람, 나주댁도 나와 있었다. 김, 박 두 교사는 두어 걸음 떨어져 있었고, 윤선생과 나주댁이 조금 전의 교장과 동일옥 주인처럼 한쪽으로 비켜서서 소곤거리고 있었다. "미처 몰랐어요. 며칠 새에 조용히 한번 모시겠어요." 교장은 그런 소리를 듣는 듯했다.

나주댁

그때까지 교장은 부하 직원에게 열등감을 느껴본 적이 없었다. 그리고 솔직히 말하자면, 자기 밑에 있는 직원들을 제대로 존경해준 적이 별로 없었다. 부임해오는 교사가 '삼류' 출신이면 "여기도 과분하지"였고, 반대로 '일류' 출신이면 "오죽이나 못났길래…"였다. 아무리 탁월한 학벌과 훌륭한 경력을 가졌어도, 아니, 바로 그렇기 때문에, 그 산골에까지 밀려오는 사람은 일종의 낙오자였다. 그는 교장이니까 그곳에 있었지, 젊었을 적, 교사 때에는 도내 일급지의 유수한 고등학교에 안 있어본 데가 없었다.

윤교사는 그해 봄 학년초 대이동 때 전강에서 교사로 승진되어 그곳으로 부임해온 순수한 풋내기였다. 교육 경력 일 년 이 개월에 출신 학교는 서울에 있는, 그 이름을 들은 적은 많지만, 어떤 한 사람과 관련지어 오래 기억하기에는 아무래도 힘이 드는, 이 학교가 저 학교 같고 저 학교가 이 학교 같은, 그런 어느 사립 대학이었다.

교장은 그날 밤 윤교사의 얼굴이 자꾸 떠올라서 잠을 이룰 수 없었다. 온 지 보름도 안 되는 햇병아리의 얼굴은 문득 생각하면 윤곽이 잡혔지만, 곰곰이 뜯어보면 잡힐 듯하면서도 가물가물 손가락들 사이로 빠져나가버렸다. 남자의 매력이란 무엇인가? 무엇이 여자들로 하여금 얼굴을 붉히게 하는가? 그리고 퇴화해버린 꼬리뼈를 좌우로 흔들게 하는가? 모르면 아무것도 아니지만, 일단 알아버리면 학벌도 직위도 장래성도 심지어는 재산조차도 그 앞에서는 초라해져버리는 어떤 신비스런 힘, 빛 또는 냄새, 그는 그런 것을 윤선생의 얼굴의 부분품들 이것저것에다 연결시켜보았다. 이상한 일이었지만, 그 전날까지만 해도, 정확히 말해서 그날 오후 네거리에서 그를 보기 전까지만 해도 생각조차 못 했던 연결이, 그의 얼굴 부분품들 어디에서나 척척 손쉽게 이루어졌다. 윤선생의 코는 뭉툭하게 큰 것이 첫 보매 매우 희극적이었었지만, 이제는 그것이 거의 비극적이기까지 한 심각성을 가지고, 그로 하여금, 그때까지 딴 코들에 대한 그 우위성을 의심해본 적이 없는 자기의 날카롭지만 쭉 곧아서 오똑한 콧날을 거울에 비춰보게 했다. 사람이란 여럿 속에 끼여 있을 때는 보잘것없는 것으로 보이기 쉽지만 많은 사람들 중에서 아무라도 한 사람 딱 꼬집어내서 보면, 그는 아무리 정선된 사람에게라도 적수가 될 수 있다. 그것은 그 사람이 잘나서가 아니라, 그 정선된 사람이 어떠한 가벼운 의미에서도 완전할 수 없기 때문이다.

  교장은 화가 났다. 생각을 한번 빨딱 뒤엎어보면, 윤교사는 그를 밤늦게까지 전전반측하게 할 아무런 자격도 권한도 없었다. 그는 날이 밝으면 출근해서 우선 입 안에서만 뱅뱅 도는 어물쩡한 그의 출신 학교의 이름을 한번 찾아본 다음, 그를 포함한 모든 교직원에 대한 학교장의 탁락한 우월성을 여지없이 증명해주어야겠다고 자신을 달래어 간신히 잠을 재웠다. 역시 나이가 나이인지라, 낮에 산을 탔던 것이 조금은 피곤했던 모양이었다.

  교장은 후딱 서무주사가 사라진 문 쪽을 바라본다. 그리고 자리에서 일어선다. 어쨌든 그는 기분이 좋다. 사람이 항상 애국만 하고 있을 수는 없다. 때로는 전환이라는 것도 해야 되는데, 술과 여자보다 더 효과적인 전환이 있을 리 없다. 그는 그 전날 장사장과의 헤어질 때의 언약이 이렇게 빨리 이루어질 줄은 몰랐다. 그는 조금 전의 적적함, 허전함, 고고한 외로움, 지기지우의 아쉬움… 등으로부터 말끔히 빠져나와 경쾌한 기분으로 퇴근을 서두른다.
 교무실에서는 교장이 나가버리자 직원 회의에 김이 빠졌다. 교감이 탁상용 일력을 들여다보면서 무슨 말을 하고 있지만 듣고 있는 사람은 아무도 없다. 안경을 낀 영어과 김선생은 교장이 역시 미남이라고 생각하고 있고, 국어과 박선생은 책상 위의 잉크 얼룩을 손톱 끝으로 긁적거리면서 자기도 한번 교장이 되어 보면 괜찮겠다고 생각하고 있다. 자기가 교장이라면 맨 끝에 이러이러한 말을 덧붙여 멋을 부렸을 텐데라고 생각하는 사람도 있다. 신참 윤교사는 교장이 되고 싶은 생각이 별로 없다. 그와 함께 부임한 교사가 그 말고도 넷이나 되지만 그들은 모두 교육 경력이 많고 딴 학교에서 같이 근무했던 사람들이 그 학교에 많이 있어서 사람들은 유독 그만을 신참으로 취급했다. 그는 교훈 '부지런한 사람' 이 써붙여져 있는 하얀 벽을 멀끔히 쳐다보면서 부지런히 두 눈을 껌벅이고 있다. 그는 기분이 나쁘다. 그는 교장이 말한 대로 그가 반국가적인 사이비 지성인이라고는 결코 생각한 적이 없다. 반국가적이라니, 그는 지금 눈물겹도록 애국을 하고 있다고 믿고 있다.
 그의 담당 과목은 일반사회다. 그는 대학을 졸업한 후 곧 군대에 갔지만 다행히도 기관지가 확장되어 있었으므로 육 개월 만에 제대를 했다. 그뒤로 약 이 년 남짓 동안, 서울의 옛 하숙에서 뒹굴며 대학원에 다닌다는 핑계로 집으로부터 돈을 타다 쓰며 놀았다. 집에서는 취직을 하라고 성화였지만, 서울서는 선뜻 오라는 데가 없었고, 그렇다고 아버지의 양조장이 있는 전라남도 ㄱ시는 가끔 방학 때 일 주일만 있어보아도 갑갑해서 숨이 막힐 듯했다. 그는 더 이상 핑계를 댈 수가 없게 되자 고향으로 내려왔다. 내려와서 조금 있어보니 그렇게 답답한 것만도 아니었다. 그전에 갑갑하게 느꼈던 것은 일 주일밖에 있어보지 않았기 때문이었다는 것이 드러났다. 그는 손쉬운 대로 우선 교편을 잡았다. 광주 시내의 한 고등학교의 전임강사로 부임했다. 그것만 해도 그에게는 커다란 양보였다. 그랬는데 일 년이 지나자 교사 승진이라는 미명 아래, 인구 사십만의 '대도시'에서 삼만의 벽지로 전보 명령이 났다. 그는 사십팔 시간 동안 심사숙고했다. 장학사는 "일 년 동안만…"이라고 토를 달았지만, 그런 말은 귓가에도 오지 않았다. 결국 부임하기로 결심했지만, 장학사의 말엔 상관없이 일 년만 '봉사' 하기로 했다. 그것은 순수한 의미의 봉사였다. 그랬는데!

 교감의 발언은 끝나고 말하기 좋아하는 사람들이 두 사람째 발언하고 있다. 청소 구역이 바뀌었다는 뭐 그런 얘기다. 선생들은 흥미가 없다. 다음은 도서계 차례다. 교과서 구입 이윤금 분배의 건이라면 몰라도 그외에는 역시 흥미가 없다. 말하는 사람도 그것을 알고 있다. 그래서 가끔 "이건 꼭 좀 학생들헌티 주지 시켜주셔야겠습니다."라고 제법 교감 같은 소리를 섞는다.

 검은 소나무 틀에 끼인 좁상맞게도 잔 창유리를 너머로 교장이 대머리와 함께 퇴근하는 것이 보인다. 교감은 종례를 끝마쳐야 할 때가 왔음을 안다. 교장과 교사들은 삼 분간의 사이를 두고 교문을 나간다.

 윤선생이 그 학교에 와서 맨 먼저 사귄 것은 박교사였다. 그는 나이가 그보다 열 살이나 위였지만, 알고 보니 대학 동창이었다. 그의 집에서 신세를 지고 있다가 이제사 그의 주선으로 하숙을 구해 이사를 했다. 이사래야 갈아입을 속옷 나부랭이와 책 몇 권이 든 조금 큰 여행용 가방과 이불짐뿐이었지만, 그래도 기분이 안 그래서 마침 식목일이라 수업이 없었으므로 그만 학교를 쉬어버렸다. 그리고는 도배지를 사다가 말끔히 방 치장을 하고 그 집 귀퉁이 달아난 앉은뱅이 책상을 빌려다놓고 그 위에 종이를 깔아 책들과 일용품들을 진열한 다음, 낮잠을 잤다. 나른한 사월의 봄 낮잠을. 얼마를 잤는지 모르지만 눈썹이 없고 코가 작아 볼품이 없는 중년의 주인 아주머니가 깨워서 일어난 그는 점심을 먹으라는 소리인 줄 알았는데, 방문을 열어보니 밖에 박선생이 와 있었다. 그는 눈을 씩씩 비비면서 밖으로 나갔다. 돼지막 곁에 김선생도 서 있었다. 그들은 가까운 음식점에 가서 점심을 먹었다. 거기서 반주로 술을 한 잔씩 했는데도 박선생이 굳이 우기는 바람에 그들은 다시 네거리에 있는 대폿집으로 들어갔다. 그 집은 밥알이 동동 뜨는 동동주로 유명하다고 박선생이 말했다. 그러나 들어가보니, 그보다는 술을 따르는 여자가 더 일품이었다. 사람들은 그녀를 나주댁이라고 불렀다. 그래서 그는 그녀의 집이 나주일 것이라고 짐작하고, 나주라면 광주에서 합승이 다닌다는 것밖에는 모르면서도, 마치 거기에서 몇 년을 살아본 것처럼 너스레를 떨었다. 나주댁은 고향 친구를 만나서 기쁘다기보다, 자기의 환심을 사려는 노골적인 아첨에 기분이 좋은 모양이었다. 그녀는 그의 나주 실력을 더 캐물어보지 않고, 곧, 우리들이 낯선 사람을 만났을 때 펴는 경계와 배척으로 짜여진 그물을 거둬들여버렸다. 그리고는 그가 말을 꺼내기만 하면 웃음을 터뜨렸다. 그래서 박선생은 짐짓 화난 시늉을 하며 "나주떡은 어찌 그리 총각 냄새를 잘 맡소"라고 말하여 좌중에 폭소를 일으켰다.

"박선생님, 우리가 대폿집에 들어앉아 있었을 때는 식목이 끝나고 좋이 두 시간은 지났을 때 아닙니까?" 윤선생은 교문을 나서면서 박선생에게 불평한다. "그런데 바로 그 시각이라니, 그게 무슨 말입니까? 식목일 행사에 빠진 사람은 하루종일 무릎 꿇고 엎드려서 전전긍긍하고 있어야 한다 그 말입니까? 온, 세상에! 아전인수도 유만부동이고 논리의 비약에도 분수가 있지, 그런 전체주의적인 사고 방식이 어디 있어요, 네?"

"아, 윤선생, 뭘 그걸 가지고 그러시오? 아무것도 아니오. 잊어뿌시오, 잊어뿌러. 아, 그런 말 허는 재미도 없다면 무슨 재미로 교장 노릇 허겠소?"

"아니, 재미로 남을 병신 만들어요?"

"어허이. 그거이 아니랑게 자꼬 그네. 그런 말은 하나하나 새겨들을 필요가 없단 말이오. 아, 지금 애국에 관한 이야기를 허고 있는갑다, 그렇게 얼렁 대의만 파악해버리면 더 들을 것이 없단 말이오. 생각해보시오. 내용이야 들을 것이 하나도 없다고 해도, 학교 교장이 그런 말을 안 허면 누가 헐 거이오? 그래도 인구가 몇만이 되는디, 그런 말 허는 사람이 하나도 없다면 말이 되겄소? 아니, 그래, 아무리 부패하고 타락했다 해도, 부패했다, 타락했다 허는 말도 없이 부패허고 타락해서야 되겄소? 이건 부패허구 타락한 것이 나쁘다는 얘기는 아니오, 잉. 그건 오해허지 마시오."

"그래요!"

"가령, 십만 원을 써서 교감이 된 사람과 안 써서 안 된 사람이 있다고 헙시다. 사람들이 그 두 사람을 놓고 뭐라고 말허겄소? 써서 된 사람은 재주꾼이라 허고, 안 써서 안 된 사람은 병신이라 허요. 만일 안 쓰고도 될라고 허는 사람이 있다면 사람들은 그를 멍청이라고 헐 것이오. 멍청이가 아니면 아마 지독한 구두쇠이겠지요. 나는 뭐, 써서 된 사람과 안 써서 안 된 사람의 어느 쪽이 옳고 긇다고 말할 자신이 없소. 그러나 비록 아침 눈떠서 저녁 잠자리에 들 때까지 돈만 벌라고 눈들이 비래가지고 돌아다닌다 헐지라도, 가다가 한 번씩은 비개인적인, 비현금적인, 비현실적인 이야기를 들어야 허지 않겠소? 그 말에 어떤 실용적인 의미가 있다는 이야기는 결코 아니오. 말하는 사람 자신도 그것이 얼마나 공허한가 하는 것을 잘 알고 있소. 그러나 그것을 일단 들어서 정서적 만족을 얻은 다음에 다시 철저히 개인적, 현금적, 현실적이 될 수 있지 않겠소! 만일 말이오, 교장이 교직원들을 모아놓고 직원 회의를 하면서, 국기에 대한 경례를 하고 나서 하는 말이, 우리 선생님들 다 생활들이 곤란하실 텐데, 각자 재주껏 요령을 부려서 수입을 올리십시오. 과외 수업을 해서 부수입을 올리고 싶거나, 자녀의 교육을 좀더 잘 시키기 위해서 꼭 도시로 나가셔야 할 분들은 각자 삼만 원씩만 가지고 오십시오. 이곳에다가 생활 터전을 웬만큼 잡으셨거나, 여기의 실험 실습비 정도로도 만족을 하실 분들은 면 소재지로 미끄러지지 않기 위해서 각자 이만 원씩만 가지고 오십시오. 교감이 되시고 싶은 분들은 곗돈 탄 것이거나 달리 모아놓은 돈 십만 원 하나는 쓸 각오를 하십시오. 물론 자격이 있는 분들 이야기입니다. 자격을 아직 못 따신 분들은 우선 교감 강습 지명을 받아야 하므로 삼만 원씩만 준비해두십시오. 이건 교감 선생님한테만 해당되는 이야기입니다만, 혹시 교장이 되시고 싶은 생각은 없으십니까? 다행히도 이번에 무능 교장들을 대폭 좌천시킬 방침이 섰다고 합니다. 기회가 대단히 좋습니다. 삼십만 원만 쾌척하십시오. 돈 아까운 줄을 누가 모르겠습니까? 받는 사람은 반드시 생각하는 바가 있을 것입니다… 대개 이렇다고 한번 상상해봅시다. 이런 일은 도대체 있을 수가 없소. 왜냐면, 만일 그렇다면 요릿집이나 이슥한 시간에 찾아간 상사의 집 응접실에서 은밀하게 낮춘 목소리로 귀에다 대고 무슨 말을 할 것이오? 아, 장학사님, 또는 아, 교장 선생님, 우리들도 이젠 조금 애국을 해야 되겠습니다, 라고 말할 것이오? 그러면서 기미 독립 선언문이나, 순국 선열 추념문이 들어 있는 봉투를 은밀히 술상 밑으로 건네거나, 그 봉투가 든 케이크 상자를 슬쩍 내려놓고, 아이들이나… 라고 말할 것이오?"

"아, 아, 박선생님은 참 이상한 말씀만 하십니다. 하신 말씀은 다 알아듣겠어요. 그런데 제가 화난다고 하는 것은 딴게 아니고, 왜 교장은 자신이나 교직원의 정서적인 만족을 위해서, 왜 애매한, 애매하다고까지야 할 수는 없지만, 억울한 나를 도마 위에 얹어놓고 요리를 하느냐 그 말씀입니다. 마치 술 마시면서 안주 한 점 집어먹는 식이 아닙니까? 나는 누구의 안주도 되고 싶지 않다, 그 말씀입니다."

"아, 그, 그건 또 이렇지요. 윤선생이 아직 오신 지 얼마 안 되어서 그러신디, 앞으로 몇 개월만 있으시면 자연히 그런 문제는 해결됩니다. 여기 직원이 약 삼십 명밖에 안 됭께, 어차피 한 달에 평균 한 번쯤은 교장 구설에 오를 각오를 해야지요. 그러나 그걸 괘념하는 사람은 하나도 없습니다. 아무도 교장 이야기의 장본인이 누구인가에 대해서 관심이 없습니다. 그것은 그 장본인이 자기 자신일 때도 마찬가지지요. 자, 그럼. 아, 이따 저녁밥

묵고 놀로 가지요. 술이나 한잔씩 허로 나갑시다. 지내고 보면 우리 교장 선생만큼 좋은 분도 드뭅니다. 그 동안 한 열 분 모셔 봤지만, 이 교장만큼 건망증이 심한 분도 드물어요. 그 밑에서 일하는 사람들헌텐 그게 어딘디요!"

그들은 헤어진다.

그날 밤 저녁을 먹고 나자 윤선생은 박선생이 기다려진다. 그러나 박선생은 여덟시가 지나도록 나타나지 않는다. 윤선생은 옷을 걸치고 산보삼아 거리로 나온다. 박선생 집에 거의 도착했을 때 집에서 막 나오는 그와 부딪친다.

"아, 윤선생이오? 그렇지 않애도 지금 들릴라든 참인디, 기다리실까봐서. 나는 처남이 장흥서 온다고 해서 자동차 정류소에 좀 나가봐야겠소."

"아, 그러세요? 다녀오십시오."

"윤선생은 당구나 한 큐 치실라요?"

"네, 뭐, 산보삼아 한바퀴 돌아서 집에 들어가지요."

아, 마누라가 있는 사람은 할 일도 많구나! 그는 그렇게 탄식하면서 박선생과 헤어진다.

그는 당구장에 들어갈 생각은 없었지만, 문득, 큐를 잡은 사람들의 그림자들이 불켜진 이층 유리창에 비친 것이 보이자, 그는 갑자기 들어가고 싶어진다. 이십쯤만 내려서 놓으면 설마 읍민들에게라도 바가지야 쓰지 않겠지. 그는 좁고 컴컴한 나무 층계를 올라간다.

당구대는 셋인데 빈 것은 하나도 없다. 제일 안쪽에 있는 대에서 치고 있는 사람들을 보니 세 사람인데 모두 그의 학교 동료 교사들이다. 그는 그들의 성을 생각해낼 수 없다. 그들은 그

반갑게 맞아준다. 그는 한 판을 구경한 다음, 팔십을 놓고 게임에 끼여든다. 이십을 낮추었지만, 한 시간 뒤 네 판 중에서 한 판은 그가 지불한다. 밖으로 나온 그들은 그를 끌고 당구장 건너편에 있는 대폿집으로 간다. 그는 그들의 권에 못 이겨 막걸리 두 사발을 마시고 그들과 헤어진다. 나중에 안 일이지만, 그들 중의 한 사람은 서무직원이다.

  그의 뱃속에 들어간 두 잔의 술은 그의 발걸음을 네거리로 돌리게 한다. 단둘이 앉아서 술을 마시자. 밤이 조금 늦어도 좋다. 그런 생각을 하자 그의 발걸음은 갑자기 활기를 띤다. 그리고 나주댁 집의 문 유리에서 인적이 드문 한길 위로 불빛이 새어나오는 것을 보자 가슴이 조금 뛴다. 그는 백치처럼 거침없이 웃을 그녀의 얼굴을 그려보면서 걸음을 빨리한다. 바로 그때 불빛이 새어나오던 문이 열리고 길 건너편에까지 확 뻗친 빛의 홍수 속에 그녀가 나타난다. 그는 걸음을 멈춘다. 문이 뒤에서 닫혀지자 그녀는 어둠 속에 묻힌다. 그는 전신주 뒤에 얼른 몸을 감추고 그녀 뒤에 누가 나타나기를 기다린다. 그녀는 고양이처럼 소리 없이 이쪽으로 다가온다. 그녀가 지나감에 따라서 그는 전신주 뒤로 반원을 그린다. 동행은 없다. 그는 다시 길 복판으로 나와서 그녀의 뒷모습을 지켜본다. 그녀는 오른쪽으로 꺾어서 골목 속으로 자취를 감춘다. 그는 그 골목 입구께로 뛰어간다. 입구에서 열 걸음 남짓 되는 곳에 철사로 그물을 만들어 씌운 삼십 촉짜리 백열 전구가 희끄무레하게 비추고 있는 대문이 있는데, 그 속으로 그녀가 막 들어가고 있다. 그 집은 그도 알고 있는 집이다. 대문 기둥에는 골목 입구에서도 잘 보이게 '강남여관'이라는 간판이 붙어 있다. 그는 거기에서 부임 첫 사흘을 묵었다. 그는 골목 입구 반대편 길가로 물러서서 조금 생각에 잠긴다.

  그는 자기 주위가 너무 밝아서 옆을 살펴본다. 꽤 깨끗한 대문에 반투명 유리로 뚜껑까지 해단 외등이 바로 '동일옥' 간판을 비추고 있다. 그는 담배를 피워 물고 활짝 열린 대문 앞으로 가서 한글로 쓴 그 간판을 들여다본다. 집 안에는 방방이 불이 켜져 있고 더러 여자들의 웃음 소리가 들려오기도 한다. 처마 밑에도 외등이 있다. 막 물러나오려고 할 때, 한 방문이 열리고 사람이 나오는데 얼른 보기에도 틀림없는 교장이다. 그는 흠칫 놀라서 열 걸음도 더 물러나 야음 속에 몸을 숨긴다. 교장은 그보다 키가 작고 머리통이 큰 사람과 함께 대문의 외등 밑으로 짧은 그림자를 만들며 나타나더니, 성큼성큼 걸어서 건너편 골목 속으로 자취를 감춘다. 머리통이 큰 사내는 외등 밑에 그대로 잠시 섰다가 마치 천기라도 살피려는 것처럼 고개를 뒤로 발딱 젖히고 하늘을 한번 휘둘러본 다음에 집 안으로 들어가버린다. 사월의 밤바람이 네거리로부터 불어와서, 부지런히 눈을 껌벅이며 어둠 속을 바라보고 있는 윤선생의 뺨을 스친다.

〔『창작과비평』, 1968. 가을〕

가을비

날이 흐렸다. 오후.
조그마한 한 여자가 현대극장 모퉁이를 돌아서, 포장된 좁은 골목길 위를 똑똑 소리를 내면서 걸어갔다. 길 양쪽으로는 더러운 건물들이 이마들을 맞대고 늘어서 있었다. 그녀는 왼편을 살폈다. 바둑, 모밀국수, 헌 책, 당구, 복사, 다와 음악, 별표 식품… 건물의 전면들은 온통 낡고 커다란 글씨들투성이였다. 여관이 나타났다. 더러운 목조의 이층 건물이었다. 반투명 유리 위에 맵시 있게 글씨를 쓴 간판이 녹슨 철사로 얽매여져 있었다. 그 철사의 한 가닥이 희뿌옇게 구름 낀 하늘로 뻗쳐 있었다. 그녀는 옥호를 확인했다. 그리고 머뭇거렸다. 그러나 그녀는 무슨 커다란 손에 의해서 이끌리기라도 한 것처럼, 좌우를 살피고는 문을 밀고 안으로 쑥 들어갔다.
안은 거리보다 더 음산했다. 채광은 물론, 통풍조차 잘되어 있지 않았다. 눅진한 냄새가 코를 찔렀다. 중년 여자가 열려진 유리창으로 살찐 얼굴을 내밀었다. 그녀는 말을 조금 더듬으면서 그 여관에 혹시 서울서 온 어떤 남자가 묵지 않았느냐고 묻고, 그리고 저쪽에서 채 대답을 하기도 전에, 이번에는 조금 더 더듬으면서, 만일 그렇다면 그가 묵고 있는 방이 몇 호실이냐고 물었다.

"이층 팔호실로 가보소."

중년 여자가 말했다. 그리고는 자기의 비만한 체구의 반도 될 성싶지 않은 그녀의 작고 가냘픈 몸뚱이를, 눈을 크게 뜨고, 위아래로 훑어보더니, 흥미없다는 듯이 머리를 창문 안으로 거두어들여버렸다. 그녀는 얼핏 중년의 젖가슴이 속셔츠 안에서 밑으로 축 처져 있는 것을 보았다. 앉은뱅이책상 위에 전화기가 조그마한 상자 속에 야무지게 갇혀서 수화기만을 드러내놓고 있었다.

그녀는 구두를 벗고 마루 위로 올라섰다. 슬리퍼가 여러 짝 뒹굴고 있었다. 그녀는 아무거나 두 짝을 찾아서 신었다. 이층으로 가는 층계는 좁고 경사가 급했다. 그녀는 기듯이 엉금엉금 계단을 올라갔다. 머리가 겨우 이층 마룻바닥 위로 솟자마자 찌릿한 냄새가 콧구멍을 벌름거리게 했다. 이층은 복도가 기역자로 나 있었다. 한쪽 끝에 변소가 있었고, 그 반대편으로 굽은 곳에 팔호실이 있었다. 그녀는 숨을 한번 들이마시고 문을 두드렸다.

사내는 두 홉들이 소주병을 기울이고 있었다. 그녀가 들어가자 그는 침대 위에 벌떡 일어나 앉아서 그녀를 반겨주었다. 그러나 그녀가 차분하고 조금 냉정했으므로, 그의 눈에 나타났던 기쁨과 생기는 곧 사라져버렸다. 몇 마디 수인사가 끝나자 그들 사이에는 말이 끊어졌다. 그는 눈을 뒤룩거리면서 멍청하게 등을 벽에 기댄 채 침대 위에 걸터앉아 있었다. 눈알이 붉고 이마에 실핏줄이 드러났다. 그의 혈관에 알콜 농도가 짙어져가고 있음이 분명했다. 그녀는 딱딱하고 작은 나무의자에 앉아서 그를 훔쳐보았다.

그는 그 전날 병원으로 왔을 때보다, 육 년 만에 느닷없이 그녀 앞으로 불쑥 나타났을 때보다, 더 지치고 늙어 보였다. 그런데 그는, 가만있자, 스물여덟이었다. 벽에는 노란 회칠이 되어 있었다. 오래되어서 거무스름하게 변색되어 있었고, 곳곳에 때가 묻어 있었다. 저만치 낙서를 칼끝으로 긁어서 지운 흔적 옆에 '구포다리 그립구나' 라고 볼펜으로 갈겨쓴 것이 보였다. 몸의 어느 한 부분을 강조한 것도 있었다. 천장과 닿는 곳에는 게으른 아주머니의 빗자루 끝을 피한 거미줄들이 구석구석에 조금씩 남아 있었다. 천장은 베니어 합판으로 되어 있었다. 여기저기 하얗게 색이 바랜 비 샌 흔적들이 나 있었다. 울퉁불퉁했다. 그것은 눅눅하게 습기차고 군데군데 검은 불구멍이 난 비닐 장판의 방바닥과 짝을 이루었다. 이 모든 것들로부터 육 년의 시간을 빼버리면 무엇이 될까?

사내가 몸을 옆으로 누이더니, 침대의 한 모서리에서 피우다 꺼놓은 담배 토막을 찾아 물고 성냥불을 켜댔다. 그리고는 침대 한복판에 벌렁 나자빠져서 하얀 연기를 천장에다 뿜어댔다. 그 사내가 스물둘, 그녀는 스무 살이었다. 그녀는 내과 간호장교였고, 그는 방사선과 위생병이었다. 그는 잘나지도 못나지도 않은, 그리고 약간은 수심에 싸인, 아직 세파에 시달리지는 않았지만 머지않아 시달리게 될 것을 예감하고 그것이 도대체 어떤 형태로 다가올 것인지를 근심하는, 이제 막 뼈가 굳어지기 시작한 애기 어른이었다. 그리고 그녀는 철없고 작은 소녀였다.

그가 벌떡 일어났다. 담뱃불을 비벼껐다. 재떨이는 두어 뼘 되는 탁자 위에 있었는데, 찌그러진 양은이었다.

"이따 밤차루 올라가겠어. 더 있어봤자 폐만 되겠구."

그가 말했다. 그리고 새 담배를 피워 물었다. 그것은 그의 선언에 위엄을 주었다. 그는 담배 연기를 이번에는 방바닥 위로 길게 내뿜었다. 그것은 보는 사람에게 한숨을 쉬는 듯한 인상을 주었다. 그는 고개를 숙인 채 여전히 두 눈을 뛰룩거렸다.

"지금 뭘 해?"

그녀가 물었다.

"사업해."

그가 대답했다. 담배 연기가 방바닥 위에서 부숴졌다. 그의 남방 셔츠는 땀과 먼지에 절어 있었다. 후줄근하고 철 지난 것이었다. 그녀가 다시 물었다.

"잘돼, 사업?"

"사업?" 그는 시선을 여전히 방바닥 위에 떨친 채 피식 웃었다. "부지런히 돌아다니면 신발 값은 나오지. 사업이래니깐 크게 생각하는 모양인데…, 사실은 외무 사원이야. 보증금 맡겨놓구, 전기 다리미를 떼어다가 월부나 일부로 파는 거지. 현금은 삼 할인 해주구 말야."

아, 월부 다리미 장수! 그녀는 맥이 빠졌다. 그녀는 자기가 빠져나오려고 애써 바둥대는 어떤 수렁 속으로 자꾸만 자기를 끌고 들어가려는 보이지 않는 손을 느꼈다. 그녀는 가느다랗게 몸을 떨었다. 운명이란 알 수 없는 것이었다. 그래서 사람들은 기적을 기다리면서 살아갔다. 그녀의 환자 중에는 그녀가 병실을 들어갈 때마다 "나 편지 안 왔어? 윤간호님, 나 편지 올 텐데,

응? 편지 말야, 나한테 편지, 응?" 하고 칭얼대는 사람이 있었다. 바로 그것이었다. 누구나 정도의 차이는 있었지만 무엇인가를 기다리면서 살아갔다. 설마 고등학교를 중퇴하고 군대에 들어와서 위생병으로 사십 개월을 근무하다가 나간 사람이 느닷없이 외과 의사가 되어 나타나리라고는 기대하지 않았겠지만, 그래도 무엇인가가 될 것이라고 기대했었음이 분명했다. 외과 의사야 역시 육 년 동안 대학을 다니고, 다시 오 년을 더 고생해서 실습과 견습 과정을 마친 다음, 마지막으로 전문의 자격을 딴 사람이 되었다. 박의사의 하숙집에 가보면, 그 동안 조금씩 주워 모아온 의료 기구가 골방으로 가득차 있었다. 그는 전문의 자격을 따자 곧 개업을 준비했다. 그는 지금 서면에 적당한 장소를 물색중이었다. 운명이란, 결국, 부모의 재산과 자기 자신의 많은 땀과 그리고 다소의 시간이 합쳐져서 되는 것인지도 몰랐다. 그렇다면 운명이란 알 수 없는 것이긴 해도, 지극히 정확한 것임에 틀림없었다.

"네 개쯤을 띠로 묶어서 등에다 짊어지고, 하나를 별도로 상자에서 꺼내어 견본삼아 한 손에다 들지. 그리구선 비루먹은 똥개새끼가 쓰레기통에 주둥이를 처박고 있는 한적한 주택가의 골목길을 뚜벅뚜벅 걸어가면서 좋은 전기 아이롱 하나 써보라고 고함을 지르는 거야."

그녀는 박의사가 그녀더러 이번 밤번이 끝난 다음에 해운대로 놀러가자고 했다고 고함을 지르고 싶었다. 그리고 자기가 지금쯤 그곳을 빠져나가서 아까 들어올 때 음침하다고 느꼈던 포장된 좁은 골목길을 똑똑 걸어가고 있기를 바랐다. 그렇다면 얼마나 좋을까. 그녀는 자기 혐오를 느꼈다.

"그래도 이게 팔리기만 하면 수입이 괜찮어. 하나에 이, 삼백 원은 먹거든. 하루에 세 개 팔기가 힘들어서 그렇지."

그는 턱을 괴고 있던 무릎을 내리고 재떨이에 담뱃불을 비벼서 껐다. 어깨뼈가 남방 셔츠 밑에서 앙상하게 드러났다. 나무 토막 같았다. 그녀는 그에게서 극심한 피로를 발견하고 지아민 주사를 놓아야 할 필요를 느꼈다.

"내가 이렇게 거기를 불러낸 건 무슨 별다른 뜻이 있어서가 아냐. 그저 여기까지 온 김에 한번 만나보고 싶었을 뿐이지. 진소위라고 있었지? 용인 여자 말야. 수원서 살고 있더군. 나는 모르구 불쑥 들어갔는데, 먼저 알아보구 깜짝 반겨주잖어. 맥주를 한 병 내와서 권하길래 마셔줬지. 그러면서두 다리미는 있다고 안 사드군. 임자 여기 있다는 거, 거기서 들었지."

그는 눈을 껌벅거리면서 혼잣말처럼 또박또박 말을 해나갔다. 그녀는 그의 눈 밑에서 거무스레한 반점을 보았다.

그녀는 앉은 채 의자 위에서 엉덩이를 비비적거렸다. 그리고 손가방을 열어서 그 속으로 손을 집어넣었다. 거기에는 오백원 짜리가 여섯 장—, 미리 준비해서 접어둔 삼천 원이 들어 있었다. 육 년 전 그들이 헤어졌을 때, 그녀는 그에게 오천 원을 주었었다. 그것은 경주 역전에 있는 한 무허가 하숙옥에서였고 그때, 그는 전방 부대로 전출되기 위해서 밤 열한시에 기차를 탔다.

"수위, 참 친절하던데? 처음엔 되게 우거지상을 짓더니, 인천서 온 사촌오빠래니깐, 자식, 금방 얼굴에 화색이 돌잖어. 조금 모자란 것 같기두 하구 말야. 저녁번 근무면 이제 슬슬 들어가봐야 되겠군?"

그녀는 이때라고 생각했다. 돈을 만지작거리고 있던 손가락 끝에 엷은 긴장이 왔다. 그 돈을 침대의 더러운 화학 섬유 이불 위에 내놓기만 하면 되었다. 방문은 두 발자국 저쪽에 있었다. 그 다음부터는 두 다리만 부지런히 움직이면 되었다. 일 분 이내에 포장된 좁은 골목. 십 분 후에는 병원의 정문…

그녀는 돈을 꺼내들고 엉덩이가 무거운 듯 비실비실 일어섰다. 손은 넓은 침대가 아니라 좁은 탁자 위로 갔다. 조심이 지나쳐서 새끼손가락이 재떨이의 가녘을 건드렸다. 그러자 쭈그러진 양은 재떨이는 기다렸다는 듯이 소리를 내면서 방바닥으로 떨어졌다. 꽁초와 타다 남은 성냥개비는 튀고, 재는 날고, 뱉아놓은 껌은 뒹굴었다.

그녀는 화가 났다. 좀더 자신을 가지고 냉정하게 움직이고 있기를 바랬지만, 어쩐지 자꾸 바보처럼 행동하고 있다는 느낌을 떨쳐버릴 수 없었다. 왜 나는 완전하지 못할까. 적어도 빙긋이 웃으면서 "그럼 잘 있어"라고 말하고 우아하게 그곳을 빠져나갈 수 있을 만큼조차 완전하지 못할까! 그녀는 말을 뱉아내기 위해서 입을 우물거렸다. 사내가 침대에서 엉덩이를 떼고 그녀 앞에 우뚝 섰다. 그녀는 그럴 생각이 전혀 없었는데도, 흩어진 담배 꽁초를 주워모으기 위해서 허리를 굽혔다. 그때 느닷없이 사내가 그녀에게 달려들었다.

극심한 피로와 영양실조를 염려했던 것은 그녀의 잘못이었다. 그에게는 아직 충분한 힘이 남아 있었다. 그는 그녀를 떠밀어서 침대 위에 넘어뜨렸다. 그녀는 반항하지 않았다. 그러나 이상하게도 그녀는 점점 더 차분해지고 냉정해졌다. 어떤 알지 못할 자신 같은 것이 되살아났다. 그녀는 두 눈을 감아버렸다.

그녀는 가난한 농부의 셋째딸로 태어났었다. 그녀가 간호 고등학교까지 졸업한 것은 거의 입지전적인 의지와 투쟁의 결과였고, 여성다운 집념의 소산이었다. 그녀는 이제 겨우 여름이 쌀한 톨 없는 보리밥과 강냉이와 설사만을 의미하지는 않는다는 것을 알게 되었다. 그녀는 차츰 도시의 편리와 사치에 익숙해져 갔다. 이백 미터나 떨어진 옹달샘에서 동이로 물을 길어야 했던 것은 각 층마다, 방마다, 나와 있는 수도꼭지의 편리함을 그만큼 더 느끼게 해주었다. 병원이라는 말조차가 비현실적인 것으로 들릴 만큼 사치스러웠던 그녀에게 이제 그것의 주인인 의사 선생이 같이 극장에 가기를 원하게 되었다. 삶은 고통이 아니라 기쁨이었다. 그녀는 이 기쁨을 놓치고 싶지 않았다. 그러나 이 모든 것들이 원래는 그녀의 손이 미치지 못하는 곳에 있었다는 불행한 암시가 끊임없이 그녀를 괴롭혔다. 한 뙈기의 땅에 여섯 식구의 목숨을 부쳐왔던 사람들은 역시 다리미 월부 장수가 제격인가! 그녀는 빌려 입은 남의 새 옷을 벗어버리고 몸에 맞는 제 헌 옷을 입은 듯, 온몸에서 힘을 빼버렸다.

밖에는 빗방울이 뚝뚝 떨어지고 있었다. 그녀는 외투 깃을 세우고 포도 위를 총총히 걸어갔다. 바람이 불어와서 먼지를 뿌렸다. 가로수의 바짝 마른 커다란 잎들이 길가의 하수구 위를 데굴데굴 굴러갔다. 구겨지고 더럽혀진 신문지 조각이 그녀 앞을 휙 지나갔다. 그녀는 문득 '피부과'를 생각했다. 어제 그를 사층 처치실까지 끌고 올라와서, 근무중인 그녀를 그의 코앞에 불러내어, "오빠가 면회 왔는데요, 윤간호님"이라고 말했던 것은 바로 피부과였다. 언젠가 진짜 사촌오빠가 들렀을 때였다. 그녀는 비번으로 기숙사에서 낮잠을 자고 있었다. 그랬는데도 바로 그 자식은 근무 시간중에는 면회 금지라고 우겨댔었다. 오빠는 밖에서 두 시간이나 기다려야 했었고, 막상 구내 다방에서 만났을 때는 기차 시간에 쫓겨서 변변히 차 한잔 들지 못하고 헤어져야 했었다. 병동 수위는 얼굴이 붉고, 코가 납작하고, 눈썹이 없었다. 그래서 간호원들은 그를 '피부과'라고 불렀다. 그 피부과가 그녀에게는 대단히 친절했다. 그녀는 그것이 별로 탐탁스럽지 않았지만, 그런 기분을 그에게 전달하는 일은 조금 힘이 들었다. 아마 곰이 그보다 눈치가 더 빨랐다.

 병원의 정문이 나타났다. 빗발 섞인 음울한 시월의 바닷바람이 건물의 모퉁이로부터 불어왔다. 흩어져 내려온 그녀의 머리칼들이 한쪽으로 휘몰아쳐졌다. 그녀는 고개를 뒤로 발딱 젖혔다. 포석 위에서 구두 발자국 소리가 딱 딱 딱 났다. 그녀는 희뿌연 오후의 공기 속에 묻혀 있는 병원 안으로 사라졌다. 빗발이 조금씩 굵어져갔다.

 간호원 기숙사는 암갈색의 단층 목조 건물이었다. 그것은 육층의 거대한 본관 건물 옆에서 딴 부속 건물들과 함께 초라한 모습으로 서 있었다. 그녀는 침침한 복도로 들어섰다. 바닥에 칠해진 경유 냄새가 코를 찔렀다. 그것은 언제나 그러했다. 그녀는 지난 이 년 동안 그 냄새를 맡아왔다. 그것은 이미 구급차의 경적 소리나 수술실의 소독약 냄새와도 같이 그녀 생활의 한 부분이 되어버렸었다.

 그러나 구월의 어느 날 오후에 귤 빛깔의 커다란 여행용 가방을 들고 처음으로 들어섰을 때, 그것은 얼마나 낯설었던가! 그리고 가령, 서문 시장에서 소매치기를 당하고 (화려한 꽃무늬의 잠옷을 골라놓고 손가방을 열었을 때 그녀는 대단히 당혹했었다) 일행보다 한걸음 앞서 혼자 돌아왔을 때나, 성탄절을 며칠 지난 어느 날 밤 유치원 꼬마들의 환자 위문 공연을 구경하고 나서 그 꼬마들이 만들어준 작은 비현실로부터 빠져나왔을 때, 첫눈이 몰래 내렸을 때, 그리고 이십 년 동안 보호자 노릇을 해준 외삼촌의 별세 소식이 그가 땅속에 묻힌 지 열흘 만에 날아왔을 때, 반복 속으로 묻혀 들어가서 보통이 되어버렸던 그 냄새가 어떻게 생활의 한 부분으로 확산되어 있기를 그만두고, 맨 처음 병원에 대한 첫인상의 일부로서 작용해왔었던 그 강렬함을 되찾았던가. 그녀는 그 냄새가 새삼스럽게 새로워진 것을 깨달았다. 그리고 그 냄새의 강도 속에서 지난날 그만한 강도의 강렬함을 가지고 그 냄새를 그녀의 의식 속으로 밀어넣었던 여러 가지 순간들을 한꺼번에 기억했다. 어두컴컴한 한쪽 구석에서 헌 옷을 포개 입은 뚱뚱한 노파가 마른걸레질을 하고 있었다. 그녀는 그리로 걸어갔다.

방문은 잠겨 있었다. 같이 방을 쓰는 명옥이는 아직 안 들어온 모양이었다. 그녀는 손가방에서 방문 열쇠를 꺼냈다.

"남해 아 오늘 저녁에 저물겠다 카드라. 니보고 대신 좀 나가돌라 안 카나."

노파가 말했다. 그녀는 문을 열다 말고 돌아서서 노파를 보았다. 노파는 그녀를 거들떠보지도 않고 긴 손잡이가 달린 걸레로 마룻바닥에 난 흙 발자국을 지우고 있었다. 그 노파는 말을 할 때에 상대방을 쳐다보아주는 법이 없었다. 그 노파는 그 병원에 아무도 확실히 알 수 없을 만큼 오래 있어왔다. 그래서 그 병원 안의 일이라면, 사건이든 사람이든 그 노파는 똑바로 얼굴을 돌려서 쳐다볼 필요가 없었다. 그저 몰래 한번 슬쩍 쳐다보기만 하면 되었다. 그녀는 한마디 무슨 말을 물어볼까 하다가 그만두고 방안으로 들어갔다. 노파에게 말을 걸어서 이득을 본 적은 한 번도 없었다. 그녀는 노파의 시선이 뒤꼭지에 와 닿는 것을 느끼면서 방문을 닫았다.

대신 나가달라고! 그녀는 옷을 벗을 생각도 하지 않고 침대 위에 걸터앉았다. 두터운 요 밑에서 커다란 철침대가 소리내어 삐걱거렸다. 뻔뻔스런 계집애! 그녀는 시계를 보았다. 미색의 외투 호주머니에서 손을 뽑고 소맷자락을 밀쳐서 손목 위에 얹힌 작은 시계를 들여다보자 문득 남의 방에 들어와 있는 듯한 기분이 들었다. 네시 근무 교대 시간까지 이십 분이 남아 있었다.

여관에서 저녁번 근무라고 말했던 것은 거짓말이었다. 사실은 밤 열두시부터 시작되는 밤번 근무였다. 그런데 이렇게 총총히 돌아왔던 것이 결국 남의 저녁번 근무를 때맞추어 해주기 위해서였단 말인가. 그녀는 옷을 입은 채 침대 위에 벌렁 드러누웠다. 그리고 발뒤꿈치를 서로 비벼서 구두를 벗어가지고 다리를 대롱거리면서 저만치 차 던져버렸다. 모르고 여덟시에 들어왔더라면 얼마나 좋았을까. 지금 다시 나가버릴까? 그렇게 해버린다면 얼마나 통쾌하랴. 이럴 경우엔, 사실, 배반이 양심이었다. 그러나 이따금씩 곁눈질을 흘금흘금 해가면서 열심히 청소를 하는 척하고 있는 저 절구통 같은 노파는 어찌할 것이냐. 바람벽처럼 움쩍도 하지 않는 그 노파로 하여금 그녀가 들어왔었던 것을 못 보아버렸었게 할 수는 없는 노릇. 그런데 그녀는 몰래 배반할 자신은 있었지만, 알게 배반할 용기는 없었다.

용기가 없다는 것은 커다란 손해였다. 세상을 소화불량증에 걸리지 않고 살아갈 수 있기 위해서는 적당한 양의 뻔뻔스러움과 무례함, 때로는 무지함이 있어야 했다. 모든 것을 너무 쉽게 받아들여버리는 것은 몸에 아주 해로운 일이었다. 현실이라는 것은 그것을 잘 받아들여주는 사람에게는 대단히 위압적이지만, 한번 그것을 거절해보면, 뜻밖에도 거절하는 방향으로 손쉽게 변모해주는 수도 있었다. 다시 말하면, 항상 고분고분할 것이 아니었다. 가다가 더러는 따귀도 갈겨주고, 침도 뱉고, 그리고 악다구니도 써야 했다. 남자의 손이 그녀의 허리께로 들어왔을 때, 그때가 바로 손바닥을 펴서 상대방의 뺨을 후려쳤어야 했을 때였다. 그랬더라면 혹시 냄새나는 여관방의 담뱃불 구멍이 검게 난 낡은 비닐 꽃장판의 더러운 방바닥 위에 그녀의 손가방이 내동댕이쳐지지는 않았을 것이다. 떡 벌어진 아가리로부터 그 손가방이 연분홍 휴지쪽과 입술 연지를 비죽이 내밀고 있지도 않았을 것이다. 그리고 그것을 주섬주섬 챙겨서 집어들기 위하여 기듯이 엉금엉금 허리를 굽혔던 처량한 일도 일어나지 않았을 것이다.

물론 전에 유행했던 어떤 유행가의 한 구절이 조금 큰 소리로 불려진 것을 들은 노처녀 장부장처럼, 수위의 정모를 벗겼다 씌웠다 하면서 호통을 칠 수야 없었다. 그러나 예쁘고 작은 처녀가 병동 수위의 낡은 책상 앞을 지나가면서 침을 한번 뱉아보인다면, 아무리 비윗살 좋은 피부과라 할지라도 조금쯤은 반성할 것이 틀림없었다.

만일 부피가 큰 노파가 이쪽을 쳐다보지도 않고, 이쪽에는 아주 불쾌한 내용의 이야기를 아무렇지도 않다는 듯이 혼잣말처럼 고시랑거릴 수 있다면, 이쪽은 노파의 말이 채 끝나기도 전에 마구 고함을 질러버릴 수도 있었다. 고함 정도야 성대만 튼튼하다면 얼마든지 지를 수 있는 일이었다. 노파는 깜짝 놀라서 입을 떡 벌리고 이쪽을 비로소 똑바로 쳐다볼 테지만, 그때는 이미 이쪽이 방안에 들어서서 문을 닫은 다음일 것이다. 아무리 노파가 병원에 오래 있었다 하지만, 설마 간호부장일 리야 없었다.

그랬더라면 지금쯤, 아마, 노파의 나이와 한국 여자의 평균 수명을 비교해보고 있지 않아도 되었을 것이다. 그를 빚어서 이 세상에 있게 해준 그의 부모가 들으면 결코 유쾌하지는 않을 천형병의 속칭으로 수위를 부를 필요도 없었을 것이다. 그리고 어쨌든 한때는 좋아한 적도 있었던 한 사내에 대해서 이와 같이 착 가라앉은 원한 같은 것을 품지 않아도 되었을 것이다. 오히려 그들에게 미안한 생각이나, 한 가닥의 동정을 느끼고 있을지도 모를 일이었다. 미안이나 동정이라면 그렇게 건강에 해로운 것이 아니었다.

그녀는 얼핏 든 잠에서 깨어났다. 날은 완전히 어두워져 있었다. 그녀는 네시 반이 되는 것까지 보고, 일어나야지, 일어나야지 하면서 잠이 들었었다. 그날 그녀는 조금 피곤했었던 모양이었다. 그녀는 일어섰다. 으스스 몸이 떨렸다. 불을 켰다. 일곱시가 지나 있었다. 그녀는 머리를 긁적거렸다. 그리고 하품을 하고 옷을 갈아입었다. 배가 고프다. 그러나 밥 생각은 없었다. 담요 속에 포근히 묻혀서 한숨 더 자고 싶었다. 밖으로 나오자 가랑비가 땅을 적시고 있었다. 그녀는 어깨를 웅크렸다. 그리고 한 손으로 머리를 가리고 본관 현관으로 뛰어갔다. 외등이 희미하게 빗속에 걸려 있었다. 사층 처치실에는 동료 간호원이 환자복을 입은 남자와 마주앉아서 사과를 깎아 먹고 있었다.

"어머, 언니유? 언니가 당했수? 난 명옥이 언니가 안 나오길래 이번엔 누가 걸렸을까 하고 궁금해했었다우. 근데 언니가 걸렸구려?"

"응." 그녀는 입술 위에 미소를 지어보였다. 그리고 머리를 끄덕거렸다. "아마 바쁜 일이 있는 모양이지."

"그 언니 바쁜 일이 별거 있수? 어디서 또 정체 불명의 가짜 오빠나 나타난 거지."

"가짜 오빠?"

그녀는 또 입술을 씰룩거리며 웃음을 흘렸다.

"사과 좀 잡숴보우. 이씨 오늘 면회왔었다우."

"그래?"

그녀는 사과를 한 쪽 집어들었다. 까실까실한 입 속으로 자극된 타액선이 침을 내보냈다. 한입 베어물자 향내가 쓴 입맛 속으로 스며들었다. 그녀는 갈증을 느꼈다.

"백간호 옆에는 항상 면회 왔다 간 사람이 있더라."

그녀가 말했다. 그리고 백간호원이 무안해할까봐 염려했다. 그러나 그녀는 "호 호 호, 언니두. 잡술 만허우? 난 벌써 세 알이나 먹었더니 이빨이 시큰하지 뭐유. 호 호," 하고 호들갑을 떨 뿐, 개의하지 않았다.

그녀는 백간호 곁에 앉았다. 맞은편의 이씨는 어깨를 웅크리고 앉아서 열심히 사과를 깎아 먹고 있었다. 아무도 그를 보고 알코올 중독자라 할 수 없었다. 그는 두 눈을 내리깔고 있었다. 얼굴색이 창백했다. 속눈썹이 길고 숱이 많았다. 우수가 서려 있는 것처럼 보여지기조차 했다. 나약하고 조그마한 몸집. 땅이 꺼질까봐서 걸음도 제대로 못 걷고, 누가 뭐라고 할까봐서 숨도 크게 못 쉬며 전전긍긍, 눈치만 살피고 사는 그런 인상이었다. 그러나 그가 한번 술에 취하기만 하면, 비록 몸뚱이는 조그마한 경량급이었지만, 그 병원 안에서 두 사람을 제외하고는 아무도 그를 말릴 수 없었다. 그 두 사람이란 그의 담당인 신경외과의 김 의사와, 방금 그의 사과를 세 개나 먹어버린 백간호원이었다. 가련할손, 젊음의 어리석은 섬세함이여. 그는 백간호 앞에서 말을 더듬기까지 했다. 그러한 그를 백간호원은 자랑으로 생각했다. 재미가 있는 모양이었다. 전기 충격 요법의 김의사가 그에게 무자비했다면, 미소짓는 그녀 또한 그러하였다. 윤간호원은 그날따라 그녀에게 미움을 느꼈다. 그녀는 사과 반쪽을 먹고 자리에서 일어섰다.
"나 한바퀴 돌고 올게."
그녀는 허기지고 고단해서 눕고 싶었다. 그녀는 머리를 흔들고, 책상 위에 있는 손전등을 집어들었다. 그리고 밖으로 나갔다. 이씨가 꼼짝도 않고 앉아서 먹던 사과쪽을 눈앞에다 대고 물끄러미 들여다보고 있었다.
입원실은 커다란 홀이었다. 병상이 넉 줄로 늘어서 있었다. 그녀가 들어가자 맨 갓줄에서 한 사내가 벌떡 일어나 앉았다.
"윤간호원님요, 아세피링 좀 주소."
"머리 아퍼요?"
"예. 마 골이 팍 깨질라 안 캅니꺼."
"어제는 배가 아퍼서 약을 먹었죠?"
"맞심더. 어제는 설사를 했지러. 막 줄줄 쌌심더."
"조금 참아보세요."
"아세피링이 없는기요? 그라모 마 과니찡이라도 주소. 할 수 있는기요. 형편대로 해야지러. 머리는 마 낼 아픕시더."
"배도 조금 참아보세요."

가을비 183

"보소, 보소. 둘 다 안 줄라 카는기요? 보소, 그랄 수가 있는기요? 둘 중에 하나는 줘야 될 기 아닌기요. 보소, 보소, 예? 허허 형."

그는 주먹으로 눈물을 닦으면서 울었다.

"조금 기다리세요."

그녀는 다음으로 갔다. 그 다음 두 사람은 꼼짝도 않고 죽은 듯이 누워 있었다. 한 사람은 반듯이, 또 한 사람은 모로. 그들은 그녀가 지나가도 움직이지 않았다. 그녀는 다음 사람에게로 갔다. 다음 사람은 누운 채 머리만 꼿꼿이 세웠다. 앳된 목소리로 그가 말했다.

"간호원님, 세코날 좀 주세요. 잠이 안 와요. 잠이 안 와서 죽겠어요."

"그럼 지금이 몇 신데 벌써 잠이 와요? 조금 기다려보세요. 그럼 잠이 오겠지요."

"아, 그렇군요. 그럼 이따 열두시에… 아시겠죠? 부탁합니다."

"그놈의 자석 세꼬날 주지 마소. 글마가 약 주모 묵는 줄 아요? 탁 빼각꼬 속에 든 히컨 가리는 땅바닥에 톡톡 털어뿔고 도로 빈 껍질만 딱 마쳐노요. 그래가 나중에 즈 애인 만나모 그놈 입에 탁 털어넣고 죽는 체키 헐라 칸다요."

돌아보았더니, 한 집 건너 다음 다음에서 그런 소리가 들려왔다. 그는 침대 끝에 걸터앉아서 두 다리를 대롱거리고 있었다. 그 사이에 있는 사람은 양쪽에서야 싸우건 말건 높다란 천장을 멀뚱멀뚱 쳐다보면서 열심히 혼잣말을 중얼거리고 있었다. 그녀는 그들 셋을 그렇게 다 두고 다음으로 갔다.

"아, 오늘밤에만 모으면 열 개가 된다, 열 개! 앞으로 열 개만 더 모아얘지. 휴."

 등뒤에서 그런 소리가 들려왔다. 그녀는 그가 진짜로 빈 캡슐만 가지고 있기를 바랐다.

 그때 저쪽 구석, 칸을 막아놓은 '특등실'에서 날카로운 고함소리가 났다. 주로 모음들이, 그 중에서도 특히 음성 모음들이 묘하게 모인 소리였다. 그것의 높낮이는 그곳에 내린 밤의 장막을 원시의 숲으로 만들기에 충분했다. 그것은 문명을 잊어버린 목소리, 짐승의 울부짖음이었다.

 그 소리는 끊어졌다가 다시 간헐적으로 들려왔다. 그러나 그 방안에서 그 소리에 주의를 주는 사람은 아무도 없었다. 아마 그들은 모두 자기들의 일에 태산같이 바빴던 모양이었다. 그녀는 그들이 그렇게 모두 제가끔의 일에 얽매여 있어서 아무런 '이상이 없음'을 하나씩 확인해나갔다.

 제오공화국의 대통령은 여전히 만세를 삼창했다. 그 옆의 꼬마는 농림부장관에서 재무부장관으로 전임이 되어 있었다. 화가는 그림을 그렸고, 시인은 시를 썼다. 작곡가는 집에 두고 온 악기를 튕기면서 연방 고개를 갸웃거렸다. 아마 그날도 역시 음정이 잘 맞아들어가지 않는 모양이었다. 서예가는 길 영(永)자를 써서 들고 고개를 끄덕거리면서 감탄했다. 그런데 그 글씨의 왼쪽 획은 한 치, 오른쪽 획은 네 치쯤 되었다.

 말을 잃어버린 남자는 누운 채 그녀가 걸어가는 데로 머리를 따라 돌렸다. 그리고 우는지, 웃는지 알 수 없는 표정으로 입을 벌리고 꺽— 꺽— 이상한 소리를 냈다. 돈이라도 세는 것처럼 한 손의 엄지손가락과 집게손가락을 눈 바짝 앞에서 열심히 비비고 있던 남자는 문득 그러기를 그만두고 손가락들이 얼마나 닳아졌는지 물끄러미 들여다보았다. 번듯이 누워서 까만 눈을 깜박거리는 사람. 사람이 지나가는데도 아랑곳없이 웃던 웃음을 계속해서 히이히이 하는 사람. 체머릿짓하면서 좌선하는 사람. 모로 누워서 손톱을 들여다보는 사람. 아예 관심의 문을 닫아버리고 바위처럼 요지부동인 사람.

그녀는 맨 끝에까지 왔다. 돌아서서 방안을 한번 훑어보았다. 문득 이상한 생각이 들었다. 그녀가 만일 캡을 벗어버린다면? 그래가지고 그들 중의 한 사람이 되어 그곳에 한 자리를 차지하고 누워버린다면? 말하고 싶으면 생각이 머릿속에 떠오르자마자 입 밖으로 내뱉아버리고 하기 싫으면 일 주일이고 이 주일이고 손금만 들여다보고… 그래도 누구 하나 이상하게 생각하지 않고… 그녀는 현기증을 느꼈다. 그래서 머리를 한번 털고 밖으로 나갔다. 입 안이 까실까실하고 입맛이 썼다. 그녀는 복도의 맨 끝에 있는 화장실로 갔다. 그리고 일을 보고 나오면서 수도꼭지에다 입을 들이대고 네 모금의 물을 마셨다.

처치실은 비어 있었다. 그녀는 책상 앞에 앉아서 그 위에 뺨을 대고 옆으로 엎드렸다. 바로 눈앞에 하얀 회칠을 한 벽이 있었다. 그녀는 눈을 깜박거렸다. 백간호원은 삼십 분 후에 들어왔다.

"언니, 자우?"
"아, 아니. 어디 갔댔어?"
"이층에."
"그래?"
"사과 좀 갖다주고 오는 길이지 뭐유. 호 호 호."
"그래?"

"이씨더러, 내 잘 아는 사람이 수술을 받고 회복실에 누워 있는데, 사과 좀 갖다줘도 괜찮을까 하고 물었더니, 입을 뾰로통해가지고 머리를 끄덕거리지 뭐유, 글쎄. 호 호 호."
 윤간호원은 애매하게 얼굴을 벙긋해보였다. 아, 너는 정말 뻔뻔하구나.
 "언니, 이씨가 그러면서 뭐라고 한 줄 아우? 그 누워 있는 사람이 남자요, 여자요, 이러잖어. 그래서 남자라고 그랬더니, 그럼 조금만 갖다줘요, 이래요, 글쎄, 언니. 호 호 호. 이 이야기를 이 층에 가서 하고 배꼽 뺐다우."
 "이씨는 어디 갔어?"
 "병실에 있겠죠."
 "그래? 한번 가봐."
 이씨는 병실에 없었다. 백간호원은 고개를 갸웃거리면서 들어왔다.
 "어디 갔을까?"
 "밖에 나갔나?"
 "외출증이 없는데 어떻게 빠져나가우."
 "돈은 다 뺏어놨어?"
 "예. 삼천오백 원 뺏어놨어요."
 "매점엔 안 갔을 텐데. 한번 연락해봐."
 "직접 갔다 오죠. 고것들 엉큼해요."
 백간호원은 구두굽 소리를 내면서 밖으로 사라졌다. 윤간호원은 멍하게 앉아 있었다. 흰 벽이 눈에 들어왔다. 뒤틀리고 이지러진 여러 개의 얼굴들이 하나가 되어 커다랗게 떠올랐다. 그것은 이씨의 얼굴이었다. 그리고 병실에 있는 많은 사람들의 얼굴이었다. 이 세상의 공기의 무게가 얼마나 가혹했길래 저렇게도 형편없이 찌들어져버렸을까. 숨통을 졸리기라도 한 듯이 그 얼굴들 아래에서 버둥대며 버르적거리고 있을, 그러다가 머지않아 기운이 다하면 축 늘어져버릴 수많은 팔들과 다리들. 그녀는 소름이 끼쳤다. 그 얼굴은 해파리처럼 흐느적거리면서 위로 조금씩 솟아올랐다. 그녀는 문득 그 속에 그녀 자신의 얼굴도 포함되어 있음을 보았다.

백간호원이 돌아왔다. 이씨는 매점에도 없었다.
"언니, 이씨가 매점에 맡겨놓은 돈 중에서 천 원을 방금 찾아갔대요. 맹꽁이 같은 자식, 처음엔 이씨 안 왔느냐니간 모른다구 머리를 절레절레 내어젓더니, 이씨가 돈 얼마 맡겨놨느냐고 넘겨짚으니까 오천 원 맡겨뒀다구 그러지 않우, 글쎄. 뭐 앞으로 먹을 외상값을 미리 받아놓은 것뿐인데 뭘 그러느냐면서, 그나마도 맡겨논 지 두 시간도 못 돼서 천 원을 빼갔다고 되려 투덜대지 뭐유, 언니. 아이 속상해. 그 자식, 혼구멍 좀 내줘야겠어요, 정말!"

그날 밤 열한시에 전깃불이 꺼졌다. 이씨는 그때까지 나타나지 않았었다. 윤간호원은 손전등을 찾아 들고 복도로 나갔다. 사층의 종합 스위치판은 복도 끝 화장실 앞에 있었다. 전에도 잘못 조정된 사람들이 그 앞을 지나면서 스위치를 빼버리는 일이 종종 있었다. 조그마한 철판 뚜껑은 벽 위에 얌전하게 닫혀 있었다. 그녀는 그 뚜껑을 열고 안을 비춰보았다. 스위치들도 모두 제자리에 넣어져 있었다. 그녀는 이상하게 생각하면서 자세히 들여다보았다. 그러자 스위치 밑에 있어야 할 수십 개의 작은 유리관 퓨즈들이 하나도 보이지 않았다. 그때 아래층에서 숙직 의

사가 올라왔다.
"어떻게 된 거야?"
그가 의사답게 소리쳤다. 그녀는 철판 뚜껑을 비춰보였다.
"누가 퓨즈를 빼갔어요."
"퓨즈를 빼가? 아 그, 거기다 자물통 하나 해달면 될 거 아냐. 관리과 놈들은 도대체 뭘 하고 있는 거야?"
그는 철판 뚜껑 안을 들여다볼 생각은 없는 모양이었다. 그는 머리를 한번 털고 돌아서서 아래층으로 내려갔다. 그는 아마도 바둑을 중단당한 것에 화가 났었다.
그녀는 처치실 쪽으로 갔다. 그때 문득 어떤 생각이 났다. 그녀는 처치실 문을 열려다 말고 홱 돌아섰다. 그리고 잽싸게 층계로 갔다. 그녀는 아래층 쪽은 쳐다보지도 않고 위층으로 뛰어올라갔다. 옥상에는 비가 내리고 있었다. 그녀는 숨이 찼다. 그녀는 옥상옥(屋上屋)의 처마 밑으로 얼굴을 내밀었다. 그리고 주위를 살폈다. 주위는 칠흑같이 어두웠다. 저만치 시커먼 물체가 보였다. 그것은 비를 맞으면서 옥상 화단의 바위를 끌어안고 끙끙거리면서 움직이고 있었다. 그녀는 그리로 손전등을 비췄다. 그때 옥상옥의 한쪽 모퉁이에서 또 하나의 시커먼 물체가 불쑥 나타났다.
"누고? 엉? 윤간호요? 헤 헤 헤. 나요, 나."
그녀는 깜짝 놀랐다. 그러나 곧 차분해졌다. 그녀는 꽃밭 위에 엎드려 있는 사람을 향해서 빗속으로 걸어갔다. 차가운 빗방울들이 목덜미 위에 섬뜩섬뜩했다. 미처 두 발을 떼놓기 전에 수위의 손이 그녀의 팔을 나꾸어챘다. 독한 술 냄새가 물큰 코를 찔렀다.

"놔둬. 저건 술 미치괭이야. 헤 헤 헤. 제딴에는 지금 죽구 싶어서 저러는 거야. 투신 자살을 해야겠는데, 몸무게가 일흔닷 근이라, 떨어져봤자 종잇장처럼 소용이 없을 것 같아서, 바윗덩이를 안고 떨어지겠다고 저 지랄이야. 헤 헤 헤. 자식, 술을 처먹었으면 완월동 색시 생각이나 할 일이지, 뒈질 생각부터 먼저 하니, 저놈의 새끼 인생도 볼장 다 봤지. 헤 헤 헤. 그러나 걱정할 건 없어. 저런 놈의 새끼, 뒈져라고 찬물 떠놓고 빌어도 안 뒈지지. 헤 헤 헤. 한번 바위를 뽑아다 난간 옆으로 갖다줘볼까? 안고 떨어지나 보게."

그는 그녀를 놓고 비틀거리면서 앞으로 걸어갔다.

"이 새끼야, 술을 똥구멍으로 처먹었니? 엉? 이 새끼!"

그는 구둣발로 엎드려 있는 사람의 엉덩뼈를 여지없이 걷어찼다. 엎드려 있던 사람은 끙 하면서 코를 흙탕물 속에 처박았다. 그리고 네 다리를 버둥댔다.

"헤 헤 헤."

그녀는 손에 들고 있던 손전등을 어깨 뒤로 높이 쳐들었다. 수위가 돌아섰다. 그녀는 그것을 그의 머리 위로 힘껏 내리쳤다. 퍽 하고 둔한 소리가 났다. 그는 땅에 쓰러졌다. 그녀는 건전지 두 개가 빠져나가버린 텅 빈 손전등의 대롱을 꼭 쥔 채 제풀에 흔들흔들 비틀거렸다.

"헤. 요것 봐라. 너 사람 한번 본때 있게 쳤다."

그는 한 손으로 머리통을 움켜잡고 일어섰다. 비틀거리다가 쓰러졌다가 다시 일어섰다. 그녀는 그대로 서서 그를 지켜보았다. 그는 일어섰지만 아직 몸을 가누지 못했다. 시계추처럼 흔들거리면서 발을 앞뒤로 헛딛고 있었다.

"너무 도도하게 굴지 말어." 그가 몸을 앞으로 기울이면서 말했다. "알고 보니 그렇고 그런 주제에." 이번에는 몸이 뒤로 기우뚱했다. "오늘 어떤 사람이 오후에 영화를 보고 나오다가 누가 어디로 들어가는 것을 보았다면, 짐작이 닿는 데가 있겠지." 그는 몸의 균형을 잡았다. 두 발을 떡 벌리고 서서, 상체만 앞뒤와 양옆으로 비틀거렸다. 이따금씩 장단이라도 맞추듯이 두 무릎이 교대로 갑자기 꺾어졌다. "박의사, 오쟁이 한번 멋있게 썼지. 원래 의사놈들이란 다 모자란 자식들이지만. 어때, 나하고 박가놈 오쟁이 한 번 더 씌울 생각 없어? 그래주면 피차 좋지. 끄윽— 암, 좋고말고."
 이씨가 흙탕물에서 얼굴을 쳐들고 일어섰다. 옷자락마다에서 물이 줄줄 흘러내렸다. 그는 두 손을 허공에다 허우적대면서 춤을 추기 시작했다. 그의 한 손에는 조그마한 꾸러미가 움켜쥐어져 있었다. 비는 계속해서 내렸다. 어디선가 통금 고동 소리가 들려왔다. 아마도 또 하루가 끝나고, 새로운 하루가 어디선가 먼 곳으로부터 시작되고 있는 모양이었다. 〔『월간중앙』, 1970. 8〕

우리 동네

버스가 다니는 한길에서 우리 동네로 들어가는 등외도로는 비만 오면 진흙밭이 된다. 길가에서 사는 사람들은 이따금씩 생각이 나면 구멍탄 재를 내다 던지고, 동네 안에서 사는 사람들은 드나들 때마다 한두 마디씩 입에 붙은 욕지거리를 꼭 내어뱉지만, 길의 형편에는 아무런 변화가 없다. 이 길이 이백 미터쯤 되는 곳에 동네 공동 수도가 있고, 길이 세 갈래로 갈라지는데, 거기서부터 동네가 시작된다.

동구 우물가에 변압기가 얹혀 있는 별나게도 큰 전봇대가 서 있고, 그 곁에 구멍가게와 대폿집이 나란히 붙어 있다. 다 찌그러져가는 대폿집은 회색으로 색이 바랜 비틀어진 판자문이 한쪽만 따져 있는데, 그 안으로 늙은이들이 서넛 앉아서 소주잔 너머로 수염들을 비비적거리고 있다. 이 동네 영감들은 술을 좋아한다. 아침에 그곳에서 보였던 비쩍 마른 그 얼굴들이 열 시간이 지난 지금도 그곳에 그대로 머물러 있다. 그들은 술집에서 술을 마시거나, 그 앞 양지바른 곳에 쭈그리고 앉아 술 마실 것을 골똘히 생각하면서 하루 해를 보낸다. 그들이 그곳에서 안 보이는 것은 동네에 초상이 났을 때뿐이다.

　술가게에서 길을 건너면 이발소가 있다. 창고처럼 블록을 쌓아올리고 소나무로 창틀을 해넣어서 지은 집인데, 동네 젊은이들이 출몰하는 곳이다. 그들은 우장 쓴 병아리처럼 머리가 길지만 이발을 하지 않는다. 그리고 거기에 십 분 이상 머무르지도 않는다. 그런데도 이발소에 가면 항상 그들을 볼 수 있다. 그들은 또 동네 술집에서 절대 술을 마시지 않는다. 그들이 주로 가는 곳은 시내다. 시내버스를 타고 십 분이면 가는 시내에서 그들이 무엇을 하는지는 아무도 모른다. 그들은 하루에 대개 세 번쯤 시내에 나간다.

　이발소에서 라디오 소리가 흘러나온다. 광고다. 광고라면 질색인 사람을 나는 하나 알고 있지만, 나로서는 아무렇지도 않다. 틀어놓기가 불찰이지, 일단 틀어놓았으면 시끄럽기야 어차피 마찬가지다. 젊은 애들 둘이 마주보고 손가락 끝을 딱딱거리면서 짤막한 광고 노래를 흉내내며 킬킬거리고 있다. 나도 웃음이 나오려 한다. 이발소 라디오는 다이얼이 셋인데, 그 중에서 하나는 코가 빠졌다. 그리고 가끔 한 대씩 얻어맞아야 제 소리를 낸다. 그러나 그 소리는 아직 기가 막히게 크다. 이 일대를 메우고도 남는다.

　이발소 주인은 키가 작고 머리통이 크다. 그래서 머리를 짧게 깎고, 기름을 발라 짝 갈라놓으면 돈깨나 있어 보인다. 사실, 이 동네에 부자 하나 날 뻔했다. 그는 서울서 여러 해 돈을 모은 끝에 어느 호텔 이발부를 막 경영하게 되었었는데 고만 일이 어긋나서 빈털터리가 되어버렸다. 일이 어긋났다고 하는 것은 그의 마누라가 바람을 피웠다는 얘기다. 그는 나와는 아주 친한 사이로 군대 동창인데, 이발병이었다. 지금은 별로 그렇지 않지만, 그땐 소총수였던 나는 그를 얼마나 부러워했는지 모른다. 그는 연대장 숙소에 몇 번 드나들다가 그 집 식모를 건드려버렸다. 그 식모는 그때 나이 열일곱으로, 연대장 부인의 먼 친척뻘 동생이었다. 그는 결국 그가 머리를 깎아주러 다녔던 연대장 아들들의 이숙이 되었고, 그 덕택으로 제대 후 서울서 비교적 순탄하게 자리를 잡는 듯했다. 그랬는데, 팔자에 없었던지 부뚜막에 무엇이 돌보지 않았던지, 그 마누라가 곗돈 다섯 몫을 타가지고 달아났다. 곗돈뿐이었으면 그래도 좋았겠는데 개인 빚도 있었다. 그는 그때까지 간신히 일궈놓은 조그마한 가게를 처분해서 빚을 갚고 낙향했다. 생각해보면 우스운 일이다. 이십 전에 출향관하야 십 년을 떠돌다가, 눈꼬리 밑에 잔주름만 늘어가지고 떠날 때와 마찬가지로 빈손으로 돌아왔다. 그는 지금 무허가 건물 속에서 이 고생을 하고 있지만, 술을 조금 좋아하는 것 말고는 그에게는 잘못이 없다. 그것도 요즈음에는 십 원짜리 대포 석 잔으로 참고 있다. 머리를 빗고 나올 때, 그가 나의 옆구리를 쿡 찌르며 이따가 우리집으로 오마고 말했다. 아마 오늘 저녁에 술이 조금 마시고 싶은 모양이다. 보통보다 많이 마실 때에는 그는 항상 나를 데리고 간다.

밖으로 나오자 영감 하나가 턱으로 나를 불렀다. 나는 그 앞으로 가서 공손히 절을 했다. 이 동네에서는 나는 노인들에게는 무조건 절을 한다. 그 영감은 술이 한잔 된 모양이다. 삼십에 과부되어 오십 평생 나 하나를 보고 살아온 홀어미를 혼자 놔두고 방을 얻어 나가다니, 그게 어디 인자의 도리냐고 점잖게 꾸짖었다. 나는 고개를 숙이고 들었다. 그리고 그에게 술을 한잔 사야 되리라는 것을 알아차렸다. 라디오에서는 님 그리워 밤에 우는 새가 흘러나왔다. 역시 소리가 크다. 나는 영감을 데리고 찌그러진 술집 속으로 들어갔다. 거기에는 영감 둘이 더 앉아 있었다. 하나 앞에 두 잔씩, 다 해서 여섯 잔. 돈으로 백이십 원. 그들은 소주를 좋아한다. 그러나 피골이 상접해서 한꺼번에 두 잔 이상은 감당하지 못한다. 알코올이 들어가봤자 흡수할 피하 지방이 없었다. 과연 술이 두 순배 돌자, 그 영감은 내가 왜 거기 있는지를 잊어버렸다. 그리고 자기가 낸 거나 진배없는 그 술자리가 신이 나서, 월남 간 셋째아들 이야기를 또 꺼냈다. 나머지 두 영감은 할 수 있느냐는 듯이 묵묵히 서로 바라보다가 술잔을 기울였다. 내가 자리를 뜨자 그들은 그저 머리를 끄덕거렸다.

밖은 어두워지고 있었다. 세 갈래 길 중에서 왼쪽 가닥은 우리 동네를 꿰뚫는 길이고, 가운데 가닥은 우리 이웃 동네로 가는 길이었다. 그리고 오른편으로 새 길이 나 있는데, 그리로 가면 산비탈에 있는 양계장이 나오고, 도중에 새로 생긴 문화 주택들이 들어서 있다. 이 새 길 일대는 옛날에는 허허벌판으로 보리밭이었다. 우리들은 거기서 연을 날렸고, 축구를 했고, 그리고 그루터기 싸움을 했다. 닭집이 생긴 것도 불과 몇 년 전이지만, 집들이 들어선 것은 더욱 근래의 일이다. 시냇사람들이 어불려서 땅들을 사더니 예상했던 것만큼 땅값이 치솟지 않자, 오십 평 안팎으로 땅을 나눠서 십칠팔 평짜리 집들을 짓고 블록으로 담을 튼튼히 쌓아올렸다. 평당 오륙만 원이 먹혔다는 이 집들은 대나무쪽을 새끼로 얽어서 흙을 발라 맞춘 우리 동네 집들과는 아예 비교가 안 된다. 내가 세들고 있는 것은 바로 이런 집들 중의 하나다. 우리 동네에서는 이웃집 정제에서 숟가락 떨어뜨리는 소리까지 들리는데, 이 집들은 도대체 벽돌을 얼마나 두껍게 쌓았는지 웬만큼 고함을 지르지 않으면 옆엣방에서 무엇을 하는지 알수가 없다. 옛날에는 산기슭에서 이리로 맑은 개울물이 흘렀었다. 우리들은 거기서 바위를 들추고 가재를 잡았다. 이 집들이 들어선 다음부터는 그 개울은 시멘트 바닥 속에 묻히어 하수구가 되었다. 그리고 그 하수구는 길이 세 갈래로 갈라진 데서부터 옛날 옛적과 마찬가지로 덮개 없이 동네로 들어가는 길을 따라서 썩은 시궁창물을 드러낸 채 흘렀다. 거기에는 콩나물 대가리와 부러진 칫솔에서부터 피임 기구에 이르기까지 별의별 것이 다 떠내려갔다.

그 골목으로 막 들어섰을 때, 저쪽에서 키가 장대 같은 사내 하나가 불쑥 나타났다. 그는 이 동네에서 힘이 제일 센 사람이다. 그는 다만 힘이 너무 세었기 때문에 두 번씩이나 형무소 살이를 했다. 첫번째는 기피자였을 때, 그를 붙잡아서 수갑을 채우고 끌고 간 순사를 발로 차고 묶인 손으로 쳐서 도망을 쳤다가 닷새 만에 자수를 해서였고, 두번째는 그때 무슨 밀가루던가, 하여튼 무슨 밀가루 분배가 잘못되었다고 해서 반장을 들이받아 이빨을 둘씩이나 부러뜨리고서였다. 그가 나를 알아보고 넙죽 절을 한다. 그는 나와 겨우 두 살 차이인데도, 나를 볼 때마다 형님, 형님, 하면서 깍듯이 존대를 썼다. 나는 그가 나에게 왜 그렇게 좋게 구는지 알 수 없다. 그렇다고 내가 그에게라고 딴사람에게보다 더 술을 받아준 바도 없고, 연전에 그의 아버지가 죽었을 때 남보다 더 부조를 했던 것도 아니다. 그에게 술을 사준다고 하면, 형님 술이라면 얼마든지라고 말하면서 서슴지 않고 따라왔다. 그러나 오십 원 어치 이상을 마신 적이 없었다. 나는 세상에 그보다 더 온순하고 선량한 사람이 있을까 싶지 않다. 나에게는 그보다 잘난 점이 하나도 없었다. 그는 국민학교밖에 못 나왔고 나는 고등학교를 중퇴했다. 그는 나보다 더 가난하고 고생을 더 했다. 그러나 이런 것들은 그가 나보다 못하다는 이유가 될 수 없었다. 반대로 그에게는 나보다 훌륭한 점이 얼마든지 있었다. 그는 어머니와 동생 다섯을 먹여 살리고 있었다. 그의 아버지가 죽은 뒤로 형편이 더 옹색해졌으리라고 생각할지 모르지만, 사실은 그 반대였다. 그의 아버지는 동네가 내놓은 술주정뱅이였다. 오히려 요즈음에 그의 형편이 조금 펴는 눈치였다. 그는 아무 일이든지 닥치는 대로 했다. 동네에서는 힘드는 일이 있으면 그를 불렀다. 내려앉은 들보 고치기와 구들장 놓기와 막힌 아궁이 트기에서부터 돼지막 치기, 뒷간 치기, 지붕 얹기, 땅 파기, 짐 나르기, 담 쌓기에 이르기까지 그가 하지 못하는 일은 하나도 없었다. 이 중에서 어느 한두 가지 일을 그보다 더 잘하는 사람은 있을지 모르지만, 이런 일 전부를 그보다 더 잘하는 사람은 아마 세상에 없었다. 내가 세든 집 앞집에서는 요즈음 부엌을 늘어내고 있는데, 그는 거기서 일을 하고 나오는 모양이었다. 나는 그를 본 지가 하도 오래되었으므로 가서 막걸리나 한잔 하자고 그를 끌었다. 그랬더니 그는 방금 교감 집에서 일을 끝내고 큰 사발로 한 잔 마시고 나오는 길이라면서 굳이 사양했다. 나는 나의 머리끝보다 더 높은 그의 어깨를 두어 번 두드려주고 그를 보냈다. 그는 연장이 든 자루를 장난감처럼 왼쪽 옆구리에 끼고 휘적휘적 어둠 속으로 걸어갔다. 아마 집에서 어머니가 저녁을 지어놓고 동생들과 함께 기다리고 있는 모양이었다. 그러한 그를 보고 있자 나는 심히 부끄러운 생각이 드는 것을 어쩔 수 없었다.

　마누라는 아직 돌아오지 않았다. 주인집 식모애가 문을 따주었다. 마누라는 시내 미용학원에 다녔다. 그녀는 큰길가에 미장원을 내는 것이 소원이었다. 한 달이면 될 거라던 것이 두 달이 지났는데도 잘 안 되는 모양이었다. 손잡이를 비틀어서 관청 사무실 문 같은 방문을 열고, 벽 중간께에 있는 스위치를 넣자 퍼뜩 퍼뜩 천장에 형광등이 들어왔다. 이 스위치를 넣는 일은 나에게 꽤 기쁨을 주어왔다. 그런데 오늘 저녁에는 스위치가 차칵 하고 불이 켜졌는데도 별로 즐겁지가 않았다. 그리고 신접 살림이라고 벌여놓은 것이 갑자기 소꿉장난처럼 우스운 생각이 들고 조금 낯설어 보이기까지 했다. 우리들은 육 개월 전에 결혼했고 이리로 이사온 지는 석 달이 되었다.

　마누라의 집은 형편없이 가난했다. 우선 밥 먹는 입을 하나 줄이자는 생각이 아니었던들 서른을 코앞에 둔 신랑에게 열아홉 살 난 딸을 선뜻 내주기가 어려웠을는지도 몰랐다. 내가 그녀에게서 받은 결혼 선물은 내가 사준 오백 원짜리 파이로트 만년필뿐이었다. 어머니는 호마이카에 자개 박힌 농까지 기대했었다. 그런데 신부가 가지고 온 것은 커다란 양철 트렁크 하나였다. 물론 태상 이불도 없었다. 나는 어머니에게 쪼끔 미안한 생각이 들었다. 그러나 어머니 말대로 새 각시를 내쫓아버릴 생각은 추호도 없었다. 나는 아직도 신부를 대단히 좋아한다. 그리고 어머니도 그 괄괄한 성미치고는 썩 훌륭하게 참아주었다. 우리가 어머니와 싸우고 방을 얻어 나온 것은 신부가 가지고 온 양철통을 내가 사주었다는 사실이 들통이 났을 때였다. 처음 이곳으로 옮겨왔을 때, 죄인과 같은 기분이었던 우리들에게 높은 천장과 두꺼운 벽과 튼튼한 담과 깨끗한 변소는 많은 위안을 주었었다.
 집주인 부부는 또 싸운 모양이었다. 여자가 물건을 내동댕이치는 소리가 들린다. 남자는 나가고 없다. 그는 항상 싸우고는 곧 나가버린다. 내가 생각하기에도 그것은 영리한 처사다. 여자는, 머리라도 싸매고 드러누워버리면 좋을 텐데, 식모애를 들볶으면서 기를 쓰고 보통 때처럼 집안일을 한다. 그러자니 손끝에 닿는 가장집물이 곱게 제자리로 돌아갈 리 없다. 그 물건들이 모두 남편이 사준 것들일진댄, 딴은 남편에게 앙갚음이 될 법도 하다. 밥 먹고 사느라고 하는 싸움만 칙칙하고 질긴 줄 알았더니, 밥 먹고 살고 나서 하는 싸움도 못지않게 칙칙하고 질겼다. 그들의 싸움에는 처음에는 여자가 하나 끼어 있는 듯했다. 그랬는데 두꺼운 벽을 뚫고 들려오는 소리를 종합해보면, 여자뿐만 아니라 남자도 하나 그들 사이에 끼어 있음이 분명했다. 내용은 잘 모르지만 기세로 보아서 그들에게 평화가 쉽사리 찾아올 것 같지 않았다.
 마누라는 십 분내에 들어올 것이다. 나는 옷을 벗을 생각도 하지 않고 방 한가운데에 웅크리고 앉았다. 옆방에서 미닫이를 밀어붙이는 소리가 났다. 어린애가 울었다. 그리고 그쪽 부엌에서 집주인 여자의 높고 급한 목소리가 들려왔다. 아마 그녀는 열세 살 난 식모애가 쥐새끼만하다고 생각하는 모양이었다. 냄비 뚜껑 내동댕이치는 소리가 났다. 밥그릇들이 부딪히는 소리가 났다. 부엌 바닥 위에서 무슨 철물이 발길에 걷어차이는 소리가 났다. 그런 소리들이 날 때마다 나는 나의 두 어깨가 움찔거리는 것처럼 느껴졌다. 그리고 막상 그 사이사이에 아무 소리도 나지 않는 순간이 계속되면, 나는 그 다음 소리를 열심히 기다리고 있는 것같이 보였다. 나는 화가 났다. 탁상시계 옆에서 목침만한 라디오를 끌어내렸다. 다이얼을 틀었다. 즉시 소리가 났다. 그래서 즉시 꺼버렸다. 배가 고팠다. 그러나 밥 생각은 없었다. 나는 일어섰다. 방문이 빼긋이 열려 있었다. 그리로 가서 어깨로 문짝을 밀었다. 기분 좋게 열렸다. 이 문은 항상 기분 좋게 열렸다. 나는 밖으로 내려 서서 신을 신고 문을 닫았다. 손잡이를 조금 돌려주자 챌걱 하고 문이 꼭 닫혀졌다. 김가가 우리집으로 오겠다고 했으면, 내가 그의 집으로 가도 되는 것이 아니냐, 나는 문득 그런 생각을 했다. 내가 철제 대문을 따고 밖으로 나갔을 때, 안에서는 유리 깨지는 소리가 났다.

김가는 아직 이발소에 있었다. 손님은 하나도 없었고, 단 하나의 종업원인 국민학교를 갓 나온 그의 조카가 막 문을 나서고 있었다. 나는 그를 끌고 건너편 대폿집으로 가려 했다. 그랬더니 그가 밖으로 나가자고 했다. 여기서 밖이라고 하면 버스가 다니는 한길가를 의미했다. 아마 그는 술집을 바꾼 모양이었다. 나는 내심 다행스럽게 생각했다. 그는 쇠덕 어멈의 단골이었고 쇠덕 어멈은 반장이 데려다놓은 여자였다. 그녀가 반장 사람이라는 것은 동네가 다 아는 일이었는데, 혹시 그만이 모르고 있는 것이나 아닌가 해서 나는 은근히 걱정을 해왔었다. 이제 아마 그런 걱정은 안 해도 좋게 된 모양이었다. 큰길가에 나가면 술집에 각시들이야 얼마든지 있을 터였고, 거기서부터 시내까지 십 리에 걸쳐 있는 술집들의 각시들을 모조리 상관한다 해도, 누가 말 한 마디나 할 것인가. 우리들은 팥죽 같은 길을 터벅터벅 걸어갔다.

그는 벌써 단골집을 만들어놓은 모양이었다. 어느 술집으로 우리들이 들어가자 하품을 하고 있던 주모가 반색을 하며 우리들을 맞았다. 우리들은 그녀가 안내하는 대로 술청을 지나 안방으로 들어갔다. 코흘리개 계집애가 엎드려서 동강 연필에 침을 발라가며 공책에다 무엇인가를 열심히 쓰고 있다가, 주섬주섬 챙겨가지고 방을 비워주었다. 나는 강아지 새끼처럼 코를 벌름거리며 방안 구석구석을 두리번거렸지만, 그는 척 앉아서, 그 큰 머리통을 벽에다 기대고 두꺼비처럼 두 눈만 껌벅거렸다. 그는 술이 들어올 때까지 그러고 있었다.

 술이 한잔 들어가자, 그가 불쑥 도로 서울로 갈까보다고 말했다. 그래서 나는 그의 계절병이 도졌구나고 생각했다. 그는 여기 내려온 지 이태가 채 못 되었는데, 그 동안에 벌써 다섯 번도 더 봇짐을 쌌다. 처음에는 사람들이 더러 놀라주었지만, 이제는 아무도 그 보따리가 서울역에 가서 떨어지리라고는 생각지 않았다. 처음 그가, 그도 한때는 신당동 로터리에서 종업원을 여섯씩이나 데리고 영업을 했었는데, 그 중에는 자격증을 가진 제대로 빠진 이발사가 하나, 여자 면도사가 둘씩이나 있었다고 말했을 때, 사람들은 모두 깊은 감명을 받았었다. 그리고 여기서 지금 이렇게 고생을 하고 있는 그는 진짜 그가 아니고, 옛날의 그가 진짜 그일는지 모른다고 생각했었다. 언제고 한번쯤 그가 진짜 그가 될 날이 있을지도 모를 일이 아니냐고 은근히들 두려움과 부러움을 느끼기조차 했었다. 그랬는데, 두 해가 다 되도록 그의 옹색한 형편에는 아무런 변화가 없었다. 그는 여전히 다섯 모금을 뺀 다음에는 꼭 담배를 껐고, 끈 꽁초는 입으로 훅 불어서 담뱃진을 뺀 다음, 소나무 창틀에다가 간수했다. 그의 얼굴은, 그들의 얼굴과 매한가지로, 굳기름과 흰자질이 모자라서 누렇게 뜨고 굵은 주름살이 잡혔다. 사람들은 차츰 그들이 그를 너무 존경했던 것은 아닐까, 적어도 너무 동정했던 것은 아닐까 하고 후회하기 시작했다. 그들의 후회는 옳았다. 결국 그는 단순히 그들 중의 하나에 지나지 않았다. 그들은 그를 능멸하기 시작했다. 자기들보다 결코 나을 것이 없는 사람을 잠시나마 존경했다는 것은 참을 수 없이 억울한 노릇이었다. 그는 그럴수록 더욱 "나도 한때는…" 식으로 그들에게 반발했다. 그리고 조금씩 그들과 같은 사람이 되어갔다. 대항하는 것은 같아지는 중요한 한 방법이었다. 이제는 설사 그가 진짜로 서울을 간다고 하더라도 놀랄 사람은 하나도 없었다.

나는 덤덤히 그의 얼굴을 쳐다보았다. 그는 눈을 내리뜨고 한쪽 어깨를 치켜들더니, 바지 호주머니에서 무엇을 꺼내가지고 나에게 던졌다. 편지였다. 나는 그것을 집어들었지만 임자가 있는 데서 남의 편지를 읽고 싶은 생각은 별로 없었다. 그가 거듭 읽어보라고 재촉했다. 그것은 연대장 부인에게서 온 편지였다. 연대장은 지금은 어느 국책 회사의 이사로 있는 모양이었다. 내용은 대개 이러하였다. 한번 고향으로 내려간 뒤 해가 바뀌고 또 바뀌어도 일자소식 없음은 심히 무심한 일이고 그 동안 어린것들이 어미 없이 무병하게 자라는지 궁금하며 고생 끝에 낙을 못보고 심신에 상처만 입은 채 아주버니가 한촌에서 어떻게 지내는지 진실로 민망한 마음 금할 길 없는데 집을 나간 년이야 백번 죽어 싸지만 더구나 지고 나간 돈을 홀랑 날렸음에야 그 죄 만사무석이라 입이 백 개 있어도 오히려 말을 못 할 것이매 진즉부터 죄인이 집에 와서 기거를 같이하고 있으면서도 이렇게 몇 자 소식 전키가 힘들었음이라 항차 누구더러 서울로 올라오라는 말을 어찌 할 수 있으리오 다만 다행스럽게도 기철이 아빠 다니시는 회사에 근래에 구내 이발소 책임자 자리가 비었기로 혹 뜻이 어떠할지 알 수 없어 우선 그 후임 물색을 못 하게 해놓고… 운운. 나는 편지를 대강 훑어보고 그에게 내어던졌다. 그리고 노한 목소리로 정말 가겠느냐고 소리쳤다. 그는 묵묵부답, 잠시 코끝만 내려보고 있다가, 그럼 어쩌겠느냐고 되물었다. 아마 그는 올라가기로 마음을 굳힌 모양이었다. 그의 처가 가지고 달아났던 돈 중에서 세 칸의 하나는 연대장 부인이 '오야'로 있는 계의 곗돈이었었다. 그리고 그가 집을 팔아서 맨 처음에 갚은 돈도 바로 그 돈이었었다.

나는 그와는 친한 사이였지만, 사실은 내심 그를 비웃어왔었다. 서울놈 못난 것은 고창놈 ×만도 못하다더니, 서울물 십 년 마신 끝장이 그래 겨우 요거냐. 그리고 그의 실패에서 많은 위안을 받아왔다. 그는 서울 가서 십 년을 고생해봤자, 앉은 자리에서 배추 구덩이만 파다가 십 년을 보내버린 사람보다 더 못 될 수도 있다는 좋은 본보기였다. 마음 한구석에서는 그가 혹시 운이 트여서 서울 시내 큰길가에 다시 가게라도 차리게 되면 어떡하나 하고 은근히 근심을 했었다. 내가 그보다 못하다는 분명한 증거가 되는 얘기지만, 나는 그를 한번도 동정한 적이 없었다. 그랬는데, 이상하게도 오늘 저녁 나는 갑자기 그에게 깊은 연민의 정을 느꼈다. 부러우리라고 생각했었는데 천만에, 불쌍하다는 생각이었다. 나는 그를 동정했고, 그리고 그가 나보다 못하다는 것을 깨달았다. 그러나 마음은 조금도 즐겁지 않았다. 나는 그가 내미는 대로 술잔을 받아 마셨다. 그도 마찬가지였다.

우리들은 이차를 갔다. 술이 취해왔다. 나는 더 하고 싶었지만 그가 사양했다. 그래서 우리들은 큰길가에서 술이 취한 채 헤어졌다. 술은 취했지만 나는 그가 우리들이 처음 갔던 술집으로 들어가는 것을 볼 수 있었다. 그도 역시 술은 취했지만, 의견은 멀쩡한 모양이었다. 버스들이 불빛을 휘두르면서 달려오고 달려갔다. 시내버스도 있었고, 시외버스도 있었다. 시외버스 중에는 바퀴가 포도 위에 짝 달라붙듯이 달리는 고속버스도 있는 듯했다. 그러나 그것이 미국제인지, 독일제인지, 일본제인지는 알 수 없었다. 역시 술이 취하긴 조금 취한 모양이었다. 나는 큰길가에서 잠시 비틀거리다가, 갈뫼 마을에 또 인구가 줄어드는구나고 생각하면서 골목으로 접어들었다.

 폭 이십 미터의 넓고 포장된 길에서 폭이 채 삼 미터도 못 되는 팥죽 같은 길로 들어서자, 우선 다리가 알아보고 더 비틀거렸다. 부지런히 두 발을 놀렸는데도 길은 좀처럼 줄어들지 않았다. 누가 다가왔다. 그가 내 곁을 지날 때 그와 나는 몇 마디 말을 주고받았지만, 그것이 무슨 말이었는지 나는 알 수가 없었다. 그가 뭐라고 하긴 분명히 했는데, 그게 무슨 말이었는지, 그리고 내가 분명히 대답은 했는데 뭐라고 대답을 했는지, 전혀 알 길이 없었다. 그러나 그를 딱 보았을 때, 나는 대번에 그가 누구라는 것을 알아차렸다. 공부를 제일 많이 한 놈. 대나무집 짐샌네 셋째놈. 이 동네 생기고 처음 난 대학생. 대학 졸업자. 전사한 형님의 연금 통장을 아버지와 싸워가지고 뺏아낸 놈. 나의 국민학교 후배. 생업이 없이 서울이나 오르락내리락하는 놈. 큰애기들을 데리고 향원사로, 돌고개로, 서운포로, 제빗골로, 초산으로, 철따라 놀러 다니는 놈. 장가도 여태 안 간 놈. 술은 못하고 담배만 하루에 한 갑씩 피우는 놈. 아리랑이 떨어지면 아비 풍년초를 훔쳐서 주간 잡지 조각으로 말아 피우는 놈. 주간 잡지는 꼭꼭 사보는 놈.

알아차렸을 정도가 아니라, 그가 지금까지 나에게 십 년, 이십 년, 삼십 년에 걸쳐서 주어온 인상들의 전부가 한꺼번에 불쑥 떠오르는 듯했다. 나보다 다마를 이십이나 더 잘 치는 놈. 구멍이 뻥 뚫린 러닝 셔츠에 보릿대 모자를 눌러쓰고 맨발로 밭에서 곧잘 괭이질을 하는 놈. 열흘이고 스무 날이고 동네를 훌쩍 떠났다가, 아침 식전에 어슬렁어슬렁 기어드는 놈. 싱겁고, 맺힌 데가 없이 머쓱한 놈.

또 누가 나를 지나쳤다. 역시 우리들은 말을 주고받았다. 그러나 이번에도 나는 그것이 무슨 말이었는지 알 수 없었다. 그는 아까 나에게 인자의 도리에 대해서 얘기했던 노인과 함께 이 동네에서 제일 점잖은 사람이었다. 그는 잔칫날이 아니면 술을 마시지 않았고, 더운 여름날에도 동네 당산나무 밑에 있는 평상에서 네 활개를 펴고 낮잠을 자는 법이 없었다. 그는 얼굴 가죽이 허옇고, 뼈다귀가 곰살맞아서 촌티라고는 조금도 없었다. 그리고 붓글씨를 잘 썼다. 나는 어렸을 때, 그의 집 사랑채에서 그가 붓글씨 쓰는 것을 구경했던 일을 지금까지 기억하고 있다. 그런데 근래에는 그는 통 글씨를 쓰지 않았다. 그에게는 자손이 없었다. 그의 첫 부인은 죽었고, 둘째 부인은 달아났고, 셋째 부인이 지금 있는 여잔데, 옛날에 그 집의 종이었다고 한다. 나는 그를 존경했었다. 특히 어렸을 때는 그를 굉장히 훌륭한 사람이라고 생각했었다. 그랬는데, 언제부터서인지 그를 전혀 존경하지 않게 되었다. 그것은 반드시 그가 아편쟁이라는 것을 알았기 때문만은 아니었다. 언제쯤이었는지, 또는 무슨 일이었는지는 전혀 기억이 없지만, 우연한 일로 그가 나보다 별로 나을 것이 없다는 것을 알았다. 나는 나 자신을 잘 알고 있었다. 추잡하고, 비열하고, 교만하고, 욕심 많고, 이기적이고, 소심한 놈이었다. 그러한 나와 비슷한 사람을 존경할 수는 없었다. 나이를 먹어감에 따라서 나는 세상이 추악하다는 것을 조금씩 알게 되었다. 그리고 나보다 먼저 나이를 먹었던 사람들이 그 정(情)을 알면서도, 딱 덮어놓고 턱수염이나 만지작거리면서, 그렇지 않은 것처럼 행세했었던 것에 대하여 노여움과 역겨움과 우스꽝스러움을 한꺼번에 느꼈다.

이번에는 등뒤에서 누가 불쑥 나타났다. 여자였다. 그녀는 나와 뭐라고 몇 마디 지껄이고는, 나를 앞질러서 재빨리 동네 쪽으로 사라져갔다. 그녀의 걸음이 빨랐던 것이 아니라 나의 걸음이 느렸던 모양이었다. 여자에게는 개성이 없었다. 여자는 단순히 큰애기이거나, 뉘 집 댁이거나, 아무개 모(母)이거나, 무슨 집 할머니였다. 그녀는 광필이 어머니임이 분명했다. 아니, 종규네 어머니였다. 또는 덕삼이 어머니일지도 몰랐다.

동네 쪽에서도 또 한 사람이 다가왔다. 그는 자전거를 타고 나를 지나갔다. 우리들은 아무 말도 주고받지 않았다. 그는 모르는 사람이었다. 그는 이 동네에 와서 집을 짓고 살기 시작한 지가 일 년이 넘었지만, 아무도 그가 누구인지를 몰랐다. 반장에 의하면, 그는 아들만 셋을 가진 사람으로, 시내에서 전화까지 놓고 포목점을 경영했는데, 적십자 회비를 이백 원씩이나 냈었다. 동네 사람들은 그가 이사왔을 때 막걸리와 팥죽을 얻어 먹었었다. 그리고 나는 언젠가 비 오는 날 그가 타고 들어온 택시가 방향을 돌리다가 구멍가게 앞에 놓아둔 두부통을 들이받아 엎질러버리는 것을 재미있게 구경한 적이 있었다. 차의 뒷바퀴가 수렁 속에서 헛돌았던 것도 이 동네에서는 구하기 힘든 구경거리였었다.

이 동네에서는 순사가 자전거만 타고 들어와도 어린 아이들이 열 명씩 스무 명씩 그 뒤를 따랐다.

  동네 어귀에 거진 이르렀을 때, 또 한 사람이 나타났다. 그는 나를 보고 뭐라고 지껄이면서 내 옆으로 다가왔다. 나는 재빨리 한 팔로 그의 목을 껴서 숨통을 졸이고, 또 한 팔로 그의 머리통을 쥐어박았다. 그는 이 동네에서 제일 못난 놈이었다. 참말로, 나올 때 봤더라면 짚세기짝으로 틀어막아버렸을 놈이었다. 그는 사지를 버둥대다가 내 팔로부터 빠져나가자 킬킬거리면서 달아나버렸다. 아마 그를 뱄을 때, 어미가 오징어나 가오리를 먹었음이 틀림없었다. 대개 어느 동네에나 그와 같은 애가 하나씩은 있었다. 그는 온 동네 어린애들의 놀림감이었었다. 그 중에서도 내가 특히 짓궂었었다. 그의 어머니는 우리집에 쫓아와서 악다구니깨나 썼었다. 그랬는데 차차 커감에 따라서 언제부터인지 모르게 우리들은 친구가 되었다. 나는 그를 좋아하게 되었고, 내가 그를 좋아하자 그도 나를 좋아했다. 그는 나이가 나보다 다섯 살 아래였다. 그러나 얼른 보기에는 스무 살도 채 못 돼 보였다. 그의 얼굴 위에 징글맞게도 깊이 패인 몇 날의 주름살들이 그의 나이를 모조리 빨아들여버린 모양이었다.

  공동 수도 꼭지가 있는 동구에 이르자 갑자기 기분이 우울해졌다. 사람들이 너덧 쭉 둘러서서 나를 노려보고 있었다. 울적한 기분에 위압당한 듯한 기분이 겹쳐왔다. 그래서 나는 느닷없이 꽥 하고 고함을 질렀다. 그랬더니 한 사람이 달려와서 나더러 술이 취했다고 말했다. 나는 그렇다고 대답했다. 그러자 그가 그럼 집으로 들어가야 될 것이 아니냐고 말했다. 그래서 나는 지금 집으로 들어가는 중이라고 대답했다. 그랬더니, 그가 그럼 그냥 집으로 들어가지 왜 악을 쓰느냐고 물었다. 그래서 나는 그들이 나를 노려보고 있었기 때문에 악을 썼다고 대답했다. 그랬더니 그들은 일제히 그들 중의 누구도 나를 노려본 적이 없다고 말했다. 그리고는 한 사람은 여자 목소리로, 자기는 빨랫비누를 사러 나왔다고 말했다. 그리고 또 한 사람은 공장에 간 딸이 들어올 때가 되어서 마중나왔다고 말했다. 그리고 또 한 사람은 저녁을 먹고는 하도 심심해서 혹시 무슨 재미있는 일이나 없을까 해서 한번 나와보는 참이었다고 말했다. 그리고 또 한 사람은 자기는 매일 이맘때쯤이면 집에 별로 할 일이 없으므로 재미있는 일이 있든지 없든지 꼭 우물터에 나와보는 것이 습관이라고 말했다. 그리고 마지막 한 사람은 거기에 그렇게 서서 빨랫비누도 팔고, 고함지르는 것도 구경하고, 하는 것이 자기의 직업이라고 말했다. 그는 구멍가게 주인이었다.

    세탁비누를 사러 나온 여자는 기성이 어머니였다. 그녀는 이 동네에서 제일 힘이 세고 제일 덩치가 큰 사람을 낳았지만, 그녀 자신은 체구가 작았다. 나는 그것을 항상 궁금히 여겨왔었다. 그렇다고 작고한 기성이 아버지가 거구였던 것도 아니었다. 나는 그녀 곁으로 다가갔다. 그리고 그녀를 부축하고 동네 쪽으로 내려가면서 아까 기성이를 만났었다고 말하고, 참 착실하고 건장한 아들을 두어서 듬직하겠다고 말했다. 그랬더니 그녀는 자식도 품안엣적 자식이지, 그저 나이 차면 다 제 짝 만나서 즈그 자식 새끼 낳고 살아야 옆에서 보기도 좋지 않겠느냐고 코멘소리로 대답했다. 그리고 나더러 취했으니 그만 돌아서서 집으로 가보라고 말했다. 그러나 술 취한 사람더러 술이 취했으니 어떻게 하라고 하면 절대로 그렇게 하지 않는 것이 보통이었다. 사실 내가 술이 취하지 않았으면 친구의 어머니를 붙들고 여기서 이러고 있을 리도 없었다. 나는 어머니에게 자식을 칭찬하는 빈말로가 아니라 참말로, 나 같은 놈은 열 번 죽었다 깨어나도 기성이 발밑을 못 따라갈 것이라고 말하고, 기성이를 볼 때마다 죄지은 사람 같은 기분이 들고 부끄러운 생각을 금치 못한다고 말했다. 그러자 그녀는 문득 걸음을 멈추고 나를 물끄러미 쳐다보면서, 그건 참으로 이상한 일이라고 말했다. 기성이는 술만 마시면 경철이 형이 부럽다고 말하고, 그리고 자기는 경철이 형을 따라가려면 맨발 벗고 가도 못 따라간다고 푸념을 하는 모양이었다. 이번에는 내가 걸음을 멈췄다. 가슴이 썰렁해졌다. 그리고 그 찬기에 온몸이 싸늘해지는 것 같았다. 참 이상한 일이었다. 그녀는 자기 아들이 얼마나 포악하며, 얼마나 지독한 도둑놈인가를 말하고 있었다. 내가 여기서 이러고 있는 것은 나라는 놈이 기성이보다 형편없이 더 못난 놈이라는 사실을 확인하기 위해서였다. 그런데 지금 나는 그 기성이보다 훨씬 더 훌륭한 사람이 되어가고 있었다. 그것은 나의 본의가 아니었다. 나는 얄궂은 마음이 되어, 기성이 어머니와 작별하고 집을 향해서 돌아섰다. 술꾼들은 흔히 집 앞에 와서 정신을 잃는다고 하는데, 이상하게도 나는 집이 가까워질수록 정신이 말짱해져갔다.

처는 집에 들어와 있었다. 그녀가 문을 따주면서 어머니가 와 계신다고 말했다. 동바윗골 어머니냐고 묻자, 그녀는 그게 아니고 이 동네, 갈뫼마을 어머니라고 대답했다. 동바윗골은 재 너머 그녀의 친정이 있는 동네였다. 한길에서 이십 리나 들어간 산골로, 보매는 가리키는 사람의 손가락 끝에 있었지만 남자의 걸음으로도 두 시간이 팽팽하게 걸리는 곳이었다. 아직 초저녁이었는데도 집 안은 조용했다. 이 괴괴한 정적은 항상 나를 억압했다. 나는 어깨를 움츠리고 우리 방안으로 갔다. 조심을 했지만 담벽에 어깨를 두 번이나 부딪혔다. 방문을 열자, 역시 기분 좋게 열렸는데, 어머니가 방석에 화투짝을 펼쳐놓고 앉아 있었다. 어머니는 처와 돈내기 화투를 치고 있던 판이었다. 내가 들어가자 어머니가 왜 이렇게 늦었느냐면서 항상 술을 마시느냐고 물었다. 어머니 목소리는 언제 들어도 남자 목소리 같다. 목이 칵 쉰 어떤 여자 가수, 그 노래를 첫머리만 들어서는 얼른 여자인지 남자인지 분간할 수 없는 그 가수의 목소리다. 처는 저녁을 차리는지 바깥에서, 처마 밑에서, 사과 궤짝 위에다 냄비 뚜껑을 딸그락거리고 있었다. 나는 옷을 벗을 생각도 하지 않고 처의 자리에 주저앉았다. 그리고 두 팔을 두 다리 사이로 세워서 몸을 기대고 화투판을 들여다보았다. 어머니가 대신 칠 생각이 있느냐고 물었다. 그렇다면 패가 어머니한테 썩 잘 들어왔지만, 이 판을 무효로 하고 다시 패를 나눌 수도 있다고 말했다. 나는 그러자고 했다. 어머니가 패를 갈랐다. 이백띠 내기였는데 시작한 지 얼마 안 된 듯했다. 어머니가 조금 따고 있었다. 삼약 삼단이 있다고 어머니가 일러주었다. 그리고 흑싸리 다섯끗에 십자가 씌어 있는 것은 열끗을 의미한다고 나도 알고 있는 것을 알려주었다. 단풍 열끗 한쪽 귀퉁이가 눈꼽만큼 달아난 것은 아마 모르는 모양이었다. 첫 판은 내가 이겼다.

두 판째도 내가 이겼다. 그리고 셋째 판도 내가 이겼다. 밥상이 들어왔다. 나는 밥 생각이 없었다. 어머니도 밥상 들어온 것을 별로 마음에 두지 않았다. 우리들은 계속해서 몇 판을 더 쳤다. 그리고 결국 내가 이백다섯 끗을 먼저 땄다. 어머니는 자리를 털고 일어서서 나더러 너무 늦게 돌아다니지 말고 제때에 밥이나 찾아 먹으라고 말했다. 그리고는 방문을 열고 밖으로 나가서 한 손으로 문잡이를 붙잡은 채, 또 한 손으로 털옷 호주머니에서 십원짜리 동전 다섯 개를 꺼내가지고 방바닥 위에 던지면서 오십 원 내기였다고 말했다. 나는 화투 치던 자리에 그냥 눌러앉아서 동전들이 방바닥 위에 떨어지는 것을 지켜보았다. 방문이 소리를 내면서 닫혀졌다. 그때 나는 갑자기 발작이라도 하듯이, 나는 통 술을 마시지 않는데 오늘 우연히 우물터에서 득수 윤샌한테 걸려가지고 술을 한잔 사게 된 것이 결국 이렇게까지 마시게 되었다고 악을 썼다. 그랬더니 닫힌 방문이 홀연 다시 열렸다. 그리고는 거기에 어머니의 얼굴이 다시 나타났다. 어머니는 분노에 떨리는 목소리로, 왜 그놈의 영감택이가 나까지 귀찮게 하는지 모르겠다고 소리쳤다. 그리고, 앞으로는 아예 그놈의 너구리 같은 영감택이와는 상종을 할 생각을 말라고 신칙을 하고는 얼른 문을 도로 닫았다.

　나는 갑자기 웃음을 터뜨렸다. 너구리 같은 영감택이. 너구리 같은. 하 하 하. 나는 참으로 오래간만에 통쾌하게 웃어제꼈다. 아내가 어머니를 바래다드리고 들어왔다. 그녀는 근심스러운 듯이 나를 쳐다보았다. 그러나 걱정할 건 하나도 없었다. 밥은 안 먹었지만, 술을 마셨겠다, 안주를 부지런히 집어먹어서 배도 부르겠다, 이만하면 여느 날보다 나으면 나았지 못할 것이 하나도 없었다.　　　　　　　　　　　　〔『월간중앙』, 1971. 4〕

산

바닷바람이 시원하게 불어왔다. 부두는 사람들로 붐볐다. 건오는 비릿한 내음에 코를 벌름거렸다. 그리고 택시 운전사가 일러준 대로 걸어가면서, 마주 오는 사람에게 해동객선회사가 어디 있느냐고 물었다. 짙은 쥐색 코르덴 바지를 옆구리께에까지 치켜입고 납작한 코만 살짝 얽은 중년 남자가 그를 두어 번 훑어보더니, 바로 그들 옆을 가리키면서 "저기요"라고 말했다. 그리고는 가리키던 손가락을 떨어뜨리고 돌아서서 뒤도 돌아보지 않고 건너편 선구 가게 안으로 뭐라고 큰 소리를 지르면서 들어가버렸다. 그 남자가 가리킨 쪽에는 과연 더러운 단층 건물 한 귀퉁이에 그가 찾는 회사의 간판이 걸려 있었다. 조금 전에 그가 그 일대를 휘둘러보았을 때 그것을 발견하지 못한 것은 이상한 일이었다. 그것의 글씨가 작았던 탓이라기보다 아마 그 근처에서 많은 사람들이 고함을 지르고 있었기 때문이었다. 길 양편으로 저자가 서 있었는데 사는 사람과 파는 사람이 똑같이 소리를 질렀고 지나가는 사람들도 이따금씩 느닷없이 큰 소리로 뭐라고 외쳐댔다. 딴은 그도 조금 전 길을 물었을 때 고함을 지른 듯도 싶었다. 그는 그 건물 한쪽에 휑하게 뚫린 커다란 공간 속으로 쑥 들어갔다.

안은 창고 같았다. 울퉁불퉁하게 생긴 세 사람의 남자들이 잠바와 셔츠 바람으로 책상도 없이 아무렇게나 의자를 깔고 앉아서 큰 소리로 떠들어대고 있었다. 건오는 커다란 가방은 콘크리트 바닥 위에 내려놓고 작은 것은 그냥 든 채, 맨 가에 앉아 있는 젊은 사람에게 실례 좀 하자고 말했다. 그랬더니 그 사람만 그를 쳐다보아주고 나머지 두 사람은 그냥 자기들의 이야기를 계속했다. 그러나 그가 "여기서 항주 가는 배를 탈 수 있소?"라고 묻자, 그 젊은 사람이 미처 뭐라고 대답을 하기 전에 안쪽에 앉아 있던 몸집 좋은 사내가 문득 "그렇소. 이따 한시 반에 오시오. 그때 평조호가 떠나요. 그놈 타면 돼요,"라고 말했다. 그리고는 다시 자연스럽게 자기들의 이야기로 돌아갔다. 그에 대한 대답은 그들 이야기 사이에 나오는 기침 소리나 재채기 정도밖에는 안 되는 것 같았다.

"아, 그러니까 오후 한시 삼십분에 항주 가는 평진호가 여기서 떠난다 이거지요?"

그는 젊은 사람에게 다시 확인했다. 젊은 사람은 그렇다고 대답하고, 배 이름을 평조호로 고친 다음, "오늘 같은 날씨면 한 세 시간 반쯤" 걸릴 거라고 덧붙였다. 그는 세 시간 반이라는 숫자에 깊은 감명을 받은 듯, 잠시 멍하니 서 있다가 손목시계를 들여다보면서 한 번 더 배시간과 행선지를 확인했다. 그리고 혹시 배표를 예매하지는 않느냐고 물었다. 그랬더니 젊은 사람과 안쪽에 앉아 있는 사람이 동시에 선표는 배 떠날 시간이 되면 얼

산 213

마든지 살 수 있다고 소리쳤다. 배 떠날 시간까지는 아직 두 시간이 남아 있었다. 그는 고맙다고 목청을 높여 말하고는 선박 회사의 사무실을 빠져나왔다. 젊은 사람이 그의 등에다 대고 그 동안에 어디 가서 점심이나 잡숫고, 막걸리라도 한잔 하라고 외쳤다. 그것은 순전히 그의 친절이었다. 눈부신 햇볕에 눈을 껌벅거리면서 그들을 흘끗 돌아보았을 때 그들은 그가 처음 들어갔을 때와 마찬가지로 소리높여 이야기하고 있었다. 그는 그들의 이야기를 한마디도 알아들을 수 없었다.

 배는 예정 시간에서 십 분 늦게 항구를 떠났다. 더러운 러닝 셔츠 바람으로 선창에 서 있던 사내가 뭉툭하게 솟은 낮은 돌기둥에서 어른의 팔뚝만한 두께의 밧줄을 풀어가지고 배 안으로 홱 집어던지자 배는 기관의 회전 속도를 급작히 증가시켰다. 그리고 부웅— 하고 길게 고동을 울렸다. 연통에서 파란 연기가 기관의 통통 소리에 맞추어 작은 원을 그리며 수직으로 솟아올랐다. 바람이 그것을 흩뜨렸다. 배는 삼십 톤쯤 되어 보이는 낡은 목조선이었다. 뱃전과 선실의 기둥에는 비바람과 풍랑에 부대껴서 거무스름한 나이테의 사이사이가 깊숙이 패여 있었다. 배가 연거푸 고동을 울리면서 천천히 후진했다. 부두가 조금씩 멀어져갔다. 선창에는 늦게 온 사람이나 배웅 나온 사람이 하나도 없었다. 배 회사의 직원들 몇몇이 배 하나를 떠나보내고, 다시 큰 소리로 떠들기 위해서 굴속 같은 사무실로 어슬렁어슬렁 기어들어가고 있었다. 부둣가에 있는 많은 사람들은 이 작은 한 척의 배가 떠나는 것에 전혀 알은체를 하지 않았다. 배는 뒷걸음질로 배들 사이를 빠져나가자, 잠시 머뭇거리는 듯하더니 방향을 잡고 앞으로 나아가기 시작했다.

배가 앞으로 나아가기 시작하자 선실 위 상갑판의 난간에 기대 앉아 있던 건오에게 시커먼 디젤 연기가 날아왔다. 그러나 못 참을 정도는 아니었다. 바닷 공기가 원체 맑았다. 저만치 삼십 안팎의 여자가 대여섯 살 되어 보이는 어린애와 함께 웅크리고 앉아서 옆에 있는 처녀와 한참 만에 한마디씩 이야기를 주고받고 있었다. 아마 한마을에 사는 모양이었다. 여자는 깡마르고 검고 주름살이 깊이 잡혀 있어서 실지 나이는 서른보다 훨씬 아래일는지도 몰랐다. 어린애는 야위고 영양 실조에 걸려 있었다. 못생기기로는 처녀도 마찬가지였다. 야바위꾼 같은 장돌뱅이들이 길가에서 싸구려로 파는 화학 섬유의 치마와 블라우스 속에서 그녀의 몸뚱이는 수치도 긴장감도 없이 웅크리고 있었다. 건오가 먹고 있던 강냉이 튀긴 것을 그들 쪽으로 밀어주며 먹어보라고 권했다. 그들은 서로 마주보고 피식 웃었다. 그리고 한참 있다가 뭐라고 한마디씩 자기들끼리 주고받았다. 건오가 다시 권했다. 그러자 나이 많은 여자가 마지못해 한 움큼 집어가지고 처녀에게 먹게 한 다음, 자기도 몇 알 입에 집어넣었다. 그것을 본 건오는 조그마한 가방을 열고 또 무슨 봉지를 서투른 요술사처럼 뒤적뒤적 끄집어냈다. 두 여자는 안 본 척하고 자기들끼리 눈길을 바꾸면서 소리죽여 킥킥거렸다. 호떡이었다. 배 타는 곳 입구에서 강냉이와 함께 십 원에 세 개씩 오십 원 어치를 산 것인데, 덜 구워진 풀 반죽은 벌써 굳어서 이빨이 잘 들어가지 않았다. 반드시 처치 곤란한 때문이 아니라 우선 맥없이 앉아 있는 어린애에게 하나를 내밀었다. 어린애는 받을 생각을 하지 않고 암소처럼 두 눈만 껌벅거렸다. 어머니가 옆에서 뭐라고 거들었지만 소리나는 쪽을 쳐다보려고도 하지 않았다. 그는 어린애 손에 그냥 하나를 쥐어주었다. 애는 제 손에 쥐어진 표정 없는 밀가루 반죽을 한동안 물끄러미 바라보고 있다가 그냥 한번 먹어봐야겠다는 듯이 아무런 감동 없는 얼굴로 덥석덥석 베어먹기 시작했다. 그의 서툰 요술이 간신히 성공을 한 모양이었다. 그 밀가루 풀 반죽을 두 어른들의 입 속으로 집어넣기는 어린애의 경우보다 조금 더 쉬웠다.

"아자씬 어디꺼지 가십니꺼?"

나이 많은 여자가 밀가루 반죽의 첫 한 모금을 꿀꺽 삼키고 물었다.

"항주까지 갑니다, 항주요."

"항주예? 멀리까지 가시네예. 무슨 일로 가십니꺼?"

"거기 학교로 발령이 나서 갑니다."

"그래예? 우리 아는 항주중학에 안 다닙니꺼."

"맞습니다. 바로 거기요."

"그라모 중학 선상입니꺼? 우리 큰아가 올봄에 거기 안 들어갔습니꺼. 우리 아가 선상님이 가시는 학교에 다닙니더."

"그렇구먼요. 아주머니 아들이 다니는 학교에 내가 가고 있구먼요."

"정말입니더."

"그럼 아주머니도 항주꺼정 가십니까?"

"어디예. 우리는 원두 안 삽니꺼. 항주는 초행이겠네예."

"그렇습니다."

"항주는예, 원두 다음, 다음, 다음인데, 참 살기 좋지예. 인자 철이 지났지만예, 해수욕장이 안 좋습니꺼. 가는 모래사 조선서 제일이라 캅디다. 그리고예, 그 뒤로 산이 또 안 좋습니꺼. 덕산이라 카는데예, 서울서도 안 찾아옵니꺼."
 "그런데, 아주머닌 무슨 일로 여수에 나오셨소?"
 "물건허러 안 나왔습니꺼. 섬이 돼서 물건이 귀헙니더."
 "물건이 왜 귀할꼬, 돈이 귀하제."
 그때까지 잠자코 밀가루 반죽만 우물거리고 있던 처녀가 불쑥 아주머니 말을 반박했다. 상갑판 위에는 자질구레한 짐나부랭이들이 많이 있었는데, 대개 두 홉들이 소주병 묶음, 파리 약병 묶음, 성냥, 양초 등이었고, 대두병에 들어 있는 것은 그 형상으로 보아 석유임이 분명했다. 라면 상자도 눈에 띄었다. 상갑판에는 그들 말고도 예닐곱 사람들이 더 있었다.
 배는 멀리 동백숲으로 싸인 하얀 등대를 지나고 있었다. 세 사람이 작고 긴 쪽배를 타고 손을 흔들면서 지나갔다. 십 톤 안팎의 고깃배가 그들이 떠나온 부두를 향하여 물결을 하얗게 가르면서 달려갔다. 그 배 이물에서 더러운 옷을 입은 소년이 뱃전에다 배를 깔고 엎드려 두레박으로 바닷물을 퍼올렸다. 반도의 연안이 조금씩 뒤로 물러갔다. 그리고 멀고 가까이 점점이 떠 있는 섬들 사이로 아득히 펼쳐져 있는 수평선이 점점 더 뚜렷해지고 넓어져갔다. 배는 눈앞에 파르스름한 빛으로 신비처럼 거대하게 누워 있는 섬을 향하여 곧장 달렸다. 왼편으로는 바다가 그 섬과 육지로 호수처럼 둘러싸여 한려수도가 되었고, 오른편으로는 바위로 된 작은 무인도들이 드문드문 솟은 채 수평선이 아마도 태평양에까지 펼쳐져 있었다. 눈앞의 섬은 보매 헤엄이라도 쳐서 건너갈 듯싶은데, 그 첫 기항지에 닿은 것은 항구를 떠난 지 한 시간 반 만이었다.
 건오는 뱃전에 비스듬히 기대서서 다가오는 전마선을 열심히 바라보았다. 그는 조금 전에 두 여인들과 맺힌 데 없는 이야기를 하다가 우연히 뱃머리 쪽을 쳐다보았을 때 선실 문턱 위에 열두어 살 되어 보이는 소녀와 나란히 앉아 있는 한 아름다운 여자와 눈이 마주쳤었다. 그는 가슴이 섬뜩했다. 그리고 갑자기 그 여자들과의 이야기가 더 재미없어지고 지루해졌다. 당장 갑판으로 내려가고 싶었지만 그는 한 십 분쯤 그대로 눌러앉아서 바람에 따라 디젤 연기가 그의 얼굴로 날아올 때마다 새삼스럽게 "아, 이 연기. 아, 이 연기," 하고 소리내어 투덜댔다. 사실 뭍에서 버스의 매연에 시달린 것만도 어딘데, 오존 가스가 많은 이 바다 한복판에서조차 시커먼 연기를 참아야 할 이유는 없었다. 그는 가방 둘은 그대로 놔두고 갑판으로 내려섰다. 그리고 그녀로부터 삼사 미터 떨어져서 뱃전에 비스듬히 기댔다. 그녀는 뱃전 너머로 배의 측면 바다 경치를 멀리 바라보고 있었다. 무릎 위에는 대학 노트 두어 권과 아마도 여성 월간 잡지일 듯싶은 책 한 권이 놓여 있었고, 그 위로 두 손이 가지런히 얹혀 있었다. 그녀는 옆얼굴 가득히 그의 시선을 느끼고 있음이 분명했다.

그녀가 그를 흘끗 쳐다보았다. 그는 또 가슴이 섬뜩했고 그녀는 얼굴을 붉혔다. 그녀의 하얀 얼굴색은 조그마한 붉힘도 감추지 못했다. 그는 그녀의 눈이 약간 사팔뜨기 같다고 느꼈다. 그것은 그녀의 눈이 컸기 때문인지도 몰랐다. 커다란 눈과 하얀 살갗, 그리고 똑 곧은 코, 이런 것들이 대개 그녀의 아름다움을 이루고 있었다. 그외에는 별로 보잘것이 없었다. 아무리 총각 눈은 티눈이라고 하지만, 그는 그녀의 몸매에 육감적인 아름다움이 없음을 보았다. 가령, 옅은 하늘색 치마가 무릎까지 덮고 있었는데, 그 밑으로 나온 두 개의 다리는 조금 가늘었고, 엷은 털옷 속의 가슴은 별로 양감을 보여주지 않았다. 신은 뒷굽이 높지 않은 무슨 운동화 같은 것이었다. 머리는 짧게 잘라서 고무줄로 묶어 한 줄로 땋았다. 그녀는 문득 무엇에 놀라기라도 한 듯 그를 쳐다보곤 했다. 그가 자기를 바라보고 있는가를 확인하려는 것인지도 몰랐다. 시선이 부딪칠 때마다 그는 말할 수 없는 기쁨을 느꼈다. 그러나 그뿐이었다. 한쪽 눈을 감아보인다거나 어슬렁어슬렁 옆으로 다가가서 넋 빠진 수작을 붙인다거나 하기는커녕, 그녀를 똑바로 쳐다보는 것만도 그에게는 힘에 겨웠다. 배가 속력을 줄였다. 잔잔한 물결이 고깃비늘처럼 반짝거리는 조그마한 만이었다. 여기서 저 여자가 내려버린다면 얼마나 허망할까. 그러나 이번은 아닌 모양이었다. 그녀는 앉은 자리에서 일어설 기색을 보이지 않았다. 다음에서 내릴까? 아니면 그 다음? 설마 항주까지 가지야 않을 테지. 그렇다면 오죽이나 좋으련만.

나룻배처럼 납작한 전마선은 보기 시원하게 쑥쑥 다가왔다. 뒤켠에 젊은 사람이 하나 서서 장난처럼 손쉽게 노를 휘젓고 있었다. 배가 멎었다. 감이 익어서 감나무 밑에 누워 있는 사람의 입 속으로 쏙 떨어져 들어오는 수는 없을까. 건오는 다시 상갑판으로 올라갔다. 언제까지나 서로 쳐다만 보고 있을 수도 없는 노릇이었다. 전마선이 배의 옆구리에 찰싹 달라붙고, 사람들이 내렸다.

건오는 담배를 피워 물었다. 배는 그녀가 내릴지도 모르는 두 번째 기항지를 향하여 달리고 있었다. 그녀의 모습이 보이지 않았다. 그는 초조했다. 그러나 초조함을 즐기기라도 하듯이 그는 지그시 눌러앉아 담배만 연방 피워댔다. 배는 이제 해안을 따라 섬을 돌고 있었다. 하얀 모래가 반달처럼 땅을 잠식하고 있었고,

그 뒤로 노랗고 빨갛게 물들기 시작한 몇십 년 묵은 거대한 교목 활엽수들이 늘어서 있었다. 배가 또 속력을 줄이는 것 같았다. 기항지가 가까워지는 모양이었다. 멀리 또 하나의 모래밭과 인가들이 조타실 모퉁이 옆으로 눈에 들어왔다. 모래밭 한쪽에 사람들이 웅기웅기 모여 있는 것도 보였다. 아마 뭍의 소식을 기다리는 모양이었다. 전마선은 이 배가 가서 멈출 곳에 미리 와서 기다리고 있었다. 건오는 담뱃불을 비벼서 껐다. 그리고 그때 마침 오줌이 마렵다고 생각되었으므로 변소를 찾기 위해 갑판으로 내려섰다.

선실 안에는 사람들이 남녀 없이 대여섯씩 길게 누워 더러 코도 골면서 잠들을 자고 있었다. 십원짜리 동전 한 잎이 떨어져 뒹굴고 있었는데, 아무도 그것의 소유권을 주장하는 사람이 없었다. 건오는 선실들을 기웃거리면서 고물께로 걸어갔다. 조타실에서 나온 굵고 녹슨 철사줄이 키를 다루느라고 삐거덕삐거덕 소리를 내면서 움직이고 있었다. 그 옆에 갑판에 붙은 음료수 통이 있었고, 모퉁이를 돌아서 좌현으로 막 접어들자 변소가 있었다. 그는 용무를 마쳤다. 전마선이 와서 닿을 좌현에는 내릴 사람들이 서서 기다리고 있었는데, 이물께 뱃전에 바로 그녀가 비스듬히 기대어 서 있었다. 내리는 모양이었다. 그는 서운한 마음이나 실망에 앞서서 화가 났다. 배가 멎었다. 전마선에서 밧줄을 던졌다. 좌현에 있는 뱃사람들이 그것을 받아서 전마선을 배 옆구리에 달라붙게 했다. 그리고 뱃전의 일부를 툭 터서 내리는 사람들의 통로를 만들었다. 사람들이 내렸다. 짐도 따라서 옮겨졌다. 뭐라고 고함 소리가 오고 가고, 그리고 뱃전의 일부가 다시 닫혀졌다. 밧줄이 전마선으로 넘겨졌다. 만원이 된 전마선은 노로 배의 옆구리를 밀고 조심스럽게 배로부터 멀어져갔다. 그러나 그녀는 뱃전에 그대로 기대어 서서 옆의 소녀와 이야기를 하며 이쪽을 바라보고 웃고 있었다.

그의 가슴은 다시 부풀어올랐다. 그녀는 아마 저기 보이는 저 마을의 어느 한 집에서 태어나지 않은 모양인데 그것은 얼마나 즐거운 일인지! 변소께에서 무슨 냄새가 조금 났지만 그는 선실 위로 올라가버리고 싶은 생각은 전혀 없었고, 뱃머리 쪽으로 가기에는 그녀의 웃음이 너무 눈부셨다. 그는 냄새를 조금만 더 참기로 했다. 배가 방향을 잡고 속력을 되찾았다. 연안에는 거대한 바위들이 수많은 세월을 두고 삭아서 그 틈새로 바닷물이 출렁거렸다. 그 절벽의 꼭대기는 관목숲이었다. 그 관목숲에 싸여 멀리 배가 나아가고 있는 방향에 새하얀 무슨 입상 같은 것이 보였다. 저게 무얼까. 그의 머릿속에는 성모 마리아상 같은 것이 떠올랐다. 그리고 그 마리아상은 그의 빈약한 상상력을 건드려서 소녀, 요양, 투신, 일기, 구원, 명복⋯ 따위와 같은 낱말들을 생각케 했다. 그는 맨 처음 만나는 사람에게 저게 무엇인지를 물어보기로 했다. 그녀는 배가 달려가는 쪽을 바라보고 있었다. 어쩌면 그 하얀 성모상을 보고 있는지도 몰랐다. 그는 도중에 아무도 만나지 않았으므로 할 수 없이 그녀에게 물었다.

"저기 보이는 저기 저게 뭐, 뭡니까! 저 숲속에 저 하얀⋯?"
"네? 아, 저건 등대 아닙니까."

등대! 그는 조금 실망했다. 그러나 또 한편으로는 가슴 뿌듯한 기쁨을 누를 수 없었다. 환상보다 더 허황된 그의 소망의 일부가 목소리라고 하는 참으로 구체적인 실체에 의해서 환치된 것이 아니냐. 등대! 아, 외로운 등대!

"저게 등대로구만요. 난 무슨 성모상인가 해서…"
"마리아상 말입니까? 저건 등대입니다. 간수 없는 무인 등대입니다."
"아 그래요? 무인 등대요? 네, 그, 그래요!"
 그는 몇 번이고 계속해서 머리를 끄덕거렸다. 그는 자연스럽게 다음과 같이 물을 수 있었다.
"혹시 이 근처에 사시지 않으세요, 저, 저 무인 등대에서 머지 않은 이 근처 어디…?"
"네. 이 다음이 홍현이라는 덴데, 거기서 삽니다."
"다음에서 내리세요?"
"네. 다음에서 내립니다."
 그녀는 얼굴을 붉혔다. 그리고 그것을 웃음으로 얼버무리면서 잠시 사이를 두고 물었다.
"선생님은 어디까지 가십니까?"
"저요? 네, 저는 저 항주까지 갑니다."
"항주라예? 덕산 등산 가십니까?"
"아니오. 교편 잡으러 갑니다, 거기 중학교에."
"항주중학에예?"
 그녀는 흠칫 놀랐다. 그리고 갑자기 얼굴빛이 달라지면서 코끝으로 시선을 떨어뜨렸다. 그가 그렇다고 대답을 했지만, 그녀는 거의 알아듣지 못했다. 그녀가 갑자기 침울해지자 그의 기분도 울적해졌다. 몇 번 더 얘기를 붙여보았지만, 그녀는 "네"라든가, "아"와 같은 단음절로 응답을 하고 눈알만 뒤룩거렸다. 그가 거기까지 끌려왔던 것은 그녀의 화사한 표정 때문이었고, 그가 거기에 그렇게 서 있는 것은 그녀가 그의 말에 즐겁게 응해주었기 때문이었다. 그런데 그녀는 이제 가장 짧은 낱말을 내뱉는 것조차 내켜해하지 않고 있었다. 그에게는 뱃머리께를 돌아서 다시 상갑판으로 기어오르는 일밖에 남아 있지 않았다. 선실 위로 올라가서 거기에 있는 시커먼 두 여자들과 함께 그들이 사는 곳의 명산이 해삼인지 우렁쉥이인지를 이야기하는 일밖에 남아 있지 않았다. 문제는 어떻게 그녀를 그렇게 놔두고 그냥 지나가버리는 첫발을 떼어놓느냐에 있었다. 그러나 그것도 그렇게 어려운 일이 아니었다. 그녀가 내릴 셋째번 기항지가 점점 가까워지고 있었다.

그들 두 사람은 다가오는 전마선을 물끄러미 쳐다보았다. 알 수 없는 무게가 그의 가슴을 짓눌렀다. 문득 그녀가 말했다.

"항주 가시면 덕산은 자주 오르시겠지예."

그녀는 가라앉은 목소리로 웃지 않고 그리고 그를 쳐다보지 않고 말했다. 그리고 그가 미처 뭐라고 대답할 말을 찾지 못하고 어리벙벙해 있을 때 그녀가 덧붙였다.

"저도 진즉부터 벼르기만 했지 아직 못 올라봤습니다."

그는 대답을 해야겠다고 생각했지만 아무 말도 하고 싶지 않았다. 우울이 그 원산지에서보다 이식된 곳에서 더 번식을 해버린 모양이었다. 이제는 그가 침묵을 고집했다. 배가 멎고, 전마선이 코밑에 와서 닿았다. 밧줄이 던져지고 뱃전이 열렸다. 사람들이 곡예사처럼 조심스럽게 배를 내리기 시작했다. 그녀 옆의 소녀가 그녀의 옆구리를 찔렀다. 내리자는 말인 모양이었다.

"가시면 교감 선생님에게 안부나 전해주실랍니까."

그녀가 그를 돌아보고 말했다. 그가 아마 그러겠다는 뜻으로 머리를 끄덕거렸다. 그러자 그녀는 문득 얼굴을 부수고 눈부신 웃음을 살짝 보여주었다. 그리고는 얼른 돌아서서 선원에게 선표를 내주었다. 그리고 소녀와 함께 마지막으로 배를 내렸다. 전마선이 배 옆으로부터 미끄러져갔다. 그는 오른손을 팔굽을 굽힌 채 나지막하게 들어올려서 편 손을 난폭하게 두어 번 흔들었다. 전마선의 이쪽 뱃전에 걸터앉아 있던 그녀도 꼭같이 응답했다. 그리고 활짝 눈부시게 웃어보였다. 그는 웃지 않고 멀어져가는 전마선 쪽을 물끄러미 쳐다만 보았다. 잠시 후 그가 또 손을 흔들었다. 그녀는 이번에도 똑같이 응답했다. 그러나 그녀 얼굴 위의 웃음을 알아보기에는 배와 배 사이의 거리가 너무 멀었다.

  그가 항주에 닿은 것은 오후 다섯시가 조금 지나서였다. 만의 입구에 낮고 뾰죽뾰죽한 바위섬이 길게 누워 있어서 안은 호수처럼 잔잔하였다. 전마선을 타고 부두에 내려서자 맨발 벗은 소년 둘이 항주중학교의 새 선생님이냐고 그에게 물었다. 그가 그렇다고 대답하자, 그들은 서로 그의 가방을 뺏으려 했다. 그는 공평하게 커다란 가방을 둘 다에게 맡겼다. 그리고 조그마한 손가방만 들고 그들 뒤를 따랐다. 길은 부두에서 동네로 이어져 있었다. 길 아래는 백사장이었다. '조선서 제일' 간다는 바로 그 모래밭이었다. 그들은 길을 버리고 모래밭으로 들어섰다. 모래밭은 거의 반원을 그리면서 삼, 사백 미터에 걸쳐 펼쳐져 있었다.

"선생님예, 오늘 사람이 하나 안 죽었십니꺼."

  앞에서 잽싸게 걷고 있던 두 놈들 중에서 하나가 뒤를 흘끗 쳐다보면서 말했다.

"가시나가 죽었다 아입니꺼."

  선수(先手)를 빼앗긴 놈이 얼른 보충을 했다.

"여름내 한 달이나 네 아들이 항주 여관 방 하나를 빌어갖고 해수욕 안 했습니꺼."

"다섯 아다 카드라."

"니가 뭘 아노? 글마들 올 때, 내가 이렇게 짐을 들어다줬다 아이가. 그래도 니가 우길 끼고? 네 아들이 말입니더, 가시나가 둘, 머스마가 둘, 방 하나를 빌어각고 한 달 동안 안 뒹굴었십니꺼. 그러다가 세 아는 쪼매 전에 배로 떠나고, 가시나가 하나 뒤에 안 쳐졌십니꺼. 이 가시나가 덕산 돼지바우에서 떨어졌는 기라예."

"돼지바우라 카모, 선생님이 암돼지바운지, 숫돼지바운지, 우찌 알겠노?"

"일마야, 암돼지바우모 어짜고, 숫돼지바우모 또 우짰노? 지가 가모 어딜 갈 끼고, 그자? 둘 중에 하나 아니겠나, 그자? 선생님이요, 안 그렇십니꺼?"

대개 어디나 그렇듯이 모래밭 위쪽의 한 부분은 다섯 길도 더 될 듯싶은 커다란 소나무들의 숲이었다. 바로 그 숲 안에까지 모래밭은 계속되고 있었다. 그리고 그 숲 뒤로 여름 한철을 위한 숙박 시설이, 쌓아올린 블록 벽에 회칠도 아직 덜 된 것까지 해서 서너 개 늘어서 있었다. 보매, 기술과 재료가 모두 현지 조달임이 분명했다. 모래밭은 바로 그 문턱에까지 가 있었다. 그 뒤로 두어 뼘 되는 논을 사이에 두고 동네가 있었고, 그리고 동네 뒤로 저만치 물러앉아 산이 있었다. 덕산이었다. 그것은 단순한 물량이 아니라, 저녁나절의 연무에 쌓여서 위혁처럼, 신비처럼, 푸르스름한 빛으로 우뚝 솟아 있었다.

항주중학교에는 다섯 사람의 남자 교사와 세 사람의 여교사가 있었다. 학생은 삼 개 학년 육 학급에 남녀 공학으로 삼백오십

산 225

명이 있었다. 교장은 단 한 사람의 서무 직원인 주사와 한방을 썼고, 교무실에는 교감 책상을 가운데 두고 좌우에 교무, 지도, 양 주임이 앉고, 각각 그 앞으로 교무과에 남자 하나 여자 둘, 지도과에 남자 둘 여자 하나가 서로 마주보고 자리를 잡았다. 건오는 교무과였다. 교장은 오십과 육십의 사이에 있는 사람이었는데 자녀는 모두 육지에서 고등학교와 대학에 다녔고 부인도 그 뒷바라지로 육지에 있었다. 그는 뭍에 상륙할 꿈은 거의 포기한 듯이 보였고, 그저 탈없이 바람 없는 곳에서 정년 퇴직이나 맞아야겠다고 마음을 먹은 것 같았다. 건오는 그에게서 안빈낙도하는 선비의 모습을 찾으려고 해보았지만 잘되지 않았다.

교감은 교장과 좋은 대조를 이루었다. 그는 마흔을 갓 넘긴 사람이었는데, 육지에서 평교사로 있다가 진급이 됨과 동시에 건오가 오기 두 달 전에 섬으로 왔다. 그는 대단한 활동가였다. 항주중학에서 설립 이래 오 년 동안 근무해온 교무주임은 교장의 무사안일주의에 많은 불평을 가지고 있었는데, 교감은 그 불평을 유발할 기회를 결코 놓치는 법이 없었다. 그는 교장이 무능하다면 그 무능을 비웃을수록 자기가 유능해지는 것이라고 믿고 있음이 틀림없었다. 안경을 쓴 그의 모습은 퍽 의젓했고 콧날이 염소처럼 뾰쪽하게 서 있어서 이지적으로 보이기까지 했다. 그는 딸만 하나를 데리고 있었다. 딸은 이번 학기초에 전학을 해서 항주중학교 이학년에 다니고 있었다. 그외에 그의 가족 사항에 대해서는 알려진 것이 없었다. 부인이 있는지 없는지, 있다면 어디에 있는지 아직은 아무도 몰랐다. 그는 야심이 많았고, 그 자신이 종종 떨어뜨리는 암시에 의하면 그는 언젠가는 뭍으로 올라갈 것이 확실했다. 나중에 안 일이지만, 그는 국민학교에서 경력을 시작한 사람이었다. 건오는 그가 싫었다. 달변인 교무주임은 입이 헤펐고, 말을 더듬는 지도주임은 성질이 급했다. 나머지 남자 교사 두 사람 중에서 하나는 피부병 환자였고, 또 하나는 건오 또래의 젊은이였는데, 벌써 결혼을 해서 어린애가 둘이었다. 여선생 중에서 둘은 부인이었고, 하나는 처녀였다. 부인들은 짧은 키에 머리통만 커다래서 보잘것이 없었고, 미스는 새침떼기였다. 섬으로 올 때 이미 불행은 각오했었지만, 첫날 밤에 전기가 없다는 사실에서부터 건오의 예상된 불행은 척척 맞아들어갔다. 그는 대단히 울적한 나날을 보냈다.

그가 맡은 사무분장은 입퇴계, 고사계, 수업계, 세 가지였다. 그는 이 섬에 오기 전까지는 통계계라는 사무밖에 맡아본 적이 없었다. 게다가 삼학년의 학급 담임이었고, 담당 과목이 둘이었으며, 다섯 개의 특활 지도 교사 노릇을 해야 했다. 사환을 겸한 단 하나의 용인이 우편국이나 농협으로 심부름을 가면 그가 종까지 쳐야 했다. 시작종이야 치고 들어가면 되었지만, 끝종이 문제였다. 교감을 포함해서, 때로는 교장까지, 출근한 교사 전원이 수업에 들어갈 때에는 수업계인 그는 미리 수업을 끝마치고, 바삐 교무실로 뛰어와서 거꾸로 매달아놓은 포탄 껍데기를 두들기지 않으면 안 되었다.

그가 부임한 지 한 달쯤 되는 어느 날이었다. 맑게 개인 가을날이었다. 그날도 그는 수업을 빨리 끝내고 교무실로 뛰어와서 창문을 열고 거기에 매달려 있는 탄피를 긴 나무 망치로 두들겨 패서 셋째 시간이 끝났음을 알리고 있었는데, 그때 운동장 한 모퉁이에서 등산복 차림을 한 세 사람이 눈에 들어왔다. 산 밑에서 등산객 보는 것은 살강 밑에서 제범쌱 보는 거나 마찬가지였다.

그는 전혀 이상하게 생각하지 않고 창문을 닫았다. 그런데, 조금 뒤에 교무실 문을 열고 들어오는 것을 보니, 그들은 그보다 팔자가 조금 더 좋은 그의 대학 같은 과 동창들이었다. 그는 마침 그 날이 토요일이었으므로, 그들을 한 시간 동안 기다리게 한 다음 항주여관으로 데리고 갔다. 그는 그때까지 그 여관에서 묵고 있었다.

그가 그때까지 여관에 머물러 있었던 것은 우선 민가에 적당한 하숙이 없어서였고, 모래밭과 송림과, 그리고 밤이면 그 사이로 가슴을 설레게 하면서 들려오는 해조음이 좋아서였다. 어느 날 밤, 초저녁 잠에서 깨어나 밖으로 나왔을 때, 소나무 사이가 너무 밝아서 하늘을 쳐다보았더니, 기운 스무날 달이 소나무 가지 사이에 걸려 있었다. 그리고 바다로부터 쏴아쏴아 하고 밀물 밀려드는 소리가 들려왔다. 그는 그 이튿날부터 동네에 하숙 구하는 일을 그만두어버렸다.

친구들을 데리고 여관으로 돌아오자 그는 주인 아주머니에게 점심을 시키고 혹시 해삼 배가 들어왔는지 모르겠다고 물었다. 친구들은 바로 산에 오르겠다고 했지만, 그는 덕산은 저녁나절에 올라서 꼭대기에서 자고, 이튿날 꼭두새벽에 해돋이를 보고 내려오는 것이 제격이라고 말하고, 산꼭대기에는 여관이 두엇 있어서 밤이면 불빛이 빤짝거린다고 말했다. 그러자 그들은 여관이라면 서울 시내에도 많이 있으니 여관에서 잠자기 위하여 산꼭대기까지 가는 것은 아니고, 그들이 산꼭대기에 오르는 것은 그들이 가지고 있는 천막으로 하늘만 한번 가려보고 버너에 불을 한번 붙여보기 위해서라고 말했다. 그래서 그는 천막으로 하늘만 한번 가려보고 버너는 저녁과 내일 아침 두 번 정도만 불을 붙여보는 것으로 충분하지 않겠느냐고 말했다. 그들은 그렇겠다고 대답했다. 그래서 그들은 점심을 먹고 모래밭으로 나가 작은 조개 껍질을 주우면서 해삼 배가 들어오기를 기다리며 술판을 벌였다. 그들 중에서 둘은 내놓은 술꾼이었다.

술꾼이 아니더라도 텅 빈 모래밭을 통째로 차지하고, 멀리 천리 만리 뻗어 있는 바다의 푸른 한 조각을 앞뜰로 차경하여 마시는 술은 입에 쩍쩍 달라붙었다. 그들은 그도 같이 산에 가자고 권했다. 그는 언제고 한번은 덕산에 올라야겠다고 별러왔었다. 그리고 멀리서 친구들이 스스로 찾아왔으니, 그 또한 즐겁지 않을 수 없었다. 그런데 이상하게도 그의 마음은 술이 들어갈수록 물에 젖은 솜처럼 축축이 가라앉아갔다. 쌓이고쌓인 울적이 그의 전부를 삼켜버리는 것 같았다. 그는 산에 오르고 싶은 마음이 나지 않았다.

그들이 모래를 털며 술자리를 파하고 일어섰을 때 낮고 긴 바위섬 옆으로 평조호가 들어오고 있었다. 그곳과 육지를 하루 한 번씩 이어주는 한 달 전에 그가 타고 들어왔던 바로 그 배였다. 그는 그 배를 타고 들어온 이래 그 배만 보면 가슴속에 열망의 회오리바람이 일었다. 매일 이맘때쯤이면 그는 송림 사이에서 빠져나와 모래밭에 앉아서 가슴속에 회오리바람을 불러일으켰었다. 처음에는 견딜 수 없을 정도였다. 차츰 시간이 흘러감에 따라서 그것은 뚜렷하고 구체적인 상태로부터 조금씩 퇴색하여 일반적인 것이 되어갔다. 그러나 오늘은, 아마도 멀리서부터 찾아온 친구들과 마신 술 탓이었을 것이다. 그것은 맨 첫날의 강철 끝과도 같은 날카로움을 되찾고 있었다. 옆에서 친구들이 뭐라고 말했다. 그는, 저 배는 육지에서 하루에 한 번씩 와서 닿는 연락선이라고 말하고, 그들은 무슨 배를 탔길래 아침나절에 학교로 왔었느냐고 물었다. 그들은, 조금이라도 빨리 산에 오르기 위해서 부산 가는 첫배를 타가지고 서상에서 내려서 버스를 타고 왔다고 대답했다. 그는 서상이라는 데가 그 섬의 어느 구석에 처박혀 있는지 알지 못했다. 그들은 집으로 들어갔다. 그리고 산에 올라갈 사람들은 투박하기도 한 등산화의 끈을 조여 매고, 배낭을 짊어지고, 그리고 군용 수통에다가 물들을 채웠다. 그들은 한 번 더 그에게 산에 같이 가자고 권했지만 그는 그 밑에서 살고 있으니 언젠가는 한번 올라갈 때가 있을 것이 아니냐고 굳이 그들만 떠나보냈다. 그런데 그 언젠가는이 뜻밖에도 빨리 찾아왔다.

　홍현에서 이름없이 내려버린 여자를 다시 만난 것은 바로 그들을 떠나보내고 나서였다. 그는 그들과 함께 송림 뒤로 가서 그들이 마을을 통해서 산으로 가는 길로 접어드는 것을 보고 다시 모래밭으로 나왔다. 평조호는 만 입구를 빠져나가 섬 모퉁이 밖으로 사라져가고 있었고, 전마선에서 내린 사람들이 이쪽으로 걸어오고 있었다. 대여섯 되는 동네 사람들은 모래와 부두와 산과 나무들과 하나가 되어 별로 눈에 띄지 않았지만, 그가 방금 떠나보낸 그의 친구들과도 같이 붉고 푸른 등산복 차림을 하고 둘씩 짝을 지은 네 사람의 남녀는 산딸기들과도 같은 짙은 색으로 모래 위에 드러났다. 그 뒤로 등산복은 입지 않았지만 동네 사람 같지도 않은 한 여자가 두 손에 아무것도 들지 않고 걸어왔다. 동네 사람들은 바로 동네로 들어갔고, 등산복을 입은 사람들은 모래밭으로 내려섰다. 쌍쌍은 앞서거니뒤서거니 하면서 일부러 모래 위에 발자국을 만들며 걸어왔다. 가까이서 보니 여자들은 채 십대를 벗어나지 못한 소녀들이었다. 빨간 등산 파카 밑에 가슴이 도톰하게 솟아 있었고, 파란 해군 작업복이 크고 둥근 엉덩이 위로 꽉 째여 있었다. 그는 여느 때와는 달리 어기적거리는 엉덩이에서 불결감을 느끼기까지 했다. 그는 그날치 평조호 구경이 끝났구나고 생각하면서 그들 반대편으로 외면을 하고 비스듬히 누워서 담배 한 대를 뽑아 물었다. 그리고 채로 친 듯이 가는 하얀 모래를 한참 동안 들여다보고 있다가 문득 성냥을 켜서 담배에 불을 붙였다.

  홍현서 내렸던 여자는 그가 담배 연기를 두 번쯤 내뿜었을 때 그의 옆에 와 있었다. 그는 무심코 고개를 돌리다가 그녀와 눈이 마주쳤다. 두 사람은 거의 동시에 서로를 알아보았다. 그는 지난 한 달 동안의 회오리바람이 한꺼번에 소용돌이치는 듯한 한 순간을 보냈다. 그러나 그녀의 나타남은 그가 상상했던 것만큼 감격적인 것은 아니었다. 그는 그녀의 출현에 대해서 얼마나 많은 상상을 했는지 모른다. 그리고 또 그 출현의 방법을 얼마나 많이 수정했는지도 모른다. 거의 매일 밤 기와집을 몇 채씩 지었다 부쉈다 했었다. 그런데 막상 그녀가 나타난 것은 그가 생각했던 어떤 방법과도 같지 않았다. 우선 그녀의 가느다란 다리통과 허름한 운동화짝이 그의 시야 속으로 맨 처음 들어와서 이렇게 큰 비중을 차지하고 그의 상상된 환희에 찬물을 끼얹을 줄은 미처 몰랐었다. 그들은 다행히도 눈이 부딪히자마자 말문을 터버렸으므로, 어느 한쪽이 상대방을 먼저 알아보고 저쪽이 자기를 알아볼 때까지 자의식에 가득찬, 그래서 때로는 결코 바라지 않은 엉뚱한 결과를 가져오기도 하는, 어색한 짓은 하나도 하지 않아도 되었다. 그들은 나란히 모래 위에 앉았다.

그가 무슨 일로 왔느냐고 묻자 그녀는 교감 선생님을 만나러 왔다고 대답했다. 그는 잠시 망설이다가 교감은 금요일에 도교 위로 출장 갔다고 말했다. 뭐라고 재담을 하여 여선생들을 웃기고는, 와이셔츠갑처럼 생긴 까만 가방을 쫄랑거리며 교무실 문을 나서던 교감의 모습이 얼핏 떠올랐다. 그때 그는 모든 사물은 본질적으로 그 주인을 닮아버린다는 말을 생각했었다. 그녀는 교감이 언제 돌아올 것이냐에 관심을 보이지 않고 덤덤히 바다만 바라보았다. "교감은 지금 숙직실에서 짓고땡을 하고 있는 중"이라고 말했더라도 같은 표정을 했을 듯싶은 그런 표정이었다. 두 사람 사이에는 잠시 말이 끊어졌다. 각각 살아온 두 개의 세계는 서로 합쳐지기 위해서 깨뜨려지기에는 너무 두꺼운 껍질 속에 따로따로 웅크리고 있는 것 같았다. 침묵이 짐이 되는 듯, 토요일 오후인데 무슨 재미있는 계획 같은 것은 없느냐고 그녀가 농담처럼 물었다. 그래서 그도 농담처럼 친구들이 모처럼 멀리서부터 찾아와서 산에 같이 가자고 했지만 평조호 편으로 이렇게 기쁜 소식이 올 줄 알고 따라가지 않았었다고 말했다. 그리고 세 친구들이 학교로 찾아온 이야기를 하고 그들이 옛날 학교를 다닐 때 저지른 바보스런 짓들을 과장해서 털어놓았다. 그녀는 웃었다. 그리고 정말로 덕산에 한번 올라가보았으면 좋겠다고 말하고, 산에 가려면 정말 천막과 버너와 등산복이 있어야 되느냐고 물었다. 그는, 아마 잘은 모르지만 뽀족구두와 치마만 아니면 될 거라고 대답했다. 그녀는 얼굴을 붉혔다. 그녀는 치마를 입고 있었다. 그는 그녀를 데리고 항주여관으로 갔다.
"집으로 돌아가시려면 내일 아침까지 기다리셔야 되겠습니다. 타고 오신 배는 미조에서 자고 내일 아침 여섯시경에 여기를 들러 뭍으로 나갑니다. 잘 아시겠지만."

  그가 근심을 했다. 그녀는 피식 웃었다.

"집에 갈 끼 걱정입니까? 지금 당장 큰길가로 나가믄예, 뻐스도 있을 끼고예, 뻐스가 가버렸다 카믄예, 걸어서도 갈 수가 안 있습니까. 한 서너 시간 부지런히 발만 놀림사 왜 못 가겠습니까?"

"날이 저무는데 혼자서 산길을 서너 시간 걸어간다 이겁니까?"

"세상에 해야 할 일이라면 못 할 일이 어디 있겠습니까?"

"차라리 치마 입고 산에 올라가는 것이 더 낫겠습니다."

"그것도 나쁠 것 없지예."

  그는 말로라도 그녀를 곯려주려 했었는데, 오히려 그녀에게 위압을 당한 듯한 느낌이 되어버렸다. 그들은 주인 아주머니에게 이른 저녁을 시켜서 먹었다. 그리고 벌써 산중턱은 오르고 있을 세 친구들의 뒤를 따랐다.

  산은 그 밑에 이르러서 보자 높이는 사라지고 하나의 구역이 되었다. 그것은 방향이었고, 경사였고, 넓이였다. 그리고 그것은 바라볼 어떤 것이 아니라 들어가서 안길 어떤 것이었다. 그들은 큰길을 버리고 산길로 접어들었다. 그리고 조금씩 산속으로 묻혀들어갔다. 평지에서는 좀처럼 느껴지지 않는 태고라고 하는 대단히 애매한 느낌이 산속에서는 살갗으로 느껴졌다. 몇백만 년 전인지 알 수 없는 엄청난 옛날에 산을 만드는 운동으로, 지층의 횡압력을 받아서 생긴 습곡이 만들어졌을 때의 모습 그대로 그들을 받아들였다. 산에 오르는 것은 텔레비전탑에 오르는 것과는 달랐다. 그것의 목적은 반드시 높은 위치에 도달하여 넓은 시야를 즐겨보자는 것만은 아니었다. 멀리서 보는 사람에게는 푸르스름한 신비로 나타나는, 능선마다에 서려 있는 그 태고의 무시간성은 그 속에 묻히는 사람의 가슴속에 평지의 토막난 시간 개념이 낸 상처를, 엄청난 그 대조로써 어루만져주었다. 평지에다가 집을 짓고 다리를 놓고 철도를 까는 인위는, 이 무시간의 거창한 자연 속에서는 기껏 줄사다리나 쇠난간이 아니면 막걸리나 콜라 장사의 두들겨 맞춘 의자나 식탁과 같은 초라한 꼴들로 나타나서, 상대적으로 자연의 위의를 더 돋보이게 만들었다.

그들이 산중턱에 이르렀을 때 날이 저물기 시작했다. 그때까지 산의 경사는 비교적 완만했다. 그 다음부터는 갈수록 가팔라져서 두 발만 가지고는 안 되고 네 발을 다 써야 할 필요가 자주 생겼다. 그는 그녀를 도와주었다. 그녀의 손바닥은 땀에 촉촉이 젖어 있었다. 그리고 그녀의 몸무게는 보기와 같이 대단히 가벼웠다. 그들이 산꼭대기에 도달하자 날은 어두워져버렸다. 어디선가 천막을 치고 버너에다가 차라도 끓이고 있을 세 친구들을 찾는 것은 쉬운 일이 아니었다. 천막 밑에서 잠자기를 좋아하는 사람들은 천막 밑에다 남겨두기로 하고 그들은 그들대로 딴 종류의 잠자는 방법을 택하기로 했다. 이튿날 일찍 일어나서 해뜨는 것을 구경하자면, 그것이 덕산을 오르는 대부분의 사람들의 희망인데, 아무래도 일찍 쉬는 것이 낫겠다고 생각이 되었으므로 그들은 가까이 있는 여관으로 갔다. 그들이 맨 처음 찾아간 곳에는 손님이 꽤 많은 것 같았지만 그들이 들 방은 비어 있었다. 여관은 깎아 세운 듯한 암벽을 옆에 끼고 그들이 올라온 길을 한눈에 내려다볼 수 있는 곳에 위치하고 있었다.

얼굴과 손발을 씻고 방으로 들어오자 그는 비스듬히 누워서 담배를 피워 물었다. 와이셔츠갑 같은 가방을 들고 까불던 교감의 모습이 떠올랐다. 그는 산에 올라오면서, 그리고 도중에 쉬면서, 그녀에게 그가 어느 학교를 나왔고 군대에 가서는 얼마쯤 고생을 했으며 여기 오기 전에는 무슨 학교에 있었는데 일이 어떻게 잘못되어서 여기까지 오게 되었는가 하는 따위를 이야기해준 대가로 그녀의 생애에 대해서 약간의 지식을 얻은 바 있었다.

그녀는 석 달 전까지는 뭍의 어느 국민학교의 철없는 한 교사였었다. 그때 그녀가 하숙을 했던 곳이 바로 문교감의 집이었다. 그는 그때는 교감이 아니라 그녀의 학교와 같은 시에 있는 중학교의 평교사였었다. 어느 날 밤, 아마도 시내 전 국민학교 종합 경기대회의 예행 연습 때문에 그녀는 밥을 먹고 나자 녹아떨어졌다. 자다가 숨이 답답해서 눈을 떠보니 문선생이 배 위에 올라타 있었다. 그녀는 소리를 지를 수 없었다. 문선생은 보통 남이 아니었다. 그녀의 국민학교 적 은사였다. 그녀가 예순 명도 못 되는 섬마을 국민학교의 졸업생 중에서 일등을 하자, 가난해서 진학을 못 한다는 이야기를 듣고 다혈질인 문선생이 제 호주머니를 털어서 그녀를 육지로 유학보냈었다. 그리고 자기도 이내 뭍으로 자리를 옮겼었다. 그녀는 그의 집에서 숙식을 하면서 중학교와 고등학교를 마쳤고 그가 얻어준 장학금으로 교대를 졸업했었다. 그녀는 찍소리도 못 하고 당했다. 그가 일을 마치고 방을 나가자 그녀는 베갯머리에 얼굴을 묻고 소리죽여 흐느꼈다. 첫여름의 무더운 밤에 있었던 일이었다.

그녀가 들어왔다. 아마 여자들은 얼굴을 씻는 데에 시간이 많이 걸리는 모양이었다. 그녀는 무릎을 모으고 조심스럽게 앉더니 그가 천장에다 계속해서 연기만 내뿜고 있자 두 다리를 쭉 뻗고 편히 앉아서 벽에다 등을 기댔다. 문선생은 그녀에게 관계의 계속을 요구했다. 그가 그녀를 잘못 보았음이 분명했다. 그가 첫번째 성공의 의미를 잘못 해석하고 있음이 분명했다. 그가 그녀의 방으로 두번째 침입해 들어왔을 때 그녀는 소리를 질렀다. 그의 부인은 그때 집에 없었지만 결국 모든 것을 알게 되었다. 딸 하나를 낳고 단산을 한 문선생의 부인은 그녀를 친딸처럼 사랑했었다. 그 부인은 사건을 조용히 받아들인 대신에 단호히 남편과 헤어졌다. 그 부인을 생각하면 그녀는 수치심 때문에 숨이 막혔다. 그녀도 그 부인을 부모처럼 좋아했었다.

건오는 담뱃불을 비벼서 껐다. 그녀는 맞은편 벽 중간께에 걸려 있는 남폿불을 멀끔히 쳐다보고 있었다. 그가 그녀의 옆얼굴을 물끄러미 바라보자 그녀도 고개를 돌려 그를 쳐다보았다. 그는 문득 생각난 듯이 일어섰다. 그리고 남폿불의 심지를 줄인 다음 훅 하고 바람을 불어넣었다.

이튿날 아침 일찍이 일어났지만 구름이 끼어서 해돋이 구경을 할 수가 없었다. 그들은 다시 여관으로 돌아와서 아홉시까지 늦잠을 잤다. 그리고 아침나절을 동굴 속에 들어가서 촛불 켜는 앞에 오십 원을 내놓고 약수도 마시고, 이 봉우리 저 봉우리 다니면서 별의별 기암 괴석들을 구경하며 보냈다. 용바위도 있었고 돼지바위도 있었다. 닭바위와 부부바위도 있었다. 안내하는 사진사가 돼지바위를 설명할 때 그녀는 피식 웃었다. 멀리 저 아래에는 구름 사이로 섬들이 점점이 솟아 있었다. 그들은 점심을 먹고 산꼭대기에서 헤어졌다. 그가 같이 내려가자고 했지만 그녀는 동네 사람이 산 위에서 노점을 하는데 거기도 한번 가보아야겠고 그리고 반대편 기슭으로 내려가면 그녀의 동네가 더 빨리 나온다고 말하면서 한사코 그더러 먼저 내려가라고 했다.

그는 무언지 조금 안된 기분이었지만 이상하게도 그녀의 말을 거역할 수가 없었다. 그는 그녀와 헤어졌다. 그리고 혼자서 산을 내려왔다. 가파른 길을 내려올 때는 그녀의 촉촉한 손의 감촉이 생각났지만, 중턱쯤 와서 길의 경사가 완만해지자, 그리고 두고 온 그녀와의 거리가 차츰 멀어지자, 맨 처음 얼핏 들었던 이상한 느낌이 자꾸만 고개를 들고 일어났다. 돌아서서 다시 올라가보는 게 낫지 않을까…, 그런 생각을 열심히 하느라고 천천히 발걸음을 떼었지만 결국은 산 아래에까지 내려오고 말았다. 산길과 큰길이 갈라지는 산 아래 산의 입구에 딱 도착하자 그는 그가 분명히 잘못했다는 것을 깨달았다. 같이 올라갔으니 같이 내려와야 할 것이 아니냐.

그는 천천히 해변을 향하여 큰길을 걸어갔다. 얼마 동안을 그렇게 걷고 있자 길가로 동네가 나타나기 시작했다. 차츰 집들이 많아졌다. 학교가 나타났다. 우체국이 나타났다. 그리고 지서가 나타났다. 한참 동안을 그렇게 더 걷고 나자 이번에는 집들이 차츰 사라지기 시작했다. 약방이 보이고 공회당이 보이더니 다리가 나타났다. 그리고 양쪽이 모두 텅 비고 하얀 길만이 뻗어 있다가 그 길이 갑자기 뱀처럼 몸을 틀고 송림을 피해서 사라져버렸다. 그는 모래밭에 주저앉았다. 그리고 뒤를 돌아보았다. 육백육십육 미터의 산이 성큼 그의 눈앞으로 다가왔다.

〔『월간중앙』, 1971. 10〕

벌 판

기차가 들어왔다. 반 평도 안 되는 매표소에서 짐승처럼 웅크리고 앉아 있던 승차권 위탁판매원이 기어나왔다. 그의 코 언저리에는 구식의 돋보기 안경이 얹혀 있었다. 허리가 굽고 키가 작은, 쉰 안팎의, 곱사 같은 그 사내는 몇 사람이나 내릴려누— 하듯이, 시큰둥하게 다가오는 기차를 쳐다보았다. 기차를 기다리는 사람들은 모두 셋이었다. 그들은 쇠기둥에 떠받쳐진 슬레이트 지붕 아래, 두 개의 긴 나무의자에 앉아서 반 시간 이상을 기다리고 있었다. 그들 중에서 둘은 표를 끊었고, 하나는 마중을 나왔다. 마중나온 사람은 상치마을 김참봉네 큰아들이었는데, 참봉의 막둥이 손자가 삼 년 동안의 군대 생활을 마치고 집으로 돌아오는 모양이었다. 지금에야 겨우 밥이나 안 굶는 형편이지만, 그들이 소싯적이었을 때만 해도 상치마을 김참봉 하면 일 년 추수 오백 석을 하는 부자였었다. 그 자신을 포함하여, 그 일대에서 김참봉의 땅뙈기를 부쳐먹지 않은 사람은 하나도 없었다. 표를 끊은 둘은 젊은 사람들이었는데, 하나는 하치 사는 정가의 둘째놈이 틀림없었지만, 또 하나는 누군지 얼른 알 수 없었다. 자라나는 사람들이란 볼 때마다 달라서, 저희들이 먼저 알은체를 하지 않으면 몰라보는 법인데, 요즈음 젊은 놈들은 어떻게 된 셈판인지 나이든 사람들을 개좆으로도 생각하지 않는 모양이다. 참, 세월이 많이도 흘렀다.

기차가 멎었다. 거대한 붉은 쇳덩이가 푸— 푸— 하고 가쁜 숨을 내뱉었다. 검은 안경을 쓴 기관사의 윗몸은 기관에 붙은 한 부속품처럼 보였다. 홍익회의 날계란이나 삶은 계란 판매원이 맨 뒤칸에서 툭 튀어내렸다. 그리고 가운데쯤에서 제대 군인 하나가 또 내렸다. 계란 판매원은 잠시 후 반대 방향에서 올라올 차를 바꿔탈 놈이었다. 기차가 덜커덩거리면서 뱀처럼 몸을 꿈틀거리기 시작했다. 차장놈은 생선장수들로부터 동전 두 닢씩을 걷고 있는지 미처 코빼기도 내보이지 않았다. 기차는 곧 산모퉁이로 사라졌다. 금방 눈발이라도 희끗거릴 것처럼 날씨는 잔뜩 흐렸다.

"고생했다. 어서 집으로 가자. 날씨가 차구나."

김씨는 삼십 분 동안이나 기다리느라고 화가 조금 났었지만, 복숭아처럼 보송보송 어린애 티를 채 못 벗었던 아들이 눈 밑이 거무스름하게 겉늙어서 돌아온 것을 보니 대견스런 마음을 금할 수 없었다. 그는 저고리 자락이 허리띠 밖으로 나온 파르스름한 제대복에 검정 농구화를 신고, 커다란 종이 봉투를 들고 있었다.

"아버지, 여기는 아직 택시도 없어요?"

"택시? 택시가 다 뭐냐? 저기 저 농로도 지난 여름에사 동네 사람들이 울력을 해서 낸 거란다."

매표소 옆, 단 한 그루의 잎 다 진 앙상한 개살구나무 아래에서 머뭇거리고 있던 돋보기 쓴 사내가 굽은 허리를 더 굽히면서 주춤주춤 다가왔다.
"고생했지? 얼굴은 더 좋아졌는데?"
"모르겠느냐? 참바웃골 장샌이다."
"어려서 봐서 알랴구요? 추운데, 저기 가서 어한이나 하십시다. 한데서 한 식경이나 좋이 기다리셨으니, 발이 곱아올걸입쇼?"
"뭘. 오릿길이니 두어 걸음 해서, 아여 아랫목 차지하는 게 낫지. 가자, 어서."
김씨는 뒷짐을 지고 헛기침을 하면서, 들길로 접어들었다. 아들이 말없이 뒤를 따랐다. 그는 키가 작았지만, 몸매가 꽉 째여 보였다.
도시에서 이 킬로미터라고 하면, 버스 정류소가 있어도 서넛은 있을 거리이지만, 들판길 오리는 대개 무인지경이거나, 동네 옆을 지난다 해도, 대나무 울타리가 아니면 꼬꼬댁거리는 닭이 새끼들이 고작이어서 그렇게 먼 거리로는 느껴지지 않는다. 그러나 김씨는 도중에 들 한복판에서 걸음을 멈췄다. 그의 말대로, 한 걸음에는 안 되고, 두 걸음을 해야 할 모양이었다. 그는 원근을 살펴보았다. 뒤에 섰는 아들은 몰랐지만, 그는 일찍이 한때는 그의 땅이었던 데를 눈어림으로 짚어보는 중이었다. 아들 경철도 그가 서 있는 곳이 옛날의 자기들 땅이었다는 것을 짐작 못하는 바는 아니었다. 그러나, 그 땅의 소출로 자식 새끼들 먹여서 키우고, 여의어서 제금내고, 부모 시신 염습하여 선산 발치에 묻은 사람의 감회와 같을 수는 없었다.
"요즈음 기운이 부쩍 쇠하여, 몇 걸음 행보가 수월치 않구나."
김씨는 혼잣말처럼 그렇게 중얼거리고 다시 걸음을 옮겼다.

"왜 아버지가 나오셨어요? 아무도 안 나와도 되지만, 꼭 나와야 된다면, 아버지 아니라도 나올 사람이 있지 않아요?"
"누가 나오냐? 네 에미가 나오냐? 네 형들은 하난 출타중이고, 하난 아퍼서 사흘째 자리보전중이다."
"현우하고 봉우는 어딜 갔어요?"
"식구가 많은 것 같아도, 일이 나면 손이 딸리는 법이다. 한 놈은 제 애비 병 심부름 간 모양이고, 또 한 놈은 즈이 외간가 어디에 무슨 일이 있나보더라."

그럼 아버진 뭣 하러 나오셨어요──라는 말이 입 밖으로 튀어나가려 했지만, 경철은 참았다. 잠시 부자는 말없이 걸었다. 논에는 그루터기들이 하얗게 세어 있었는데, 나지막한 고개를 오르자, 비탈진 밭에 보리가 파랗게 자라 있고, 탱자나무 울타리 옆에 짚더미가 퇴색되어 쌓여 있었다.

"오늘은 푹 쉬고, 내일 아침 일찍 성묘 다녀오너라. 그리고 오는 길에 네 숙부댁, 당숙댁, 고모부댁에 들러 오너라."
"오는 길엔 아무데도 들릴 수 없어요. 산소에 갔다가 바로 전주에 나가야 됩니다. 전 아직 완전히 제대가 된 게 아니거든요. 예비사단에 가서 제대증을 찾아야 일이 끝납니다."

아버지는 잠시 말이 없었다. 그는 아들이 돌아오면 할 이야기가 굉장히 많다고 생각했었다. 그런데, 그 자신의 고무신 바닥과 아들의 농구화 바닥이 촉촉한 황토 위에 가서 닿는 소리만이 유난히 크게 들려올 뿐, 머릿속이 휑── 하니 비어버렸다. 더러 생각이 나지 않는 것은 아니었지만, 잔가지들이 다 잘려버리고, 잎사귀들이 다 져버려서, 줄기만 앙상하게 뻗어 있는 것이, 조금도 이야기할 만한 것으로 보여지지 않았다. 그는 아마 '아들이라는 것'만을 너무 생각했었던 모양이었다. 막상 나타난 것은 '아들'이라거나, '막둥이'라거나 하는 추상적인 것이 아니라 대단히 구체적인 하나의 물질, 하나의 독립된 고깃덩어리, 거대한 단백질 덩어리였다.
 "어떤 형이 아퍼요? 작은형이에요?"
 "아니다. 큰형이다. 수삼 일 전에 양평 사돈 영감이 참척을 당했다. 찬바람 쐬고 거기 다녀와서 아마 몸살 감기가 겹친 모양이다."
 양평 사돈이 누군가, 제기. 경철은 탱자 껍질 말라비틀어진 것을 발로 걷어찼다. 남루한 옷을 입은 농부 하나가 김씨에게 인사를 꾸벅 하고 지나갔다. 한참을 더 말없이 걸어가자, 황톳길 위에 모래와 자갈이 많아지고, 개똥이 드문드문 눈에 띄기 시작하더니, 차츰 사람의 배설물도 나타났다. 온전한 것, 토막난 것, 이겨진 것, 또, 짙은 것, 옅은 것, 바랜 것, 여러 가지였다. 그리고 다섯 걸음마다, 돌담과 썩은새로 엉성하게 가려진 똥통이 나타났고, 열 걸음마다 파르스름하게 빗물이 괸 인분 저장 탱크가 라면 봉지, 구겨진 담뱃갑, 양회 푸대 종이 찢어진 것 등과 함께 나타났다. 그들은 이웃 동네를 지나고 있었다. 어른들은 아마 집안에서 새끼를 꼬거나, 손금을 보고 있는지, 골목에는 애들뿐이었다. 국민학교 이삼학년쯤 되어 보이는 놈들 둘이 서로 차지하려고 투닥거리고 있던 간짓대가 경철의 발길에 채였다. 그는 걸음을 멈추고 돌아서서, 그가 걸어왔던 방향으로 그 간짓대를 힘껏 걷어찼다. 간짓대는 소리를 내면서 저만치 굴러갔다. 두 놈 중의 누구도 그것을 주우러 가려 하지 않고, 한 놈이 경철을 향하여 분명한 발음으로 "씨브랄놈"이라고 말하고, 그를 빤히 쳐다보았다. 그는, 그놈이 달아날 생각을 전혀 하지 않았기 때문에, 쫓아갈 수가 없었다. 그는 주먹을 쥐어가지고 그놈 코앞으로 들이밀었다. 그놈은 "왜 그려?" 하면서 턱을 뒤로 끌어들일 뿐, 움쩍도 하지 않았다. 경철은 뛰어가서 간짓대를 집어들었다. 그리고 마침 그때 서너 달쯤 되었을 장병아리 한 마리가 수탉에게 쫓겼든지, 강아지에게 쫓겼든지, 꼬꼬꼬— 하면서 타조처럼 엉기적엉기적 옆골목에서 뛰어나왔으므로, 그는 간짓대를 땅 위로 나지막하게 눕혀서 옆으로부터 닭 다리를 후려쳤다. 닭은, 맞았는지 안 맞았는지 모르지만, 질겁을 해서, 꼬끼댁꼭꼭 하면서 돌담 저쪽으로 날면서 뛰면서 달아나버렸다. 경철은 간짓대를 마주서 있는 어린 놈들 둘 앞에다 던져주고, 벌써 동구 밖을 빠져 나가고 있는 아버지를 향하여 뛰어갔다.

그 동네 다음부터는 버스가 다니는 큰길이었다. 김씨는 집에 도착할 때까지 별로 말이 없었다. 경철은 무엇인가를 하나씩 확인해가는 듯한 기분이었다. 대개 기대란 완전히 들어맞지는 않는 것이 보통인데, 서너 번 휴가를 다녀가긴 했지만, 삼 년여 동안을 떠나 있다가 돌아오는 판에, 길모퉁이의 돌멩이 하나, 돌담 위의 비뚤어진 기왓장 하나, 그의 기대, 또는 그의 기억을 거슬리는 것이 없었다. 모든 것이, 가장 작은 놀라움도 줌이 없이, 야무지게도 그의 기대와 맞아들어갔다. 조금 달라진 것이 있으면, 그것은 약간의 변화를 예상했던 그의 기대 속에 즉시 흡수되어 버렸다. 차라리 그런 변화가 없었더라면, 그런 변화를 예상했던 기대나마 저버려져서 약간의 경이감을 받았을지 모를 일이었다. 변화조차도 정확히 예상한 대로였다.

집에는 둘째아들 형철이 와 있었다. 김씨에게는 아들 넷이 있었는데, 큰아들 선철은 집에서 농사를 지었고, 둘째아들 형철은 주로 면 소재지를 돌아다니면서 중학교 선생을 했고, 셋째아들 환철은 군 농업협동조합에서 돈다발을 세었다. 큰며느리가 부엌에서 나오면서 어머니는 막걸리를 받으러 갔다고 말했다. 김씨는 뜨뜻한 아랫목에 허리를 지지려고 큰방으로 들어갔다. 신옥이가 제 어미 치맛자락 뒤에 숨어서 삼촌에게 인사를 했다. 삼촌이 "너 몇 학년이야?"라고 묻자, 신옥이는 삼촌이 그 동안 떨어져 있었으므로 이제 조금 귀여워해주려나보다라고 생각했는지, 약간 앞으로 나가면서, "오학년"이라고 대답했다.
"오학년이나 된 게, 심부름 하나 못 해서, 할머니가 술을 받으러 가?"
경철이 소리를 질렀다. 그때 마침 마당으로 들어서고 있던 김씨 부인이 경철의 등뒤에서 "저것들이 가면 물을 타서 준단다"라고 말했다. 그리고 막걸리가 든 큰 주전자를 며느리에게 건넸다. 신옥이 어머니의 치맛자락으로부터 할머니의 치맛자락으로 옮겼다. 김씨 부인은 손녀의 머리를 쓰다듬으면서, 기차가 너무 오래 연착이나 하지 않았었는지 걱정을 했고, 그리고 날씨가 춥다고 말을 한 다음, 마당에 서 있는 둘째아들과 넷째아들을 방안으로 몰아넣었다.
건넌방에는 큰형 선철이 이불을 뒤집어쓰고 앉아 있었다. 이십 년 동안 땅을 파먹고 살아온 사람답게, 깊은 주름살이 잡힌 중년의 그의 얼굴은 흙빛이었다. 술이 들어왔지만, 감기 기운이 아직 남아 있다고 그는 술잔을 받지 않았다. 농부들이 대개 그렇듯이, 그는 바보스럽고, 선량하고, 미련하고, 고지식했다. 그리고 말이 많았다. 그는 저 양반이 그 동안 심심해서 어떻게 살았

나 싶을 정도로 열심히 이야기를 했는데, 동생들 앞에 잔이 비면, "저기 잔 났다. 술이란 권하는 맛에 마시는 거여,"라고 말하는 것도 잊지 않았다. 그는 그가 농사를 지었기 때문에 점점 더 못살게 되었다는 것을 알고 있었다. 그리고 그는 왜 농사를 지었기 때문에 점점 더 못살게 되었는가도 알고 있는 것 같았고, 또, 어떻게 하면 농사를 지어서 더 잘살 수 있게 될 것인가 하는 것도 알고 있는 것 같았다. 그러나 형철이 "그럼 왜 그렇게 안 해요?"라고 묻자, 그는 "돈이 없는데 어떻게 해,"라고 대답했다. 그래서 그때까지 술만 퍽퍽 퍼마시고 있던 경철이 "돈이 있으면 누가 못 해요. 없으니까 못 허지요."라고 말하자, "그럼 나보고 남이 못 하는 짓을 하라는 말이냐?"라고 그가 화를 내었다.

　형철은 형과는 달리 전혀 농사에는 흥미가 없는 모양이었다. 근 십 년 동안 교편 생활을 해왔고, 지난 봄 이래 임동중학교에서 근무를 하고 있는데, 작년에는 일급 정교사 자격을 따기 위해서 약간 고생을 했다. 그는 고생을 별로 좋아하지 않았지만, 지금의 그의 형편으로 "인생에 있어서 어떤 목적이랄까, 목표 같은 것을 설정해본다면, 비근한 것으로, 가령 장학사 같은 것을 생각할 수 있겠는데, 이건 이윤이 많고 화려하고 계획년도를 단축시킬 수 있어서 좋긴 하지만, 그 대신 비용이 많이 들고 달성하기가 힘들어서, 포기한 건 아니지만, 중점을 좀더 장기적인 안목으로, 가령, 교장 같은 것에다 둘 수도 있는 일"이었다. 교장이 되려면 교장 자격증이 있어야 했고, 교장 자격증을 따려면 우선, 조금 요원한 이야기지만, 그의 이급 정교사 자격증을 일급으로 갱신해놓아야 했다. 일급 정교사 자격증을 따기 위해서, 그는 겨울과 여름, 두 차례에 걸쳐서 강습을 받았고, 강습을 받기 위해서 강습 지명을 받아야 했었는데, 원래 지명이란 서열에 따라서 자동적으로 되는 것인데도, 장학사들이 장난을 쳐서, 새치기하는 데만 돈이 드는 것이 아니라, 제자리를 지키는 데에도 돈이 들었다. 겨울 방학 때엔 '무사히' 지명을 받아서 강습을 마쳤지만, 여름 방학 땐, 탄탄하게 믿고 있었는데, 수강자 명단에서 그의 이름이 빠져 있었다. 강습을 반 토막만 받는 것은 어리석은 일이었다. 그것은 전혀 받지 않는 것보다 헛수고를 한 것만큼 더 손해였다. 세상에 그런 죽일 놈들이 또 없었다. 염탐을 해본 결과, 그는 아무데 사는 아무개가 만 원을 썼다는 것을 알아냈다. 그는 이만 원을 던졌다. 그리고 가까스로 마지막 단계에서 그의 이름이 명단 위에 되살아나는 것을 보았다.

"형님이 새치기한 거 아니오?"

이제는 제법 술기가 오른 경철이 잔을 내려놓으면서 말했다.

"원래는 했지. 그러나 일단 서열이 조정됐으면, 그게 새 순서가 아니냐? 그 순서로부터 밀려났었단 말이다."

일급 정교사는 저녁을 먹고 곧 임동으로 떠났다. 그리고 경철은 뜨뜻하게 군불을 지핀 아랫방으로 건너가서 일찌감치 잠자리에 들었다. 군복 벗은 첫날이 조용히 저물어갔다. 대단한 것은 아무것도 없었다. 친구들과 함께 이웃 동네에 닭서리를 갔다 온 기분일까. 그는 인도지나 사람들을 많이 죽였다. 그러나 그것은 까마득한 옛날에 있었던 일처럼 느껴졌다. 어쨌든 그것은 직선 거리 이천 마일 쪽에서 있었던 일이었다. 그는 눈꺼풀을 몇 번 깜박거리다가 잠이 들었다.

경철은 그 이튿날 아침에 성묘를 가지 않았다. 사흘째 되는 날에도 가지 않았다. 그는 죽치고 방구석에 들어박혀서 잠을 잤다.

나흘째 되는 날 아침, 그것도 열시경에, 그는 아버지에게 산소에를 다녀와야겠다고 차비를 달라고 했다. 김씨는 그에게 왕복 차비에다 백 원을 더 붙여서 이백 원을 주었다. 그리고 김씨 부인은 며칠 전에 이미 사다둔 소주 큰 병 한 병과 동명태 한 마리를, 유기 술잔 하나와 함께, 보자기에 싸서 그에게 주었다.
"잔 올리고 남은 것은 정샌 주고 오너라."
아버지가 말했다. 정샌은 산지기였다. 그는 돈과 꾸러미를 받아들고 집을 나섰다.
밖으로 나오자, 그는 먼저 집에서 제일 가까운 구멍가게로 갔다. 주인 마누라쟁이가 안 체하며 수다를 떨려고 했지만, 그는 그것을 묵살하고, 보따리에서 술병을 불쑥 꺼내면서, "이거 얼마에 파요?"라고 물었다.
"그거 금강 이십 도요? 이백 원짜리네요."
경철은 술병을 진열대 위에 얹었다. 뒤틀어진 소나무 판자로 된 그 선반에는 먼지가 부옇게 앉아 있었다.
"나 이백 원 줘요." 경철이 말했다. "나중에 돈 주고 찾아갈 테니까."
구멍가게 아주머니는 그를 물끄러미 쳐다보았다. 그러나 그가 손바닥을 쫙 펴가지고 그녀 코앞으로 쑥 내밀자, 그녀는 주춤 뒤로 물러서서, 손때가 까맣게 묻은 작은 나무상자를 열었다. 그리고 백 원짜리 두 장을 꺼내서 그에게 주었다.
그는 그것을 받아서, 곱게, 아버지가 준 차비와 함께, 저고리 안호주머니에 간직했다. 그리고는 술잔을 꺼내서 한 손에 들고, 명태와 보자기를 둘둘 말아서 뒷호주머니에 꽂으며, 뒤도 안 돌아보고 가게를 나왔다. 공기는 빙점 근처로 쌀쌀했지만, 햇볕이 눈부시게 쏟아지고 있었다. 그는 큰길을 향하여 어슬렁어슬렁 걸어갔다. 도중에 동네 사람들을 몇 번 만났는데, 그들은 한결같이 걸음들을 딱 멈추고, 수선을 떨고 싶어했다. 그러나 경철이 걸음을 멈추지 않고, "안녕히 주무셨어요?"라고 말하면서 번번이 그냥 지나가버렸으므로, 그들은 조금 무안하여, 그를 흘긋흘긋 돌아보면서 제 갈 길들을 갔다. 사정은 버스 정류소를 겸하고 있는 큰길가 약방에서도 비슷했다. 그가 들어가자, 약방 주인이, 굉장히 반가워해야 할 의무라도 있다는 듯이, 두 팔을 벌리고 그에게 달려들었다. 그는 약방 주인을 하고 싶은 대로 하라고 내버려두고, "오래간만이오."라고 말한 다음, 책상 위에 있는 전화통으로 가서 수화기를 집어들고, 등뒤에 있는 주인에게 어깨 너머로 "전화 좀 빌립시다."라고 말했다.
"뭐 하시게요?"
"전화하게요."
"아니, 어디로 하시게요?"
"차 좀 부르려고요."
"택시요? 조금 전에 웃동으로 한 대 들어갔소. 곧 나올 거요."
'곧'이 십 분이 되긴 했지만, 차 한 대가 나오긴 나왔다. 경철은 약방 옆의 가게에서 삼십 도짜리 소주 두 홉들이 한 병을 외상으로 받아서 들고 차를 탔다. 그가 "삼봉으로 갑시다,"라고 말하자, 운전사는 별로 달갑게 여기지 않는 눈치였지만, 군소리 없이 차를 돌렸다. 삼봉은 읍내와는 반대 방향으로 십 리쯤 되는 곳이었다. 읍은 삼십 리였다. 운전사는 조금 가다가 계기를 아래로 돌려서 '빈 차'로 만들었다. 경철은 모른 척했다. 엉덩이를 붙이고 조금 앉아 있었는가 싶자, 곧 삼봉이 되었다. 그가 얼마냐고 묻자 운전사는 뒤도 돌아보지 않고 "삼백 원만" 달라고 했다. 경철은 이백 원을 주었다.

"백오십 원이면 오는 데야. 고맙다 하고 받아둬."

운전사는 고맙단 말은 안 했지만, 별로 투덜대지도 않고 차를 돌렸다. 경철은 술병을 꺼내서 한 손으로 그 목을 쥐고, 또 한 손으로 명태를 꺼내서 그 꼬리를 쥐었다. 그리고는 황토를 빨갛게 깎으면서 흐르는 도랑물을 거슬러서, 산속으로 오 리를 어정어정 걸어들어갔다. 산소에는 소나무숲이 빽빽하게 들어차 있었는데, 그 안에 잘 가꾸어진 잔디가 양지바른 빈터를 만들고 있었고, 그 경사진 빈터에 위에서 아래로 무덤 셋이 나란히 열을 지어 있었다. 각 봉분마다 화강암으로 축대가 쌓여 있었고, 대리석 상석이 있었고, 이끼 낀 비석이 서 있어서, 경철은 여기에나 와야 그의 할아버지가 참봉이었다는 것을 느꼈다. 맨 아래에서 위에까지는 열 발자국밖에 안 되었지만, 원체 경사가 져 있고, 또 산길을 꽤 걸어온 뒤라, 오르기에 두 다리가 팍팍했다.

"제기랄! 비엘남보다는 낫다만."

그는 맨 윗 봉상으로 올라갔다. 땀이 나고 숨이 찼다. 그는 구두를 벗고, 양말 바람으로 상석 앞에 가서, 술병과 명태와 잔을 그 위에 내려놓았다. 그리고는 돌아서서 남쪽으로 멀리 보이는 파르스름한 산들을 바라보며 숨을 깊이 들이마셨다. 햇볕은 대단히 따사로웠지만, 바람이 상쾌하게 불어와서 금방 그의 땀을 식혔다. 그는 다시 돌아서서 잔에다 술을 부었다. 그리고 그 앞에 두 번 엎드려서 절을 했다. 두번째는 첫번째보다 조금 오래 엎드려서, "할아버지, 경철이가 왔습니다. 집안 형편을 보니, 아무래도 할아버지가 좀 보살펴주셔야겠습니다. 허긴 할아버지 덕분에 저도 이렇게 사지가 멀쩡해서 돌아왔습니다만, 이왕 보아 주신 김에 더 많이 보아주셔야지요. 안 그렇습니까, 할아버지?"라고 말했다. 그리고는 일어서서 앞으로 나아가 잔을 들고, "할아버지, 평소에 할아버지가 술을 몇 잔이나 하셨는지 모르겠습니다만, 하불소 석 잔은 하셔야지요. 퇴주는 불승영모, 불초 현손이 맡겠습니다."라고 말하고, 술을 쭉 들이켰다. 그는 둘째 잔을 따라서 올렸다. 그리고 잠시 있다가 그 잔을 홀짝 비웠다. 셋째 잔을 올렸다. 잠시 있다가 그 잔을 또 홀짝 비웠다. 갑자기 배 창자가 뜨뜻해졌다. 그리고 열기가 온몸으로 퍼지면서, 이 세상도 조금은 살 만한 가치가 있는 것으로 보이게 해주었다. 그는 재배를 올렸다. 그리고 술병과 잔과 명태를 챙기고, 구두를 신고, 다음 묘로 내려갔다.

그가 그의 증조할아버지 상석 위에 술병과 잔을 막 내려놓았을 때, 저만치 잔솔밭 속에서 무슨 소리가 났다. 그러고 보니, 조금 전 절을 했을 때에도 무슨 인기척을 들었었던 것 같았다. 그는 명태 꼬리를 움켜쥔 채, 허리를 구부리고, 짐승처럼 날쌔게 잔디밭을 가로질러 소나무밭으로 갔다. 분명히 무슨 소리가 났다. 그는 조심스럽게 잔솔 가지를 헤치면서 네 발로 기듯이 소리 나는 쪽으로 다가갔다. 어떤 사람이 등을 이쪽에다 대고, 낫으로 솔가지를 치고 있었다. 경철은 살금살금 기어가서, 느닷없이 "이놈!" 하고 고함을 지르며, 명태 대가리로 그의 뒤통수를 내리쳤다. 그러자 그놈이 "누가 이려?" 하고 소리를 지르면서, 고개를 홱 돌렸는데, 보니, 산지기 아들이었다.

산지기 아들이라면, 경철에게는 또 역사가 있었다. 그는 경철이보다 두어 살 아래였는데, 정샌이 산지기 노릇 하는 것이 한스러웠던지, 그놈을 가르치려고 무던히 애를 썼지만, 사십 리 떨어진 읍내에서 중학교를 다닙네 하고 공납금으로 극장 가기와 책 팔아서 풀떡과 단팥죽 사먹기에 맛을 들여, 사흘이 멀다 하고 무단 결석을 하더니, 급기야는 구두닦이 통을 하나 장만해가지고 가까운 대도시로 달아나서, 한 달 만에 상거지가 되어 돌아왔었다. 정샌은 "젝제금 타고난 복이 따로 있지,"라고 말하고, 포기해버렸다.

그러나 그는 경철이에게는 좋은 친구였다. 경철은 지금까지 아버지를 기쁘게 해준 적이 별로 없었는데, 굳이 있었다고 한다면, 그것은 그가 산에 가서 놀기를 좋아했었던 것으로였다. 중학교 다닐 때, 그는 거의 일요일마다 산엘 갔었고, 집에를 아무리 늦게 돌아와도 산에 갔다 왔다고 하면, 그의 아버지는 입이 헤— 하고 벌어졌었다. 방학 때로는, 여름이건 겨울이건, 그는 산에서 살다시피 했었다. 그와 산지기의 아들은 왼산을 갈고 다녔었는데, 경철이 도토리총을 만들어 가지고 다니면, 그놈은 도토리를 한 주먹 주워가지고, "모지댐한 게 흡사 총알 같구려,"라고 제법 소견머리 든 어른 같은 소리를 나긋이 하면서, 뒤를 졸래졸래 따라오곤 했었다. 단 한 마리의 토끼, 단 한 마리의 꿩도 잡아본 적이 없었지만, 얼마나 많은 토끼들과 꿩들을 그들은 뒤쫓았던가. 한번은 커다란 소나무 등걸을 톱으로 베다가, 해 빠지는 것을 잊어버려서, 정샌이 어른들 특유의 겁먹은 목소리로 그들을 소리쳐 불러들였었다. 사실 산에서는 해가 지면, 곧 어두워져버렸다. 산등성이에 샘이 있었는데, 그 샘물은 추운 겨울일수록 더 따뜻해서, 해돋기 전에 거기 가서 냉수 마찰을 하면, 그건 냉수 마찰이 아니라, 온수 마찰이었다.

"이놈, 마당쇠로구나."

"아따, 이거 깅철이 아닌가비여. 언제 왔소? 그나저나 너무 시게 때렸구만."

"왜 쌩솔가지를 쳐?"

"아따, 빽빽허면 솎으는 벱여."

"솎아도 허가 받고 솎아야지 맘대로 솎아?"

"헤, 헤. 딱딱거리지 말어."

마당쇠는 이미 잘라놓은 소나무 가지들을 주섬주섬 긁어모으고, 저만치 가서 허리춤을 까고 오줌을 누었다. 경철은 그의 증조할아버지 묘 앞으로 갔다. 그리고 손에 쥔 명태를 잠시 들여다보다가, 상석 위에 얹어놓고, 술을 따랐다. "할 수 없습니다, 할아버지. 원래 명태란 두들겨서 먹는 거 아닙니까. 사실은, 세 마리를 가져왔어야 할 일입니다만, 저 윗 봉상 할아버지가 아마 다 잡수시지는 않으셨을 것입니다. 할아버지도 다 잡수시지 마시고, 조금 남기셔요. 아랫 봉상 할아버지에게도 차려드려야 되거든요."

경철은 아까처럼 또 두 번 엎드려서 절을 했다.

"할아버지. 고조할아버님께도 부탁을 드렸습니다만, 조금 도와주십시오. 큰형 말을 들으니, 오부 이자의 개인 빚 때문에 은행 돈을 얻어쓰지 않고서는, 도저히 숨통을 돌리지 못할 모양입니다."

그는 일어섰다. 그리고 앞으로 나아가서 상석 위의 술잔을 집어들고, "할아버지, 퇴주는 불초 증손이 음복합니다,"라고 말하고 술을 쭉 들이켰다. 그는 두 잔을 더 올렸다. 그가 재배하고, 제물을 챙겨서 맨 아랫 봉상으로 내려갈 때, 다리가 조금 흔들거렸다. 마당쇠가 나뭇짐을 꾸려가지고 잔디밭 발치에다가 기대놓고, 그 옆에 쭈그리고 앉아 있었다. 경철은 제물을 진설하고 술을 따랐다. 그리고 두 번 엎디어 절을 하면서, 농업협동조합의 돈을 융자받게 해달라고 빌었다. "작년에 양돈 조성 자금으로 몇 푼 빌려온 모양입니다만, 그놈의 돈이 돼지 주둥아리로 들어가기 전에, 사람 입 속으로 들어가버린 모양입니다. 그래서 농사자금조로 다시 얻어쓰기는 다 틀렸고, 일반 대출을 받아야 되는 모양인데, 그게 보통으로 어려운 일이 아니랍니다." 그는 일어섰다. "할아버지도, 할아버지의 할아버지와, 할아버지의 아버지와 마찬가지로, 석 잔은 채우셔야지요." 그는 남은 술을 두 잔에 나눠서 철철 넘치게 부어 올렸다. 그는 기분 좋게 취했다. 그는 재배를 하고, 잔을 챙겨서 호주머니에 넣고, 신을 찾아서 신고, 명태 한 마리를 들고 마당쇠가 있는 데로 내려갔다.
"아버지는 집에 계시냐?"
"동네 들어가셨어. 뉘 집 혼사 있나비여. 내가 쌩솔가쟁이 쳤다고 일를라고 그려?"
"그 말도 하고, 왔다고 인사도 하고, 그럴랴고 그랬는데, 마침 잘됐구나. 너 가서 내가 왔다 갔다고 말해. 그리고 이 명태 갖다드려, 잡수시라고."
"헤, 그 명태 여러 가지로 쓰이네. 그래, 집에 안 들르고 그냥 갈텨?"
"그냥 갈텨."
"아버지를 안 만나면, 나헌테사 이롭지만, 그래도 서운혀."
"쌩솔가지 치는 놈 있으면, 다리 몽댕이를 분질러노라고 그래."
"아이가, 어떤 놈이 감히 쌩솔 허러 들어오지도 못혀. 그럼 조심해서 잘 가요."

경철은 비틀거리면서 산을 내려갔다. 몇 번 도랑을 건너면서 물에 빠졌지만, 대단히 기분 좋게 큰길가에까지 나왔다. 버스가 있으려면 금방 있지만, 없으려면 삼십 분이나 한 시간을 기다려야 했다. 지프차가 한 대 지나가고, 택시 하나가 반대 방향으로 갔다. 조금 더 기다리고 있자, 트럭 한 대가 오고, 그 뒤에 택시가 따라왔다. 얼핏 보니 사람이 타고 있었다. 그러나 그 차는 경철을 지나 몇 미터 더 가서, 직— 하고 멈추더니, 성급하게 북— 하고 후진해왔다. 차창이 내려지고, 거기에서 "야, 깅철이 아니냐! 타라, 어서," 하는 소리가 들려왔다. 덕수였다. 그는 모르는 사내 하나와 뒷자리에 앉아 있었다. 경철은 운전사 옆에 탔다.

"이 쌔끼야, 왔으면 형님부터 찾아봐야지, 좆같은 놈아."

그는 술기를 조금 한 모양이었다.

"떡쇠란 놈 잘 있었나? 느그 집 풍속대로 해라. 제수도 잘 있고, 조카들도 다 잘 있겠지?"

"댕기풀이도 여태 못 한 놈이 어른헌테 주둥아릴 함부로 놀려? 느그놈들 둘이 인사나 해라. 저놈이 상치 김참봉 형님 아들이고, 그러면 네놈은 우리 조카가 되는구나. 이쪽 요놈은, 아마 동생뻘이 될 모양인데, 읍내 행출이다. 자세한 건 지내보면 알겠제."

"우리 악수는 냉겨뒀다 내년에 합시다. 이렇게 서로 쳐다보는 게 인사 아니오?" 행출이가 의자에 깊숙이 묻은 몸을 조금도 일으키려 하지 않고 앞자리에 앉은 경철이를 넌지시 넘겨다보면서 말했다.

"고놈 말 한번 똘똘하다." 경철이가 왼쪽 어깨 너머로 그를 흘긋 쳐다보면서 말했다.

"초면 인사에 고놈이라니. 주둥아리 청소를 좀 해야겠어, 찢어 놓기 전에."

"싸워라, 싸워. 어린것들은 싸워야 큰다."

잠시 후 그들은 상치마을 앞을 지나갔다. 그러나 경철은 내릴 생각을 하지 않았고, 덕순지 떡쇤지 하는 놈도 차를 세울 생각을 하지 않았다. 그들은 읍내로 차를 몰았다.

"기사, 얼마 주까?"

차가 읍내 중심가에서 멎자, 덕수가 말했다.

"생각대로 주쇼. 안 줘도 좋고."

"나중 말이 기특했다. 행출아, 담배값이나 줘라."

그들은 백 원을 주고 차에서 내렸다. 그리고 길 건너편에 있는 다방으로 들어갔다. 다방 사람들은 거꿀말을 좋아하는 모양이었다. 다방 이름이 '궁성'이었다.

"우선 여기서 잠깐 쉬었다가, 어디 가서 가볍게 뭘 좀 먹고, 영화나 하나 보자."

"떡쇠, 영화 지금도 좋아하는구나. 저녁때 술이나 한잔 할까?"

"거 좋지. 그럴 때는 주둥아리를 썩 잘 놀리는데."

"너는 주둥아리 아니면 말을 못 허냐? 떡쇠야, 저것 데리고 다닐랴면, 말버릇 좀 가르쳐라. 나, 조합에 좀 얼른 다녀오게."

"돈이나 많이 빼내와라."

경철은 두 놈들을 다방에 놔두고 밖으로 나갔다. 읍청(그들은 읍사무소를 그렇게 불렀다)과 중앙극장과 몇 개의 금융 기관 지점들과 상점들과 이발소 같은 것들이 도시의 흉내를 내려고 발광을 하고 있었지만, 다사롭게 내리쪼이고 있는 햇볕 속에서 도시가 아니라는 사실이 철저하게도 드러나 있었다. 경철은 농협으로 갔다.
 그의 형은 수납계 유리 저쪽에서 돈을 세고 있었다. 그는 머리에 기름을 바르고, 파르스름하게 면도를 하고, 옷을 잘 맞춰 입고 있어서, 제법 허여멀쑥하게 보였다. 그는 동생을 데리고 구내 다방으로 갔다. 식당까지 겸하고 있는지 다방은 목조 교실처럼 음산했다.
 "너, 내 옷 입었구나. 넥타이, 와이셔츠까지도."
 "구두도 형 꺼요."
 "잘헌다, 잘해. 너 혹시 돈 얻으러 왔으면, 아예 말도 꺼내지 말어라. 지금 한푼도 없다."
 "언제 오면 있겠소? 그리고 고생했다는 말이라도 한마디 하시오."
 "고생했다, 고생했어. 나도 죽을 지경이다. 너 집안 형편을 아는지 모르겄다만, 작년에 집에서 조합돈 꾸어간 거, 내가 매달 원리금 상환하고 있다."
 "당연하지요 뭐."
 "당연해? 사람 껍데기 벗겨지는 줄 모르고, 자식이!"
 "그럼 융자를 좀 해주시구려."
 "내 돈 융자허냐? 작년에도 내가 중간에 들어서 축산 자금 탄 거여."
 "농가에서 농사 돈 농협에서 얻어쓴 거 이상할 거 하나도 없소. 이번에도 좀 해주시구려."
 "이번엔 안 돼."
 "형 돈 융자허우?"
 "날 안 통하고 헐려면, 얼마든지 해보라고 그려."

"어떤 놈이 융자를 해주는 거요?"
"일반 대출 같으면 대부계에서 헌다. 상무나 조합장은 사람이 점잖은데, 자식, 이, 대리가 튼단 말야."
"대리라니, 대부계 대리 말이오? 그놈만 삶으면 되겠구려."
"아버지가 오 푼로 정도는 쓰실 생각이 있으신지 모르겠어. 그것도 그렇고, 그놈 데리고 술을 먹는다면, 대폿집으로 가겠냐? 나도 여러 가지로 생각중이다. 골치가 아퍼야. 넌 어서 취직헐 생각이나 해라."
"그놈 좋아하는 술집이 어디요?"
"어떤 놈? 대부계 대리 말이야? 좁은 바닥에서 별거 있겄냐. 옥포집에 잘 간다. 그 집에 연병이라는 각시가 있는데 좋아하지."
"차비라도 좀 안 줄라우?"
"점심 여기서 먹고 가거라. 내가 시켜주께."
　그는 경철이에게 오백원짜리 한 장을 주었다.
"점심도 돈으로 줬으면 좋겠그만. 나 그냥 갈려우."
　그는 농협을 빠져나왔다. 다방에서 두 놈들이 차 한 잔씩을 시켜놓고, 반쯤 마신 채 그를 기다리고 있었다. 그들은 밖으로 나와서 점심을 먹고, 그리고 세 시간인가 한다는 긴 서양 영화 하나를 보았다.
　영화를 보고 밖으로 나오니, 그 좋던 날이 어느새 잔뜩 흐려져 있었다.
"떡쇠, 니, 오늘 나 술 한잔 받아줄래?"
"니가 내면 마셔주고, 니가 안 내면 내가 내지."
"어떤 쪽으로 넘어져도, 어차피 술은 오늘 먹겠구나."
　행출이가 천기라도 살피듯이 하늘을 쳐다보면서 말했다. 그들

벌 판　257

은 또 어정어정 다방으로 기어들어갔다.
"가만있자, 모처럼 동생놈이 제대를 해서 왔는데, 어디로 가지?"
"어디로 가긴 어디로 가, 제일 큰 데로 가야지."
"돈 모자라면 행출이 니가 댈래?"
"치사하네. 그런 건 먹고 나서 이야기고, 우선 갈라면 큰 데로 가야 헐 게 아녀?"
"옥포집으로 가자."
"깅철이 저것이 옥포집은 어떻게 알어?"
"그 집에 가면 연병이라고 예쁜 각시도 있다."
"어, 어. 저것이 염병이를 벌써 다 아네? 암만해도 저것허고 내가 한구먹 동서지."
"걱정 마라, 임마. 아까 조합에 가서 형헌테 들었다."
"느그 성님이 염병이를 좋아허는 모양이구나?"
"아니여. 대리란 놈이 좋아하는 모양이더라."
"대리라니, 뭐 말라비틀어 빠진 놈인디?"
"고놈헌테 우리 식구 숨통이 매달려 있다."
"고놈이 남에 숨통도 잘 눌르나비여."
"고놈이 마음만 먹으면 돈이 나갈 수 있나보더라."
"아, 융자 말이구나. 우리, 그놈 데리고 가자."
"밥맛 떨어지네. 아니, 술맛 말이여."
"행출이 너는 집이 부자여서, 은행놈들 속을 모르지만, 그런 놈 하나 알어둬서 손해될 거 하나 없다. 우리집에서도 무슨 자금이 어떻고, 뭐 그래싸터라. 지가 마시면 얼마를 마시겄냐."
"데리고 가는 건 좋은데, 한 가지 조건이 있다."

"게다가 또 꼬리패까지 붙여!"

"술이 취해도 우리 기분을 내지 말고, 고놈 기분을 맞춰줘야 된다. 안 그러면 헛술이다, 헛술. 헛술이 아니라, 공연히 앙심만 사게 된다."

"그게 또 그렇구나. 그건 자신이 없는디."

"그 새끼 띠내뿔잔 말여."

"좋다. 한번 해보자. 깅철이 니가 불러내라. 안 되면, 콱 밟아버리지, 깐 놈."

그날사 말고 그 대리에게 무슨 급한 볼일이 있는 모양이어서, 경철이 제발 오셔서 우리 술 좀 잡숴주십사 하고 사정사정해서 간신히 그를 옥포집으로 끌고 갔다.

"대리님, 요리 앉으십시오. 여그가 아랫목인 모양입니다."

"어, 이럴 필요까지 없었는데, 험."

"제 친구들입니다. 저쪽이 갈금국민학교 교장 아들이고요. 이쪽은 조덕수라고…"

"제가 조덕숩니다. 바쁘신 시간에 이렇게 나와주셔서 감사합니다."

대리는 좌중을 훑어보니, 개개이 목자가 불량한지라, 적이 불안을 느끼는 눈치였다. 그는 애매하게 험, 험, 하고 두어 번 헛기침을 하고는, 그래도 제일 그 중에서 선량해 보이는 경철을 향하여 "제대를 하셨다고요, 근자에?"라고 운을 떼었다.

잠시 후 술상이 들어오고 각시가 둘이 따라들어왔는데, 하나는 연병이었다. 아랫목에 앉아 있던 대리와 경철이 사이에 연병이를 끼여 앉게 하고, 나머지 또 하나는 문 쪽으로 앉은 두 사람 사이에 앉혔다. 술이 몇 순배 돌았다. 대리는 차츰 기분이 좋아지는 모양이었다. 별로 얌전하게 생기지 않은 젊은 사람들이 공손히 잔을 올리고, 연병이가 옆에서 술을 따라주니, 그럴 법도 했다.

"거 내, 얘기를 몇 번 듣지 않은 배는 아니지만, 지금 자금 사정이 좋지 않단 말야."

사람이란 건망증이 심한 동물이었다. 술이 순배를 거듭함에 따라서, 대리는 모르는 사람을 처음 만났을 때 받게 되는 단절감, 위축감, 공포감 같은 것들을 잊어버렸다. 그는 차츰 대리답게 교만해져갔다.

"제대를 했다고? 거, 참, 고생을 했겠군. 이제 좋은 자리에 취직을 혀야지. 젊은 사람들이 놀아서 쓰나."

그러나 불행히도, 술이 취해오는 것은 대리만이 아니었다. 우선 행출이가 "잘헌다, 잘혀,"라고 눈을 게슴츠레하게 뜨면서 말했다. 그리고 떡쇠는 자꾸만 옆에 앉은 연병의 깊숙한 곳으로 뻗치는 대리의 손이 점점 더 대담해지는 것을 물끄러미 바라보면서, "잘 노는데. 노는 게 귀여워,"라고 혼잣말처럼 장단을 맞췄다. 경철은 한쪽으로 비켜앉아서 술만 마시고 있었다. 연병이는 대리 하나에 완전히 매이고, 나머지 하나가 세 사람에게 술을 따랐다.

"연병아, 이쪽 손님 잔에도 네가 술 따라야지."

또 하나의 각시가 조금 화난 목소리로 말했다. 그러자 연병이 기다렸다는 듯이 대리의 탐색하는 손길로부터 몸을 조금 빼내어 경철이 쪽으로 다가앉았다.

"요게 어디로 가냐? 이리 와, 이리."

대리가 말했다. 그때 떡쇠가 빈 잔을 대리의 코앞으로 들이밀면서, "이봐, 대리, 잔 받어,"라고 말했다.

"어떤 놈이 이렇게 무례허냐?" 대리가 말했다. 그 다음부터는 서로 주고받는 말이 상승 작용을 했을 뿐이었다. 그런데, 그것에는 일정한 높이의 한도가 있었다. 대리가 세 사람과 맞서서, 그것을 한없이 끌고 올라갈 수는 없었다. 그 한계는 대리의 타고난 담력과 술기운의 부조를 합한 것에 비례하고, 상대방 세 사람의 그것에 반비례할 것이었는데, 금방 나타날 것 같지 않던 것이, 행출이가 "저거 콧구멍에서 더운 짐이 조금 나와야겠어."라고 말하고, 떡쇠가 "아이가 콱 막혔어. 좀 틔여줄까."라고 말하자, 대리가 "융자 받을라고 날 이 자리에 데리고 왔소?"라고 말하면서 경철이를 쳐다보았지만, 경철이가 들은 척도 않고 옆에 있는 각시의 궁둥이를 토닥거리면서, "염병아, 대리놈 잔에 술 좀 쳐라, 술 좀 쳐. 그래야 내가 융자를 탄다."라고 말했을 때, 뚜렷이 나타나버렸다. 그들은, 대리가 결국 그날 저녁에 마신 술값까지 뒤집어쓰고 달아나듯 총총히 사라져버린 다음, 각시 둘에게 돈 몇 푼씩을 쥐어주고 옥포집을 나왔다.

"미안허다, 깅철아."

"괜찮다, 떡쇠야. 느그들이 안 시작했으면, 내가 시작해도 시작했다."

그날 밤 경철은 그들과 함께 읍내에서 잤다.

그러나 이튿날이 되자, 경철은 몹시 울적해졌다. 도저히 집으로 돌아갈 수 없었다. 그는 예비사단으로 갔다. 그리고 제대증과 제대비를 탔다. 그는 멀리멀리 달아나버리고 싶은 생각을 일 주일 동안 도청 소재지에서 뒹구는 것으로 달랬다. 그 이상 더 버틸 수가 없었다. 집을 나온 지 여드레째 되는 날, 그는 다시 어정어정 집으로 기어들어왔다.

"경철이 온다." 어머니가 그를 맨 처음 보고 소리쳤다. 큰방 문이 열리고, 아버지가 "어디를 이렇게 돌아다녔느냐? 예비사단에 갔더냐?"라고 물었다. 경철은 마루 한쪽 끝에 걸터앉으면서 힘없이 "예," 하고 대답했다.

"그래, 간 일은 다 잘되었느냐?"

"잘되고, 잘 안 되고가 없어요. 제대증 으레 주기로 돼 있는데요, 뭐."

"아, 요즘 세상에는 으레 되게 되어 있는 일이라고 어디 다 되냐? 춥다, 어서 방으로 들어가거라. 네 모(母)가 너 오면 준다고 닭을 한 마리 잡아놓고, 행여 이젠가 저젠가 대문간만 쳐다보고 있었다."

"닭이오?"

"어제 환철이가 돈 가지고 왔다 갔다. 너가 다녀간 다음날, 대리가 일을 서둘러줘서 며칠 전에 돈이 나왔다더라."

"무슨 돈이 나와요?"

"조합에 신청한 돈이지 무슨 돈이냐?"

"농협에 융자 신청한 돈이 나왔단 말이지요?"

"네가 대리를 술대접 했다면서야?"

경철은 아랫방으로 들어갔다. 그리고 옷 벗을 생각도 하지 않고, 팔베개를 베고 드러누워서 천장을 쳐다보았다. 이제는 마음 놓고 멀리멀리 떠나버릴 수 있다고 생각하자, 가슴속이 후련해졌다. 그는 그날 밤, 어머니가 고아준 닭죽을 맛있게 먹고 나서, 몸에 돈 한푼 지니지 않고 집을 나가버렸다.

〔『창작과비평』, 1973. 겨울〕

南門通

 지금은 아무데에도 성(城)이 있었던 흔적이 없고, 그 흔적이 없어져버린 지도 이미 몇십 년이 되었지만, 이곳 사람들은 아직도 '성안'이라는 말을 쓴다. 성안에서는 옛 동헌 자리에 군청이 있고, 그 옆에 도로 확장으로 뒤로 주춤 물러선 목조 건물의 우체국과, 오래 전에 일류 극장 자리를 빼앗긴 가장 오래된 낡고 작은 극장과, 몇 개의 은행 지점들과, 경찰서와 저자와 상가가 있고, 그 사이사이에 차가 다닐 수 있을 만큼 넓은 모든 큰길 가에는 너덧 개의 다방들과 많은 술집들과 음식점들, 상점들이 규모 있게 자리들을 잡고 있고, 더러 골목 안으로 들어가서 주택지대에 스며들어 있기도 하다. 이 성안은 원으로 쳐서 직경이 일 킬로미터도 못 되는지 모른다. 그러나 사람들은 널찍이 자리잡은 시청이나, 현대식 육 층 건물로 뽑아올린 체신청과 저금관리국이나, 신시가지 개발을 위하여 새로이 이전된 법원, 검찰의 쌍둥이 사층 청사들이 있는 곳들을 절대로 도심지라고 생각하지 않는다. 그것들은 성안에 있지 않기 때문이다. 그것들은 남밖(남문밖)에 있거나, 섬밖(서문밖)에 있거나, 동밖(동문밖)에 있거나, 아니면 북정리에 있다. 그들은 성안의 범위를 넓히고 싶은 생각이 없다. 성안에 볼일이 있고 겹쳐서 시청에도 들를 일이 있으면, 그들은 성안에는 으레 들어가는 것으로 생각하지만, 시청에까지는 또 언제 간담, 하고 걱정하기를 좋아한다. 그런데 그들이 그렇게 걱정하면서 서 있는 곳으로부터 시청까지는 때에 따라서는 오백 미터도 안 될 때가 있다. 다만 그 오백 미터가 지금은 멋있는 건물들과 부자들의 반한·반양의 주택들로 가득차 있지만, 일찍이 한때는 파란 보리밭이었던 적도 있었다는 사실이 그들의 무의식에서 지워지지 않고 있을 뿐이다.

거리에 어둠이 내린다. 섣달의 음산한 어느 날 저녁이다. 경자가 종종걸음으로 성안으로 들어가고 있다. 그녀는 남밖에 어머니 집을 다녀오는 길이다. 거기서 권에 못 이겨 한잔 마신 매실주가 이제 뺨으로 더운 김을 내뿜으면서 퍼져오르고 있다. 그녀 어머니는 늙어갈수록 그녀에게 친절해진다. 그녀는 그것이 싫다. 그래서 그러지 말라고 투정을 부리면 더 친절해져버린다. 어쩔 수 없는 일이다. 아마 나이 탓인 모양이다. 그날도 방안에 들어섰을 때 아무래도 양주간에 하고 앉아 있는 꼴이 낌새가 수상해서 무슨 일이 있었느냐고 묻자, 물으면 물을수록 더 처량해진 목소리로 아무 일도 없었다고 잡아떼었다. 언제나와 같이 그녀는 화를 내었고, 그녀 어머니는 눈물을 찔끔거리면서 코먹은 소리를 했다. 그리고 저만치 모로 돌아앉아서 담배만 뻑뻑 빨고 있던 장작개비 같은 아버지가 길 가다가 돌멩이 하나 툭 차는 식으로 "구멍탄 광에 물 뿌린다고 한참 싸웠다."라고 말했다. 일은 그것뿐이었다. 영감은 여름부터 사 모은 구멍탄이 너무 말라서 불길이 쉬 붙어 헤프다고 사흘거리로 물을 주려 했고, 할멈은 구멍탄이란 마를수록 좋은 것인데 공기 구멍만 잘 틀어막으면 얼마든지 더디 타게 할 수 있는 것을 왜 꽃나무처럼 물을 주려고 하느냐고 반대였다. 그것은 그들 사이에서는 정기 행사였다. 다만 그때 딸이 나타난 것이 문제라면 문제였다. 눈물바람 할 것이 없어져버리자 어머니는 벽장에서 술병을 꺼냈다. 안 그런 척하면서 흘끗 쳐다보는 것으로 보아 한 모금 꿀꺽 하고 싶은 생각이 간절한 것이 분명한데, 어머니는 영감 쪽은 거들떠도 안 보고 딸에게만 술 한잔을 따랐다. 경자는 아버지에게도 한잔 드리라고 말할까 하다가 늙어가면서 하찮은 일로 싸워쌌는 것이 밉기도 하고 해서 잠자코 있었다. 그리고 어머니가 몇 번 더 권하자 말없이 잔을 들어 홀짝 마시고, 잔을 내려놓으면서, 구멍탄 가지고 양주간에 싸운 것을 딸이 알면 또 어떠냐고 툭 쏘았다. 아버지는 벽을 향해 입맛만 쩝쩝 다셨고, 어머니는 젊은것이 그렇지 않아도 고생을 하는데… 라고 말끝을 잘랐다. '젊은것'이라는 말이 그녀의 귓전을 때리자 문득 그녀는 양 어깻죽지가 들먹이도록 가슴이 콱 막히면서 숨통이 조여져왔다. 그녀에게도 분명히 한때는 아랫배에 기름덩이가 뒤룩거리지 않은 열몇 살의 젊은 날이 있었다. 그녀가 일어섰을 때 그녀 자신의 두 딸은 아랫목에 잠이 들어 있었다.

　그녀는 당구장 모퉁이를 돌아 포장 안 된 골목으로 들어선다. 길이 갑자기 울퉁불퉁해진다. 골목의 열 곱절도 더 되는 넓은 아스팔트 길을 버리고 들어왔으므로 기분이 아늑해진다. 고기 삶은 냄새, 낮은 처마, 구멍가게 여편네의 꽥꽥거리는 소리, 가로등이 없이 유리창을 새어나온 희미한 조명, 비좁고 채광이 안 된

접객 업소들의 더러운 화장실들에서 흘러나온, 쌓여서 삭은 사람들의 배설물 냄새, 길 위에 엎질러진 구정물, 거기서 피어오르는 김… 이 모든 것들에 그녀는 익숙하다. 그것들은 그녀의 삶의 부분들이다. 그녀는 이 골목으로 들어오면 마음이 가라앉고 자신이 생기고 그리고 삶으로 가득차게 된다. 큰길에 나가면 겁이 나는 그녀도 여기서는 두려운 것이 아무것도 없다. 큰길에서 그녀를 협박하며 거드름 피우는 모든 것이 이 골목에 들어오면 말짱 허상이 되어버린다. 그녀는 행복하다. 그녀는 열 걸음쯤 걸어가서 왼편의 어느 집 속으로 쑥 들어간다.

"어머, 아줌마 벌써 오시네."
"수선 떨지 마라, 야."
"혜옥이, 혜자, 다 잘 있어요?"
"쪼깐헌 것들이 잘 안 있고 어떡헐 티여?"
"아이 아짐마, 말 잘해가지고 뺨 맞으셨나볘."
"요 방정맞은 거, 주둥아리 놀리지 말고 가서 갈비살이나 다져. 손님 들었냐?"

이양이 몇 호실에는 어느 곳 패, 몇 호실에는 어느 곳 패 하고 주워섬기는데, 경자는 코끝으로 듣는 둥 마는 둥 주방 안을 한번 들여다보고, 순전히 이양이 수다떤 말값으로 "술값 몇 달 있어야 나오겠구나. 느그 년들 꽃값이나 많이 뜯어내라."고 대꾸해주고는 안방으로 들어갔다. 그녀의 경대 앞에서 작부 하나가 화장을 하고 있다가 엉거주춤 일어나는 듯하더니 다시 하던 일을 계속한다. 그녀는 주리를 틀어주고 싶지만 참는다. 그리고 저고리를 벗어던지고 밖으로 나와 세수를 하고 다시 들어가서 어린 작부와 나란히 앉아 화장을 시작한다. 거울 속에서 그들의 시선이 더러 서로 부딪친다. 부딪치면 튀는 것은 항상 어린 작부의 시선 쪽이다. 수다쟁이 이양보다 훨씬 더 짜임새 있게 빠진 얼굴이지만 타고난 성깔이 새촘하고 고집스러워서 온 지 두 달밖에 안 된 이양보다 더 짐스럽고 서먹서먹하다. 그녀는 온 지 반 년이 되어 간다.

"아저씨는 언제 나갔냐?"

"아줌마 나가고 조금 있다가 나갔어요."

경자가 부딪친 시선을 움직이지 않자 백양의 얇은 입술이 거울 속에서 가느다랗게 떤다. 그녀는 이양보다 두 살 위지만 더 앳되어 보인다. 즈그들은 경자를 늙었다고 흉볼는지 모르지만, 경자로서는 젖비린내도 가시지 않은 것들을 시앗이라고 새암을 하자니 서방이 한결 더 미워진다. 눈에 안 보일 때는 손톱으로 톡 까죽이고 싶다가도 저렇게 저만치서 병든 새처럼 파르르 떨고 있는 것을 보면, 도대체 남자가 사람인가 싶어진다.

"오늘 저녁에 윤사장이 영화 돌려달라고 헌 거 안 잊어뿌렀는가 모르겠다."

"제가 어떻게 알아요?"

"나갈 때 아무 말 없더냐 말이다."

"없었어요."

말이 없고 무뚝뚝한 것이 흠이지만, 입을 여는 날이면 한술 더 뜬다. 도시 말수가 적은 것이 공연히 그러는 것이 아니라 다 그럴 수밖에 없어서 그러나보다. 경자는 화가 난다. 그리고 화가 나면 그녀는 말이 적어진다. 그리고 욕도 안 나온다. 그래서 작부들은 그녀가 욕을 하면 기분이 썩 괜찮다는 것을 안다. 그런데 이 백양은 그런 기미를 모른다. 아니, 알면서 알은체를 하고 싶어하지 않는다. 그것이 병이다.
"엄머, 아줌마 오셨네요?"
손님 방에 들어갔던 박양이 방문을 열고 얼굴을 들이민다. 거울 속에서 경자와 눈이 마주친다. 그녀는 무슨 냄새라도 맡으려는 듯이 콧구멍을 벌름거린다. 경자가 아무 말도 하지 않고 콧등만 토닥거리고 있자 그녀는 백양을 향해서 "애, 너 빨리 들어와. 있잖아, 왜 저 키다리 싱겁이 말야,"라고 말하고, 다시 경자를 향해서 애교를 부릴 셈인지 코를 찡긋해보인다.
"술도 안 마시고 건주정부터 하는구나. 빨리 들어가봐라, 야."
백양이 화사한 한복 갑사 저고리에 남치마 앞자락을 거머쥐고 박양을 따라 손님 방으로 간다. 경자는 방문을 열어놓고 화장을 끝낸다. 그리고 입던 저고리에 털실옷을 걸쳐 입고 담배를 한 대 붙여 물고는 방문에 기대앉는다. 전화벨이 운다. 홀에서 심부름하는 아이가 달려오지만 경자가 수화기를 집어든다. 나, 윤사장인디, 김형 좀 바꿔줘. 김형 지금 없소? 아, 마담이오? 난디, 오늘 저녁 그거 말이여, 동광병원 옆에 청진여관, 알었제? 청진여관 말이여.
경자가 수화기를 내려놓자 그녀의 눈치를 보고 있던 심부름하는 아이가 대뜸 옆으로 다가온다.
"너 요 앞에 가서 광일이 찾아가꼬 빨리 저녁 먹으라고 해라."
그녀는 시계를 본다. 일곱시까지는 아직 이십 분이 남았다.
"어이, 다찌노미는 손님 아니여?"
홀 한쪽에서 둘이 이마를 맞대고 홀짝거리고 있던 사람들 중의 하나가 아이가 밖으로 나가자 그녀에게 고함을 지른다. 육시랄 놈의 새끼들. 물 탄 약주 반 납떼기 마시고 트림허고 갈 것들이 다찌노미 찾고 손님 찾고. 경자는 그들 곁으로 가서 빈 유리 잔에다 뿌연 술을 넘치게 딴다. 그들은 찌개 하나를 시켜놓고 저녁을 한 그릇씩 해치운 다음 반주랍시고 한잔 들고 있는 모양이다.
"아주머니는 볼 때마다 더 이뻐져. 오늘 처음 보지만 말이여."
두 사내는 마주보고 씽긋 웃고는 맥주잔처럼 커다란 유리잔에다 입을 대고 쭉 빤다.
"아주머니, 내 술 한잔 받으시오."
사내 하나가 빈 술잔을 그녀에게 내민다. 그녀는 말없이 잔을 받고 주전자를 건네주는데 주전자가 가볍다.
"우리 반 되만 더 헐까?"
주전자를 받아든 사내는 동료와 상의한다. 경자는 주전자를 다 턴 술 반 잔을 쭉 들이켜고 일어선다. 그때 광일이가 들어온다. 스물을 갓 넘은 소년인데 여드름이 여기저기 터졌는데도 대단히 어려 보인다. 그는 머리를 더부룩이 기르고 제 몸보다 큰 잠바를 입었다. 부지런히 크고 싶은 모양이다.
"너 얼렁 가서 밥 먹어라."
"왜 그래요?"
"왜 걸을 허든 조선 걸을 허든 빨랑 가서 먹으라면 퍼먹어."
"나 밥 안 먹어요."
경자가 안방으로 들어가자 광일도 따라 들어간다.
"니 또 싸웠냐?"
눈치가 이양이나 누구하고 또 다툰 모양이다. 젊은것들이란 알 수가 없다. 서러운 종자들끼리 서로 위하고 살아도 세상이 힘에 부칠 텐데, 툭하면 서로 상처다. 광일이는 경대 서랍에서 열쇠 꾸러미를 꺼내가지고 벽장문의 미제 자물통을 딴다. 그리고 그 안에서 익숙하게 손잡이가 긴 쭈글쭈글한 검정 가방을 꺼낸다. 꽤 부피 있는 것이 들어 있고, 무거워 보인다.
"어디요?"
가방을 척 어깨에 걸쳐 멘 광일이가 조금 퉁명스럽게 말한다.
"청진여관이란다. 동광의원 옆에. 윤사장 알지야?"
광일이는 가타부타 말없이 방을 나간다. 경자가 그의 등에다 대고 "밥 생각이 없으면 술이라도 한잔 헐래, 어한이라도 되게?"라고 말하지만, 그는 별로 넓지 않은 어깨를 고집스럽게 버티고 그냥 문으로 간다. 그러나 문간에 손을 대자 문득 생각이 달라졌는지 홱 돌아서서 경자에게로 뚜벅뚜벅 다가오더니 "한잔 줘봐요."라고 땅바닥을 내려다보면서 잔정머리 없이 말한다. 경자는 족보에 웃다가 죽은 조상이라도 있냐, 염병헐 놈 같으니, 하고 욕이 나왔으나 돌아와준 것만도 대견해서 후딱 일어서 주방으로 가려는데, 마침 그때 손님 방에서 백양이 빈 주전자를 들고 나온다. 경자는 그녀에게 큰 유리잔으로 정종 하나하고 안주붙이 뭐 하나 가져오라고 이른다. 그녀는 곧 술 한 잔하고 고기 한 점을 제법에 집어서 가져오지만 마치 옆에 광일이가 없다는 듯한 태도다. 태도에서 찬바람이 일기로는 광일이도 마찬가지다.
"이 썩바리 같은 것들아, 좀 돌아서서 내주면 어쩌고, 또 좀 돌아서서 받아 묵으면 어쩌냐. 아이고, 이 창시 없는 것들아."
그녀는 욕은 하지만, 광일이가 그 의젓잖은 어깨를 떡 버티고 또 뚜벅뚜벅 걸어가버릴까 싶어서 은근히 겁이 나, 얼른 술잔을 받아서 그에게 내민다. 그는 잔을 받아 쭉 마신다. 그리고 빈 잔을 탁자 위에 내려놓고 뒤도 안 돌아보고 문간으로 나간다. 고깃점을 손가락으로 집어든 경자는 그의 뒷모습을 보고 있다가 그의 뒤꼭지가 문밖으로 사라지자 "돼지 구정물 마시긴 줄 알았더니, 제법이여,"라고 말하고 안주를 백양에게 다시 주며 "니나 묵어라," 한다. 백양은 고기를 받아들고 킥 웃으며 주방 쪽으로 달아난다.
"썩을 년, 웃기는."
 그러나 경자는 기분이 미상불 괜찮다. 진짜 돼지가 구정물 마시듯 하고 있던 두 사내는 반 되를 더 했는지 어쨌는지 어느새 나가고 없고, 그 자리에 딴사람들이 판을 벌이고 있다. 이양이 들어온다.
"어쩐지 조금 조용허드라. 어딜 쏘다녀?"
"아이 아짐마, 머리 좀 손보고 와요."
 이양 뒤로 마치 그녀의 꼬리라도 밟고 오듯이 한 떼의 사람들이 꾸역꾸역 들어온다. 단골은 아니지만 전혀 낯선 사람들도 아니다. 형색이 꺼칠하지만 아직 눈에 총기가 조금 남아 있는 것이 학교 선생들인 모양이다. 이양이 그들을 방으로 몰고 간다. 그리고 금방 되돌아와서 재떨이와 성냥을 집어들고 그녀의 귀에다 "근질근질. 선생들이야,"라고 말하고 다시 손님 방으로 꽁들거리며 달아난다.
 홀에서 심부름하는 막둥이가 받은 술값을 그녀에게 가져온다. 그녀는 세어보지도 않고 그대로 안방 경대 옆의 돈상자에다 집어넣는다. 홀에도 사람들이 제법 많다. 그녀는 돌아다니면서 안주 **빠진** 것이 없는가 보고, 있으면 막둥이를 나무라는 척한다. 그리고 손님들이 주는 술잔을 억지로 반 잔씩만 받아서 모두 시

南門通　271

원시원하게 마셔버린다. 그녀는 마실 때는 그렇게 보기 좋게 마시고, 안 마실 때는 아예 처음부터 권한 사람이 무색할 정도로 거절해버린다. 술 취한 사람과 협상하는 것은 별로 현명한 짓이 못 된다.

　그녀의 남편이 들어온다. 문을 꽝당 하고 닫는 것을 보니, 또 무슨 야료가 있는 모양이다. 첫서방이 억척스러운 것이 허우대 값인 줄 알고 덩치 작은 것을 취했더니, 대추씨만한 것이 부리는 깡다구에는 어수룩한 데조차 없다. 그는 가죽 잠바의 앞을 북— 하고 툭 터서 양쪽으로 갈라붙이고는 방바닥에 주저앉아 벽에다가 어깨를 기댄다. 그리고 담배를 한 대 꺼내서 입에 물고 뱅뱅 돌리다가 검은 모조 가죽 속에 야무지게 묻혀 있는 조그마한 가스 라이터를 맵시 있게 켜서 불을 붙인 다음 연기를 한 모금 깊숙이 들이마셔가지고 멀리 내뿜고는 두 무릎을 세우고 그 위에 엉켜붙어 있는 밥풀을 손가락 끝으로 톡톡 튕긴다. 그는 그녀를 거들떠보지도 않고 눈을 껌벅이면서 깊은 생각에 잠기는 척한다. 그녀는 그의 입에서 잠시 후 무슨 말이 나올 것인가를 너무나 잘 알고 있다. 그는 담배 연기 빨아들이는 것까지 잊고 담배 끝을 이빨 사이에 찡겨서 잘근잘근 씹으며 열심히 무엇인가 생각한다. 그가 이렇게 뜸을 들이는 것이 마누라 겁주기 위해서는 절대 아니다. 그는 그녀를 두려워하지 않는다. "술살이 올라서 뒤룩뒤룩 돼지처럼 살만 찐" 그녀를 그가 개떡으로도 생각하지 않는다는 것은 우선 그녀가 잘 알고 있다. 다만 그는 자기 자신이 자기가 아주 심각한 일을 하고 있다고 믿기를 원하고 있을 뿐이다. 그는 자기 자신을 위해서 뜸을 들이고 있다. 그것은 그의 습관이다. 또는 타고난 성품이다. 마침내 그가 하마 재가 떨어질 뻔한 담배를 두 손가락 끝으로 끄집어내어 천천히 재떨이에다 재를 털고 엄숙하게 그녀를 쏘아보면서 "오천 원만 내놔," 하고 말한다.

　습관, 또는 성깔이 있기로는 경자도 마찬가지다. 대뜸 없다거나 액수를 줄이자고 해서는 안 된다. 없다고 말해서 그냥 물러설 그가 아니다. 한푼이라도 덜 뜯길 궁리를 하는 것이 현실적이다. 그녀는 그가 받아들이지 않을 수 없을 만큼 인상적인 방법으로 줄인 액수를 말하지 않으면 안 된다. 그녀는 분함을 참지 못해 온몸이 떨리기라도 하는 것처럼 근육을 경직시키고 눈앞의 방바닥을 노려보면서 일정한 기간 동안 침묵을 지킨다. 그녀는 그 침묵의 길이가 얼마쯤 되어야 하는가를 안다. 너무 길면 그의 인내심이 터지고 너무 짧으면 그녀가 침묵을 깨뜨리고 할 발언의 무게가 그만큼 줄어든다.

　"끗발이 막 일어나는 판에 밑천이 떨어졌단 말이여. 빨리 내놔."

　그가 뭐라고 떠들건 상관이 없다. 그녀는 더도 덜도 아니고 정확히 계산된 순간이 되자 포기했다는 듯이 온몸에서 힘을 풀고 절망적인 몸짓으로 돈상자를 연다. 그녀는 되는 대로인 것처럼 하면서 민첩하게 몇 장을 손가락 끝으로 밀쳐내고는 마치 거기에 있는 돈 전부를 집어낸 듯이 돈을 움켜쥔다. 그리고 잠시 기다렸다가 할 수 없다는 듯 돈을 한번 세어보고 그의 앞에다 내던진다. 삼천 원이다. 처음에는 이 방법도 성과가 괜찮았는데 이제는 한물갔다. 저 친구, 말려들기는커녕 오늘은 빙그레 미소까지 지으며 돈을 집어서 세어보더니 바지 호주머니에 척 집어넣고, 손바닥을 쫙 펴서 내밀며 "천 원만 더," 한다. 그녀는 "나도 초장이여. 마수부터 재수 옴붙게 왜 이래," 하고 독을 뿜지만 결국 천 원을 더 뺏긴다. 그녀의 남편은 기지개를 길게 켜면서 일어선다. 그렇게 불만스럽지는 않은 모양이다.
"광일이 윤사장헌티 보냈어?"
"뒤꼭지가 안 보이는 걸 보니 간 모양이제."
"어디여?"
"내가 어떻게 알어."
"동백이 오면 미장원으로 보내."
 오늘밤 땅굴은 미장원 안방인 모양이다.
"덕팔이 오면 안 보내고?"
"뭐여?" 방문을 나가려던 남편이 홱 돌아본다. "니 금니 또 하나 해박고 싶어?"
 덕팔이는 정보과 형사다. 그녀는 가슴이 섬뜩하지만 뭔가 진짜를 순간적으로 맛본 듯한 기분이다.
"저녁이나 묵고 나가제."
"니나 많이 묵어. 술이랑."
 그는 밖으로 나간다.
 경자는 맥이 확 풀린다. 그녀는 홀에 나갈 생각도 않고 우두커니 앉아 있다. 전화가 때르릉 운다. 아무래도 불공평하다. 그녀가 수화기를 집어든다. 그녀는 진짜 술이나 흠씬 마실까보다고 생각한다. 잘못 걸려온 전화다. 어쨌든 달라고 하는 액수에서 천 원을 깎았다고 하는 위안이 남편이 나가버리자 허무해진다. 그 위안은 오천 원을 꼭 주어야 한다는 것을 전제했을 때만 가능하다. 그리고 그 전제는 남편의 다부진 체구가 풍기는 독살스러운 분위기에서 나왔다. 이제 남편이 나가버렸으니 그 전제는 헛것이 되었고, 그녀는 꼭 무엇에 홀린 것 같은 기분이다. 사람이 죽고 살기도 하는데 까짓 거 몇천 원쯤… 그러나 그 몇천 원을 벌기 위해서 아직 뼈다귀도 채 굳어지지 않은 어린 가시내들이 얼마나 많은 독한 술을 억지로 마셔야 되고, 주물리우고, 토하고, 노래를 부르고, 쓰러지고…

천 원을 에누리했다는 생각은 간 곳이 없고 사천 원을 날치기 당했다는 생각만 점점 더 두드러진다. 불한당 같은 남편에게 몇천 원을 눈뜨고 날도둑 맞았다는 생각에 그녀는 분하고 원통하다. 그녀는 그녀의 분통이 터지는 심사를 천착하고 강조한다. 그것은 그녀의 남편이 씹어뱉고 간 마지막 말을 생각하지 않기 위해서다. 그 말은 생각하지 않으려고 하면 할수록 더 쟁쟁하게 그녀의 귓전에 울린다. 밥을 많이 먹으라고 한 것까지는 좋다. 살이 찐 것은 그녀의 죄일는지도 모른다. 그러나 도둑질한 돈을 도둑질해가면서 도둑놈에게 도둑질했다고 침을 뱉는다면, 침을 뱉는 사람이야 침 뱉아서 좋고 돈 생겨서 좋고 고루고루 좋지만, 주고 뺨 맞은 사람은 국으로 앉아서 돌부처가 되란 말인가.

경자는 담배를 한 대 피워 물고 홀로 나간다. 막둥이가 받은 술값을 가져오고 박양이 계산서를 내보이고 이양인가 누가 손님방에서 "여기 담배 한 갑" 하고 소리를 지르고 침팬지 같은 주방 아주머니가 아무래도 횟감이 달리겠다고 누굴 시켜 생선차 막차가 들어왔는지 알아보는 것이 좋겠다고 말한다. 아마 그들은 모두 그녀가 나오기를 기다리고 있었던 모양이다. 그녀는 마음속 저 깊은 곳에서 가물가물 꺼져가던 발동이 다시 걸리기 시작하는 것을 느낀다. 생선과 육고기의 기름이 타는 냄새, 담배 연기, 국솥의 김, 구멍탄 가스, 술냄새 따위로 가득찬 홀 안의 혼탁한 공기에 그녀의 정신은 맑아지고 그녀는 생기를 되찾는다. 그녀는 일들을 척척 분별해서 해내고 홀에 앉은 손님들의 술판을 한번 돌아본다. 그리고 방문을 하나씩 열고 방안에 들어앉은 손님들에게 차례로 인사한다. 나긋나긋한 어린 계집들을 주무르고 있던 음탕한 중년들이 한결같이 썩은 북어 눈깔들을 치뜨고, 왜 마담은 갈수록 예뻐지며 그들과 같은 백성들과는 어울리려 하지 않는지 모르겠고 마담과 술 한잔 했으면 소원이 없겠다고 입에 바른 빈말들을 늘어놓는다. 경자는 그래도 좋다. 거짓말로라도 칭찬을 듣는 것이 싫을 수가 없다. 그녀도 아마 술이 취해오는 모양이다. 진짜 칭찬보다 더 좋다. 진짜 칭찬이야 당연한 것이지만 거짓말 칭찬은 그만큼 더 고맙다. 흉년에 좁쌀 서 되가 어디냐. 그녀는 술들이나 실컷 마셔서 정신없이 취해가지고 돈들이나 많이 뿌리고 가라고 전혀 악의 없이 혼자 중얼거리며 홀로 돌아온다. 그리고 그녀도 술을 더 많이 마셔서 빌어먹을, 살이나 피둥피둥 쪄버릴까보다고 생각한다.

광일이가 돌아온다. 그리고 그녀의 그날 수입이 삼천 원만큼 불어난다. 광일이는 제 몫의 밥벌이를 하고도 남았다고 생각하는지, 눈치가 부엌에서 술 한 잔을 얼른 마시고 어느새 어디론가 사라져버리고 없다. 쪼꼬만 놈 허파 속에 공기가 조금 스며든 것이 분명하다. 이럴 때 같으면 지나가던 남도 들어와서 도와주련만.

홀 안은 시끄럽다. 모두가 조용히 마시면 될 텐데 모두가 떠들며 마신다. 따라서 떠들지 않으면 이야기가 안 된다. 그녀는 매일 전혀 다른 똑같은 사람들이 소리내어 문을 열고 들어와서 떠들며 술을 마시다가 요란하게 사라져가는 것을 물끄러미 바라본다. 악을 쓰고 술잔이 넘어지고 접시가 깨지고 의자가 자빠지고 시비가 붙고 들어오고 비키고 나가고… 모두가 일사불란한 혼란이다. 어제와 전혀 다른 무늬이지만 새로운 것은 하나도 없다. 점점 맥박이 빨라간다. 아홉시와 열시 사이의 봉우리다. 그 고비를 넘기면 썰물이다. 밀물이 밀어닥칠 때 할 일이 많지 한번 물이 방향을 바꾸면 대개 모든 일이 제풀에 맞아떨어진다.

백양이 술에 만취되어 부축을 받고 나온다. 염병할 년, 술을 팔으라고 했더니 지년이 취해 떨어져. 자세히 보니 울고 있다. 안방에 가서 한숨 자고 나면 술이 좀 깰 테고, 내일 아침 늦잠을 자고 일어나서 속이 쓰리다고 드링크제나 한 병 사다 마시고 낄낄대다가 영화나 쇼를 하나 보고 와서 해가 떨어지면 또 콧등에 분을 토닥토닥 바르고… 아무 일 없다. 이양이 "아짐마" 떼목을 치면서 허겁스레 달려든다. 요건 또 무슨 일이냐.

"아짐마, 저 있잖아요."

"저 있다니, 뭐가 저 있어?"

"어떤 손님 둘이서 즈이들끼리만 홀짝홀짝 마시면서 나는 거들떠도 안 보고 아짐마 좀 들여보내래요."

"어떤 티눈 겉은 것들이 할망구를 들여보내라 마라 해?"

"아이 아짐마도. 이, 이거 들여보내래요."

이양이 두 팔을 쩍 벌리면서 어깨를 흔들어보인다. 경자 등뒤에서 저희들끼리 '중량급'을 뜻할 때 쓰는 몸짓이다.

"요, 요 망헌 년 겉으니."

경자가 일어선다. 그러나 그녀는 이양을 잡으러 가는 것이 아니라 그녀를 부른다는 손님 방으로 간다. 방문이 열려 있다. 손님 하나가 주전자를 손가락 끝에 들고 팔을 죽 펴서 흔들거리고 있다. 경자가 그 주전자를 받아들고 주방을 향해서 술 한 주전자 더 가져오라고 소리친다. 그때야 그들은 그녀가 들어온 줄 알고 하나가 "자네 오랜만이시,"라고 말하고 또 하나가 그 소리에 고개를 번쩍 쳐들고 "자네 나 모르겠어?"라고 말을 하는데, 벌써 술이 꽤 올랐다.

"글씨 말이여, 알 것도 같고 모를 것도 같고, 그저 그렇네."

처음 말을 건 사람은 건재 약방 주인이다. 주인이라기보다 건재 약방 아들이라는 것이 더 귀에 익은 소리다. 노인이 죽고 아들이 가업을 이었으니 주인임에는 틀림없지만.

"자네 중앙소학교 사십이 회 아닌가?"

이 친구들 전혀 허튼수작만 할 생각은 아닌 모양이다. 고개를 번쩍 쳐든 사내가 윗몸을 흔들거리면서 그녀를 쳐다보고 말을 했는데, 자세히 보니 근래에는 전혀 본 적이 없지만, 생판 낯선 얼굴도 아닌 성싶다.

"자네도 사십이 흰가?"

"옳거니, 이제 알아보는군."

그 사내가 감격해서 술잔을 그녀에게 내민다.

"허, 허. 요것들 봐라. 늙어갖고 수작이다."

"영신당 약방아! 니는 술값이나 개리고 조용히 물러가거라. 그리고 내일 아침에 형님이 유허시는 데 와서 아침 문안이나 올려라."

"넷기놈의 자석. 저놈의 자석이 서울 가서 십 년 굴르드니 족보를 잊어먹었어. 자, 경자, 쭉 한잔 허고 잔을 돌리소."

그들은 이미 꽤 취해 있었던 터라 별로 흔적이 안 나지만 경자는 잔을 낼 때마다 현저하게 눈앞이 가물가물해진다. 잔이 몇 순배를 도는 동안 약방집 아들이 옛날같이 남의 집 닭 잡아먹던 이야기, 여선생 시간에 교실문 옆에서 드르누워 기다리던 이야기, 여학생들 도시락 까먹던 이야기, 솥뚜껑 같은 손으로 아무개 선생한테 뺨 맞던 이야기… 등등을 낄낄대면서 늘어놓다가, 원래가 희극적인 양반이지만, 허리춤에다 두 손을 꽂고 구부정하게 등을 굽힌 채 일어서서 비틀거리며 "조금 급했어,"라고 말하고 용케 방문을 빠져나간다.

"자네도 이제 서른이겄그만."

"자네, 수철인가 철순가, 아무케나 해두세. 자네는 남자 서른이라 덜 서럽제? 나는 나이 서른에 딸이 둘인디, 지 애비 성이 각각이여."

"허, 사람이 세상을 살다보면 그럴 수도 있겄제."

"그럴 수도 있는 것이 아니여. 우리 어머니도 씨 다른 새끼 두 배를 낳았어. 물림인가비여."

"허, 허. 그래서 어친가. 넘 묵는 밥을 못 묵는가 술을 못 묵는가. 그런 거 아무짝에도 쓸데없는 것이여. 한 배에 씨 하나씩 받아낸 새끼들도 천하에 망종 많기만 허데."

"자네 애긴가 남에 애긴가?"

"자네가 자네 애기 허는디 내가 넘 애기 허겄는가? 허, 허, 허."

"자네 고향 떠난 지 십 년 됐다고 했제?"

"이십 년이 되었네. 나 소학교 사학년 때 전근 가는 아버지 따라 떠났어. 그리고 고향도 여그가 아니시."

"그런가? 나도 여그가 고향이 아니라데. 우리 엄마가 나를 강보에 싸가지고 흘러들어온 디가 여그였다네. 나는 내가 어디 개뻘다귀인지도 모르네."

"그런 건 알아서 뭣 헐 틴가? 설마허니 사람이 사람 뼉다구지 개 뼉다굴라든가. 나는 우리 아부지만 세상 뜨면 그놈의 족보 싹 쳐질러뿔 생각이시."
"자네가 망종은 망종이네."
"어이, 자네, 이 망종 딛고 밤새도록 술만 마실 생각인가?"
"건재 약방집 머슴아는 안 들어오네?"
"그 자석은 즈그 여편네헌티 가서 지금쯤은 꿀물이라도 타 마시고 있을 거이시."
"자네들이 미리 그렇게 귀를 짰는가?"
"귀를 짠 것도 없는디, 척척 일이 그렇게 맞아들어가네."
"자네 오래간만에 고향에 왔는디, 숙소는 어딘가?"
"고향이 아니시. 고향이라 해도 이십 년이나 떠나 있었는디 가까운 피붙이가 있겄는가? 요 앞에 동구여관이시."
"자네 혼자 가겄는가? 어디 한번 일어나보소."
그는 일어선다. 그러나 대단히 비틀거린다.
"허허, 이거 내가 많이 취했구나. 혼자 같으면 너끈히 찾아갈 틴디, 자네가 옆에 있응께 내가 아마 엄살을 부리는 모양이시."
"술꾼들 다 그렇제. 내가 데려다줌세. 나도 취했지만."

그들은 밖으로 나간다. 홀에는 손님이 하나도 없다. 유인원 같은 주방 아줌마가 하품을 하고 있다가 그녀를 부축해준다. 어느 방에선가 손님이 주정하는 소리가 들린다. 막둥이가 쪼르르 달려와서 경자가 붙들고 나오는 손님의 계산이 진즉 되었다고 말한다. 경자는 그놈 뒤통수에 군밤을 주는데, 주먹이 허공에서 논다. 그녀는 남자를 데리고 밖으로 나간다. 동구여관은 거기서 스무 발자국도 안 되는 곳에 있다. 남자는 옆에서 누가 부축해주자 마음놓고 정신을 잃어버린다.

그녀는 여관 보이와 힘을 합쳐서 간신히 그를 그의 방으로 끌고 들어간다. 그리고 자리를 펴고 그를 대강 옷 벗겨서 그 위로 눕힌다.

"나를 이래 두고 그냥 갈 티여?"

그가 정신이 조금 드는 모양이다.

"여그서 잤으면 좋겠그마는, 자네 그 꼴을 해가지고는 용을 써봐야 재미도 못 보겄어. 잠이나 편히 자소."

"그냥 갈 티여? 그냥 가?" 그러나 그의 목소리는 벌써 잠속으로 빠져들어가고 있다.

"새복걸이도 별미네마는 그냥 갈라네. 잘 자소."

그녀는 완전히 잠에 녹아떨어진 그를 물끄러미 들여다보다가 이불을 덮어주고 일어서서 벽에 머리를 기댄다. 그때 옆엣방에 누가 들어가는 소리가 나더니 "이거 바카스디야. 마셔봐. 오란씨도 하나 사오까?" 하는 소리가 들려온다. 분명히 광일이의 목소리다. "너 내가 술 마시는 거 싫어하는 줄 알지? 너 화나서 일부러 마신 거야?"

경자는 그것이 누구의 목소리인지는 알겠는데, 도대체 생각을 앞뒤로 주워모을 수가 없다. 너무 취했다. 그녀는 비틀거리며 그녀의 가게로 간다. 집 문을 딱 들어서자 그녀는 정신이 가물가물해진다. 홀에 누가 하나 앉아 있는데 막둥이 같기도 하고 아닌 것 같기도 하다.

"아주머니, 취했구먼."

"다, 당신은 누구요?"

"통금이 지났는데… 아주머니 취했어."

南門通

"다, 당신은?"

"나 건수나 하나 올릴까 하고 혹시 해서 들렀지."

"건수? 껀수? 오늘 껀수를 못 채웠구만? 미장원 뒷방에 한번 가봐. 샛별미장원 말이여, 샛별."

 덕팔이는 귀가 번쩍 뜨인다. 그는 쥐새끼처럼 문을 빠져나간다. 경자는 하얀 타일을 입힌 술탁자 위로 쓰러진다. 홀은 텅 비었다. 어느 방에선가 주방 아줌마와 막둥이가 곤하게 코고는 소리가 들려온다. 성안에는 또 하루가 끝나고 남문통에 밤이 자꾸만 깊어간다.

〔『한국문학』, 1975. 1〕

밤과 낮

 첫번째 도둑을 맞았을 때 김도찬은 파출소로 갔다. 두번째 맞았을 때 그는 시장에 가서 삼천 원을 주고 재래종 강아지 한 마리를 사왔다. 세번째 맞았을 때 그는 철물점에 가서 멍키 스패너를 샀다. 그리고 네번째, 그는 도둑놈을 잡았다.
 그는 묵직한 자동차 연장을 사온 뒤 일 주일 동안을 새벽 한시부터 네시까지 광 속에 웅크리고 앉아서 도둑놈을 기다렸는데 허사였다. 그때 시골에서 아저씨 한 분이 팔뚝에 생긴 피부 괴저가 암인지 어쩐지를 성 데레사 의료원에서 진찰받기 위하여 올라오셨다. 정중하게 인사를 하고 약주를 받아다 대접한 데까지는 좋았는데, 아저씨가 시골의 일가 친척들의 근황을 전하고 나서 요즈음 세상 돌아가는 물정에 대해서 의견을 말씀하기 시작했을 때 도찬은 그만 자기도 모르는 사이에 입을 떡 벌리고 하품을 했다. 아저씨는 노했다. 그리고 '종물이 나서' 안 하신다던 술을 두 잔째 벌컥벌컥 마시면서 요즘 젊은 사람들의 일반적인 무례함을 꾸짖었다. 그래서 도찬은 고개를 숙이고 도둑놈 지키느라 며칠 동안 밤잠을 설쳤다고 말했다. 그러자 아저씨는 노기가 가시지 않은 목소리로, 좀도둑 정도는 경찰이 마음만 먹으면 얼마든지 잡을 수 있으므로 지서에 신고를 해야 한다고 말했다. 그는 파출소에 갔지만 피해 추산액 만 원 밑으로는 아예 신고를 받으려 하지도 않더라고 대답했다. 아저씨는 불쌍하다는 듯이 개를 키우라고 권하고, 세평에 사는 그의 종형제 철진이가 진돗개를 기르는데 얼마 전에 새끼를 낳았다고 말했다. 그는 그렇지 않아도 잡종 개 한 마리를 사왔었는데 한 열흘 낑낑거리다 강아지가 자취를 감추어버리자 바로 그날 밤 또 도둑이 들었었다고 대답했다. 아저씨는 괘씸하다는 듯이 그를 잠시 노려보고 있다가, 그럼 육모방망이라도 꼬나쥐고 번을 들어야겠다고 소리쳤다. 그는 놀라서 잠시 눈을 말똥거리고 있다가 방망이보다 훨씬 잡힘성도 좋고 내려치기도 좋은 쇠붙이 연장을 거머쥐고 이레째 도둑놈의 머리통이 나타나기를 기다렸으나 아직껏 소식이 없다고 대답했다. 마침내 아저씨의 분통이 터졌다.

"뭐라고? 쇠몽둥이를 들고 오밤중에 도둑놈 들기를 기다려? 아니, 너는 세상 사람들이 다 너 같은 줄 아느냐? 밤중에 남의 집 담을 넘어 들어오는 놈이 예삿놈일 것 같애? 네 몽둥이가 그놈 두상을 박살낼 때까지 그놈 손엣 쇳조각이 얌전히 있을 것 같으냐?"

"아뇨, 뭐 꼭 어쩐다기보다 무슨 인기척이 난다면 빈손으로 있는 거보다는 손에 아무거라도 잡혀 있는 것이 듬직하지 않겠어요? 되는 대로 휘두르면서 고함을 질러 쫓아버려야죠. 잡을 수 있으면 잡고요."

"잡을 수 있어도 잡는 것이 아니란 말이다. 자고로 도둑은 쫓는 법이지 잡는 법이 아니야. 그것도 불이야, 하거나 자는 아이의 볼기짝을 꼬집어서 울려가지고 쫓아야 해."

반드시 아저씨의 지혜를 따라서가 아니라 우선 그의 몸이 더 견뎌낼 수가 없어서 당장 그날 밤부터 밤 망보기를 그만두어버렸다. 그리고 사흘째 되는 날 밤, 그날 밤사말고 전에 없이 새벽 오줌이 마려워 잠이 깬 그는 밖에서 낯선 인기척 소리를 들었다. 그의 온몸의 근육은 마치 전류라도 흐른 것처럼 그가 채 잠에서 다 깨어나기도 전에 순간적으로 긴장했다. 그 민감함에 그 자신도 놀랄 지경이었다. 아마 육 개월에 걸쳐 충격들과 그 충격들에 대한 그의 도로에 그친 반응들의 덜 탄 재들이 일 주일의 철야를 포함해서 결정적인 순간의 도래를 기다리며 그의 피하에 잠재해 있었던 모양이었다. 그는 소리없이 일어나 움쩍도 않고 앉아서 두 눈알을 두리번거렸다. 방문 위로 희미한 그림자가 지나갔다. 그는 방문을 박차고 뛰어나갔다. 마루의 유리문 하나가 비죽이 열려 있었다. 그가 섬돌 위에 뛰어내렸을 때 담 위로 솟구친 도둑놈의 그림자가 막 담 밖으로 떨어지고 있었다. 아마 도둑놈은 예정보다 행동을 약간 더 서두른 것에 지나지 않은 모양이었다. 그는 몸을 솟구쳐 뒤따라 담을 넘었다. 그리고 그때사 "도둑이야!" 하고 소리쳤다. 도둑놈은 조금 놀랐다는 듯이 뒤를 흘끗 돌아보고 "허어 허어" 하고 기분 나쁜 웃음을 소리내어 웃으면서 골목 밖으로 뛰는 척했다. 그는 손에 무엇을 거머쥐고 있었다. 도찬이 큰길에까지 추격하자 도둑놈은 뛰기 시작했다. 그도 뛰었다. 숨은 찼지만 간격이 상당히 좁혀졌다고 생각되었을 때, 도둑놈이 갑자기 오른편 골목으로 꺾어 들어갔다. 뒤꿈치라도 밟을 듯이 바짝 뒤미처 쫓아온 그가 골목 안을 들여다보았을 때 도둑놈의 그림자는 아무데에도 없었다. 골목의 길이를 언뜻 쳐다 보았을 때 도둑놈이 그 길의 저쪽으로 사라졌을 것 같지는 않았 다. 그러나 그가 숨을 헐떡이면서 걸음을 멈추자 주위가 갑자기 너무 조용해졌기 때문에 도둑놈이 그 근처 어디엔가 숨어 있을 것이라는 짐작도 대단히 애매한 것이 되어버렸다. 바로 그의 코 앞에 있는 블록담 저쪽에 도둑놈이 쭈그리고 앉아서 그처럼 입 을 벌리고 가쁜 숨을 몰아쉬며 이쪽 동정을 살피고 있을 것 같은 기분이 들지 않은 것은 아니었지만, 막힌 담벽보다는 트인 골목 이 그의 발길을 끌어당겼다. 골목 저쪽 끝에도 도둑놈의 흔적은 없었다. 골목길은 굽어지면서 두 갈래로 갈라져 있었다. 그는 머 뭇거렸다. 골목이 뚫렸다고 해서 한없이 따라갈 수는 없었다.

그는 다시 입구께로 나왔다. 그리고 귀를 기울이고 동정을 살 폈다. 다 잡은 쥐를 놓친 것이 원통했다. 그놈이 손에 움켜쥐고 있는 것은 에프엠 라디오임이 분명했다. 그는 특히 의심스러운 담벽을 향하여 눈을 흘겼다. 그리고 어슬렁어슬렁 골목을 빠져 나왔다. 큰길 위에도 아직 어둠이 짙게 깔려 있었다. 그러나 그 의 집 반대 방향으로 멀리 그 길이 나지막한 등성이를 이루는 곳 에 교회가 있었는데 그 옆에 서 있는 보안등의 불빛이 많이 바랜 것을 보면 동틀녘이 다가온 모양이었다. 그는 길 이쪽저쪽을 살 펴보았다. 그의 눈길이 미치는 데까지는 사람의 흔적이 없었다. 초저녁에 많이 짖어서 지쳤는지 원근에 개들 소리도 거의 들리 지 않았다. 그는 집을 향하여 한 걸음 떼어놓다가 문득 몸을 돌 려 골목 안으로 뛰어 들어갔다. 그리고 조금 전에 노려보았던 담 의 꼭대기를 두 손으로 붙잡고 벽을 발로 차면서 턱걸이를 했다. 몸이 생각했던 것보다 수월하게 공중으로 솟구쳐주었다. 어린애의 세발 자전거와 빨랫줄에 덩그렇게 걸린 어른의 바지가 눈에 들어왔다. 마루의 문들과 창문들은 모두 제대로 닫혀져 있었다.

그의 팔꿈치가 그의 체중을 언제까지나 감당해낼 수는 없었으므로 그는 가랑이 하나를 담 위로 걸치든지 땅으로 내려오든지 해야 했다. 그는 무슨 암시를 얻어내기 위해서 열심히 집 안을 살펴보았으나 허사였다. 그는 팔에서 힘을 빼고 땅 위로 내려섰다. 그리고 그 자리에 털썩 주저앉았다. 그때사 그는 그가 지금 마악 어떤 짓을 하려 했었는가를 깨달았다. 그는 밤중에 남의 집 담장을 넘으려 했었다. 그는 맥이 확 풀렸다. 그때 누군가가 그에게 손전등을 비추면서 큰길로부터 그에게로 다가왔다.

"거기, 누구요?"

저쪽에서 물었다. 조그마한 불빛의 원이 그의 온몸을 더듬고 그의 얼굴로 달려들었다. 그는 겁이 나고 당혹하리라고 생각했었는데, 막상 당하고 보니 귀찮고 불쾌하고 짜증이 났다.

"당신은 누구요?"

그는 주저앉은 채 고개만 돌려서 대꾸했다.

"난 방범대원이오. 당신 뭐요? 날도 다 새가는데 이제사 뭘 하고 있는 거요?"

"도둑을 잡으려다 놓쳤소."

그 사내는 그 옆으로 바짝 다가와서 허리를 굽히고 그를 훑어보았다. 그래서 그도 새삼스럽게 자신의 모습을 고개를 숙이고 살펴보았다. 그는 잠옷에 고무신 바람이었다. 그 사내가 "어떻게 된 거요?"라고 물었다. 그는 성대를 진동시키지 않은 낮은 목소리로 그의 귀에다 대고 그의 집에 들어온 도둑을 쫓아 여기까지 왔는데 이 근처에서 땅속으로 잦아들었는지 하늘로 솟았는지 자취를 감추어버렸다고 설명했다. 그 사내는 고양이처럼 날쌔게 그의 옆으로 비키더니 한 무릎을 땅에다 대고 담벽에 몸을 찰싹 붙였다. 그는 도둑놈 잡을 사람은 역시 따로 있었구나 하고 생각했다. 그들 두 사람은 그렇게 약 십 분쯤 또는 오 분쯤 기다렸다.
"당신은 왜 혼자서 순찰을 도시오?" 그가 느닷없이 속삭이듯 말했다.
"한 사람은 산고가 들어서 조금 일찍 들어갔소."
그때 저만치 담벽 위로 검은 그림자가 쑥 솟아올랐다. 그것은 그가 생각했던 것보다 훨씬 안쪽으로 골목 길이의 중간쯤 되는 곳이었다. 그 그림자는 담 밖에 사람이 있다는 것을 알고 있는지 나지막하게 담을 뛰어넘자마자 발이 채 땅에 닿기도 전에 골목 안으로 줄달음질을 쳤다. 두 사람은 그 뒤를 쫓았다. 골목이 갈린 데서 앞서가던 방범대원이 왼쪽으로 들어섰으므로 그는 오른쪽으로 꺾어들었다. 열 발자국쯤 갔을 때 그는 어느 집 대문간에 몸을 찰싹 붙이고 서서 입을 벌리고 가쁜 숨을 쉬고 있는 도둑놈을 보았다. 그는 그의 옷 어깻죽지를 붙잡았다. 도둑놈은 조금도 반항하지 않고 소리내어 숨만 쉬고 있었다.
"가자, 이, 도둑놈."
숨을 헐떡이기로는 그도 마찬가지였다.
"어딜, 가."
도둑놈은 붙잡혀서 화가 나는 모양이었다.
"라디오 어떻게 했어?"
"무슨 라디오?"
"너 우리집에 들어왔지?"
"당신 집이 어딘데?"

"따라와."

그는 도둑놈의 어깻죽지를 난폭하게 낚아챘다. 도둑놈은 심히 무례하게 굴면 안 따라갈 수도 있다는 듯이 한번 몸을 버텼지만, 이내 근육에서 힘을 풀고 고분고분 그를 따라왔다. 골목이 갈라진 데에 방범대원이 서 있었다. 방범대원을 보자 도둑놈은 미안한지 고개를 떨어뜨렸다. 그는 도둑놈을 그에게 넘겼다. 그는 지금 당장 같이 파출소에 가도 좋고, 집에 가서 한숨 자고 아침에 나와서 신고해도 좋다고 말했다. 그리고 혹시 잃어버린 물건은 없느냐고 물었다. 그래서 그는 도둑놈을 가리키면서 저 사람에게 물어봐야 자세히 알지 않겠느냐고 말하고, 아마 라디오 한 대는 틀림없이 잃어버렸지만 집에 가서 더 알아봐야겠다고 대답했다. 방범대원은 도둑놈의 볼을 사정없이 쥐어박았다. 도둑놈은 기가 팍 죽어서 별로 피하려 하지 않았다. 그러나 겁을 먹고 있는 것은 아니었다. 쥐어박는 것은 좋은데, 너무 세게 쥐어박으면 아파서 곤란하다——는 듯이 고개를 뒤로 쑥 빼고 방범대원을 물끄러미 쳐다보았다. 그들 둘 사이의 관계는 양식화되어 있어서 기름 친 기계처럼 잘 돌아갔다.

"이번엔 이 년이야."
"한 일 년쯤 안 될까요?"
"일 년? 임마, 반 년이면 어때."
"반 년이면 더 좋지요."
"아예 죄 안 짓고 반 년도 안 사는 게 좋지."

도찬이 끼여들었다.

"뭐요?" 도둑놈은 발칵 화를 내면서 그를 노려보았다. "당신 오늘 운 좋았어. 명이 길었지."

"무슨 소리야?"

"무슨 소리? 이 년 살 거 이십 년 살기로만 마음먹었더라면 당신 오늘 없었어."

"이 자식이 쓸데없이 지껄여."

방범대원이 커다란 손바닥으로 도둑놈의 뒤통수를 철썩 소리가 나게 때렸다. 그러나 도둑놈은 방범대원은 거들떠도 안 보고 도찬을 노려보면서 "남의 하는 일에 함부로 뛰어드는 게 아니야, 알겠어?"라고 말했다. 그는 어이가 없어서 그도 방범대원처럼 크지 않은 손바닥을 솥뚜껑처럼 쫙 펴가지고 도둑놈의 머리통을 내려치고 싶었지만 참았다. 사실 그와 도둑놈 사이에는 라디오 한 대의 값어치의 관계밖에 없었다. 그를 처벌할 권리는 그에게 있는 것이 아니라 사회에 있었고, 그의 일은 그를 사회에 맡기는 것으로 끝났다. 그런데 그를 후려치는 일은 그를 처벌해야 한다는 생각에 의해서만 정당화될 수 있었다. 차라리 그가 그의 집 담벽 너머로 막 머리를 들이밀었을 때라면 솥뚜껑 같은 손바닥이 아니라 쇠몽둥이로 후려쳤더라도 그것은 명예롭고 정당한 사유 재산의 보호가 되었을 것이다. 그러나 지금은 때가 너무 늦었다. 그도 도찬과 꼭 마찬가지로 사회의 보호를 받았고 그를 후려치는 일은 도찬을 후려치는 일과 마찬가지로 처벌을 받아야 했다. 괘씸했지만 도리가 없었다.

"왜, 할말 있어?"

도둑놈이 말했다. 방범대원이 허리띠를 빼앗아버렸으므로 그는 바지춤을 엉거주춤 붙잡고 병신스럽게 걷고 있었다.

"너, 이 나쁜 놈 같으니. 나는 이제 너하곤 아무 관계가 없다. 그러나 정 괘씸하면 너 같은 놈들을 처벌하는 일만 맡고 있는 사람에게 개인적으로 부탁을 할 수가 없는 건 아니야."
"부탁을 하긴 해야 헐 거야. 나를 이렇게 만든 건 너니까."
"뭐라고?"
"당신은 라디오 한 대를 잃어버릴 뻔했어. 그런데 난 이게 뭐야? 일 년 아니면 이 년을 손해보게 되었잖어. 그래도 당신 뱃장이 편해?"

그가 기가 막혀서 미처 뭐라고 대답하기 전에 방범대원이 또 한 대 도둑놈의 머리통을 쥐어박으면서 "이 새끼, 너 언제 남의 뱃장 생각하고 도둑질했어?"라고 말했다. 그의 머리통이 덜커덩하고 아래로 숙여졌다가 되살아났다. "나야 어디 남의 뱃장 생각할 겨를이 있소? 남의 뱃장 생각할 겨를이 있는 놈이 도둑질하겠소?"
"왜 없냐? 왜 겨를이 없어? 이번에는 늙은 어머니가 입원을 했냐?"
"잘 아시는데요. 그런데 조금 틀렸소."
"뭐가 틀려?"
"입원 보증금이 없어서 세 군데서 다 퇴짜를 맞았소."
"없는 어머니가 입원을 다 하냐?"
"우리 어머니 없는 것도 다 아시오?"
"그럼 있어?"
"아니오. 내가 세 살 때 죽었소."

도둑놈과 방범대원은 파출소로 가고 도찬은 집으로 향했다. 방범대원은 잃어버린 물건이 조금 전에 도둑놈이 잠시 엎드려 있던 집 어디에 있을 것이므로 파출소에 가서 날이 밝은 다음에 찾아놓겠다고 말했다. 도찬은 잠시 고무신짝을 질질 끌었다. 그러자 그의 집 문이 눈앞에 나타났다. 그는 기분이 좋지 않았다. 도둑놈을 잡았을 때 이런 기분이 되리라고는 미처 생각하지 못했었다. 승리감까지는 아니더라도 통쾌함이나 시원스러움 같은 것은 기대했을 법한데 만일 그랬다면 지금의 그의 기분은 거의 완벽하게 그 반대였다. 그는 불필요하게 풀이 죽었고, 그리고 그것이 화가 나서 문짝을 쾅쾅 두드렸다. 마누라가 눈을 둥그렇게 뜨고 호들갑을 떨었으므로 그는 조금 위안이 되는 듯했지만, 무엇인가가 어긋나버린 듯한 느낌은 어쩔 수 없었다.

"어떻게 되었수?"

"뭐가 어떻게 돼?"

"여보, 당신 괜찮아요? 당신 아무렇지도 않아요?"

"아무렇지 않지 않고."

"아무렇지도 않죠? 다친 데 없죠?"

"글쎄 그렇다니까."

"그렇죠? 그럼 됐어요. 그까짓 도둑놈 잡으면 뭘 해요. 난 얼마나 걱정했는지 몰라요. 파출소에 뛰어가자니 뒤가 켕겨서 갈 수가 있어야죠. 당신 어쩌자고 그 캄캄한 델 도둑놈을 쫓아가우? 도둑놈이 몸에 무엇을 지녔는지 어떻게 알아요? 그저 깜짝 놀라게 고함을 질러서 혼줄 빠지게 내어쫓는 것이 수예요."

"혼줄이 빠져? 사람이 뒤따라가도 돌아보면서 허어 허어 하고 웃더라."

"웃어요? 저런 흉악한 놈. 제 몸에 지닌 것이 있길래 그러죠. 그러기 그런 놈은 고함을 질러서 겁을 줘야 한다구요. 제놈이 동네 사람들이 쏟아져나와도 웃어요? 아예 도둑놈은 쫓아버려야 해요. 곱게 잡힐 도둑놈도 없지만 또 잡으면 뭘 해요? 놓치시기 잘하셨어요. 괜히 원수만 살 것 없지 않아요. 저런 흉측한 놈 원수 사가지고 어디다 쓰겠어요."
"누가 놓쳤다고 그랬어?"
"그럼 잡았어요?"
"문이나 닫어."
　도찬은 이부자리 속으로 기어들어갔다. 그의 아내는 고맙게도 이불 자락을 그의 턱밑에까지 끌어당겨주고 그의 머리맡에 쭈그리고 앉아서 한숨을 푹 내쉬었다. 안도의 한숨인 모양이었다. 그는 흥분과 충격 때문에 얼른 잠을 이루지 못했다. 그러나 오랫동안 전전반측했다는 것은 그의 생각이었고, 그의 아내가 옆에서 보기로는 그는 십 분 안에 코를 골았다.
　그날 아침 도찬은 파출소에 들르느라고 직장에 한 시간 지각을 했다. 그래서 그는 용감한 시민이 되기 위해서는 그 정도의 비용은 들어야 될까보다고 생각했다. 그러나 그는 용감한 시민을 너무 헐하게 평가했다. 두 달 후에 그는 한 낯선 여자의 방문을 받았다. 그날따라 일찍 퇴근한 그는 그의 집 마루에 걸터앉은 한 젊은 여자가 마루 위를 기어다니는 갓난애를 부르고 있는 것을 보았다. 날씨가 막 더워지기 시작할 때였다. 그 여자는 엷은 화학 섬유의 땟국에 절은 깔깔이 털실옷을 입고 있었고, 허리에는 어린애가 빠져나간 채 풀기가 없이 후줄근해진 포대기가 띠로 감아져 있었다. 그는 단순한 행상 정도로 마음속에서 처리해 버릴 작정이었다. 그는 마누라를 돌아보았다. 진달래꽃잎 장사라고 말하면 꽃술이 몸에 좋은 줄은 알지만 돈이 어디 있느냐고 대답해줄 판이었다. 그러나 그녀가 입을 열기 전에 그는 벌써 낌새가 다른 것을 느꼈다. 행상치고는 그 여자가 너무 차분했다.

주인임이 분명한 남자가 대문을 들어섰는데도 그 여자는 마룻바닥에서 엉덩이를 뗄 생각도 하지 않았고, 어린애를 불러들이는 것도 누가 나타났기 때문이 아니라 너무 멀리 가면 불러들이기 귀찮기 때문인 듯했다.

"당신을 만나겠대요. 벌써 한 시간이나 기다렸어요."

"나를?"

그는 그 여자를 처음 보는 동물 보듯이 두 눈 사이를 긴장시켜서 위아래로 살펴보았다.

"선생님이 김도찬 선생님이세요?" 그 여자가 앉은 채 말했다. 그녀는 그를 똑바로 쳐다보지 않았는데 그것은 수치심 때문에는 아니었다. 그는 그녀를 물끄러미 쳐다보면서 "예, 그렇소."라고 대답했다.

"저는 김효태의 처예요. 진즉 찾아왔을 텐데, 지가 몸이 좀 불편했고 그리고 집 찾기가 굉장히 어려웠에요. 찾고 나서는 너무 작아서 실망했고요. 하필이면 왜 이런 집을 털다가 걸렸는지 모르겠에요."

"지금 무슨 이야기요?"

"즈이집 사람 얘기에요. 그치 지금 덕분에 서대문에 가 있어요, 잘 아시겠지만."

"그래 날더러 어떡허란 말이오?"

"지가 어떻게 어떡하라고 말하겠에요? 선생님이 알아서 하셔얘죠. 전 그저 우리 형편이나 말씀드릴까 하고 그냥 왔에요."

"난 그런 형편 별로 듣고 싶지 않소."

"저두요. 지가 좋아서 이런 얘기 하려는 건 아니에요. 지가 듣는 사람이라면 얼마나 좋겠에요. 물론 선생님께서 안 들으시겠다면 할 수 없죠."
"도대체 무슨 얘긴데 그러세요?"
"아주머니는 조금 잠자코 기세요. 지금 선생님한테 이야기중이니깐요. 지한테는 찾아가서 얘기할 사람이 셋 있에요. 맨 먼저 파출소 박순경인데요, 우리집 김가를 잡아갔거든요. 지난번에 두번째로 들렀더니 미역 가닥이나 사라고 하면서 오백 원을 주지 않아요? 혼났에요, 주는 거 안 받을 수도 없고. 두번째가 여기 선생님댁인데요, 선생님이 알은체하시기 싫다면 할 수 없는 거죠 뭐. 끝으로 백여사 집에나 가봐야죠. 전에 지가 일하던 곳인데요, 바람둥이 따라간다고 나올 때 싸우고 나왔지만 그래도 찾아가면 반가워할 거에요."

도찬은 처음엔 그 여자의 나이를 서른까지 보았지만 차츰 그 여자가 스물두엇밖에 안 되었다고 생각했다. 더러운 차림새치고는 몰골이 별로 험하지 않다고 생각했던 것도 잘못이었다. 그 여자는 몸이 부었다가 이제 막 푸석푸석하게 부기가 빠지고 있었다. 그녀는 어린애를 들쳐업었다. 어린애는 까맣게 타고 두 눈알만 횅덩그렁했다.

"얼마쯤 주면 좋겠소?"
"뭘 얼마쯤 줘요? 지가 언제 돈 달랬어요? 몇 푼 쥐어줘서 보내버리고 싶으시죠? 보내버리고 싶으시면 그냥 가라고 그러세요. 그럼 전 가요. 선생님이 저에게 돈을 주시면 얼마를 주시겠에요? 오만 원을 주시겠에요, 십만 원을 주시겠에요?"

그녀는 자리에서 일어섰다. 어린애는 어미 등에 뺨을 대고 눈을 감고 있다가 고개를 쳐들고 눈을 한번 껌벅이더니 다시 뺨을 묻고 눈을 감았다.

"그냥 갈 테요?"
"그럼 어떡하겠에요? 그렇지만 염려하실 건 없으세요. 또 올 테니까요. 백여사 집에 가봐야 별수 있겠에요? 반가워만 하면 뭘해요? 그렇다고 뻔질나게 파출소만 쫓아갈 수도 없고."
"아주머니나 아주머니 김씨 부모 중에서 근래에 아픈 분이 있소?"
"부모 중에서 아픈 분이 있어요? 나나 우리집 김가나 하늘 끝 닿는 데를 모르는 고아에요. 우리들은 고아가 고아를 만나면 무슨 뾰죽한 수라도 생기는 줄 알았죠."
"식구 중에서도 아픈 사람 없었소?"
"식구요? 나하고 김하고 이것뿐인데요?"
"아주머니나 어린애나…"
"이건 괜찮았고, 이것 동생이 네이렛 만에 죽었에요. 벌써 한 달 되었군요. 태 묻은 델 파고 같이 묻어버렸죠. 그것 병원에서 낳게 해준다고 큰소리 치길래 그러나부다 했더니, 선생님 집 물건을 실례해다가 팔아서 그럴 작정이었던가봐요. 덕분에 나는 놀라서 달도 덜 찬 핏덩이를 쏟았죠. 그 핏덩이는 이 세상에 넉 주일 동안 머물면서 밤낮으로 울기만 하다가 목이 칵 쉬어서 죽어버렸지 뭐에요. 김은 마음을 다져먹고 다시는 전엣 버릇 안 하겠다고 맹세하고 한 반 년 착실히 이발소에 나가서 돈을 벌어왔에요. 그래서 나는 마음을 놓았거든요. 몇 푼 안 되는 거였지만 세 식구 입에 풀칠은 했에요. 그랬는데 김이 들어가버리자 사식이나 영치금은 고사하고 당장 어미 새끼 살아갈 일이 감감했에요. 이걸 업고 밤중에 고아원 정문 앞을 세 번이나 갔에요. 왜 내버리지 않고 그냥 돌아선 줄 아세요? 내 몸이 아파서였에요. 산

후 조리를 안 해서 온몸에 뼈마디가 절리고 쑤시는데, 육신이 이래가지고서는 등에 업힌 것이 없다 해도 취직을 할 수가 없을 것 같았에요. 취직을 안 할 바에야 내 한 입 먹는 데서 새끼 하나 간수 못 하겠에요? 앞으로 몸이나 조금 우선해지면 이거 어디다 던져버리고 취직을 해야겠에요. 그러면 살아갈 구멍이 트이겠죠 뭐. 이게 주먹만해 뵈도 돌 지난 지가 다섯 달이나 되었에요."

도찬은 별로 듣고 싶지 않던 그녀의 형편을 다 들어버렸다. 그는 생각했다. 우선 그녀가 여백을 남겨준 대로 전혀 모른체하고 그녀를 돌려보내버릴 수가 있었다. 또 오면 또 돌려보내면 되었다. 천 원이고 오천 원이고 형편 닿는 대로 집어주고 다음에는 될 수 있으면 오지 말아달라고 부탁할 수도 있었다. 어린애를 당분간 맡아줄 테니 몸이 허락하는 대로 다시 일자리를 구해보라고 권할 수도 있었다. 그녀가 원하는 것은 어떤 것일까? 그녀가 원하는 것은 그 세 가지 중에서라면 첫번째 것이었다. 그녀가 또 찾아오는 것은 그들이 그녀를 또 돌려보내는 것보다 훨씬 쉬운 일이었다. 찾아오는 일이라면 그녀는 얼마든지 할 수 있었다. 그리고 오천 원이 아니라 만 원을 준대도 그것을 가지고 도대체 반년을 버틸 것인가, 일 년을 버틸 것인가. 어린애를 맡기는 일이라면 전혀 모르는 고아원 쪽이 훨씬 더 마음 편할 노릇이었다.

"저두 모르겠에요. 선생님이 돈이 많으시면 우리 모자가 김가 나올 때까지 먹고 살 만한 돈을 주시면 좋겠고, 집이 크고 방이 많으면 우리들을 그때까지 거두어주시면 좋겠지만, 와서 보니 둘 다 어렵겠에요. 아는 사람이 있으면 김가 빨리 나오도록 주선이나 해주세요."

도찬은 가슴이 뜨끔했다. 그에게는 지검에 친구가 있었다.

"물론 남의 일에 발벗고 나서기가 힘드시겠지요. 그렇지만 지가 사흘 간격으로 찾아오면 남의 일 같지만은 않을 거에요."

그 친구는 고등학교 동창이었는데 고등학교를 졸업한 이래 십 년 동안 만난 적이 없었다. 오 년 전에 사법 시험에 합격했다는 소식을 들었었고, 일 년 전에 지검으로 인사 발령된 것을 신문에서 보았었다. 그때 전화라도 한 통화 하려 했었는데 차일피일하다가 그만 못 해버리고 말았다. 그랬는데 더군다나 어쭙잖은 청까지 짊어지고서 지금 찾아간다는 것은 참으로 내키지 않는 노릇이었다. 아마 그 자신의 일 때문이었다면 그는 결코 찾아갈 생각을 안 했을 것이다. 그러나 마침내 그는 한 가련한 여인의 인생을 위해서 그 자신의 결벽을 희생하기로 결심했다. 아무리 진흙밭에서 뒹구는 듯한 삶의 가차없는 몸부림이 감정상의 섬세한 취미 때문에 외면당할 수는 없었다. 그의 감정은 더 여유 있을 때 얼마든지 예민해져도 좋았다. 십 년 적조했던 옛 동창은커녕 생판 모르는 남이면 어떠냐, 제기! 그는 그와 같은 그의 결심을 그녀에게 이야기하고 좋은 말로 위로했다. 그녀를 위안하는 것은 쉬운 일이었다. 그녀는 자기가 위안을 받고 있다는 사실만으로도 가슴이 벅차는 모양이었다. 뿐만 아니라 그녀는 검사의 친구라면 벌써 검사나 다름없다고 생각하는 눈치였다. 그녀는 역시 그녀의 김가가 집을 전혀 헛짚지만은 않았다고 생각하면서 대단히 기분이 전환되어 돌아갔다. 그녀가 나가버리자 도찬 부부는 잠시 허망한 기분이 되어 서로 멍하니 쳐다보았다.

도찬은 그 이튿날 지검으로 친구를 찾아갔다. 검찰청사에 들어가보기는 난생처음이었다. 잘 정돈된 정원과 자갈이 하얗게 깔린 넓은 뜰을 지나 건물이 오 층으로 솟아 있었는데, 그 건물

정면 현관에 크라운 승용차 한 대가 미끄러져 올라가 있었다. 그 차의 기세로 보아서 올라갈 수만 있었다면 이 층에까지라도 기어올라갔을 것 같았고, 집에 가서는 들어갈 수만 있다면 안방에까지라도 비집고 들어갈 것 같았다. 단 세 발자국만 더 걷기로 한다면 그 차는 보기좋게 자갈밭 위에 세워져 있을 수 있었다. 건물 안으로 들어서자 담배 가게 창문 같은 데서 "여보세요 여보세요" 소리가 들려왔다. 그는 그리로 가서 그가 찾아온 용건을 말했다. 안내는 그의 신분증을 달래서 받아들고 그의 얼굴과 대조해보는 둥 마는 둥 방문증을 내주면서 가슴에 차라고 하고는 "그 양반 출장중일 거요,"라고 말했다. 그가 어리둥절해 서 있자 안내는 그를 쳐다보지도 않고 삼 층 팔호실로 가보라고 느릿느릿 말했다. 그는 삼 층 팔호실로 갔다. 거기에는 교복을 입은 여학생이 하나 앉아 있었다. 그 여학생에 의하면 그의 친구는 부산에 출장중이었다. 관세범 특별 단속반에 차출되어 삼 개월쯤 예정으로 지난주 수요일에 출장 나가고 자리에 없었다. 그는 쓸데없는 짓인 줄 알면서 친구의 집 전화번호를 묻고 그것을 별 중요한 것이나 되는 것처럼 열심히 수첩에 적어넣었다. 그리고 다시 아래층으로 내려왔다. 신분증을 받아들고 현관 밖으로 나오자 유월 오후의 태양이 쨍쨍하게 자갈 위로 내리쪼이고 있었다. 그리고 그 속에는 조금 전에 그가 알아채지 못했던 찬란함이 들어 있었다. 그는 그 햇볕 속으로 나가서 건물을 돌아보았다. 이제 그에게는 거기서 머뭇거릴 구체적 이유가 없었다. 혹시 우연히 아는 사람이 뜻밖에 나타나 그가 거기에 온 일을 묻고 그것을 극적으로 타결해주는 수는 없을까? 그는 건물의 모퉁이들과 담벽의 끝들을 둘러보았다. 가령 저기 어디 어느 한 모퉁이에서 아는 사람이 툭 튀어나온다거나… 그는 건물 안을 들여다보았다. 아는 사람이 아니면 또 어떤가. 아무라도 그 사건을 담당한 검사면 됐지, 하필 동창생만이 맞인가. 그 검사가 그의 친구보다 그가 펼쳐낼 이야기에 더 감명받지 말란 법도 없는 터에! 그는 눈부시게 부서지는 햇살과 음침하게 솟아 있는 건물을 번갈아 쳐다보았다. 승용차가 사라진 현관 위 한쪽 구석에 걸터앉아 있던 한 젊은 촌 여자가 이제 막 햇볕 속을 지나서 정문 밖으로 사라지고 있었다. 그 여자는 그의 시력 탓이었겠지만, 그녀 머리 위에서 빛나는 햇살 속으로 마치 자석에 끌린 것처럼 빨려들어가서 두 발로 허공을 차면서 걸었다. 비스듬하게 끌려가듯 걸어가는 것이 바람만 조금 불어도 빨딱 뒤집힐 것 같았다. 그는 문득 자기가 얼마나 형편없는 감상주의자인가 하는 생각이 들었다. 우람한 현실적 각성을 위해서 다치기 쉬운 자신의 감정을 무자비하게 짓밟아버리고 비장한 각오로 나섰던 걸음이었는데, 이상한 일이었다. 그리고 설사 그가 그의 친구를 예상대로 만났었다 하더라도 그와 같은 생각이 들었을 것 같았다. 그는 미련 없이 지검 정문을 나섰다. 친구가 출장중인 것이 차라리 잘된 일인지도 몰랐다.

그와 그의 아내는 그뒤 조마조마하게 그 여자를 기다렸다. 그러나 그 여자는 일 주일이 되고 한 달이 되어도 다시 찾아오지 않았다. 일 년이 지나자 그들은 그 여자를 잊어버렸다. 그래서 어느 날 한 낯선 남자가 나타나서 그 여자에 대하여 물었을 때, 그들은 그 여자가 찾아왔던 날을 생각해내기 위해서는 잠시 기억을 더듬어야 했다. 그 남자는 그 여자의 남편이었다. 그가 전에 세들었던 집에는 그의 아내와 자식은 간 곳이 없고, 그의 떨어진 헌옷가지 등속이 라면 상자 하나에 담겨져서 그를 기다리고 있었다. 아마 그의 아내는 어디 가서 식모살이나 하고 있을 것이고, 그의 자식은 어느 고아원에서 자라고 있을 것인데, 그에게는 그들을 찾고 싶은 생각이 없었다. 그의 아들은 고아원 밥 먹는 것이 더 편할지도 몰랐고, 달아난 년은 간 곳을 감추었으니 찾기도 힘들지만 굳이 찾아낸들 쪽박이 아닌 다음에야 끈으로 기워서 쓸 수도 없는 노릇이었다. 그러나 그는 조금 실망했는지 서운한 빛을 감추지 못하고, 일 년 전에 그의 아내가 자식과 함께 걸터앉았던 마루에서 일어나면서 "집주인이 아저씨 애기를 합디다. 나는 그저 운이 좋아서 빨리 나온 줄 알았지요,"라고 말했다. 그리고 문간으로 가서 뒤따라온 그들을 향해 돌아서더니 "참, 아저씨와는 구면이지요? 초면 땐 실례가 많았어요,"라고 말하고 대문 밖으로 나갔다. 도찬이 뒤따라 나가자 두어 발자국 걸어가던 그는 뒤를 돌아보고 "앞으로 종종 놀러 오지요. 물론 한밤중이 아니라 대낮에요,"라고 덧붙였다. 그러나 도찬은 어쩐지 그가 다시는 그의 눈앞에 나타나지 않을 것 같은 느낌이 들었다.

〔『소설문예』, 1975. 7〕

작가 후기

　나는 이 책을 돌아가신 아버님과 중풍으로 몸 한쪽이 부자유스러우신 어머님께 드린다.
　첫 작품 「후송」은 1962년 8월 여름 방학 때 고향에 내려가서 무더위와 싸우며 썼다. 신성포와 광양을 잇는 둑을 동생과 함께 자전거로 달리기도 하고 서문밖 수원지 아래의 냇물에서 멱을 감기도 했던 기억이 난다. 그해 늦여름에 큰 물난리가 났었다. 「물결이 높던 날」은 역시 고향에서 겨울에 쓴 것 같은데, 자세한 기억은 없다. 「미로」는 꿈 이야기다. 무의식의 의미를 의식의 논리로 붙잡으려고 꽤 애를 먹었던 것 같다. 나는 현실의 질서가 완전히 파괴되고 현실이 새로운 은유로서 나타나는 꿈의 세계의 대담함과 선명함을 대단히 좋아한다. 「강」은 동료 교원 두 사람과 함께 김포 학부형 집에 놀러 간 것이 빌미가 되었다. 광주 있을 때 '고창떡'이 일하는 밥집에서 얼마 동안 점심을 단골로 먹었고, 도암에 잠깐 있었을 때 식목을 했었던가 안 했었던가 했고, 또 딴 데 있을 때 어디서나 볼 수 있는 교장의 어리석음을 겪었는데, 아마 이런 것들이 「나주댁」에서 묘하게 어울린 모양이다. 「가을비」는 군대 있을 때 부산 오병원에 입원했던 경험과 그때 들은 실어증 환자의 꺼억꺼억 소리가 암시가 되었다. 「우리 동네」는 덕진에 있는 과수원 아랫동네에서 살 때 얻은 얘긴데, 끝 부분에서 주인공이 홍소를 터뜨리는 것에 유의해주었으면 좋겠다. 「산」은 그해 첫여름에 남해 금산에 오르기 위해서 상쾌한 바다 바람을 가르며 몇 시간 동안 통통배를 탄 적이 있는데, 대개 그런 여행길에서는 창백하고 아름다운 여인을 한둘은 볼 수 있는 법이어서, 아마 그런 것들이 나의 상상력을 건드려서 되었던 것 같다. 남쪽으로 내려가면 미인이 많다. 「벌판」은 어려서부터 할아버지와 아버지를 따라서 명절 때면 꼭 성묘를 다녔던 나에게는 퍽 자연스러운 얘기다. 마지막 두 작품은 술집 여자와 도둑놈 얘긴데, 요즘 부쩍 이 두 가지 유형의 인간들이 나의 머리를 출몰한다. 남도여창이라고나 할까. 그들을 자세히 들여다보았더니 정작 그들은 가장 비창녀, 비도둑답다는 것을 알게 되었다.

  이상 한 움큼의 단편들에게 공통점이 있다면, 그것은 그것들 중의 어느 것을 쓰고 나서도 장티푸스를 앓고 난 듯한 기분이 되지 않은 것이 없다는 점일 것이다. 그러나 이런 것들은 모두 그것들과는 상관이 없는 작품 이전의 이야기들이다. 그것들은 이제 나와는 관계없이 존재한다. 우연히 책방 앞을 지나다가 일금 얼마를 주고 이 책을 산 독자들은 내가 피를 말렸건 살을 깎았건 상관없이 그들이 이 책을 읽는 일 외에 정 할 일이 없을 때 이 책을 읽고 기쁨을 느껴야 한다. 그들이 조금이라도 위안을 받는다면 그것은 이 책을 펴낼 만한 값어치가 있다고 판단해주신 문학과지성사 여러분의 덕분이고, 반대로 그들이 이 책을 읽고 나서 본전 생각이 난다면 그것은 전혀 나의 잘못이다.

1976년 3월
서 정 인

초판 해설

세계 인식의 변모와 의미

김 현

　서정인 소설의 가장 큰 특색은 그의 문체이다. 귀중한 돌을 갈 듯이 그는 말 하나하나를 경건하게 다듬는다. 그 자신은 뼈를 깎 듯이 힘들게 말들을 깎는 것이지만, 독자들에게는 그의 힘든 노력보다는 그가 그러한 노력을 통해 남길 말들의 긴장된 구조만이 남는다. 그의 소설을 읽어가면서 그가 만들어낸 말들의 팽팽하게 긴장된 관계를 맛보지 못한다면, 그의 소설이 주는 즐거움의 대부분을, 혹은 상당 부분을 놓친 거라고까지 나는 감히 말할 수 있다. 그래서 그의 소설은 읽는 사람에게 우선 인내와 긴장을 요구한다. 가령 "그는 야간 중학교 이학년에 편입을 했다. 밤이면 학교에 나가고 낮이면 닥치는 대로 일을 했다. 돈을 버는 일이든지 굶는 일이든지 둘 중의 하나를"이라는 대목을 읽고서, 그것이 "닥치는 대로 일을 했으나 굶는 날도 있었다"라는 뜻이라고만 생각하여, 그가 지나치게 말재주를 피우고 있다고 생각해버리면, 그의 소설이 갖고 있는 중요한 문학적 의미를 놓쳐버리게 된다. 그의 문체가 지나치게 지적이라는, 더 모멸적인 어사를 사용하자면, 지나치게 현학적이라는 비판이 그때 가능해질 것이다. 사실상 그의 소설에는 그와 비슷한 수준의 지적 능력을 갖지 못한 사람들을 당황하게 만드는 문장들이 많이 나온다. "석호의 '다만 거기 있음'은 참으로 커다란 역할을 하였다" 따위의 문장이나, 그의 박식에서 연유하는 것이 틀림없을 "누구나가 다 템즈 강에 불을 처지를 수야 없는 일이다" 따위의 문장들은 그와 같은 정도의 철학적 수준이나, 독서량을 갖지 못한 독자들을 심하게 괴롭힌다. 그러한 괴로움은 그러나 독자들에게 문학 언어라는 것이 일상 언어와는 완전히 다른 것이라는 것을 확실하게 인식시킨다. 그의 문장은 어문 일치(語文一致)가 하나의 환상이라는 것을 분명하게 보여준다. 그의 문체는 문학 언어가 일상적 언어에서 얼마큼 일탈할 수 있는가를 보여주는 한 전례라고 할 만하다. 상당수의 사람들은 문학 언어가 일상 언어와 다를 것이 없는 언어라고 생각하고 있다. 그 생각을 더욱 발전시켜 나가면, 소설 속의 사건과 현실 속의 사건은 하나이지 다른 것이 아니라고까지 말하게 된다. 소설 속의 사건과 현실 속의 사건이 하나라면, 일상 언어와 다른 언어로, 다시 말해 괴팍스럽게 그것을 묘사할 필요가 없다. 그것은 언어의 남용이다. 소박한 사실주의자에 의해 주장되는 이런 논리는 그러나 타당하지 못하다. 영화 배우와 영화 속에서 그 배우가 연기하는 인물이 그 외양에 있어서는 하나이지만, 사실상에 있어서 하나가 아니듯이, 소설 속의 사건과 현실의 사건은 하나 같으면서도 하나가 아니다. 현실 속의 사건은 사건 그 자체이지만, 소설 속의 사건은 언어로 조직

된 사건이기 때문이다. 하나의 사건과 그것에 대해 말하는 사람의 말 속에 나타난 사건이 얼마나 다른 것인가를 생각하기 바란다. 박이문적인 표현을 빌리자면, 현실 속의 사건은 존재 차원의 사건이며, 소설 속의 사건은 의미 차원의 사건인 것이다. 그것들은 서로 다른 차원에 속하는 사건들이다. 일상 언어와 문학 언어 사이의 차이는 현실 속의 사건과 소설 속의 사건 사이의 그것에 버금한다. 일상 언어는 구체적으로 말하자면 나와 너 사이의 언어이다. 그것은 구체적이며 현실적이다. 그러나 문학 언어는 본질적으로 삼인칭에 속하는 언어이다. 다시 말해 체계적이며 구조적이다. 문학 언어와 일상 언어는 차원이 다른 언어이다. 그렇다고 해서 내가 문학 언어를 규범 언어에서 일탈한 것으로 보는 현대 수사학자들의 의견에 동의하는 것은 아니다. 일상 언어 역시 규범 언어에서 벗어난 언어일 뿐 아니라, 언어의 규범성이란 사실상에 있어 하나의 환상이기 때문이다. 순전히 추상적인 논리 속에서가 아니라면 어떻게 언어의 규범을 세울 수 있단 말인가? 문학 언어의 특이함은 문학 언어의 체계가 갖는 구조적 모습에 주어진, 규범 언어라는 것을 상정한 후에 붙인 명칭에 불과한 것이다. 모든 문학 언어는 그것 특유의 구조를 가지고 있다. 황순원의 문학 언어는 황순원 특유의 문학적 체계를, 김동리의 문학 언어는 김동리 특유의 문학적 체계를 지칭할 뿐이다.

그렇다면 서정인 문체의 특성은 무엇인가? 내가 보기에 그것은 문학 언어가 일상 언어와 다른 것이라는 것을 극단적으로 보여주려는 그의 의도이다. 그의 그 의도는 화법에 대한 그의 집요한 관심에 집약적으로 드러나 있으며, 그의 그 관심은 대상을 그

대상의 관점에서 묘사하여 그것을 하나의 자족체로 드러내려는 문학적 방법을 낳는다. 그리고 그것의 결과로 그 자신이 그것을 의도했건 안 했건, 그의 문장의 해학성이 얻어진다. 화법에 대한 서정인의 집요한 관심은 그가 소설내의 화자의 관점에 대해서 갖게 된 예술가 특유의 감각의 소산이다. 퍼시 라보크에 의해 가장 중요한 소설적 요소로 제시된 화자의 관점은 재래에 그 중요성이 강조되어온 플롯과 결합하여 소설적 구조라는 개념을 낳게 한다. 소설 언어의 특색 중의 하나는 그것이 삼인칭의 애매성을 그대로 보여준다는 데에 있다. 일인칭과 이인칭의 경우, 어떤 진술을 행하는 진술자와 그것의 뜻을 해독하는 상대방과의 경우에서 보듯이 그 진술은 직접적이고 현실적이며 구체적이다. 그때에 사용되는 삼인칭의 부류들, 그·그녀·그것은 일종의 생략 부호이다. 예를 들자면, 한 발화자가 "그것 봤어"라 했을 때의 그것은 어떠한 특정 대상의 압축 부호이다. 그러나 근대에 와서 일·이인칭과 함께 인칭의 대열에 끼게 된 삼인칭은 일·이인칭과 전연 다른 구조를 가지고 있다. 그것은 일·이인칭 밖에 있는 어떤 것이면서, 동시에 일·이인칭에 속하는 어떤 것이다. 그것은 화자의 밖에 있으면서 안에 있다. 일·이인칭이 언제나 화자의 안에 있는 것과 그것은 엄청난 차이를 불러일으킨다. 일·이인칭에서 문제되는 것은 현실 속의 것들이지만, 삼인칭의 세계에서 문제되는 것은 담론 속의 것들이다. 일·이인칭의 세계에서는 그러므로 모든 것이 금세 직접 확인될 수 있다. 문법적인 구문을 깨뜨리는 것까지가 그러하다. 일상 언어에서와 소설 언어에서의 인칭의 차이를 보다 더 명확하게 하기 위해, 우선 두 개의 예를 들어보겠다.

1) "너 공부 잘하는구나."
"예, 접때두 일등했어요."

2) 소년이 침구를 안고 다시 들어온다. 그리고 그것을 편다. 일어설 때 보니 가슴에 훈장이 달려 있다. 그는 그를 가까이 불러서 그 훈장을 들여다본다. 둥근 바탕에 가로로 5학년 2반이라 씌어 있고 그것을 가로질러서 세로로 반장이라 씌어 있다. 조잡한 비닐 제품이다.
"너 공부 잘하는구나."
"예. 접때두 일등했어요."

1)은 서정인의 「강」에 나오는 대화를 그대로 옮긴 것이고, 2)는 그러한 대화가 나오게 된 연유를 그린 대목을 그대로 옮긴 것이다. 1)의 대화가 실제 행해졌을 때, 그 대화를 주고받은 사람들은 그것이 무엇을 의미하는가를 명확하게 알고 있다. 발화자는 수화자의 가슴에 붙은 훈장 같은 명패를 보고 수화자가 국민학교 5학년의 반장이라는 것을 알고, 반장은 대체로 공부를 잘하는 학생이 되는 것이니까, 수화자가 공부를 잘하겠구나 하는 것을 알고 "너 공부 잘하는구나"라고 발화하고, 그 말을 들은 수화자는 그 말이 무엇 때문에 나온 것인지를 분명하고 명확하게 알고 있으므로 공부를 자기가 잘한다는 것을 확인시켜주기 위해 "접때두 일등했어요"라고 대답한다. 첫번째 발화자의 말이 내리는 말인데도, 그것을 받는 수화자의 말은 올리는 말이 되는 것도 그 둘 사이에서는 당연하다. 그러나 소설의 세계에서는 앞의 지

문(地文)이 없다면 그것은 아무런 의미를 띠지 못한다. 다시 말해 대화는 지문 속에 갇혀 있다. 더 정확히 말하자면 문학적 담론의 일부를 이루고 있다. 그 지문을 읽는 독자들은 "일어설 때 보니"라는 대목에서는, 그 보니의 주체자가 그라는 것을 알고 가슴에 훈장이 달려 있다라는 표현이, 사실은 소년의 가슴에 훈장이 달려 있다는 것을 본 것은 그이다라고 생각하고, 그래서 그 다음 문장을 아무런 위화감 없이 읽게 된다. 실제로 그렇지 않다고 하더라도 할 수 없는 일이다라고 은근히 생각하면서 독자는 그 진술을 그럴듯하게 받아들이는 것이다. 그러면서 그 두 사람의 대화 역시 다를 수도 있었는데 그렇게 되었구나라고 생각할지도 모른다. 소설 언어에서는 진상을 확인할 도리가 없다. 그것은 현실에가 아니라, 담론 속에 갇혀 있기 때문이다. 소설 언어에서의 삼인칭은 단순한 압축 부호 그러므로 될 수 없다. 그것은 따로 화자—작가의 밖에 존재하면서 화자—작가의, 화자—인물의 안에 있다. 다시 예를 들겠다.

"성중위님, 참모장님이 부르십니다."
 잘 닦아 번쩍이는 계급장을 단 상병이 삐걱거리는 판자 바닥 위로 몇 걸음 걸어오면서 말했다. 콧날이 뾰족하게 야윈 장교는 아무런 반응이 없이 그대로 앉아 있었다. 사병은 자기의 말소리가 분명히 상대방에게 들릴 만큼 컸다는 사실을 상기하면서 장교의 눈 간 곳을 쳐다보았다. 거기에는 퀀셋의 열려진 녹색의 창문이 있었고, 그 너머로는 텅 빈 높게 개인 가을 하늘뿐이었다. 사병이 다시 성중위에게 시선을 돌렸을 때, 그는 천천히 업무 일지와 만년필을 집어들면서 일어서고 있었다. 전갈 온 상병은 자기의 말이 전달되었음을 알아채고 덧붙였다. "약간 저기압인 거 같아요." 그러고는 엄지손가락으로 뿔을 만들어보이며 하얀 이빨을 드러내면서 씩 웃어보였다. 성중위는 노여운 듯 상병의 호의에 별로 주의를 주지 않고 퀀셋을 빠져나갔다. 이해할 수 있지… 성중위는 하얗게 빛나는 지휘부 석축 막사로 다가가면서 생각하였다.

위의 인용문은 서정인의 데뷔작인 「후송」의 서두이다. "잘 닦아 번쩍이는 계급장을 단 상병이" 할 때의 상병은 객관적으로 관찰된 인물이다. 그 인물은 "삐걱거리는 판자 바닥 위로 몇 걸음 걸어오면서 말했다"의 주체자이다. 다시 말해 나라고 환치될 수 있다. 그러니까 "잘 닦아 번쩍거리는 계급장을 단 상병이 〔……〕 말했다"라는 문장은 화자의 안과 밖에 다 같이 있는 한 인물을 보여준다. 그 뒤의 문장은 사병=나로 고칠 수 있는 문장이다. "콧날이 뾰족하게 야윈 장교는 아무런 반응이 없이 그대로 앉아 있었다. 나는 나의 말소리가 분명히 상대방에게 들릴 만큼 컸었다는 사실을 상기하면서 장교의 눈 간 곳을 쳐다보았다. 〔……〕 내가 다시 그에게 눈을 돌렸을 때, 그는 천천히 일어서고 있었다." 그리고 그 상병은 다시 객관적 관찰의 대상이 된다. "전갈 온 상병"은 그가 다시 그의 의식 밖으로 내쫓긴 것을 보여준다. 그뒤는 다시 그의 의식 속에 들어온 성중위가 묘사되고, 마침내는 소설 속에서 사라져버린다. 관찰하는 주체자가 되는 것은 이제부터는 성중위이다. 이처럼 서정인은 삼인칭의 소설적 애매성을 교묘하게 사용하여, 소설 인물들의, 때때로는 안에, 때때로는 밖에 위치한다. 사르트르적인 관점에서 보자면 서정인의 그러한 태도는 전지적인 태도라고 비판될 수 있다. 작가는 소설 인물의 안과 밖에 동시에 있을 수 없다. 그는 소설 인물의 자유를 구속할 수 없다. 그러한 사르트르적인 비판은 소설 언어 자체가 담론 속에 갇힌 언어라는 것을 이해하지 못한 비판이라고 할 수 있다. 작가는 소설 인물의 안과 밖에 있을 수 없는 것이 아니다. 그는 현실 세계내의 상대방이 아니기 때문이다. 그는 작가가 조직하는 담론내에서만 행동한다. 그것 속에서만 존재할 수 있는 것처럼 인지된다. 소설 인물은 작가의 밖에, 그리고 자기의 안에 있다. 그 어떤 극단적인 관점을 택하는 소설이 없는 것은 아니다. 신사실주의를 표방하는 신소설가들의 소설들, 특히 로브-그리예의 그것은 작가의 밖에 있는 인물을, 그리고 가령 프루스트의 소설은 자기의 안에 있는 인물을 그리고 있다. 그러나 대부분의 경우, 소설의 인물들은 작가의 밖에, 그리고 자기의 안에 있다. 그러한 사실의 확인은 서정인으로 하여금 다음과 같은 표현을 가능케 한다.

"형은 어디서 입대하셨소?"
외투 속에 웅크리고 있는 사람은 진눈깨비에 원한이 있다. 그는 신용산에서 입대했었는데 그때도 이렇게 진눈깨비가 내리고 있었다.

"그는 신용산에서 입대했었는데"까지는 작가 자신의 개입이 강력하게 이루어져 있어, 그 인물 내부로 독자를 이끌어갈 징조는 거의 없다. 그런데 "그때도 이렇게 진눈깨비가 내리고 있었다"고 씀으로써, 작가는 그의 개입이 아주 피상적인 것이며, 사실은 "난 신용산에서 입대했어요. 그때도 진눈깨비가 내리고 있었어요"라는 문장이 될 것이 그렇게 되었음을 보여준다. 그러니까 그 문장은 다음의 셋으로 분석될 수 있다. 1) 인물의 입장: 난 신용산에서 입대했어요. 그때도 진눈깨비가 내리고 있었지요; 2) 인물 밖의 입장: 그는 신용산에서 입대했었는데, 그때도 이렇게 진눈깨비가 내리고 있었다는 것이었다; 3) 서정인이 쓴 문장: 그는 신용산에서 입대했었는데, 그때도 이렇게 진눈깨비가 내리고 있었다. 그러니까 서정인의 문장 속에는 작가와 인물이 다 같이 숨어 있다. 그런 서정인의 문장을 자유 간접 문체라고 부를 수 있을지 모르겠다. 작가는 음험하게 대상 속에 들어가 대상의 관점에서 모든 것을 보는 것이다. 그리고 그것이 때때로 독자들의 웃음을 유발시킨다. "둘 중의 누구도 먼저 상대방의 손을 놓아주려고 하지 않았다. 우리들은 거의 동시에 서로 고개를 갸우뚱해보인 다음 가까스로 상대방의 손으로부터 제 것을 찾아왔다" 따위가 그렇다.

서정인의 작품을 그것이 발표된 순서에 따라 읽으면 그의 인간관이 어떠한 변모를 겪었는가를 분명하게 인지할 수 있다.「후송」과 「미로」라는, 기억할 만한 그의 초기 작품은 실존주의의 영향을 짙게 받아, 실존주의자들이 눈먼 대중이라고 부르는 일상인에 대한 모멸과 자신을 죽음의 수인이라고 생각하는 의식인을 힘들여 제시한다.「후송」은 귀에서 소리가 나 후송을 하는 한 장교의 이야기이다. 그는 어느 날 중동부 전선에서 빈 깡통을 보고 "그것을 없애버리고" 싶다는 강력한 욕망에 사로잡혀, 실탄 150발을 "선 자리에서 다 쏘아"댄다. 그뒤부터 그의 귀에서는 항상 소리가 난다. 텅 빈 깡통, 그것은 잉여물로서의 인간의 한 표상이다. 그 잉여물로서의 인간은 그러나 죽음을 앞둔 인간이다. 그는 죽도록 처단되어 있다. 그래서 그는 죽음에 이르는 유명한 병인 불안을 앓게 된다. 귀에서 들리는 소리는 그 불안의 신체적 현상이다. 그 불안에서 벗어날 수 있는 가능성으로 그는 음악을 생각한다. "대화가 번거로워지고 말마저 귀찮아져서 생각조차 하기 싫어질 때 돌부처가 되지 않는 방법은 음악에 있었다. 음악은 강요함이 없이 언어 이상의 것을 말하여주었다. 직관은, 불완전하고 오해의 가능성이 많았으나 그만큼 신경의 소모가 적었고 편리하였다." 빈 깡통(엘리엇적 이미지!), 죽음의 수인, 죽음에 이르는 병으로서의 불안, 음악에서의 구원의 가능성…… 실존주의적인 모든 도식이 「후송」에는 밀도 있게 육화돼 있다. 그것을 더욱 추상화시킨 것이 「미로」이다. 거기에는 일상인의 희극이 극단적으로 추상화되어 있으며, 그 일상인과 대립되는 의식인의 정신적 방황이 논리적으로 이해할 수 있게 제시되어 있다. 그 소설의 주인공은 박사를 찾아 헤매는데, 그것은 박사에게 "첫째, 내가 박사에게 무엇을 물어보았으면 좋겠는지 물어보기 위해서, 둘째, 내가 도대체 여기서 무얼 하고 있는지 알아보기 위해서, 셋째, 혹시 나에게 박사가 되고 싶은 생각이 있는지 없는지 물어보기 위해서" 그를 찾는 것이다. 그리고 그가 찾은 대답은 다음과 같다. 첫째, 그는 박사에게 아무것도 묻지 않는 것이 좋았으며; 둘째, 그는 지금 박사를 만나려 하고 있으며; 셋째, 그의 문제에 대해서는 그가 박사보다 더 잘 알지도 모른다. 서정인의 의식인의 특색은 자기가 의식하고 있다는 것을 의식하고 있다는 점에 있다. 그 의식인에게 세계는 코미디의 장소에 불과할 것이다. 실존주의적 주제와 현대 소설이 보여준 새로운 여러 가지 수법, 가령 예를 들자면 의식의 흐름 같은 것을 능숙하게 버무린 그의 초기 작품에서보다, 그의 재능을 더욱 강력하게 드러낸 것은 일상인들의 코미디에 그가 관심을 쏟기 시작한 「강」 이후에서이다. 죽음에 대한 공포가 서서히 극복되면서 일상인의 코미디가 그의 소설 속에 선명하게 드러난다. 그 일상인의 코미디는 "인간은 모두 소심하고 이기주의적이고 비열하다"는 결론을 이끌어내게 한다. 「강」에서 그는 사회에서 점차로 열등생이 되어가는 시골의 우등생을, 「나주댁」에서는 남 앞에서 좋은 말을 늘어놓기 좋아하는 한 교장 선생의 내밀한 동물적 욕망을, 「가을비」에서는 결국 송충이는 송충이끼리 살아야 한다는 슬픈 인생 철학을 체득하는 한 간호부의 아픔을, 그리고 「산」에서는 농담 잘하는 교감의 동물적 충동을 그림으로써, 인간은 성장하면서 꿈을 잃어버리고, 소시민이 되어가며, 그 소시민은 자기의 소시민성을 감추기 위해서 위선·아집·허풍·오기 따위의 소시민 근성을 뿌리내리게 된다는 것을 감동적으로 보여준다. 「우리 동네」의 주인공의 다음과 같은 진술은 「강」 이후의 서정인적 인물의 집약된 의견이다: "나는 나 자신을 잘 알고 있었다. 추잡하고, 비열하고, 교만하고, 욕심 많고, 이기적이고 소심한 놈이었다. 그러한 나와 비슷한 사람을 존경할 수는 없었다. 나이를 먹어감에 따라서 나는 세상이 추악하다는 것을 조금씩 알게 되었다. 그리고 나보다 먼저 나이를 먹었던 사람들이 그 정(情)을 알면서도, 딱 덮어놓고 턱수염이나 만지작거리면서, 그렇지 않은 것처럼 행세했었던 것에 대하여 노여움과 역겨움과 우스꽝스러움을 한꺼번에 느꼈다."

「강」 이후에서부터 서정인은 「후송」 「물결이 높던 날」 「미로」

등에서 보여준 관념성을 거의 완벽하게 극복한다. 실존주의자들과 조이스나 울프, 그리고 50년대의 여러 작가들의 체취가「강」이후에는 말끔하게 사라진 것이다.「강」이후의 몇 개의 소설들은 삶의 바닥에서 허우적거리는 여자들을 주인공으로 하여, 한국의 소도시 풍경을 여실하게 그려낸다. 그 여자 소설은 대개 다음과 같은 공통점을 갖고 있다: 1) 여자 주인공들은 대개 어두운 과거를 가지고 있는, 정상적인 결혼 생활을 영위하지 못하는 인물들이다.「강」과「나주댁」에 나오는 여자는 작부이며,「가을비」의 여인은 불행한 과거의 애인을 심리적으로 배반 못 하는 가엾은 간호원이며,「산」의 여인은 그녀를 키워준 양부에게 강간을 당한다. 2) 그 여자를 둘러싸고 두 타입의 남자들이 등장한다. 한 타입은 세상을 자기식으로 재미있게 살아나가는 성공한 일상인이다.「강」의 주사,「나주댁」의 교장,「가을비」의 의사,「산」의 교감이 그렇다. 또 한 타입은 소위 세상살이에 실패한 낙오자들이다.「강」의 대학생,「나주댁」의 윤교원,「가을비」의 월부 다리미 장수,「산」의 교원이 그렇다. 3) 그 대립되는 두 타입의 남자들은 다 같이 그 여자에 매달리는데, 여자가 정말 좋아하거나, 생각해주는 것은 실패한 낙오자들이다.「강」에서 주사가 건드리고 싶어하는 작부는 대학생 방으로 슬며시 들어가며,「나주댁」은 윤교원에게 "경계와 배척으로 짜여진 그물을 거둬"들인다.「가을비」의 간호원은 의사와의 결혼이 더 편하다는 것을 알면서도 그녀의 옛 애인과 하룻밤을 다시 보내며,「산」의 여자 역시 교원과 아무 조건 없이 산에서 같이 하루를 보낸다. 서정인 소설의 여성은, 나주댁을 제외하면, 대개 모성적인 여성으로 그려지고 있는 것이다. 그 모성을 깨뜨리려는 성공한 일상인들의 노력은 그래서 더욱 희화적으로 독자들에게는 인식된다. 서정인의 여자 소설은 박태원·이상의 그것과 함께 오래 기억에 남을 소설이다.

「강」을 비롯한 여자 소설에서 인간은 모두 소심하고, 비열하고 이기주의적이라는 모랄리스트적인 인간 이해를 보여준 서정인은 「벌판」 「남문통(南門通)」에서 인간은 관계의 소산이라는 것을 보여준다. 「강」류의 작품과 「남문통」 등의 작품과의 차이란, 전자의 것이 정황에 의해 어쩔 수 없이 실패한 삶을 살게 되는 인간을 그리고 있다면, 후자의 것은 인간의 행동은 다른 사람과의 관계에 의해서 결정된다는 것을 그리고 있다는 점이다. 전자의 소설에 나타나는 삶은 그러므로 우발적이며, 충동적이다. 「강」의 작부는 다른 아무 이유 없이 그가 대학생이라는 것 하나 때문에 그의 방에 충동적으로 들어가며, 「가을비」의 간호원은 그녀가 그것을 피하려 하였음에도 불구하고 다시 그녀의 옛 애인에게 몸을 허락하기에 이르른다. 그 행위는 그래서 실패한 자들의 초조와 불안과 비열함, 성공한 자들의 이기주의·탐욕 등을 선명하게 대비시킨다. 그와 대조적으로 「벌판」과 「남문통」의 인물들의 행동은 인간 간의 관계에 굳게 얽매여 있다. 그들의 행동은 인간 관계의 어려움에 대한, 인간 관계를 벗어나는 어려움의 한 증거물이다. 「벌판」의 주인공은 예전엔 일 년 추수 오백 석을 한, 그러나 지금은 그럭저럭 살림을 꾸려나가는 김참봉네 막동이 손자인데, 그는 이제 막 삼 년 간의 군대 생활을 끝낸 참이다. 그는 집을 떠나고 싶지만, 집의 형편이 그것을 허락하지 않는다. 그래서 그는 농협의 대리에게 술대접을 하여 은행 대출을 받아 옹색한 집안에 보탬을 주려고 하지만, 술기운에 지나치게 으스대는 대리에게 술주정을 하고 만다. 차마 그냥 집으로 들어갈 수 없어, 제대비를 받으러 갔다 돌아간 그에게, 그의 어머니는 농협에서 돈이 나왔다고 전해준다. 그리고 그 말은 그에게 집을 나갈 수 있는 용기를 부여해준다. 그의 출분은 그러므로 「강」의 작부가 그녀의 집을 나와, 그 옆의 대학생이 자는 방에 들어가는 행위와는 근본적으로 다르다. 작부가 대학생 방에 들어가는 것은, 그것 자체로 중요한 것이 아니라, 그녀의 열등감이 대학생 사모라는 보상책을 발견했다는 것을 드러내기 위한 장치로서, 그래서 대학생의 열등감과 아름답게 어울리게 하는 표지로서 그 중요성을 획득한다. 그러나 「벌판」의 경철의 행위는 그의 가족 관계하에서 엄밀하게 규제된다. 그의 마지막 행위인 출분은 그 가족 관계의 어려움을 확인시켜주는, 섬광과도 같은 행동이다. 그의 출분은 인간 관계에서 벗어나 자유롭게 되고 싶다는 그의 욕망의 한 표현이다. 그리고 그 욕망이 마음대로 편하게 살고 싶다는 소시민의 그것이라는 것을 독자들에게 은연중에 보여줌으로써, 서정인은 그가 가족 관계에서 일탈하려고 하는 것이 얼마나 유치한 것인가를 동시에 암시한다. 「남문통」 역시 유사한 작가 정신을 보여준다. 「남문통」의 주인공은 싸구려 대폿집 여주인이다. 흔한 정석 그대로 그녀의 남편은 도박꾼이다. 그는 도박 밑천을 그녀에게서 뜯어낸다. 그녀는 생각한다. 돈 몇천 원을 벌기 위해 "아직 뼈다귀도 굳지 않은 어린 가시내들이 얼마나 많은 독한 술을 억지로 마셔야 되고, 주물리고, 토하고, 노래를 부르고, 쓰러지"는데, 그는 그 돈을 도적질해가는 것이 아닌가. 그러한 그녀의 논리화되지 못한 불평은 그녀가 부리는 아이가 역시 그녀가 부리는 작부와 여관에 드는 것을 보는 순간 남편에 대한 복수심으로 무의식중에 변화되고, 그래서 그녀의 남편이 도박판을 벌이고 있다는 것을 형사에게 토설하고 만다. 물론 이 진행이 내가 진술한 것처럼 투박하고 어설프지는 않다. 서정인의 소설 속에서는 그 진행이 한치의 틀림도 없이 완벽하게 짜여진다. 그녀의 그 고발은 정상적인 인간 관계에서는 상상할 수 없는 짓이다. 그것은 남편과 아내라는 정상적인 관계의 파탄에서 야기된 행위이다. 그녀의 남편이 그녀에게서 돈을 빼앗아가지만 않았다면, 그것은 이루어지지 않았을 것이다. 「남문통」에서 서정인은, 인간은 관계의 소산이라는 것을 보여주면서 동시에 그 관계가 비정상적일 때는 그 관계의 파괴를 인간은 기도할 수도 있다는 것을 보여준다. 관계가 정상적일 때, 인간은 인간에 대해서 인간이지만, 관계가 비정상적일 때, 인간은 인간에 대해서 늑대이다. 「남문통」 이후, 서정인이 도둑에 대해 깊은 관심을 표명하고 있는 것은 그런 관점에서 이해해야 할 것이다.

「벌판」 이후에서부터, 돈은 인간 관계의 가장 기본적인 요소로 서정인에게 파악되고 있다. 「물결이 높던 날」에도 삶의 어려움에 대한 암시가 주어지지 않는 것은 아니지만, 그것은 그래도 사랑에 앞서지는 않는다. 그 진술을 뒤집으면, 「우리 동네」까지 서정인은 인간을 관념적으로 이해했다고 할 수 있다. 인간은 죽게 되어 있다, 가장 심각한 것은 사랑의 감정이다, 인간은 비열하다 따위의 진술은 인간을 관념적으로 파악하였을 때 가능한 진술이다. 개개의 인간을 추상화시켜 인간이라는 것을 개념적으로 조립할 때 남게 되는 것은 죽음·사랑·인간성 등의 관념어들이다. 그 관념성은 돈이라는 새로운 요소의 도입에 의해 새로운 구체성을 부여받는다. 인간은 죽을 존재이지만, 죽기까지는 살아야 하는 존재이며, 사랑이 인간 관계에서 중요한 감정이긴 하지만 절대적인 것은 아니며, 인간성이 나쁘거나 좋은 것이 아니라, 어떨 때는 나쁜 행위를, 어떨 때는 좋은 행위를 하는 것이 인간이라는 것이 밝혀지는 것은 서정인의 소설에서는 돈의 덕분이다. 돈이 그의 소설 속에 중요한 인자로 등장하면서부터, 그의 소설 인물들은 그 어느 때보다도 생동감을 띠게 되고, 그가 세계를 보는 방법도 구체적이고 즉물적이 되어간다. 돈이 지배하는 세계의 모순은, 개인의 생존권의 보호와 평화로운 사회의 유지가 함께 이루어지기 힘들다는 데에 있다. 그 가장 극단적인 예 중의 하나가 도둑이다. 도둑이란 남의 물건을 그의 허락 없이 가져가는 자를 이른다. 남의 허락을 받지 않았다는 점에서 그가 행하는 것은 사회의 평화를 어지럽히는 불법적이며 몰가치적인 행위이다. 그런데 그 도둑을 자세히 관찰해보면, 그가 대부분의 경우, 그를 떠나서는 살 수 없는 그의 가족들을 위해 그 짓을 한다는 것을 관찰할 수 있다. 자기 가족을 지키기 위해, 비록 그것이 사회의 평화를 파괴한다고 하더라도, 그것을 행했다는 점에서, 그것은 그것 나름의 최소한도의 변명거리를 갖고 있다. 그것은 타인의 권리를 침해하는 행위이지만, 그와 그의 생존권을 보호하기 위한 행위이다.「밤과 낮」과 같은 서정인의 도둑소설은 그 모순을 제대로 본 관찰가의 기록이다. 그 소설 주인공이 도둑을 잡은 뒤의 느낌을 서정인은 다음과 같이 묘사하고 있다: "그는 기분이 좋지 않았다. 도둑놈을 잡았을 때 이런 기분이 되리라고는 미처 생각하지 못했었다. 승리감까지는 아니더라도 통쾌함이나 시원스러움 같은 것은 기대했을 법한데 만일 그랬다면 지금의 그의 기분은 거의 완벽하게 그 반대였다. 그는 불필요하게 풀이 죽었고, 그리고 그것이 화가 나서 문짝을 쾅쾅 두드렸다."

서정인적 인물들이 보여주는 충격적인 특성 중의 하나는 그들이 전연 화해롭지 못하다는 것이다. 서정인적 인물들의 관계는 본질적으로 불화 위에 구축되어 있다. 그것은 그의 데뷔작인 「후송」에서부터 계속되는 특성이다. 비교적 화해로운 인간 관계를 전제로 하는 남녀 관계, 특히 연애 관계에 있어서도, 불화는 거의 숙명적인 것으로 제시되고 있다. 「물결이 높던 날」의 두 쌍의 연인, 「강」의 대학생과 작부, 「나주댁」의 나주댁과 윤교원⋯⋯ 등의 관계는 일상 생활에서 흔히 운위되는 행복한 남녀 관계가 아니다. 비교적 화해로운 분위기를 배경으로 전개되는 「강」에서의 대학생과 작부의 관계에 있어서까지도, 남녀 관계는 관계라기보다는 자신의 세계―꿈속에 갇힌 자들끼리의 우연한 만남으로 제시된다. 인간과 인간 사이의 근본적인 유리·괴리는 서정인의 비극적 세계관의 핵자(核子)이다. 그의 세계에서는 희망적인 전망이 전혀 불가능하다. 그 비극적인 세계는 그러나 한없이 계속된다. 성중위는 한없이 후송될 것이며(「후송」), 작부의 행복에 대한 기대는 계속 무너질 것이고(「강」), 나주댁의 매음은 계속될 것이며(「나주댁」), 한 번 도둑질을 한 자는 되풀이 그것을 할 것이다(「밤과 낮」). 그의 소설이 읽는 자를 고문하는 것은 그 비극적인 세계 인식의 계속성 때문이지, 일상인의 어려운 삶 때문이 아니다. 삶은 어렵더라도 헤치고 나갈 수 있지만, 삶이란 본질적으로 어려운 것이라고 생각하게 되면, 거기에서 헤어날 수가 없게 된다. 하지만 역설적이게도, 서정인의 소설에서 받는 감동은 그 비극적 세계 인식의 성실성에서 연유한다. 그 감동이야말로 그와 그의 소설을 읽는 자들을 일상적인 무관심에서 이끌어내어 세계의 비화해성을 자각케 하는 것에 다름아니다.

신판 해설

소설은 어떻게 눈뜨는가
─ 서정인 단편 다시 읽기

이 광 호

1 우리가 만약 아직까지도, 소설에서 리얼리즘을 논의해야 한다면, 이제는 지겹다고 말하는 것 대신에, 리얼리즘은 어떻게 생성되는가를 묻자. 리얼리티를 만드는 것, 혹은 리얼리즘을 형성하는 것은 작가가 아니라 독자이다. 리얼리티는 독자의 참여에 의해서만 자신의 형상을 얻는다. 이런 맥락에서 독자의 참여를 봉쇄하는 리얼리즘은 공허하며, 작가 역시 한 사람의 독자로 리얼리즘에 참여할 뿐이다. 새로운 해석의 역사적 지평 위에서만 리얼리즘이 구체화될 수 있다면, 리얼리즘은 실체가 아니라 언제나 하나의 가능성일 뿐이다. 리얼리즘의 역사는 변화되는 세계에 대응하는 창작과 해석의 끊임없는 방법적 자기 수정의 역사이다. 이런 전제들 위에 서지 않는다면 우리 시대의 리얼리즘은 이미 죽었거나 죽어가고 있다.

서정인은 소설 언어가 어떤 방식으로 현실과 관계맺을 수 있는가를 집요하게 탐문한 작가이다. 그의 초기 단편은 절제된 묘사적 시선으로 삶의 한 귀퉁이를 드러낸다. 작가는 일방적인 계몽적 진술을 덧붙이지 않고 작가적 논평을 지우면서 텍스트의 의미 공간을 열어둔다. 열린 소설 텍스트는 풍요로운 해석의 가능성을 스스로 개방함으로써 위반의 독서를 허락한다. 서정인을 매우 개성 있는 리얼리스트라고 부를 수 있다면, 그것은 그의 작품의 내용이 아니라 여백 때문이다. 우리는 그의 소설이 명료한 주제 의식과 도덕적 판결과 사회적 인과 관계를 드러내주기를 기대할 필요는 없다. 작가는 말해진 것뿐만 아니라 말해지지 않은 것을 통해 현실을 드러낸다.

2 그의 등단작인 「후송」에 나오는 주인공은 귀에서 소리가 들리는 병 때문에 후송을 희망하고 있다. 성중위에게 그런 증상이 시작된 것은 갑작스런 충동으로 빈 깡통을 향해 백오십 발의 권총을 쏘아버린 후부터이다. 이 행위의 구체적인 이유는 설명되지 않는다. 그것은 현실의 논리가 아닌 내면의 논리에 의해 규정되는 실존적 계기를 갖기 때문이다. 이 인과적으로 설명되지 않는 충동과 행위들은 귓병이나 그가 희망하는 후송처럼 다의적인 상징성을 품고 있다.

"후송보내주십시오."
성중위는 이마에 땀을 씻으며 말했다.
"어디가 아프시지요?"
군의관은 사무적인 말투로 물었다.
"귀가 이상입니다."

"봅시다." 군의관은 확대 투시경으로 성중위가 내미는 왼쪽 귀를 들여다보았다. 그리고 말했다. "고막 중앙에 조그마한 구멍이 뚫려 있을 뿐 별 이상은 없습니다.

"........."

성중위는 조용히 다음 말을 기다렸다.

"고막 천공으로는 후송이 안 됩니다. 머큐롬을 발라서 간단히 치료할 수 있으니까요."

"문제는," 성중위는 답답하다는 듯 이마를 좁히며 조급히 말했다. "그게 아닙니다. 그건 치료돼도 좋고 안 돼도 좋아요. 그것으로 해서 아프거나 청력에 장애가 있는 건 아니니까요."

"그래서요?"

군의관은 성중위의 다음 말을 예측할 수 있다는 듯이 눈가에 미소를 약간 지어보이며 재촉했다.

"귀에서 소리가 나요."

"그렇지요. 소리가 난다는 건 드물지만 반대로 안 들린다는 경우는 많아요. 특히 사병들의 경우가 그렇습니다만. 그러나 성공한 예는 드물지요."

이 자식은…, 성중위는 생각하였다. 선입관을 갖고 진찰하고 있구나… 환자의 호소를 귀담아들으려 하지 않는다… 성중위는 군의관을 똑바로 쳐다보았다.

"물론," 군의관은 성중위의 시선을 피하며 부드럽게 그러나 자신있게 말했다. "소리가 날는지도 모르지요. 그러나 그건 자각 증상입니다. 자각 증상이 진단에 많은 도움을 주는 건 사실입니다만, 단을 내리는 것은 항상 의사 쪽입니다."

"그렇다면," 성중위는 참으면서 말하였다. "귓구멍이 뒤집히기 전에는 안 되겠군요."
"그건 그때 진찰해봐야지요."

길게 인용된 이 대화는 주인공이 처한 폐쇄된 상황을 매우 집약적으로 드러내주고 있다. 주인공은 스스로가 귀에서 소리가 들리는 자각 증상을 느끼고 이를 군의관에게 말한다. 하지만 군의관에게 중요한 것은 그러한 자각 증상이 아니라 자신의 진단 결과이며 후송이 가능한 병명이다. 군의관은 그의 자각 증상에 대해서도 온전히 믿지 않는다. 군의관은 사태를 사무적으로 바라보기 때문이다. 그래서 이 대화는 지극히 단절되어 있다. 주인공은 자신의 병에 대한 호소가 소통되지 않는 상황을 마주한다. 물론 이것은 의사와 환자 사이의 관계에서 있을 수 있는 정황이다. 그런데 이 소설의 무대는 병원이 아니라 군대이다. 군대라는 극도로 통제된 조직 사회에서 개인의 사소한 고통 따위는 중요하게 취급되지 않는다. 문제는 제도적으로 병을 인정받는 것이며 그래서 주인공은 자신의 병을 스스로 증명하기 위해 노력하지 않을 수 없게 된다. 그의 병은 지극히 개인적인 실존의 범주에 속하지만, 그가 처해 있는 것은 닫힌 제도적 현실이다. "환자가 되기 위해 의사에게 약을 써"야 할 상황은 매우 부조리하다. 어쩌면 그의 귓병 역시 이러한 닫힌 관계들 때문에 발생했는지 모른다. 자신의 말을 다른 사람이 잘 이해해주지 않는 상황에서 발성 기관이 아닌 귀가 소리를 내기 시작한 것이다.

주인공은 예민한 성품의 소유자이다. 그는 혼자 있을 때 귓병의 증세가 심해진다든가 혹은 "죽음이 도사리고 앉아서 내 방비가 약한 틈을 타서 내게 달려들 것만" 같다든가 "무엇인가 나를 노리고 있다는 육감에 첫째 잠을 이룰 수가 없"다든가 하는 심리적 압박감에 시달린다. 심지어 그는 자신을 태우기를 거부했던 군용 트럭이 사고를 내고 쓰러진 것을 목격하고는, 그것을 자신의 저주 탓으로 돌리며 괴로워한다. 이러한 가해 의식 혹은 피해 의식은 제도적 모순으로부터 받은 날카로운 상처와 고독에 노출된 영혼에게 발생할 수 있다. 그러므로 주인공이 간절하게 후송을 희망하는 것은 병을 치료받겠다는 것뿐만 아니라, 이곳으로부터 벗어나고 싶다는 탈주의 욕망에 강하게 작용한다. 결국 귓병과는 상관없는 후방 병원으로 후송되는 결말 역시 이러한 상황을 극명하게 환기시켜준다.

  이십이시가 되자 기차는 출발하였다. 서로 다른 많은 환자들을 싣고 기차는 새로운, 그러나 단순한 또 하나의 다른 세계를 향하여 캄캄한 간이역을 떠나 어둠 속을 달렸다.

우선 주인공은 개별적으로 후송되지 못한다. 그는 "서로 다른 많은 환자들" 틈에서 후송된다. 개별적인 후송에 대한 희망에도 불구하고 군대에서는 그것이 용인되지 않는다. 그러므로 그는 그가 원하는 진정한 후송을 경험하지 못한다. 그러니까 그 후송은 지금 이곳에서의 완벽한 탈출이 될 수가 없다. 그것은 "단순한 또 하나의 다른 세계를 향하여" 떠나는 것에 지나지 않는다. 기차가 도달한 곳 역시 그가 경험한 세계와 같은 닫힌 공간일 수밖에 없다. 이 소설의 서술자는 현실 속에서 가능한 경험과 사태를 냉정하게 그림으로써 이 세계의 피할 수 없는 부조리와 불모성을 확인시켜준다.

3 「후송」이 일종의 군대소설이기는 하지만, 이 소설의 한 주인공의 자기 의식과 상황의 갈등을 그리고 있다고 할 수 있다. 서정인의 초기 단편 가운데 한 개인의 자기 의식의 내부에 대한 탐구를 가장 적극적인 방식으로 밀고 나간 작품은 「미로」이다. 일종의 무의식의 여행기라고 할 수 있는 이 작품은 리얼리스트로서의 서정인 문학의 폭을 이해하는 데 중요하다. 이 작품에서 주인공이 경험하는 여행은 몽유의 성격을 띤다. 몽유의 상황은 물론 객관적 현실은 아니지만 그것과는 다른 층위의 또 하나의 의미있는 현실이라고 할 수 있다. 여기서 드러나는 환상적인 요소들은 내적 경험의 현실이다. 이 소설 속에서 주인공의 의식과 사건의 플롯은 파편화되어 인과적 현실 연관은 와해되어 있다.

어느 날 나는 정거장에서 기차를 기다리고 있었는데, 그 기차가 결코 오지 않을 것이라는 생각이 들었다. 그러나 딴사람들도 있고 해서 그냥 그대로 있었다. 그때 한 사람이 나에게로 다가오더니 기차를 어디서 타느냐고 물었다. 나는 공포에 사로잡혔다. 사실 나는 기차를 어디서 타는지 몰랐고, 또 뿐만 아니라, 하필이면 하고많은 사람들 중에서 왜 나에게 묻는지도 알 수 없었다.

기차를 기다리던 '나'는 내가 왜 기차를 기다리는지 알지 못하고 어떤 사람의 물음에 공포를 느낀다. '나'는 기차를 타는 것 대신에 "윤곽이 뚜렷하지 않은" 거리의 "흐물흐물한" 풍경들로 눈을 돌린다. 여기서 이 여행은 두 가지 성격을 갖게 된다. 하나는 그 여행이 자기 정체성을 갖지 못한 자아의 내적 편력이라는 것이고, 다른 하나는 그것이 출발의 정거장으로부터 거꾸로 되돌아가는 도착된 여행이라는 것이다. 주인공은 자신의 행위의 의미를 알지 못하고 있으며, 그래서 출발하지 못하고 뒷걸음질 치게 된다. '내'가 자기 행위의 의미를 알아차리지 못하고 있다는 것을 알아버린 '그'가 인도하는 대로 '나'는 다양한 몽유의 풍경들을 만나게 된다. 군인의 행렬과 학교의 기이한 축제의 풍경들을 만난 뒤 '나'는 지팡이를 든 한 사람을 만나 자신의 여행이 "박사를 만나기" 위한 것이었다는 것을 깨닫는다. 박사의 집을 찾아가는 도중에 세상의 죽음들이 자살인지 타살인지 자연사인지 논쟁을 벌이는 기괴한 심포지엄을 목격한다. 다 무너진 듯한 박사의 집에 이르러 '나'는 비로소 '내' 여행의 의미에 대한 비교적 구체적인 인식을 얻게 된다.

우리는 이 소설의 주인공이 다른 사람의 의미 규정에 의해서만 자기 행위의 정체성을 부여받는 극도로 수동적인 인물이라는 점을 지적할 수 있다. 다양한 타인들의 관점과 그들이 어울려 있는 몽유의 풍경을 경험하고 그들과의 착란의 대화들을 통과함으로써, 비로소 '나'의 의식은 혼돈과 도착의 세계로부터 구제될 가능성을 타진한다. '나'는 비로소 자신이 왜 박사를 만나려 하는지에 대한 대답을 스스로 할 수 있게 된다. 그러므로 이 소설의 주인공이 겪는 몽유의 경험은 하나의 의식이 들린 세계 안에서 타자와의 소통을 통해 자기 정체성을 탐문해가고 실존적 자기 의식에 이르는 과정으로 읽을 수 있다.

4「미로」의 세계는 주관적 의식의 세계를 다루고 있지만 그 안에서도 여러 가지 형태의 타자의 관점들이 개입되고 '나'의

무의식은 그것들과 관계한다. 서정인의 많은 다른 소설들은 다양한 인물들의 시점이 교차하고 삶의 곡절이 공존하는 공간을 만들어낸다. 거기에는 범상한 타자들의 일상적 현실이 부각된다. 여기서 두드러진 것은 방계적 인물들에게 제각각의 주체로서 성격을 부여하는 소설 공간이다.

그의 대표작의 하나인「강」은 조그마한 시골 마을을 배경으로 세 사람의 남자가 등장한다. 하숙집 주인인 박씨와 하숙생인 김씨와 이씨는 결혼식에 함께 가는 길이다. 서술자는 그들의 사소한 생의 경험과 좌절된 꿈의 주소에 대해 진술하면서 각각 그들의 시점으로 대상을 바라본다. 가령 검은색 안경을 쓴 사람이 버스에 나타나자 색안경에 대한 세 사람의 심리적 반응은 제각각이다.

1) 색안경은 사치품일까, 필수품일까. 대부분의 경우, 필수품은 아닐 것이다. 그런데도 뻔뻔스럽게 길거리에서 파는 백 원짜리로 사치를 하려고 하다니! 그는 이천 원짜리를 사려다가 너무 비싸서 천 원을 주고 중고를 산 바 있다. 그것은 지금 그의 호주머니 속에 들어 있다. 눈만 하얗게 쌓인다면 언제든지 꺼내서 코 위에 걸칠 수 있다.

2) 김씨는 색안경을 낀 사람을 보면 장님을 생각한다. 그는 한때 자기가 검은 안경을 쓰고 장님이 되어 안마장이 노릇을 하는 상상에 사로잡힌 적이 있다. 전투에서 눈을 부상당한다. 육군병원에 입원한다. 눈에는 붕대가 감겨져 있다. 애인이 찾아온다. 그러나 지극히 작은 차이로 인해서 만나지 못한다. 장님이 되어 색안경을 낀다. 지팡이로 밤의 아스팔트 위를 더듬으며 퉁소를 분다.

3) 고깔모자를 쓴 사람은 색안경이라면 질색이다. 그에겐 색안경을 쓴 사람은 형사다. 그리고 형사는 기피자를 단속한다. 그는 직장에서 쫓겨났을 때까지 매달 월급날이면 정기적으로 형사의 '예방'을 받은 적이 있다.

이씨는 싸구려 색안경을 하나 사가지고 기회만 되면 끼고 싶어하는 사람이고, 김씨는 색안경을 통해 엉뚱한 감상적인 상상을 떠올리며, 병역 기피자인 박씨는 색안경만 보면 두려움을 느낀다. 색안경에 대한 그들의 반응이 각각 다른 것은 그들 나름대로의 삶의 곡절과 상처와 꿈을 갖고 있기 때문이다. 서술자는 어떠한 인물에 대해서도 결코 우월한 지위를 부여하지 않는다. 소설의 공간은 이렇게 특별하게 뛰어나지 못한 범상한 인간들의 삶의 자리를 그대로 옮겨놓고 있다. 소설 속의 누구도 삶에 대해 특권적인 지위에 있지 못하며 단지 자기 몫의 삶을 감당하고 있을 뿐이다. 버스에서 만났던 술집 여자는 김씨가 대학생이라는 것에 대해 감격하지만, 그것은 이 여자보다 김씨가 우월한 위치에 있기 때문이 아니다. 김씨 역시 꿈을 좌절당한 그렇고 그런 인물일 뿐이다. 그러므로 대학생과 결혼에 대한 이 여자의 동경과 환상은 장님 안마장이에 대한 김씨의 감상적 동경과 다르지 않다. 이들은 모두 삶에 시달리고 지쳐 있으면서 얼마간의 환상을 가진 그런 사람들이다. 소설은 그들의 좌절된 꿈과 초라한 현실의 풍경을 그린다.

김씨에게 방을 비워주는 소년은 국민학교에서 1등을 하는 '시골 천재'인데 이를 바라보는 김씨의 시선은 "천재라고 하는 화려한 단어가 결국 촌놈들의 무식한 소견에서 나온 허사였음이 드러나는 것을 보는 것은 결코 즐거운 일이 못 된다. 그들은 천재가 가난과 끈질긴 싸움을 하다가 어느 날 문득 열등생이 되어 버린다는 사실을 몰랐다"라고 생각할 정도로 회의적이다. 천재의 꿈은 현실에서는 한낱 환상과 허영에 지나지 않는다. 이 소설의 다른 인물들에 비해 김씨는 이러한 현실의 논리에 대한 예민한 자의식을 가진 사람으로서 서술자의 시점에 가깝다. 그러나 김씨 역시 이들과 같은 층위에서 구차한 현실 속에서 이미 바래진 꿈을 추스르며 살고 있는 사람의 하나일 뿐이다.

5 범상한 인물들의 구차한 삶의 내력과 사소한 일상적 공간을 다루는 것은 서정인 단편들의 한 흐름을 이루고 있다. 물론 여기에서 우리는 초기작「후송」이나「미로」에서와 같은 자아에 대한 작가의 실존적 탐색이 세속 안의 주변부적 인생들에 대한 관심으로 변모된 것을 지적할 수 있다.「나주댁」「벌판」「우리 동네」「물결 높던 날」「산」「남문통」「밤과 낮」 등에 나오는 인물들은 한결같이 지방적 공간의 변두리 인물들이다. 그들은 초라한 소도시나 시골 마을을 걷다보면 금방 만날 수 있는 그런 낯익은 사람들이다. 그들은 누구나 할 것 없이 세상의 중심으로부터 밀려나 있고 좌절된 꿈을 가슴에 묻고 그럭저럭 현실을 견뎌내는 인간들이다. 전혀 다른 인물들의 삶의 모습이 등장하는데도 불구하고 우리는 이들 소설 속의 인물들이 상당히 비슷하다고 느낀다. 나날의 삶과 생의 내력은 각기 다르지만 그들은 그렇고 그런 사람들이라는 동일한 범주에 들어 있다. 이들 중 아무도 특별히 우월하거나 열등하지 못하다.「나주댁」에 관심이 있는

교장과 신참인 윤선생, 「벌판」에서 고향을 찾아온 제대 군인 경철, 「우리 동네」의 각양각색의 삶의 내력을 가진 마을 사람들, 「산」에서의 신임 교사인 건오와 그가 흠모하는 불행한 여자, 「가을비」의 월부 다리미 장수인 옛 남자를 만나는 고단한 간호사, 「물결 높던 날」에서의 사랑이 좌절당하는 현수와 석호, 「남문통」의 남편에게 돈을 뜯기는 술집 주인 경자, 「밤과 낮」의 측은한 도둑과 도망간 아내, 그들은 모두 특별히 악하거나 선하지 않으며 특별히 뛰어나지도 못하다. 소설 속의 한 인물은 다른 인물에 대해 결코 도덕적으로나 지적으로 우위에 있지 않다. 어떤 인물도 다른 인물을 지도하고 탄핵할 만한 권능을 갖지 못한다. 그들은 모두 조금씩 상처가 있고 구린 데가 있고 착각이 있는 그런 사람들이다. 「우리 동네」라는 작품에서 이 동네에서 "제일 점잖은 사람"에 대한 '나'의 관점은 다음과 같다.

나는 그를 존경했었다. 특히 어렸을 때는 그를 굉장히 훌륭한 사람이라고 생각했었다. 그랬는데, 언제부터서인지 그를 전혀 존경하지 않게 되었다. 그것은 반드시 그가 아편쟁이라는 것을 알았기 때문만은 아니었다. 언제쯤이었는지, 또는 무슨 일이었는지는 전혀 기억이 없지만, 우연한 일로 그가 나보다 별로 나을 것이 없다는 것을 알았다. 나는 나 자신을 잘 알고 있었다. 추잡하고, 비열하고, 교만하고, 욕심 많고, 이기적이고, 소심한 놈이었다. 그러한 나와 비슷한 사람을 존경할 수는 없었다. 나이를 먹어감에 따라서 나는 세상이 추악하다는 것을 조금씩 알게 되었다. 그리고 나보다 먼저 나이를 먹었던 사람들이 그 정(情)을 알면서도, 딱 덮어놓고 턱수염이나 만지작거리면서, 그렇지 않은 것처럼 행세했었던 것에 대하여 노여움과 역겨움과 우스꽝스러움을 한꺼번에 느꼈다.

'나'는 우리 동네의 사람들이 모두 그렇고 그런 사람들이라는 것을 알고 있다. 그리고 '나' 역시 그런 사람들과 다르지 않다는 것을 인정한다. 소설 속의 인물들 사이에는 우열이 없다. 그러니까 한 인물이 다른 인물에 대해 환멸을 느낄 수도 있지만 그를 비판하고 지도할 권리가 주어지지는 않는다. 그래서 인물들과의 사이와 서술자와 인물들과의 사이에는 일상적 삶의 원리를 눈치 챈 사람의 연민 어린 시선이 교차한다.

6 작가 서정인은 작품 속의 인물과 언어로부터 일정한 거리를 둔다. 그는 하나의 언어와 인물의 시점에 전적으로 소설의 시점을 맡기지 않는다. 인물과 시점은 상대적인 것으로 다루어진다. 그의 소설은 단 하나의 인물의 시점으로 국한되는 경우가 드물다. 작가는 작품 속에 등장하는 수많은 인물과 그들의 시점과 언어들의 상호 교차를 봉쇄하지 않는다. 작중인물들은 작가의 의도에 의해 단일하게 규정되고 지배되지 않으며, 작가적 언술의 단순한 객체가 아니라 그 자체로 의미있는 언술의 주체가 된다. 소설 속의 인물들은 한 시대의 다양한 삶의 곡절과 욕망의 목소리를 들려주는 살아 있는 주체들이다. 소설에는 나름의 생의 내력과 의식 세계를 가진 주체들이 서로 공존하며, 방계적 인물들이 각각 하나의 주체로서 위치한다. 현실 속에서 그들은 서로에 대한 단절과 소외를 경험할 수 있지만, 소설 속에서 그들은 일종의 대화적 관계에 들어가게 된다. 소설을 통해 우리는 그들이 서로 다르지 않다는 것을 알게 되며, 그것은 타자의 삶에 대

한 이해를 촉발한다. 물론 이러한 이해는 독자가 그 공간과 관계에 참여함으로써 가능해진다.

소설이 열린 장르일 수 있는 이유 중의 하나가 다양한 타자들의 관점과 언어가 소통하는 공간을 구성하기 때문이라면, 서정인의 소설은 하나의 의미있는 사례이다. 그의 소설들이 갖는 '비종결성'과 '비결정성'은 이런 맥락에서 문제적이다. 그의 소설들의 결말 처리가 암시적이고 열려 있다는 것, 그리고 어떤 의미나 의도도 결정되지 않는다는 것에 우리는 주목할 수 있다. 그는 의미의 중심이나 단일하고 지배적인 언술의 주체를 세우는 것 대신에 소설의 공간을 타자와 독자에게 개방한다. 그의 소설 공간은 마치 「우리 동네」 사람들의 소음으로 가득 찬 네거리와 같은 공유지로서의 성격을 띤다. 그 공유지에는 수많은 인물들이 자신들의 운명과 관점대로 삶을 엮어간다. 독자들은 그의 소설을 통해 그 공유지로 들어갈 수 있고 타자들의 삶의 내력이 배어 있는 소음들을 들을 수 있게 된다. 이와 같은 타자들의 공간과 삶의 언어에 대한 작가의 집요한 소설적 탐색은 그의 또 다른 대표작 「달궁」에까지 이르게 된다. 작가의 이러한 방법적 탐구들은 "하나의 풍경에 두 개의 풍경화"를 보는 소설의 눈에 의해 가능한 것이었다. 그 눈을 뜨는 것은 소설가가 아니라 소설의 육체 그 자신이다. 그 눈은 작가의 등단작 「후송」에서 이미 나타나 있다.

모든 풍경은 새로워 보였다. 거울을 통해서 거꾸로 볼 때처럼 같은 세계가 또 하나의 다른 세계로 나타났다. 그의 수정체는 채색되어 있었다. 그것은 편리한 채색이었다. 각도를 달리해서 볼 때완 또 다른 무엇이 있었다. 보이는 대로 보는 대신에 보고 싶은 대로 볼 수 있었다. 보았던 것을 안 볼 수도 있었고, 안 보았던 것을 볼 수도 있었다. 그러나 어느 풍경화가 더 진실에 가까웠는지 말하기 어려웠다. 이쪽 수정체가 술에 젖어 있다면 저쪽 수정체는 습관에 물들어 있으니까. 하나의 풍경에 두 개의 풍경화…